岛

李焕才 著

作家出版社

图书在版编目（CIP）数据

岛 / 李焕才著 . -- 北京：作家出版社，2025. 7. --（新时代
山乡巨变创作计划）. -- ISBN 978-7-5212-3518-0

Ⅰ . I247.5

中国国家版本馆CIP数据核字第20259QP852号

岛

作　　者：李焕才
责任编辑：宋辰辰
装帧设计：意匠文化・丁奔亮
出版发行：作家出版社有限公司
社　　址：北京农展馆南里10号　　邮　　编：100125
电话传真：86-10-65067186（发行中心）
　　　　　86-10-65004079（总编室）
E-mail:zuojia@zuojia.net.cn
http://www.zuojiachubanshe.com
印　　刷：唐山嘉德印刷有限公司
成品尺寸：152×230
字　　数：302千
印　　张：22.25
版　　次：2025年7月第1版
印　　次：2025年7月第1次印刷
ISBN　978-7-5212-3518-0
定　　价：58.00元

目　录

引　子

　　眼力好的人，站在海岸上，抬头朝西望，目光抻远去，再抻远去，就看见茫茫大海的中间呈现出一片黛色的水，像是天上云块投下来的阴影。天气特别晴朗，那黛色就深成墨绿色，也就真真切切地看见一个浮在水上的岛。

　　有人说，以前海上没有这个岛。那一年，连续一个多月天昏地暗，下着滂沱大雨，接着刮台风，洪水泛滥，潮水又暴涨，倒海翻江。风过了，雨停了，天晴了，海水退走了，海上就凸出这个岛。又有人说，开天辟地时，就有了这个岛。原来没住人，住着一群恶鬼，是个鬼岛。那些在海上冤死、屈死、暴死、惨死的人，变成水鬼后，心不甘，经常到海底龙宫闹事。海龙王恼怒，派兵驱赶，他们就跑到这个岛来躲避。这群恶鬼不敢到龙宫闹了，就在海面上闹。怎么闹？兴风作浪。某日某时天气很晴朗，霎时飞来一块黑云，那云块漫卷，越卷越大，重重地压下来，压得很低，快压到水面时，闪电腾空，雷声大作，紧接着，风雨疯狂起来，海水也就趁机汹涌翻腾，浊浪滔天。这样的天气每年都出现许多次，在什么地方出现，什么时候出现，无法预测，连那些很会看天气的老渔工也躲不过。但是，渔工们都有对付的办法。海上行船时，突然瞧见风起云涌，就马上落下船帆，接着亮出大刀、斧头，一边跺甲板，一边大声喊打喊杀，把那恶鬼吓跑。不一会儿，那风那浪就泄气了，渐渐地也就风平浪静了。还有人说，这原来是个海贼岛。一群海贼结集在岛上，个个面目狰狞，凶悍无比。海贼有两艘三根桅杆的大帆船，经常游弋于海上，碰上来往的商船、渔船，就冲过去，枪炮齐鸣，杀人，越货，沉船。这两艘海贼船还经常在沿海打家劫舍，所到之处，衣物粮食，猪鸡牛马，洗劫一空，闹得海边的村庄鸡犬不宁。后来，官府派大兵围剿，打了三天三夜，全歼海贼，一把火将整个岛烧得精光，那两艘大船也烧成两堆炭。打那后，岛上没人了，只有飞禽走兽。

这个岛的对岸是水角镇。水角镇的渔船出海去，要是从旁边经过，就望见岛上长满花草树木，郁郁葱葱，又看见山羊、猴子、黄猄、野猪、狐狸、兔子在岛上走动；如果天气有变，比如要刮台风，渔船从海上跑回来，跑过岛边，就看见成群结队的海鸟呼啦啦从四面八方朝岛上飞来，到处白花花的，是个鸟岛。过往的渔船从不敢往这个岛靠，更没人敢上岛来。为什么呢？说岛上有一种奇香袭人的花，叫五色花，花朵像汤碗那么大，五种颜色分别是红、黄、白、蓝、紫。早上、中午、下午，或夜晚的月光下、灯光下，花色又变化着，十分艳丽。男人上岛来，这种花就幻化成一位窈窕的少女，一脸媚笑地向你走来，在你面前轻歌曼舞，那花的香气就渗进你脾腑，让你如痴如醉，你就不思回返，终而绝于花下。女人上岛，那五色花的花瓣就扇动起来，变成一只只彩蝶飞起，满天纷飞，接着又听见弦歌四起，不绝于耳，你就感觉心神纷乱，情欲勃发，于是忽哭忽笑，在岛上呼喊狂奔，直至声断气绝。

其实，这个岛上是有人居住的，还有一个很好听的名字，叫珍珠岛。

海水退潮时，就有人从珍珠岛走下来，裤脚都挽得高过腘窝，一双双大脚板踩着水渍渍的海滩，朝对岸的水角镇走来。这个岛的人皮肤很黑，尤其脚腿很黑，走路的姿势很相似，脚步迈不大，说话的声音也不大，又短促，没有尾音，好像不肯敞开嗓子说，人人又都喜欢戴那宽大的竹叶帽，似乎要将自己藏在帽檐里。他们上镇来，都怯怯的，三五个踩着脚后跟走在一起，眼睛很像被网围住了的鱼，很警惕、很惊慌，东瞧西瞟的。他们总是急急匆匆的，卖完了东西，或者买好了东西，躲到一个角落去，顶着大竹叶帽坐成一圈，每人噼里啪啦吃一碗汤面，或者吃一碗薯粉条，抹嘴巴站起来，又成群结伙走回岛去。水角镇人从不拿正眼瞧珍珠岛人，拿眼角瞧，而且目光很轻，很省，只在他们身上游移两下，或者瞥一眼，嘴巴很自然地一撇，好像也哼一下，便掉回头。

第一章　台风

打死也不会忘记那场台风。

早上，夜色褪尽了，日头却出不来。天是铅色的，云块毫无表情地待在天空，很重，好像要坍塌下来。海上没有风，浪涛都趴下，海面平静得像一潭死水。

——这是暴风雨到来的前奏。

刮台风是收音机说的。收音机是神物，知道天下一切事情，说要刮超强台风，十八级，东北风。

老天爷发怒了。人间做了太多恶事，老天爷要惩罚人，或者世界太脏了，要清扫。老天爷阴沉着脸，接着深吸一口气，憋住，突然全身一抖，猛哈气，那就是台风。老天爷歇斯底里吼叫，就是风声、雨声、雷声和浪涛声。

二十多艘双帆渔船慌慌张张从那遥远的海上跑回来，天亮时，渔船还在海上。朝东望，隐约望见浮在水上的珍珠岛了，却突然没风了，渔船跑不动了，呆呆地浮在水上。风是帆船的力气，没风，渔船就没了力气，就动弹不了。船上的渔工们也没力气了，傻傻地坐在甲板上，眼睛却不停地闪动，一会儿望着远处的珍珠岛，一会儿望着阴沉的天空，一会儿又望着那茫茫的大海。他们的心都撞动得激烈，噗噗噗响，似乎要从喉咙里蹦出来。没人开口说话。这个时候的话是刀，是剑，说出来就刺痛人的心。其实，此刻大家都在心里说：天啊，台风赶来了，船就……人就……

刘天一仍一动不动躺在船头的甲板上，好像也不呼吸。夜色刚抹开那一刻，几只海鸥惊叫着从他的头顶飞过，他全身好像要爆裂，眼一花，便躺下了。船上的人都知道，他身上某条神经对海鸥的惊叫声过敏，常常昏厥。

左侧是刘大茂的渔船。刘大茂强迫自己镇静，可目光散乱，手脚也在抖。他抓一炷香跪在船头上，嘴里叽里咕噜叨念着天上海上大神的名号。

林大侬的渔船和刘大茂的挨在一起。林大侬瞟着刘大茂那个样子，心里骂：娘的！接着跺脚喊：拿酒来！

林二侬从船尾角提来一罐酒搁在甲板上。

林大侬船上的人都举起酒碗，咕咚咕咚地喝。

刘天一爬起来了，神态自若地坐在船帮上，抓个水烟筒低头吸烟，那腮帮一凹一鼓，沾在烟筒嘴的烟屎哧的一声落在旁边的海水上，冒一个泡，灭了。

刘天一是船上人的定心丸，他不慌，谁也不敢慌。李石强也提一罐酒走过来，搁在刘天一面前。

刘天一喝道：吃啥酒，等会儿要拉去打炮吗？

李石强傻站着。

其他渔工们也呆呆的。

刘天一将烟丝包好，平静地站起来说：你们慌啥，人憋久了，就要放个屁；天憋久了，也要咳个嗽呢！他又掉头朝刘大茂和林大侬的渔船喊道：大家都放心，很快就起风啦！

天上的云块突然飘动，平静的海面起了褶皱，风起了，船帆都鼓了起来。

二十多艘双帆渔船死里逃生似的，抖动起来，屁颠屁颠朝珍珠岛跑去。

海水正涨潮，浮在水上的珍珠岛像只巨大的海龟。那矮矮的瓦屋悄无声息地趴在岛上，鳞次栉比，规整地挤成一块块，像龟背的鳞甲；岛北面有一片茂密的红树林，树枝树叶热闹地从水里伸出来，很像龟头；岛南是沙堆，也是坟场，长着茅草、箣竹、野菠萝、仙人掌和各种树木，像龟的尾巴；岛东和岛西的沙滩边是一片乱石滩，中间耸起高高的石堆，离石堆不远处，又各伸出一座码头，像龟的四只爪子。

说是要刮东北风，渔船都挨挨挤挤停泊在岛西码头前。

岛上没一点紧张气氛。这个浮在海上的小岛就搁在台风的脚边，经常遭受台风踩踏，岛人习惯了。关键是渔船都回来了，渔工们踏进家门，悬着的心噗的一声落地了。

刘大茂像一只猫，光着膀子蹲在他家那下屋的屋顶，又爬来爬去。他在每道瓦行的瓦口压上一块石头。珍珠岛的瓦屋不高，墙壁也厚，窗又小，风吹雨打不动弹，不放心的只有这屋顶。风太凶猛时，好像伸出好多只手，恶狠狠地把瓦口掀翻。

刘大茂媳妇穿一件肥大的短袖衬衫，着一条宽松的短裤，趿一双花木屐，抓一把梳子在屋檐下悠来晃去。这是她最快意的装束。身上那软肉在衣服里边恣意地放松，心里的爽快活泼在嘎嘎嘎的木屐声中，那把晃来晃去的梳子就晃出女人的媚态。刘大茂媳妇在心底里喜欢刮台风。刮台风，渔船就回来，刘大茂就回家来。都说台风天是吃酒天、打牌天。刮台风啥也干不了，可以静下心来吃酒、打牌。刘大茂媳妇加上一条：睡觉天。她深有体会地说：风声雨声里搂住男人睡，咦——爽死了！

刘大茂媳妇望着屋顶上的刘大茂，抓那梳子在空中划一下，嘎嘎笑着说：孩子他爹，你蹲在屋顶上，真像只公猫啊！

她的笑声像哗啦的浪头撞击屋顶上的刘大茂，又像纷飞的浪花瓣里啪啦洒落在刘大茂身边的瓦口。刘大茂的身子晃一下，瞟着她，在心里说：这女人真是的，要好好收拾她！抓住那木梯，转身爬了下来。

渔工们都回家去了，刘天一仍惶惶地站在码头上。渔船靠码头前，他看见珍珠岛在颤抖，踏上码头，双脚浮浮的，像踩不着地，抬头望，天空呈现出五六种颜色，遥看大海，海水忽高忽低，海面在倾斜。他感觉头昏脑涨，急忙收住脚。每次出现这种异常的感觉，都有异常的事情发生。刘天一认为，这是冥冥中某种灵物在提醒他，让他预先探知即将发生的事情，提前做出应对。难道这场台风要出大事？

　　刘天一赶到岛北那片红树林来，要寻找台风的征象。天、地、海以及风、雨、阳光……世上万物都有灵性，又相通相济，一个物件的变化，会在别的物件上找到相应的迹象。珍珠岛浮在海水上，和大海同呼吸，与台风的关系密切，从某些现象的变化，就能窥见台风的面目。刘天一站在红树林边，惊奇地看见一群野鸭在红树林里躲躲闪闪，树枝上又站着好多海鸥、白鹤、白鹭、大雁和各种叫不出名的鸟。刘天一掰开树枝踩进红树林里。那些鸟居然还赖在树上，不逃，也不躲。刘天一跺一下脚，又张开双臂要扑过去抓鸟。他的脚底一滑，啪的一声栽倒在树边的泥水中。几只鸟扑棱棱从树上飞起，又马上伸腿落在另一棵树上。刘天一爬起来，瞧着那些鸟发愣。收音机说要刮东北风，海鸟应该躲去岛南，怎么躲在岛北这片迎风挡浪的红树林里，而且赶也赶不跑？刘天一带着一身泥水朝岛南那坟场走去。以往刮东北风，海鸟都躲在岛南的树林、簕竹丛、野菠萝垛和茅草地里。刘天一没找见一只鸟，连那些到处乱窜的野老鼠也不知躲到哪去了。动物比人接地气，对风雨变化的感觉比人更敏感。刘天一心里咯噔响，跳出一个问号：难道不是刮东北风？

　　酒爷出来了。

　　他嗜酒如命，天天活在颠倒的醉酒中，珍珠岛人干脆叫他酒爷。刘天一却说他不是醉酒，天地海水风雨阳光在珍珠岛上凝结成精气，储存在他的身上，使他变成一个怪异的人。酒爷说话、做事怪怪的，可仔细听，仔细看，却发觉那奇怪的一言一语一举一动都有意思。那意思只有聪明而又冷静的人才会有所感悟，但是难以说得明白。

酒爷能感知天地海洋的异常变化，这个时候他出来，情况一定不寻常。

酒爷坐在岛西海边那乱石滩上悠然地钓螃蟹。他不戴帽子，穿条黑色短袖衫，坐在一块大石头上，远远望去，很像那大石头的上边，又堆着一块石头。酒爷的身旁放一个酒瓶，一只蟹篓，手抓钓鱼竿，那竿上挂一根胶丝，胶丝的一端捆一团破布。那破布团就是钓饵。酒爷说钓螃蟹就是"玩傻"。将那破布团垂在水中的石缝里，螃蟹就傻乎乎跑过来抱住，突然拉起，螃蟹就死死搂住那破布团，被吊了起来，伸手一抓，逮住，随手扔进蟹篓里。

刘天一蒙蒙地从岛南坟场走出来，望见酒爷在乱石滩上钓螃蟹，眼睛一亮，忙走过来，站在酒爷的身边。酒爷一只手抓钓鱼竿，一只手抓酒瓶，呷一口酒，咳一声，将那破布团垂入石缝中。刘天一看见钓竿上那根胶丝动来动去，喊起来：螃蟹拖住了，快拉！酒爷瓮声瓮气地说：你不在水里，哪知道？随着他拉起钓竿。那破布团扑哧一声，吊出了水面，没有螃蟹。酒爷那钓竿在空中划一个圈，破布团又垂入水中。刘天一和酒爷都能读懂对方心里的音符。"你不在水里，哪知道？"刘天一明白，酒爷让他潜进水里看。他快手快脚脱掉衣服扑下去，潜入水里，无影无踪。

酒爷屁股下的那块大石头从水里凸出来，半截露在水面上。刘天一顺着石边潜到五米深处，有一个斗大的穴口，钻进去，往上爬，从洞穴钻出，豁然开阔，进入一个阴森森的石窟里。石窟有两间房子那么大，里边有石桌、石椅、石床。刘天一已经筋疲力尽，全身软绵绵的，大口喘着粗气爬上那石床，伸开四肢躺下。这石窟是时间和空间的隧道口，是珍珠岛的心脏，蕴藏着珍珠岛的各种密码。珍珠岛的过去、现在、将来都可以从石窟的某个角落找到痕迹，还能在模糊中窥探出天上、地下、海底的景象。珍珠岛人都知道有这么一个石窟，都在寻找，都想进入，可都找不到。只有一个"有缘"的人，才能发现。这个人必须有一身正气，有大能耐，是珍珠岛的灵魂人物。他进入石窟后，就肩负着引领这个漂泊在海水上的小岛躲风避浪的使命。这个人过世后，另一个"有缘"的人就在偶然中发现石窟，然后进入。不过，事情总有例外，现在珍珠岛上就有两个人进过石窟，一个是刘天一，另一个是酒爷。酒爷先进入石窟，好多年后，不知是他的哪条神经出了问题，还是另有原因，他把刘天一叫到乱石滩来，让刘天一潜水下去找一个洞穴。刘天一迟疑了片刻，一个猛子钻进水里，很快便找到一个洞穴，钻进去，进入了石窟。半天后刘天一又从石窟里钻出来。酒爷问：看见什么？刘天一把石窟里的景象一一说出。酒爷又问：还有呢？刘天一说：窟壁有很多花纹，好像组成一些文字。酒爷着急地问：什么字？刘天一说：两个大字好像是"地密"，两行小字好像是"闭眼看世界，地下问苍天"。酒爷的眼里闪烁着光芒，拍刘天一肩头说：你有缘啊，珍珠岛的将来就看你了！打那后，酒爷不再进入石窟了。天机不可露，地密不能泄。石窟是地密，酒爷泄露了，受到惩罚，屡遭厄运，至今仍孑然一身，还变成一个半疯半癫的酒鬼。

刘天一每次进石窟来，感觉都不一样。今天石窟里凉风飕飕，凉得透骨，满眼一片漆黑，只有那些爬在窟壁上的小虫发出微弱的绿光。刘天一躺了一会儿，身上的困乏不知不觉中消失了，继而感觉身舒骨爽，神闲意静，头脑格外清醒。奇异的是，这个时候他想啥就出现啥。他想到天堂，自己就轻飘飘升上天去；他想到地狱，一咣当掉进十八层地下；他想起孩提时的事情，身骨一阵摇动，变成一个孩子，父母和爷爷奶奶就接踵走到跟前来……

刘天一想知道即将到来的这场台风到底是怎样的情形，他尽量将自己的心搁住，只想大海。只有完全安静下来，才能聆听到天地的声音，从各种声音中窥探到从大海里跑来的台风的行迹。石窟和大海相通，他专注了，大海的声音就从窟底传出，萦绕在耳畔。比如海上刮大风时，石窟里就像是战场，马声萧萧，炮声隆隆；海上下雨时，石窟里就像是戏场，鼓声点点，锣声阵阵；海上风轻浪细时，石窟里就像一个御花园，鸟唱蝉鸣，还有琴声、歌声，甚至有笑声。今天奇怪，石窟里只听到阴沉沉的嗡嗡声，像是有什么人在说话。听了一会儿，仿佛听见那人对他说：刮台风是天上的事，是祸是福自有定数，你管好人的事就够了！刘天一继续听，没声音了，死一样肃静。

刘天一琢磨那人说的话，可捉摸不透，一骨碌爬了起来，又钻回那洞穴。

刘天一从那块大石头旁边浮出水面时，不见酒爷了。酒爷到乱石滩来钓螃蟹，只是要引导刘天一钻入石窟。刘天一身上有主导珍珠岛前行的重任，现在的他只能起辅助作用。酒爷也感觉出即将来临的台风很诡异，他见刘天一跑来跑去要弄明白台风的底细，心里说：珍珠岛有福气啊，有这么个肯担当的人！刘天一潜入水中后，酒爷就扛着钓鱼竿走了。

台风是上天安排的，谁也无能为力，刘天一只能管人的事。他跑回岛西码头，爬上自己的渔船，抓螺号吹，他要提醒人们如何防风，尽量减少台风造成的损失。

听见刘天一吹紧急螺号，岛上的渔工们都赶回码头来，看见刘天一在给自己的渔船抛尾锚，渔工们都明白，又抛尾锚，说明台风的风向可能有变化，海浪也很疯狂，船头、船尾都有缆绳拉着，虽然风向改变，或者浪涛凶猛，渔船都不会随风飘荡，不会撞向码头，或者相互碰撞。

刘天一叫渔工们把船上值钱的东西都搬上码头去。

李石强说：太麻烦，别搬了，台风到时，我来守船。

刘天一喝道：搬，谁也不能守船！

渔工们把船上的渔网、渔钩、衣物都搬上码头去，一片繁忙和纷乱。

乌云把日头锁死了，天黑得很快，黑得严严实实。岛上的人都被黑夜堵在家里。那看门的狗也怕黑，不敢守在门边，缩进屋里来。浸润在夜色中的空气很黏稠，好像凝结了，沉闷得让人几乎窒息。台风很鬼，不动声色躲在某个角落里。半夜后，人们睡得迷迷糊糊时，台风蓦地揭开伪装，露出狰狞的面目，急匆匆赶了过来。开始时，台风呜呜呜在空中奔跑，不一会儿，发飙了，像一群疯癫了的魔鬼在怒号，一阵一阵扑下来，扑向珍珠岛，扑在那屋顶上，掀盖破瓦，推墙倒垣，仿佛要将整个珍珠岛压瘪或者掀翻。海浪不是东西，马上充当台风的帮凶，哗啦啦腾起，轰隆隆冲向岛上来，撞击岛边的码头和房屋，把珍珠岛撞得一颤一颤的，似乎要把珍珠岛撞个粉碎。

　　刘天一心里在发热，身上却一阵凉一阵热，这就是他对台风的感应。刘天一曾在大海里遭遇台风，在台风的魔掌中顽强地挣扎，死过去了，又活了过来。打那后，台风再来时，他就有异常的感觉。这一次刘天一的感应很剧烈，凉时，全身冰冷；热时，头要爆裂。刘天一抱住头蹲了一会儿，寒热过去了，站起来，拔开门闩，伸头朝门外瞧。外头像泼着墨水，涂黑了天地。一阵风猛撞过来，把刘天一撞个趔趄。刘天一咬牙向前跨一步，使劲挡住门板，又把门关住。刘天一蒙了。他家堂屋的门朝西南开，风直冲冲撞进来，只能是刮西南风。天啊，珍珠岛的渔船都躲在岛西码头前……刘天一喊：收音机骗人啊！他回头来瞧那搁在板凳上的铁匣子，火气蹿上脑门，一脚踢去，板凳跌倒，收音机啪的一声掉在地上。刘天一抓顶草帽往头顶扣，又披上雨衣，抓个手电，拔开门闩一仄身冲了出去，又转回身将门扣住。刚抬腿走了两步，狂风扑过来，把刘天一的草帽抓走了，身上的雨衣被风撕着，又硬生生从他身上撕下，掀向空中。刘天一一趔趄，撞向墙边，险些跌倒。他弓着腰，勾下头，顶着连续扑过来的狂风歪歪斜斜走在漆黑中，朝岛西码头走去。一道闪电腾起，亮了一下。旁边一棵苦楝树咔啦一声栽了下来，擦过他的头顶，砸在他的跟前。他还没回过神来，身后的一堵墙也倒塌了，轰隆一声堵在他的身后。他吸口冷气，下意识摸一下身上，还好，没伤着。他爬过那棵横亘在面前的苦楝树，继续朝岛西码头摸过去。

风雨太凶猛了，刘天一的脚刚迈出巷口，半截身子暴露在码头前，狂风便将他撞倒在巷口的墙根下。刘天一爬起来，风雨仍撞着他，硬把他挡在巷口里。刘天一侧身躲在巷口那屋角，抓手电朝海上照。海浪像群山涌动飞移，来到码头前，如山体崩塌，哗啦啦滚过来。那些停泊在码头前的渔船无处藏身，在狂风的踩踏和巨浪的折腾中左冲右突，互相碰撞，发出一阵阵绝望的轰隆声。一艘艘渔船的缆绳被撕断了，海浪把渔船托向空中，又突然栽下来……有的渔船撞塌了，撞瘫了，沉了下去，让海浪吞没了；有的渔船被海浪掀起，狂风又推着，撞上码头来，搁在码头上；有的渔船撞到岸上来了，凶狠的海浪还追过来，和狂风合力把它撞向码头边的房屋，那些房屋哗的一声，坍塌了……刘天一的心里好像也在刮台风，狂跳急撞，全身颤抖。他喊：天啊，好在没人守在船上……他不忍再看了，掉回头。刚转身，那风雨好像伸出几只大手，推着搡着，几下便把他送进了家门。

刘天一躲在家里听那恐怖的风声雨声浪声，还有不时传过来的树木折断咔嚓声和房屋坍塌的轰隆声，整个珍珠岛在喧闹声中颤巍巍的，好像正被风雨夷平。刘天一感觉头晕，急忙躺在一张马扎上。刚躺下，睡意马上袭来。他尽量睁开眼，可眼皮却像灌了铅似的往下坠，不可抗拒地迷迷糊糊睡着了。刘天一跌入了梦乡。珍珠岛发生大事时，刘天一总要做梦。他梦见珍珠岛被台风吹得左摆右晃，漂浮在茫茫的大海里。珍珠岛渐渐变成一艘大帆船，船上没人掌舵，船在风中浪里颠簸旋转。突然一道电光闪过，又滚过一声响雷，一个头发和胡子全白了的老人站在云端喊：刘天一，你赶快掌舵呀！刘天一慌慌张张应道：风狂浪急我哪掌得了啊！那老人喝道：你叫"天一"，你不掌，让谁掌？又说：你姓刘，"刘"字有"文"又有"刀"，文来武来，你最合适！刘天一迟疑着问：这场台风到底……那老头应道：没事，洗岛！刘天一醒了，全身湿漉漉的。原来是狂风把流淌在屋顶瓦行的雨水往上吹，反流进瓦缝，雨水漏下来，淋在他的身上。

"天一"这个名就是酒爷起的。酒爷说：刘天一就是为珍珠岛而生，或者说，上苍特意安排刘天一来护卫这个小岛。刘天一还在娘胎里时，就表现出异象。人家怀胎十个月，刘天一却在他娘的肚里待了十二个月。他天天在里边拳打脚踢折腾着，就是不肯出来。那天刮台风，风狂雨急天昏地暗，突然一道闪电腾空，一声闷雷，刘天一翻个筋斗出来了。人家孩子出生时，都嗷一声哭，好像很害怕这个世界。刘天一没哭，嘴角轻轻翘一下，竟然咪咪笑了两声。一个月刚过，刘天一就会翻身，三个月便会坐，六个月就站起来，九个月便抬腿走路。刚满一周岁，刘天一就呱呱说话。他爹抱他来岛东请酒爷起个大名。酒爷看刘天一的生辰八字，眼睛不转动，又看面相，见天灵盖上有个红印，眼睛连眨几下说：天庭地脚都有大气象，不凡！可惜，这红印是方形的，不是圆形的，这个年代……又生在一个孤岛，远离北京……他给孩子起名叫"天一"，然后说：有其风水，就有其人，珍珠岛就看他了。天一爹抱天一走后，酒爷又感慨说：嗨，聪明人都很苦呢！他笑着到这个世界来，也许将来要哭着离开。

台风疯狂了一夜，天亮后有气无力了。珍珠岛人打开门，探头出来，接着脚也伸了出来。珍珠岛全变样了！巷里散落着石头、瓦砾，还有树枝和树叶。许多房屋不见屋顶了，剩下光秃秃的墙头；许多房屋倒塌了，石块、瓦片、桁、橼乱在一起；有的树木连根拔起，栽倒在路边；没有刮倒的树木也枝断叶落东倒西歪的，像激战后缺胳膊少腿的伤残士兵。岛西码头更是触目惊心，海水依然在码头前得意扬扬地涌荡，渔船都沉没了，一块块木板悠来荡去浮在水上；码头上搁着好几艘渔船，或侧倾或翻覆，有的渔船压在码头边那坍塌的房屋上……

昨晚刘天一从梦里醒来后，"洗岛"两字一直在他心里蹦跶。他知道刮台风是激浊扬清，老天爷在清扫世界，可这样"洗岛"未免也太惨烈了。他提来一罐番薯酒，搁在跟前，一勺勺舀着吃，一直吃到天大亮。他开门走出来，见外面一片破败景象，可是珍珠岛却开阔多了，尤其风雨过后空气清新，有一种清爽的感觉。他发觉，倒塌的房屋都是一些年久失修的，再就是那些凸出来挡在路边，很碍眼的屋角或者山墙。折断的树木也有意思，都是长在巷边或者路中间很碍路的。他想，台风过后，珍珠岛的房屋重新修建，树木重新种上，将是一番美丽的新景象。

　　刘天一走下岛西码头来，身上穿条红背心，着条红短裤，加上酒气把他全身染得红红的，像一团流动的火。台风过后，收拾残局，关键是要收拾人们的情绪。大家生活在这个小岛上，必须不畏惧任何困难。刘天一走过来，那些萎萎靡靡站在巷口的女人、那些耷拉着脑袋站在码头边的男人，都收回呆钝的目光朝他瞧来。

　　刘天一挥手唤道：洗井去！

　　洗岛，关键是洗井。把井水洗干净了，岛人的血脉就干净，身体就干净，人心就干净。这是一口古井。珍珠岛四面环海，岛上居然有这么一口水质甘美清冽，水源充足的水井，奇迹。这口井是谁挖的，什么时候挖的，不清楚。珍珠岛的祖祖辈辈就是靠这口井养育，才延续到今天。刘天一还有更深的认识：这口井是珍珠岛的风水宝地。什么是风水？长期氤氲在一个地方上的地气就是风水，与这个地方人气息相通的一切都是风水。这口井是珍珠岛人的命脉所在。大家同吃一井水，所以都亲亲和和。井水光洁干净，所以岛上人都善良、正直、朴实。尤其井通龙脉，有灵气，所以珍珠岛从没有眼瞎、耳聋、哑巴的人，更没有傻瓜或者疯子。昨晚海水澎湃，水井被淹没，井水污染了，及时洗井，岛人就康泰，尤其预防传染病流行。

　　几十个渔工都脱得仅剩裤衩，每八个人一批，站在井口的四周轮流打水，不一会儿，井水打干了，把井底的淤泥挖了出来，倒下半筐生石灰消毒，又把干净的鹅卵石填在井底，水井洗好了。

洗完井，渔工们都穿上了衣服。码头那边的女人都走过来看。猫叔仍穿着裤衩，亮个大肚泡在井边走来走去，他两边腋下那多余的肥肉有节奏地晃动着，把女人的目光都吸引在他的身上。

刘天一唤道：猫叔，快杀猪去！

猫叔没出海，隔三岔五就杀一头猪在岛上卖。他问：要拜井吗？

刘天一见台风过后，人们的情绪都低落，叫猫叔杀猪，是想大家买肉回家吃酒，让酒气撑起热闹的气氛。刘天一说：拜啥井！

急促的狗吠声传过来，先是岛东的狗吠，一两条狗吠，接着吠声越来越密集，连成一片，最后岛北岛西的狗都吠了起来。

珍珠岛的家家户户都养狗。岛上的男人都出海去，养条狗看门，可以给守在家里的女人壮胆。刘天一听见热闹的狗吠声，说：李卓仁行啊！李卓仁在家里开个诊所当医生，珍珠岛小，病人不多，他也下海滩赶海，有时还到珍珠岛对岸的集镇、乡村买狗回来杀，卖狗肉。珍珠岛的男人风里来雨里去，身上湿气多，吃狗肉强身补骨祛风抗寒还壮阳。经常杀狗的李卓仁身上有一种很特别的气味，狗嗅到就紧张，就发狠，就拼命吠，然后追着他又跳又扑，恨不得把他撕碎。这个时候杀狗太好了，吃了狗肉，男人女人心里都热乎起来，岛上也就热乎了。

刘天一又说：大家都去买狗肉啊，狗肉送黑豆酒，男人吃，女人欢呢！

人们的表情顿时生动，都嘎嘎笑。

这个时候的笑声弥足珍贵，刘天一也扑哧笑了。

一阵锣声响。一群女人拥着巫婆三娘朝岛西码头走来。巫婆三娘穿一条颜色很红很宽松的对襟衫，扎一条淡紫色印黄花头巾，每走一步就跳一下，又抓那拂尘扫一扫，接着唱一声佛语。刘大茂媳妇提只铜锣紧跟在巫婆三娘的后边，每走一步就敲一下，胸前那两团肉随着锣声一晃一晃的。巫婆三娘来跳大神驱魔赶鬼。台风那么凶残，应该是海魔在趁机作乱。风过后，海魔躲起来了，必须把它们彻底赶走。巫婆三娘家里供奉一尊神,叫海天元帅。海天元帅是上苍派驻珍珠岛掌管海面的,他来了,海魔就没处躲藏了。

巫婆三娘双脚立住,眼睛一翻,双臂像翅膀一样随着张开,跳着,双手左摆右摆唱了起来,唱道:万恶的海魔太猖狂,丧尽天良;纠集万千海上冤魂,卷狂风,兴巨浪;台风到处,翻江倒海,一片遭殃;海天元帅,振神威,调兵遣将,在岛东案台礁石摆战场;枪鸣炮响,海魔惊慌失措,急忙掉头扑向岛西……围观的人不禁哦一声。收音机说要刮东北风,后来变成了西南风,原来就是这个缘故!巫婆三娘接着唱:元帅领天兵神将,又到岛西摆战场;挥长剑,斩海魔,叮叮当当;剑芒闪亮,海魔慌乱,急忙躲藏……巫婆三娘的动作不再是双手大幅度舞动,而是摆开马步,做挥剑的动作,前冲后刺,左劈右挡……围观的人嘀咕:哦,好在海天元帅神勇,把海魔赶跑了,要不……刘天一的心里却纳闷,巫婆三娘比画的动作,分明是学昨晚他照手电的动作。昨晚他抓手电躲在巷口,就是这样朝码头左照右照,前照后照。巫婆三娘把他手电的光柱说成了长剑……昨晚她怎么看见他……巫婆三娘比画得更加起劲,而且每比画一下,就喊一声海天元帅。刘天一听明白,巫婆三娘在暗指他就是海天元帅。他不想让她这么暗示,可没去制止。这个时候她来跳神很有必要,赶走了海魔,就赶走了岛人心里的惊慌。

海水退离海滩,岛西码头前一片狼藉。那些沉没的渔船全部裸露出来,东一艘,西一艘,有的翘头,有的歪尾,有的侧倾,有的倒覆,还有互相挤着压着的,船板、船舵、船帆、船舱盖以及竹篙、木橹、铁锚、缆绳,四散在海滩上。

收拾渔船的人一片忙碌。

刘天一坐在码头边一个拴缆石磉上,看渔工们忙碌,又看台风过后的海滩。每次刮台风,珍珠岛周边的滩涂都变化着,这一次全变样了。那港道、沟壑、浅滩都改变了位置。岛西码头对面原来有一个高高的土墩,长着一片葱绿的青草,现在已经汪洋一片。南侧那片乱石滩的旁边堆起一块宽阔的沙滩，乱石滩上的石头突然多了起来，高高低低，更加突兀嶙峋。乱石滩上那块大石头的上边又压着一块圆形的石头。那石头光滑透亮，像一只海龟，又像一块磨盘。这许多石头从哪来？石头多了，下边石窟那洞穴会不会堵住了？

看啥，过来吃酒啊！

刘天一望去，见酒爷坐在不远处的一块平展展的石头上，胸前挂一只葫芦酒壶，面前放两只碗，旁边搁几块烤鱼干。

刘天一走了过来，目光落在那大石头上边的那块海龟样的石头上。

酒爷说：目光乱，心也乱呢！这石头就是下边那洞穴口的盖，搁在这儿，洞穴口当然开着啦！

刘天一端起酒碗，酒爷却把酒碗搁下，目光朝码头那边飘去。

刘天一问：你看啥？

酒爷说：看戏。

酒爷走下岛西码头来时，看见林大侬的渔船搁在刘大茂家下屋的屋顶上，就知道将有一场闹戏要上演。

刘天一也望过去，没什么特别，可回头来，闹戏却开场了：石块在码头上空飞起——林大侬四兄弟和刘大茂三兄弟打起来了。

刘天一骂：狗娘养的，这个时候还有工夫打架啊！

其实，早在台风到来时，这场戏已经开始酝酿了。

那晚台风闹得正凶，刘大茂抱着媳妇躺在床上听风声雨声。刘大茂的家虽然在码头边，可那大堂屋是新盖的，很结实。刘大茂媳妇说：台风好恶，要踩烂珍珠岛不成！刘大茂说：管它，全踩烂了，剩下咱家，就有趣啦！媳妇伸脚踩他的足背，说：咦，只顾说话，外头刮台风，里头却……于是，台风也在床上刮了起来。风正狂雨正急，突然屋外一声巨响，天地要坍塌似的……早上开门出来，见一艘渔船把那下屋压塌了。刘大茂说：好在下屋没住人，要不……他媳妇哧哧笑着说：当时要是压塌了大堂屋，咱们就……笑得很孟浪。

天灾人祸，只能认倒霉，可这艘船偏偏是林大侬这个冤家对头的，刘大茂看着很不自在。

今天林大侬四兄弟从岛北过来要拖船，刘大茂问：船拖走了，我这下屋咋办？林大侬说：又不是我们开船撞塌的，能怎么办？刘大茂说：难道我家这下屋不是你的船撞塌？林大侬说：你想要我赔？不等刘大茂回答，他媳妇喊起来：天啊，我家这下屋被撞塌，祖宗都吓跑了，这可怎么赔呀！林大侬的弟弟林二侬哼一声说：你家祖宗也太胆小了！刘大茂瞪着林二侬问：你说啥，要欺负人不成？刘大茂本来就长一副焦急相，眼睛鼻子嘴巴紧密团结在一块，一急，就呈现出凶巴巴的样子。林大侬四兄弟也都急起来，眼睛一个比一个瞪得大。刘大茂当然不示弱，站到船边去，喊道：要拖船，就从我身上踏过去！林大侬伸手要拉开刘大茂。刘大茂推开林大侬的手。两边推推搡搡，就打了起来……

石头像蝗虫一样从刘大茂家那边飞过来。林大侬四兄弟分散站在码头上。林大侬穿条红背心，裤脚捋得很高，摆出一副决战的架势；林二侬脱上衣扎在腰上，也是一副拼命的样子；林三侬和林四侬只穿条裤衩，跑来跑去躲过飞来的石头，又捡起石头，大喊着掷回去……

刘天一看着，心里一激灵，目光聚焦在林大侬的身上。林大侬做工、吃饭都用右手，掷石头却用左手。这只左手掷石头的动作幅度不大，很具隐秘性，石头嗖的一声从斜刺里飞过来，不易觉察，很难躲避，命中率很高。但是，今天林大侬却用右手。刘天一仔细观察两边石头的落点。从刘大茂家那边飞过来的石头，都落在码头的空阔地上，打不着人。林三侬和林四侬掷过去的石头都砸在刘大茂家那木门上，只嘭一声响。林二侬的石头是高抛，划一条弧线越过前面的下屋，落在刘大茂家的天井，估计也打不着人。林大侬的石头却掷在刘大茂家那大堂屋的墙壁上，乒一声，弹了回来。刘大茂家那大堂屋是新盖的，屋顶盖双层瓦，批灰，要是石头砸在屋顶，砸破一块瓦，修理时就要拆开一片，却没一个石头往屋顶上飞。

刘天一心里说：戏，实在是一场戏！回头来，见酒爷双脚浸在石头边的海水上，不停地踩着海水，那双手也动个不停，挠挠头皮，抹抹眼睛，捏捏鼻子，抓抓背脊，摸摸肚泡……刘天一说：怎么不看了，有看头呢！

酒爷说：那不是戏，是洗岛泛起残渣。

刘天一又怔住。台风中，那位头发胡子全白的老人说"洗岛"，现在酒爷也说"洗岛"，怎么回事？

酒爷说：吃酒，没事了。

刘天一咂摸出"洗岛"的意味了。自从渔业生产队解体，渔工们各干各的，忙着挣钱，珍珠岛上好久没人打架了。这场架打完了，疙瘩清除，大家心里通畅了，以后珍珠岛就安静了。

不见石头再在天上飞了，林大侬四兄弟都走回岛北去了。刘天一走上码头来，朝码头边的人招手喊：都过来拖船！

躲在家里的刘大茂听见刘天一叫人来拖船，从屋里走了出来，对刘天一说：你们别拖船尾，船头一甩，我家这下屋就全塌啦。

刘天一没好气说：我们不笨呢！又说，你会，让你自己拖算了！

刘大茂不再说话了。

几条缆绳把那船绑住，刘天一挥手，咔嚓，咔嚓，嘭，嘭，渔船从那下屋拖下来了。

林大侬突然走了回来，抓一沓钱递给站在旁边的刘大茂说：八百块，够不？

刘大茂瞧着林大侬手上那钱迟疑片刻后，说：我不要你赔钱，赔个不是行了。

刘大茂媳妇喊道：要钱！伸手过去。

刘大茂一巴掌拍开她的手，骂：娘的，女人真啰唆！

第二章　珍珠岛

都说珍珠岛人是海盗的后裔。

说是当年官兵把岛上的海盗剿灭后，又有一伙海盗在珍珠岛上集结。又说当年官兵没有把海盗全部剿灭，几个海盗的头头躲在岛上的一个隐秘的地下石窟里，根本没找到，只是后来他们不再干打劫的事了，以打鱼为生。

这个问题让珍珠岛人心里很纠结，请教于曾经到外头读书、见多识广的酒爷。酒爷说，他查阅明朝时期的资料，的确曾经有海盗盘踞在珍珠岛上，那是日本来的倭寇，后来被海岸卫所的官兵剿灭了。酒爷的意思很明确，就是说，日本倭寇不可能再在珍珠岛上。但是珍珠岛人还是不愿意接受这个说法，珍珠岛绝不能与海盗沾边，当然更不能说又有一伙海盗来集结。珍珠岛人说，海盗或其后代都不是善良之辈，绝不可能在一个小岛上安居乐业繁衍生息千百年。可是人家的理由也很硬：只有海盗及其后代，才能顽强地长期居住在一个孤悬海上的风浪小岛上。这个问题一直纠结在珍珠岛人的心里，直至后来，一个风水先生登上珍珠岛，才解开了死结。

那个风水先生在珍珠岛待了三七二十一天，收拾行囊要离开时，说出了四个字"五龙争珠"。这四个字不简单，揭示出珍珠岛人的来历。五龙，就是说珍珠岛上的住民有五类人：一类是船只在海上遇难逃生而来；一类是特意跑来珍珠岛做海；一类是在内陆闯了祸的人，跑来躲避；一类是官府流放的犯人；一类是内地战乱或者灾荒，逃难而至。那风水先生摇舢板刚离开，忽然狂风怒号，舢板掀翻，先生落水。岛人把先生救起，他死了，一只手紧握着拳头，掰开他的手指，见握着一个小螺。有人说，先生泄露了天机，遭天谴了；又有人说，先生修行不够，说错了，海天元帅惩罚他。总之，珍珠岛人不喜欢"五龙争珠"的说法。虽然五类人中，都没海盗。许多年后，又有一个头发胡子全白的老头登上珍珠岛，自称是那个已经死去的风水先生的师父。说他那徒弟学艺不精，说错了话，他奉天命来纠正，还珍珠岛的本来面目。他在岛西那乱石滩闭目打坐一天一夜。早上，天昏地暗雷声大作，却没下雨。他睁开眼说了三个字：四角螺。乱石滩上突然升起一股旋风，他随风而去。从此珍珠岛人不再去追问那来龙去脉，认定珍珠岛是一个四角螺似乎够了，那位白头发白胡子的老人就是海天元帅。

四角螺是珍珠螺的特殊品种，很少见，很珍贵，有脸盆那么大，四边翘起四个尖角，螺壳中间凸起，螺肚里藏着一颗紫色大珍珠。四角螺栖身于珊瑚礁或者乱石滩中，很少移动，偶尔游动一下，样子也怪怪的。别的海螺游动时，随波逐流，在水中打转。四角螺却保持螺背永远向上，顺流、逆流都能游，前进、后退、向左、向右总保持一个固定的尖角向前。

珍珠岛的地势以及有关物件的确和四角螺的形状相对应。从外面遥望珍珠岛，明显是一个方形，中间又凸起，四个方位恰好突出四个尖角，四个尖角又耸起四个高点。岛东有一棵高大繁茂的油桐树；岛西码头旁边的乱石滩石堆高筑，其中一块大礁石高高耸起；岛南凸起一个很高的土墩，上边有一棵绿叶如盖的大榕树；岛北有一片茂密的红树林，中间的几棵红树特别高大，簇拥成一个尖顶。如果再联想到珍珠岛的人事，又发觉里边隐含玄机。珍珠岛住着百把户人家，有三个姓氏，李姓、刘姓和林姓，分别住在岛东、岛西和岛北，岛南是坟场，住着死人。珍珠岛的每一代都出几个特别有能耐有影响力的人物，这几个人又分别出在岛东、岛西、岛南和岛北。就说上一代，岛西有刘天一的父亲，岛北是林大侬的父亲，岛东是李卓仁的父亲，另外有一个长得很漂亮、很会唱山歌的姑娘，出岛去唱山歌，回来时溺水死在海滩上，就埋在岛南的坟场，岛中央当然是酒爷。现在这一代也对应着几个代表人物，岛西是刘大茂，岛东是李卓仁，岛北是林大侬，岛南是坟场，都是死人，恰好有一个打理鬼神事情的巫婆三娘。刘天一呢，自然是岛中间的那个制高点。

为什么珍珠岛人选择四角螺而摈弃五龙争珠？酒爷分析说，关键是五龙争珠突出一个"争"字，就是不停地争斗。珍珠岛孤悬海上，在风浪中存活，人心求稳，人心向和，需要互相接济；四角螺虽然四个角都翘起，有桀骜不驯的感觉，但各守各的位置，相安无事。当今的头人刘天一也喜欢四角螺，四角为方，珍珠为圆，外方内圆，有方有圆才成规矩。

其实，更多的人说珍珠岛是神仙岛，海天元帅就是珍珠岛上的神仙。

说海天元帅当初不是神仙，是一个活生生的人，是珍珠岛的第一个住民。那位白头发白胡子老人说珍珠岛是个四角螺，那是珍珠岛的状况，没有说出岛人的来历，其实，在暗示珍珠岛是个神仙岛，岛人的祖先是神仙，也就是海天元帅。

说很久以前，儋州城里有一个大户人家，养一个姑娘叫珍珠。那姑娘长得白白净净，像珍珠一样漂亮。每年春暖花开，北门江两岸泛红披紫时，姑娘就雇一艘渔舟游江，沐浴春风，饱餐怡人的秀色。那天，风和日丽，万里无云。渔舟刚摇到江心，突然天黑下来，伸手不见五指，随着闪电腾空，雷声大作，狂风四起，江水汹涌。渔舟像断了线的风筝，随波逐流而去。渔舟很快便漂出江口，漂进了茫茫大海。大海里风更狂浪更大，渔舟在风中浪里颠簸旋转，在浩瀚的海面上漂了三天三夜，最后被巨浪撞向一片礁石，撞个粉碎。珍珠姑娘跌落水中，那个年轻渔夫像条大鳗鱼潜入水中，将珍珠救起，背着珍珠在风浪中没命地游，游到一个荒无人烟的小岛。小岛青草离离，野花遍地，树木葱茏，到处是飞禽走兽。渔夫和珍珠找到一个巨大的石洞，里边有石桌、石凳、石床。两人插草为香，拜天拜地，结为连理，以石洞为家，安居在岛上。一个早晨，渔夫走出石洞，一道电光从天上闪下来，爆起一声响雷，渔夫突然不见了，岛上只剩珍珠姑娘。其实，那是渔夫羽化成仙升天了，玉皇大帝敕封渔夫为海天元帅，掌管海面。渔夫和珍珠阴阳相隔，无法夫妻相对。渔夫记挂珍珠，闹着不当元帅，玉皇大帝不准。渔夫只好请求玉皇大帝把那个小岛移近海岸去，以便珍珠寂寞时，上岸去找人说说话。太上老君施法术，一夜之间便把小岛和岛前那片礁石都移到水角镇的对面。渔夫接过元帅大印后，马上腾云驾雾回小岛来，却找不见珍珠了。天上一日，人间一年。渔夫升天后，珍珠天天坐在那石洞的洞口等他回来，等了九九八十一天，变成一块石头，蚂蚁搬土把她埋了，也把那石洞埋了，那里凸起一个高高的土墩。这岛从此就叫珍珠岛。

巫婆三娘说，她就是珍珠。

她原来是水角镇姑娘，叫小梅。她到珍珠岛来收购海螺，一个后生天天摇舢板接送，来来去去日久生情，她嫁了那后生。她丈夫兄弟中排行老三，岛人都叫她三娘。

小梅嫁到珍珠岛来后，她男人不再摇舢板了，造一艘帆船出海打鱼，她守在岛上收购海螺。丈夫出海多回来少，夫妻聚少离多，小梅没怨言，夫唱妇随家庭和睦，日子过得滋润。好景不长。一个风和日丽的日子，小梅丈夫在海上遇上海魔兴风作浪，船翻了，永远回不来了。小梅无法接受这个变故，天天跑到码头边朝海上张望。她说站在码头上就望见她的男人，她的男人没有死，正和海魔打架，可恶的海魔要抢她男人去做女婿。十几天后小梅疯了，看见人就哈哈大笑，笑完就兴冲冲说她男人打败了海魔，海天元帅把他接上天去了。九月九那天，小梅打扮得很漂亮，在油桐树下说：我是珍珠，珍珠转世托生；我男人就是那渔夫托生。她脸上泛起红晕，又神秘地说：哦，我男人在天上当元帅了，海天元帅，每晚他的神魂都来看我，叫我珍珠妹妹，和我说好多好多体己的话。

小梅不做海螺生意了，天天待在家里。有时她坐着发呆，有时自言自语，有时莫名其妙地笑，笑完又哭。有人上门来，她就愣着不说话；要是说她是珍珠，她就神采飞扬，说个没完没了。

一次台风过后，珍珠岛一艘渔船还回不来，渔工的家人都哭成一摊烂泥。小梅走来说：别慌，没事的，海天元帅领天兵神将打败海魔了，两天后渔船就回来了。人家不理睬。她说：我是珍珠呢，昨晚海天元帅亲口告诉我的啊！

两天后，那渔船真的开回来了。原来那渔船躲不过台风，漂到一个港湾去，台风过后，才开船回珍珠岛来。

从此岛人都相信小梅就是珍珠再世，她疯癫时，就是海天元帅的神魂附在身上。

渔船在海上出现危情，岛上的人焦虑万分，就跑来问小梅。小梅干脆在家里供奉海天元帅的神位，变成了巫婆三娘。

珍珠岛有五个重要地方，人气最旺的是岛东码头。

岛东码头本来是一片海滩，珍珠岛人在海滩上砌一道挡浪堤，在堤内填上泥土，变成一个宽阔的广场，也就是码头。码头的对面就是水角镇。珍珠岛人要去水角镇，就走到岛东来，从岛东码头那石阶走下海滩，再踩着滩涂走过去。岛东码头连接珍珠岛的三条主巷，一条通往岛西，一条通往岛南，一条通往岛北，变成岛上的中心纽带。码头广场边有一棵两三丈高的油桐树，擎着一树绿叶，擎着一树的凉爽，是乘凉聊天的好处所，经常有人坐在树下。李卓仁的家在通向岛西那条巷的巷口，他的诊所就开在巷口旁边；巫婆三娘的家在通向岛南那条巷的巷口，她在巷口旁边开个小店，卖烟酒，卖糖果饼干，卖榨菜酱油，卖香烛纸钱。那油桐树的旁边又摆着猫叔的猪肉摊和李卓仁的狗肉锅，岛东码头四时热闹。

珍珠岛人都忙着修建台风破坏的房屋或者修理渔船，中午才有人跑来油桐树下坐。今天日头毒，来的人不少，可大家都大眼看着小眼，不肯开口说话。这场台风打坏的不仅仅是珍珠岛许多渔船和房屋，在人的心里，也搅个落花流水。台风拍拍屁股走了，阴霾依然笼罩在人的心中。

海水又涨大潮，潮水铺在岛东码头边。李卓仁和猫叔从水角镇摇一只舢板回珍珠岛来，李卓仁去水角镇买狗，猫叔去买猪。李卓仁坐在后边摇橹，猫叔坐在舢板前面的甲板上吃酒。猫叔光着膀子，没戴帽，日光把他身上的酒色照得红亮，泛着油光，那汗粒迫不及待从里边冒出来，每一粒汗珠都滚着一颗小日头。靠码头了，李卓仁推一下橹把，舢板侧头一晃，横在码头的阶梯前。猫叔将酒壶挂在左肩上，弓起腰，一只手抓那猪手，另一只手抓那猪脚，嘿一声，半边猪便搭在他肩上，踩上码头，咚咚咚走到油桐树下，侧身一甩，那半边猪嗙一声跌在那肉案上。他伸手抓肉案上的一块抹布，抹掉淌在肩头、胸前、背脊、肚皮上那淡红色血水，又抹一下前额的汗水，喘一口气，抓水烟筒蹲在肉案边，连抽了两筒。他伸长脖子吐出烟气时，打个酒嗝，目光在油桐树下游移。油桐树下的人没有朝他瞧来。他站起身，啊的一声，喷喷说：嘿，太惨了，八艘渔船，二十八个人，说不见就不见了！油桐树下的人都支起耳朵，眼睛也放出惊异的光芒，朝猫叔望来。几丝得意爬上猫叔的脸颊，他一只手抓水烟筒，一只手抓杀猪刀比画着又讲下去。猫叔讲的是台风袭击对岸水角镇和西面水尾镇的景况，那声音像蛙叫，粗糙又短促，且断断续续，可人们都听得明白：停泊在水角镇和水尾镇码头前的渔船全部被台风打沉……东面那北门江洪水暴发，洪流汹涌澎湃从水角镇面前奔过，把三艘渔船冲入大海，无影无踪，每艘船上有一个守船的渔工……水角镇又有三艘渔船没能在台风到来之前进港，也无影无踪，每艘船上有五个渔工……台风来前，水尾镇有两艘渔船没有进港……水角镇失踪六艘渔船，十八个人……水尾镇失踪两艘渔船，十个人……

这耸人听闻的消息像黄蜂钻进人的耳朵里嗡嗡响，又钻进人的心里叮咬人的神经。油桐树下的人眼睛瞪大，嘴巴张开，却说不出话。

猫叔一边砍猪肉一边喷着口水继续讲，他的目光随着声音的轻重缓急在油桐树下飘来飘去。他砍猪肉用不着看刀，那刀长眼睛，很精准，很灵动，游刃有余，只见他那只握刀的手晃动着，他胸前那松弛的胸肌和肚泡的赘肉也晃动着，猪肉猪骨猪皮便在刀口下一一分离。

猫叔把半边猪砍好了，砍成肥肉、瘦肉、五花肉，又分好了猪头骨、猪脊骨和排骨，摆在肉案上，可油桐树下的人只顾着惊诧、发呆，没一个人过来买肉。猫叔唤道：你们都干吗啦，听完了，就来买肉啊！

今天早上李卓仁要去水角镇买狗，叫猫叔一起去买猪。猫叔说：傻吗，这个时候岛上人都像病猫，谁会吃肉？李卓仁神秘地说：今天的日子很特别，你拿一头猪回来，保证还不够卖。猫叔不知道今天有啥特别，可李卓仁说话历来实打实，他就跟着来了。来到水角镇，李卓仁并不着急去买狗，拉着猫叔沿码头边走，看台风留下的惨象。水角镇靠近海边的房屋一排排倒塌，像是这里曾经地动山摇。码头前的渔船没一艘是完整的，有的没了船头，有的断了船尾，有的只剩下半边船壳，触目惊心。他们又跑到水尾镇看，也是一片狼藉。令人心寒的是，好多人站在码头面朝大海大声哭叫，喊那些回不来的亲人名字，让人听着心里发颤。猫叔是个杀猪佬，心狠手辣，仍看不下去，拉李卓仁走开。回来时，李卓仁买了一条狗。猫叔心大心小，只买了半头猪。李卓仁对猫叔说：卖肉前，你先讲今天看见的听见的惨况，猪肉很快就卖光了。

人们都惊悸在台风的震慑中。一阵惊悚过后，心里莫名其妙地释然了。大家拿珍珠岛的损失和水角镇、水尾镇比较，小巫见大巫；尤其珍珠岛没死一个人，连猪、鸡、狗也没损失一只，简直是奇迹！人们的心情轻松多了，可仍不声不响坐在油桐树下，没人来买肉。

猫叔心里冒泡，张开巴掌啪的一声，打死两只爬在猪肉上的苍蝇。他回头来，不见李卓仁了。他正讲得起劲时，李卓仁已经走回家去了。他在心里喊：亏大啦！

半刻钟后李卓仁走了回来，扔十块钱给猫叔，抓起一块肉，晃一下，目光抛向油桐树下。油桐树下那狐疑的目光也抛过来，爬行在李卓仁身上。李卓仁刚从水角镇回来，没买肉，现在干吗才买？李卓仁自语说：嗨，买刀肉回家拜祖。那些目光更加疑惑：今天不是节日，李卓仁干吗要拜祖？

突然，刘天一走了过来，也割一刀肉，也说回家拜祖。

顿时油桐树下的人明白了，这场台风中李卓仁没任何损失，刘天一的损失也很小，他们拜祖是感谢祖宗的保佑。这一想，大家心里却很宽慰。台风中珍珠岛每个人的损失都算小，都应该感谢祖宗的庇佑。

珍珠岛上两个最聪明的人都割肉回家拜祖，他们坐不住了，一呼啦走过来割肉，猫叔的一摊肉全卖光了。

台风留下的阴影，随着各家各户拜祖，渐渐从人的心里抹掉了。

珍珠岛都是女人拜祖。这个小岛浮在海水上，人心也浮在海水上，只好靠向鬼神，也就经常拜祖。男人们出海多在家少，一个家交给女人，祖宗当然也交给女人来侍候。刘天一媳妇熟悉拜祖的程序，先在神桌上摆三牲，一只鸡，一刀肉，一条鱼；再摆上五碗饭，五盅酒，两杯茶；然后点烛，烧香，焚纸钱；接着叩头参拜，祈求祖宗赐福保平安。今天刘天一媳妇一开口便感谢她的家公。应该是台风来时，家公替刘天一把渔船开上码头边那土坎，搁浅了，躲开了凶险的巨浪，那渔船才没大损坏。

在刘天一媳妇的心中，这个家的祖宗就是家公。她没见过这个家已经死去了的任何人，只有家公。家公了得，行船使舵放钩下网没人不点头。他又是最好的人，对岛上的每个人都亲。他经常说：

岛上人就是一家人。岛人有大事小事他都去操持。她在这个家和家公生活了几年，从不见家公发过火。岛上的男人不做家务，家公做，还让刘天一也做。家公说：在一个家里，自己闲着，让媳妇忙碌，就不是人！

躺在庭前那马扎上的刘天一也在回想他爹。他爹对别人很好，可从小对他的要求近乎残酷。三岁他爹让他学会游泳，把他扔进水里，咕噜咕噜呛几口水再捞起来，好多次后他能够从水里伸出头来了。珍珠岛人父子不同船出海，怕万一出事家里就没了男人，可五岁他爹便拉他一块出海去。他爹说：生在珍珠岛，就应该像铁打一样，啥也别怕。但是，他和岛上的孩子打架了，他爹就抓条带刺的鞭子抽得他的两条腿都布满了血点。他爹说：岛上谁都是亲人，打架就是打自己。也怪，送他去水角镇读书时，他爹却说：在外头，不能欺负别人，可也不能让人家欺负！

刘天一在听收音机预报天气。现在是台风季节，天气就像川剧演员的脸，说变就变，尤其要提防又来台风。有时台风很像那些冤死的情人，做鬼后都跟在一起，一个先来了，另一个接踵就到。现在岛上的不少渔船修好了，随时出海去，必须掌握天气情况。刘天一很会听天气，知道什么叫北纬、叫东经、台风的中心位置。他还听得明白台风的强度、风向、风速、移动范围，以及海浪高低和登陆时间，确切把握台风的动态。他又注意低气压、冷空气等与台风有关的信息，了解台风的成因，判断台风在增强或衰弱，关注台风的趋势。刘天一听得很耐心，听完海南广播电台，又听广西台，再听珠江一台、二台，然后综合分析，做到准确又准确。今天这个该死的收音机好像要捉弄刘天一，唱歌时，唱得顺畅，开始预报天气便说说停停，又沙沙沙响，不给刘天一一个囫囵的话。这是一个熊猫牌收音机，很贵的，以前不这样，刮台风那个夜晚刘天一把它从凳子上踢下来，它就开始和刘天一闹情绪。刘天一把那天线拉得很长，从马扎爬起，抓着它跑去那边听一会儿，又跑过这边来听一会儿。它仍像个哮喘病人，说几句便沙沙沙喘一会儿。越听不清刘天一越心急火燎，摇摇一下，又拍拍一下，拍到后来它干脆就哑了。刘天一的心里从着急转化成紧张。这场台风虽说是"洗岛"，珍珠岛已经遍体鳞伤，再来一场猝不及防的台风，珍珠岛就瘫了。

拜完祖后，刘天一媳妇坐在屋檐下分捡海螺。她平时说话不多，却很勤快。海水涨潮前，她已经下海滩挖回两篮海螺，要把挖破了的、小个的都捡出来，留在家里吃，剩下的就拿去水角镇卖。她见刘天一很焦躁，不一会儿就拍那收音机几下，说：它又不是孩子，打两下，就听话了。

刘天一不再拍了，直挺挺躺在马扎上。

喔喔喔……螺号声从门外滚进来，三长两短，是渔船出海的号角。

像被黄蜂蜇了似的，刘天一一挺身从马扎跳起，朝岛东码头的方向望去，随着喊道：行啊，这两个家伙敢捋龙王须呢！

台风刚过，鱼被打蒙了，迷失方向，乱跑乱窜，就撞上渔网，往往打得很多鱼。可是风过浪不平，大海仍在躁动，浪涛奔腾，急流汹涌，出海去很冒险，无别于去与海龙王抢食。出海的是林大侬和刘大茂。刘大茂的渔船搁在岸边，没损坏，戽干船舱里的水，又浮起来了。林大侬那渔船只撞塌一个大窟窿，船底的板缝也有裂痕，补了窟窿，拿桐油搅石灰抹了板缝，没事了。关键是这两个人都胆大，又有本事。

刘天一踮着脚跟颤悠悠站在一张方凳上，伸手要把搁在堂屋神龛旁边那圈爆竹抓下来。

他媳妇提一双沾着泥水的手站在门边说：干吗呀，人家出海，你要打啥爆竹？

刘天一蹦出一句：哼，女人懂啥！

他媳妇确实不懂，或者说她没想得那么远。台风的阴影要完全从岛上人的心里抹去，只有看见渔船又出海了。他们吹响出海的号角，犹如给岛上人的心里鼓进一股暖风。刘天一要为这两艘船壮行，让暖风变成热气，使岛人的心里重新活泛起来。

刘天一提一大圈爆竹赶到岛东码头来时，林大侬和刘大茂的渔船已经开出港了，两艘双帆渔船拖着两道长长的水痕争先恐后朝远处驶去。

刘大茂和林大侬像两头海怪，同年同月同日同一个时辰出生，又都生在海上。

那天刮龙卷风。两条黑龙游荡在珍珠岛上空，互相追逐，互相缠绕，呼啦啦的飓风好像要把珍珠岛的房屋全部掀翻。接着汹涌澎湃的洪流从东面那北门江滚向珍珠岛来，珍珠岛一抖一抖，似乎被冲垮。岛人都跑上渔船去。下半夜回风了。回风就是台风结束前，突然刮一阵更凶狠，更猛烈，方向相反的大风。岛上的渔船被吹得七零八落，好多艘船的缆绳拉断，随风而去。风停雨止后，有的渔船从海上回来，一艘渔船靠码头来便打爆竹，船上增加了两个婴儿，就是刘大茂和林大侬。

两个小孩满月了，拿生辰八字找酒爷，让他给起个大名。两人的八字相同，酒爷叫抱孩子给他看。酒爷看着两个并排躺在面前的孩子，哦一声说：两条龙！和则风生水起，兴旺发达；分则争强斗勇，引祸招灾。酒爷给一个起名"风生"，另一个叫"水起"，希望两人将来和睦相处，又暗合他俩生于大海的风浪中。孩子的家人都不接受，一个改叫"刘大茂"，另一个叫"林大侬"。

刘大茂小时候长一身疥癣，天气一热就痒死人，天天下港湾泡海水。这一泡，泡出奇迹来了。他可以在水上睡大觉。一个早上，他在岛西码头前的水上睡觉，海水涨潮来，不知把他浮到哪去了，下午海水退潮，他又随潮水浮回来，搁在岛北那红树林的树枝上。有这身水上本领不得了，刘大茂捞虾捕鱼捉螃蟹信手拈来。人家下海滩打鱼都拿渔网，他空着手只背一个鱼篓。鱼篓放在岸上，他一个猛扎钻进水里追逐鱼群，抓到一条，嘴巴咬住，再抓到一条，左手捏着，又抓到一条，夹在左手的指缝，一直到两只手的指缝都夹满鱼了，才浮出水面。他遇上一条百斤大旗鱼。旗鱼跑得快，背鳍露出水面像撑着一面旗飞奔。他扑过去，两只手抓住两边鱼翅随鱼而去。旗鱼驮着他忽沉忽浮，跑了百把米远，撞上岸边的一块大石头。旗鱼撞死了，他却毫发未损。刘大茂歪着脖子扛着大旗鱼走回岛来，惊悚的目光和热闹的赞叹声把他包围，他于是得个"水精"的绰号。珍珠岛人过水上的日子，得个"水精"绰号是何等崇高的荣誉！可是，在赞誉声的鼓动下刘大茂不认识自己了，心里萌生不平凡的感觉。他认定自己就是"四角螺"背上那制高点。他开始寻找那个神秘的石窟，进过石窟才是岛上最不平凡的人，才能把握珍珠岛的前行方向。刘大茂凭着出色的潜水本领到处寻找石窟的穴口，在岛东面那案台礁石的水下寻到一道石缝，毅然钻了进去。石缝很深，很窄，刘大茂钻进去便没法转身回头，只好拼命往前钻，可越来越狭窄，又找不到出口。刘大茂精疲力竭惊慌绝望要死在石缝里做个水鬼了，突见石缝上边有暗光，他拼死拼活往上爬，手脚都爬不动时，从另一道石缝浮出了水面。人家捞起刘大茂，他全身上下都是刮痕，血肉模糊，气若游丝。他喘过气来时，大喊：鬼，鬼！打那后，珍珠岛人不再叫他"水精"，改叫"水鬼"。

林大侬的块头大，眼睛鼻子嘴巴都是大号的，一身蛮力，又勇猛，做事雷厉风行。岛东码头有个拴缆石三百多斤重，没人搬得动。林大侬双手抱住，一跺脚，石头便起来了，再喊一声，那石头扛在肩头上。他扛那石头在码头上来回走，身不抖，脚不颤，突然一侧身，石头呜地扔下来，嘭一声响，砸得码头震颤颤的。林大侬瞧不起刘大茂，说：会潜水有啥，泥鳅也会钻泥滩呢！他潜水不如刘大茂，可游泳不输给刘大茂。他嘭一声扑进水里，水花四溅，蓦地腾起，双臂翻飞，犁波破浪横冲直撞，那波浪哗啦啦向四面汹涌，像一条大鲨鱼追逐猎物，吓得附近的鱼虾都惊慌失措，蹦跳躲避。那年接连刮两场台风，持续下半个多月暴雨，北门江洪水泛滥，汹涌而来的洪流浮着树木、杂草、门板、桌椅，还有鸡、鸭、猪、狗、牛、羊。站在码头上的人眼巴巴望着。林大侬和刘大茂一块跳进水里。游在翻滚的洪流中很危险，必须顶住激流朝前冲过去，如果随波逐流，人就被冲到大海里，再也游不回来了。两人奋力游了两百米，来到洪流湍急处。刘大茂抓住一只羊，掉头往回游，可洪水和他劫那羊，硬把羊拖走，连他也一块拖走。游了几丈远，刘大茂力气不支了，斗不过洪水了，那涡流要把他旋进去，只好扔下那只羊，另抓一只鸭，游了回来。林大侬抱住一头大猪。那猪挣扎着要咬他。他一边和猪搏斗，一边与洪水搏斗，在激流中忽沉忽浮，硬把那头大猪拖回码头来。打那后，人家都叫林大侬"大鲨鱼"。

刘大茂心里好憋屈，听见人家叫他"水鬼"，就觉得人家在揭他的短，全身不自在；人家叫林大侬"大鲨鱼"他也难受，像吞下一只活螃蟹，抓得他的胃肠辣痛。那年夏天，海水涨潮时，岛东码头前出现一条大鲨鱼，几个小孩在码头边玩水，大鲨鱼扑过来，把一个孩子的一条腿咬去了。珍珠岛人很心疼，刘大茂却很愤怒。他领岛人拿渔网围住岛东海海滩，要捕杀那条大鲨鱼。可没捕到。林大侬说：大鲨鱼没那么傻，还待在那儿，等你们去捉它。刘大茂火气莫名其妙冲上他的头顶，瞪着林大侬喊道：大鲨鱼就不是东西是恶魔，就是祸害！

很多人摇舢板在珍珠岛北面那神头湾撒网。神头湾是一洼浅滩，周边是洁白的沙滩。涨潮时，海水哗啦啦涌过来，就汪洋一片。鱼随水走，撒网就是捕捉随潮水上滩来的鱼。

自从珍珠岛人都造双帆渔船后，没人再摇舢板打鱼了。刘天一说：舢板用处大呢，别吃着花生就扔掉了黄豆。刘天一造一只舢板，渔船停港时，就摇舢板出去撒网，捕鲜鱼回家吃，吃剩的或是晒干或是让媳妇拿到水角镇去卖。后来珍珠岛的每个渔工也都造一只舢板，渔船没出海，就摇舢板去撒网。

"洗岛"两个字老蹦跶在刘天一的眼前。那位白头发白胡子老人说，那场台风是上苍"洗岛"，酒爷也说是"洗岛"。刘天一深信不疑。台风中珍珠岛损坏一些房屋和渔船，应该是洗掉龌龊时，碰碰磕磕所致。台风过后，珍珠岛的房屋都修建好了，很规整，很漂亮，焕然一新，人的精神面貌好像也轻松清爽多了。

岛上的很多渔船还在修理中，油桐树下坐着好多人。每天刘天一都摇自己的舢板出去撒网，背着渔网从岛东码头的油桐树下走过；回来时，也经过岛东码头，背着一大篓子鱼走回家。渐渐地，油桐树下的人不再闲坐着，都屁颠屁颠摇舢板出来撒网。

舢板分散在海湾上，摇橹声随着轻风悠荡在水面上。

日头斜西了，潮水涨满海湾了，不流动了。鱼随水走，水不流动鱼也不动，四散在海湾，瞧见舢板就躲开，很难捕捉。许多人都将木橹抽起，抛下铁锚，坐在舢板的甲板上停歇。

一阵悠长的螺号声在水面上掠过。

舢板都赶紧起锚，又架起了木橹，循着螺号声摇过去。

螺号是刘天一吹的，叫大家集中过来一块赶鱼。赶鱼很有趣，所有的舢板分成两拨，排成两行，分列海湾两边。螺号吹响，两排舢板就哗啦啦朝对方拢过去，水里的鱼也就慌张朝对面跑，两边的舢板快会合时，鱼都被赶到一块来，慌张在水里。螺号又响，全部渔网一呼啦撒下去，把鱼罩住。赶鱼是潮水涨满时捕鱼的好办法，事半功倍，撒一网比平时撒十几网捞的鱼还多。但是，珍珠岛上只有刘天一能够组织舢板赶鱼。刘天一是"渔头"，不是封的，比赛比出来的。怎么比？比撒网、比捕鱼。珍珠岛上能和刘天一比高下的只有林大侬一个人。那次比赛就是在神头湾旁边的沙滩上。林大侬牛高马大力大无穷，一张大渔网抓在手上很轻便。他扎下马步，转身一抛，渔网蓦地张开，嗖的一声飞向天上，接着罩在沙滩上，又宽又圆又远，像落下一个大月晕。喝彩声马上涌起。刘天一撒网的动作不大，不等喝彩声停下，他的双臂一晃，渔网便飞了出去，贴着地面飞，落在林大侬那渔网旁边，也是又宽又圆又远。围观的人都木呆了，分不出谁胜谁负。林大侬却叹口气说：啊——难怪天一总是打到很多鱼！林大侬瞧出了个中的奥秘，输得心服口服。林大侬撒出的网飞得很高，好看，可落下水的时间长，水里的鱼瞧见网飞过来，就赶紧躲开，往往罩不住鱼；刘天一撒网的动作小，网又贴着水面飞，很快就罩下水去，鱼来不及躲避。

赶鱼很热闹，咿咿呀呀大喊着摇舢板，舢板哗啦啦撞起一片片浪花，像是闹着玩，网撒下水时，大家都嘻嘻哈哈笑，收网时，便是一阵惊喜声。每赶一趟，都打到很多鱼。连续赶了几趟，日头滑落在海水上，海面一片通红，赶鱼结束了。

全部人兴致勃勃摇着红灿灿的舢板回岛去了，刘天一没回去。他抽起木橹，让舢板自由自在地在水上漂游。他抱个水烟筒坐在甲板上，却不抽烟，目光洒在水上，看着这满海的红色出神。他头晕目眩，急忙躺下。他对大片的红色有特殊反应。那次他遭遇海难，死里逃生，后来什么也不记得，印象中只有一大片红色。

那次海难发生在六年前。

那时珍珠岛的渔船都很小，是那种单帆的小船。改革开放后，生产队解体了，集体的渔船分给渔工们。珍珠岛的渔船仍做单一的作业——放钩。放钩不出远海，渔船都在离岛不远的海面上。放钩捕不到很多鱼。渔工们对海上的各种捕捞作业编了一个顺口溜：放钩当叫花；放网如设卡；灯光是欺诈；拖网像扫帚。就是说，放钩钓鱼很被动，像乞丐一样，眼巴巴等着鱼来吃钩；放网不那么被动，网在水里拉开，只要鱼跑过，就逮住；灯光就是骗鱼，夜晚在海上点亮灯，把鱼招引过来，就将鱼网住；拖网很霸道，一张大网在水下拖过去，大鱼小鱼统统扫进网里。刘天一骂道：娘的，开放了，手脚放开了，还当啥乞丐！他不再放钩，把单帆渔船换成双帆渔船，改放四指流刺网。放钩捕捉躲在海底的鱼，如红鱼、麻鱼、鲨鱼、鳗鱼、刺鱼、石斑鱼、猫公鱼等，也就选择适合这类鱼活动的渔场，比如选在有泥浆或者泥沙夹杂着螺壳的海地作业。流刺网捕捉四处活动的鱼群，如马鲛、鲳鱼、带鱼、刀鱼、甲鱼等鱼群，要到风大浪大水流湍急的渔场放网，鱼群的活动规律随着季节、天气、潮汐的变化而变化，渔场也就不停地变换着。

放流刺网后，每个潮汐刘天一的双帆渔船都沉甸甸靠港来。岛人看着都眼馋，只不过几个月，所有的渔船都改放流刺网了。

那天珍珠岛的五艘渔船结伴朝西北方向驶去，四面望不见陆地了，找到一个新渔场。天气温和，风很懒，浪很闲，海面像铺着一块巨大的蓝色绸布。刘天一望见那日头渐渐变成淡红色，慢慢地朝西边坠了下去，抓起螺号，憋足气，鼓起腮帮，连吹了三下。这是放网的号角。

放完网，日头红透了，喷出来的光把天空、海上都染得一片通红。刘天一让渔船在网行边滑行，目光在海面上漫游。突然听见海鸥的叫声，刘天一仰头望去，看见两只海鸥惊慌失措飞过。海鸥惊叫飞窜，说明天气突变。刘天一扭开收音机听天气预报，果然要刮台风，说台风刮在菲律宾那边，再跑到我国台湾地区去，明天中午在台湾登陆。刘天一一想，天黑后马上收网，连夜开船回珍珠岛，天亮前渔船便进港了。

夜幕还没降下来，天地仍然一片红亮，台风急匆匆赶过来了。海水下好像埋伏着无数恶魔，狂风扑过来，恶魔趁机腾起，成群结伙呼着喊着奔跑着，大海顿时颠来倒去，渔船失去控制了，在水上颠簸、漂荡。一个巨浪斜刺里冲过来，刘天一忙拉舵把，渔船不听使唤，巨浪撞在船尾上，渔船打转，再来的浪涛把渔船掀起，险些将渔船掀翻。渔船之所以打转，是被系网绳拉着。刘天一喊：快砍断系网绳！没有动静。刘天一回头瞧，见几个渔工趴在自己的身边发抖。刘天一伸脚朝刘大茂踹去。刘大茂挨了一脚，胆子似乎大了许多，爬起，抓把刀走过去，嚓，系网绳断了，渔船轻松了。巨浪又扑过来，刘天一掉正船头，朝浪头冲去。渔船不再打转了，可船太小了，在浪涛撞击中，左摆右晃，随时要倾覆。刘天一又喊：砍船桅！这个时候船桅变成了多余。船桅高高立着，只能让狂风抓住，猛烈地摇晃渔船。连喊几声，没人过来。刘天一掉回头，见渔工们都穿着整齐，脸色苍白呆坐在船舱边。刘天一喊：要等死？船沉了，人下水，不一定都死呢！穿长衣长裤，下水后，动弹不了，就是自杀！渔工们仍战战兢兢地坐着。刘天一又喊：脱，谁不脱，就扔他下海去！刘大茂脱下衣服，抓刀去砍船桅。李石强才十六岁，也抓把刀跟在刘大茂身后走了过去。猫叔仍在发抖，半天脱不下衣服。刘天一从船帮边摸来一把斧头。猫叔喊道：别砍我！刘天一喝道：谁要砍你？快过来，给我抓舵把！猫叔爬过来，握住了舵把。刘天一冲过来，挥动斧头砍船桅。一排巨浪滚过来，渔船急剧起伏，李石强脚下一滑，摔倒在船帮上。就在这时，咔嚓一声，船桅折断了，朝李石强砸去。刘天一急忙抱住船桅。船桅偏离李石强，掉下海去。可是，刘天一也跟着掉进海里了。巨浪又扑过来，渔船随浪涛漂远了。渔工们回头望，刘天一和那船桅已经被巨浪吞没。

台风一过，珍珠岛的渔船马上出海寻找。四艘渔船全部沉没，全部人遇难，只有刘天一那渔船没有沉没，船上的人都活着，只是没了刘天一。

连续找了三天，仍不见刘天一的踪影。岛人都说刘天一死了，只有巫婆三娘坚持说没有死。巫婆三娘激动地大喊：刘天一死不了！海天元帅让一只神龟托住他，驮他上天去了！

第四天，海上风平浪静，珍珠岛人又出海打鱼。渔船在珍珠岛东面那案台礁石旁边停下，要向案台礁石叩个头，参拜海天元帅，突然望见有个人躺在那平展展的案台礁石上。船靠过去，天啊，是刘天一。刘天一睡着了，或者说他昏睡过去了。给刘天一灌淡水，灌米汤，他睁开眼睛了，可仍懵懵懂懂的。渔工们问：你怎样来到这里？他摇摇头。问他在礁石上睡多久了？他也摇摇头。

回珍珠岛来了，刘天一仍说不清他怎样到那案台礁石来。

巫婆三娘于是在岛东码头跳大神，指着天空说：恶浪把刘天一吞没，一只神龟跑来，将他托起，驮上天去。海天元帅向玉皇大帝请求，说人间晦暗，浊气弥漫，需要有正气的人，刘天一身上氤氲着正气。玉皇大帝准许，神龟又把刘天一驮回来，放在海天元帅的案台礁石上。后来巫婆三娘又透露一个秘密：海天元帅对刘天一心仪已久，要让刘天一做替身。海龟送刘天一回来之前，海天元帅将还魂水注入刘天一的天灵盖，天上的事情，他也就记不清了……

此刻，刘天一躺在舢板的甲板上睡着了，舢板随着海风和潮水漂荡。次日早上，晨风把刘天一吹醒，那舢板正好停在案台礁石的旁边。这时，朝霞在海水上热烈地燃烧，海上、天空都是猩红色。珍珠岛熠熠发光，像海水上浮着一颗光华四射的巨大珍珠。

一夜没风。

下半夜，一块赤色的火烧云在天上飘荡，突然一道闪电从海上射向天空，那火云掉了下来，落在海水上，燃烧起来，亮了一大片。那红色的海浪奔腾翻滚，溅起的浪花四射纷飞……火烧云的出现，都和海魔有关。说是嚣张的海魔要兴风作浪，正呼风唤雨时，天神扔下一把火，把它们烧个焦头烂额；又说是海魔互相争斗，打得难解难分，互不服输，点燃篝火，让天神看个清楚，作个裁决……总之，火云在大海燃烧，是凶兆，海上要出大事。

昨晚好多人看见火烧云，早上人们都揣着疑惑凑在岛东码头油桐树下，听大家怎么说。

大家怔怔地望着海上，一阵沙哑的笑声从码头那边跳跃过来，看过去，见酒爷抓个酒瓶坐在码头边钓鱼。有两条鱼争抢酒爷鱼钩上的鱼饵，一条抢到了，被钩起，抢不到的那条居然跳上码头来，蹦跳在酒爷的屁股边。酒爷笑完，说：怪，有飞蛾扑火，也有游鱼扑钩呢！

酒爷抓住那鱼，摇头晃脑和鱼说话，接着扔回水里。鱼在水面跳两下，掉头跑了。

酒爷脚踏阴阳两界，半阴半阳，疯疯癫癫，说话往往暗藏玄机。油桐树下的人都望着他。

这时，一群脱光了衣服的孩子唱着歌朝岛东走来，要下码头玩水。

孩子们唱：

天苍苍，

水茫茫，

双龙出去闹海洋。

风凶狠，

浪猖狂，

双龙斗败急逃亡。

一龙活，

一龙亡，

谁活谁亡费思量……

孩子们的歌声像一只无形的手伸过来，抓住人们的神经，抽紧，全部人都愣住。

刘天一听出孩子们唱的是谶语，朝他们喝道：你们乱唱啥？

孩子们你瞧着我，我瞧着你，然后指着刘大茂的儿子刘来福说：他先唱，我们跟着他唱！

刘天一抓刘来福的手问：谁教你的？

刘来福的眼睛翻白，挠头想了一会儿，说：昨晚我梦见一个头发胡子全白的老头，踩在水面上走路，就唱这个歌。

白头发白胡子老头，不就是海天元帅吗？孩子们都走开了，刘天一仍立在原地发愣。他想不明白，既然是海天元帅唱的，为什么唱"双龙"呢？难道珍珠岛真的是"五龙争珠"？他可不承认珍珠岛是五龙争珠啊！那么"双龙出去闹海洋"的"双龙"只能指刘大茂和林大侬，岛上只有他们两艘渔船出海去。"一龙活，一龙亡"又怎么说，要出事？哪一个活，哪一个亡呢？

油桐树下的人都很惘然，刘天一收拾好自己的表情，喊道：珍珠岛是吉祥岛，一切都会逢凶化吉呢！

刘大茂和林大侬开船出海，说是打鱼，也是在海上较劲。

也怪，不管两人怎么斗，都不和刘天一斗。酒爷解释说：旗鼓相当则斗，上下差异则从。酒爷又进一步分析：刘大茂和林大侬都有个"大"字，可刘天一却有个"天"字。天字是在大字的上头横一杠，盖住大字。

其实，这三个人从小在一起玩，就是在不经意中较量。刘天一总是在一些很寻常的小事中有不寻常的表现，从而凸显出不寻常。比如有一次，有人在岛东码头点烛烧香祭祀海天元帅，一串爆竹刚噼啪响，几个孩子便冲过来一阵乱踩，灭了，刘天一抓那半串爆竹跑了。一群孩子跑到岛南坟场边，停下来玩爆竹，比谁玩得巧，玩得狠。有人把爆竹埋在沙堆打，有人把爆竹插在猪大便上打，有人扔爆竹进玻璃瓶里打。刘天一将半串爆竹绑在一条大黄狗尾巴上，爆竹响起来，那狗又叫，又跳，又跑，又躲，又打转，孩子们笑着、喊着、跳着，都乐坏了。林大侬很勇敢，捏住一枚爆竹的屁股，点火，让爆竹在他手上爆炸，爆竹屑溅得他满身都是。刘大茂要玩更狠的。他瞧见一头母猪躺在一垛仙人掌旁边，走过去，抓个电光炮塞进母猪的屁眼，嘭一声响，那母猪嗥一声，跳起，痛苦地晃着屁股跑，血从那屁眼淌出来。孩子们正怔怔地看着那母猪，一个大人抓根竹棍赶了过来，问，谁干的？孩子们都不吱声。那人瞧见刘天一手上抓着一盒火柴，一棍子砸在他的腿上。刘天一不吭声，仍站着。棍子又举起来时，坐在簕竹垛边乘凉的酒爷喊过来：别——不是他干的！那人扔下棍子走了。酒爷问刘天一：干吗没说不是你干的？刘天一说：爆竹是我抢来的，火柴也是我的呢。刘大茂呆呆地望着刘天一不说话。林大侬却瞪着刘大茂。刘大茂的目光散乱，掉头走了。

年轻时，林大侬和刘天一到水角镇读中学。

水角镇人瞧不起珍珠岛人，叫"海上来的"。林大侬说：谁这么叫，就打谁！刘天一说：别理睬。林大侬说：把他们打服了，就不敢叫了。打不服的，刘天一说，我们来读书，要比他们会读书，才服。林大侬的大块头，又黑不溜秋的，人家干脆叫他"海豚"。他咬牙切齿捏紧拳头瞪大眼睛。刘天一说：海豚好呢！

林大侬爱打篮球，可球技粗糙，在球场上横冲直撞像辆坦克，经常把人家撞倒，他一踏进球场，人家就抱着球跑开。他就瞪着人家跺脚骂。刘天一说：人家怕你，还骂？林大侬不再打篮球，和人家摔跤。刘天一又提醒说：别，我们是来读书啊！

一个晚上，几个校外青年闯进学校来找林大侬摔跤。林大侬要躲开，人家抱住他，举拳就打。他一抖，把那些人抖开，挥拳将左边那人的牙齿打落，飞一脚将右边那人踹倒，拔腿跑。一伙人追到海边来。正值涨大潮，海水铺满海滩。他转回身，一阵拳脚，那几个人都东倒西歪。他跳进水里，哗啦啦朝珍珠岛游去。

那时起，林大侬暗暗地佩服刘天一。他感觉刘天一身上有一种他没有的东西，那东西不显山不露水，却隐藏着力量。

刘大茂不再到水角镇来读书。回珍珠岛来，他和林大侬的较劲又延续下来。

天上的月亮很大又遇上海水涨大潮时，林大侬就和刘大茂领一伙年轻人摇舢板到对岸的水角镇海边来摔跤。结伴摔跤经常打架，比如有人弄小动作，或者语言冲撞，就打了起来。不过，水角镇人不敢和珍珠岛人打。林大侬说：水角镇人都是软壳蟹，手脚没力。刘大茂却认为：水角镇十家九姓，人心拢不在一块，不像珍珠岛人，团结一致，个个神勇。摔跤场上没一个水角镇人摔过林大侬。那次，林大侬把一个很胖的水角镇人摔倒，拿担架抬回去后，他踩进摔跤场，水角镇人都变成老鼠，缩头躲开。刘大茂块头不大，又长得猥琐，水角镇人爱找他摔，可他也不等闲，机敏，花招多，常把大块头的水角镇人摔得喘不过气来。水角镇人走了，珍珠岛人就自个摔。可林大侬总摔不赢刘大茂。林大侬力气大，刘大茂却像条泥鳅，钻来钻去，让林大侬使不上劲。林大侬急了，搂住刘大茂使死劲。刘大茂就顺势伸右脚勾住林大侬的左脚，侧身一扳，林大侬就失去平衡，像一堵墙倒塌，轰一声栽在地上。林大侬看着刘大茂说：你这水鬼，摔跤也像头鬼！刘大茂的确鬼，瞧出林大侬摔跤主

040

要靠蛮力，于是来个四两拨千斤，借力打力将林大侬扳倒。刘大茂得意地说：一物降一物，天生我就是要降服你林大侬！

林大侬和刘大茂毕竟是生辰八字相同，互相较劲，也是互相配合。那年革命形势风起云涌，两个造反派头头从水角镇跑来珍珠岛串联，林大侬和刘大茂的阶级觉悟马上提高，分别在岛北和岛西成立造反司令部，都成为司令员。他们革命豪情高涨，首先革鬼神的命，把珍珠岛各家各户的神牌、族谱、匾额、香炉以及香烛纸钱，还有拜神用的神台，也统统搜了出来，在岛东码头和油桐树下堆成一座小山，一把火烧成灰烬。烟火熏着油桐树，没几天，树叶枯黄、凋落，剩下光秃秃的枝丫。刘大茂要炸掉珍珠岛人心里最大的鬼神，拿一个大酒瓮制成一个巨大的鱼炮，和几个人摇舢板送到珍珠岛东面那乱石滩来，又亲自潜水将鱼炮塞进案台礁石下边那石缝里。鱼炮爆炸，那响声像地裂，掀起的水柱几丈高，激起的波浪哗啦冲到岛东码头来。那只来炸鱼炮的舢板被撞个底朝天，舢板上的人全部落水，险些都成了水鬼，那几天，海滩上到处是死鱼死虾死蟹。

鬼神都吓破了胆，夹着尾巴逃跑了，接下来要革阶级敌人的命。珍珠岛没有五类分子，酒爷的历史复杂，又装疯卖傻，应该是叛徒内奸特务，必须批臭批烂打入十八层地狱永世不得翻身，酒爷太不经斗了，几场批斗便垮了，耷拉着脑袋承认自己是牛鬼蛇神。斗志昂扬的人们找不到革命对象了，就让对方成为资产阶级，革对方的命，两个司令部打了起来。开始时拿口号打，拿语录打，接着拿木棍、石块打，再接着，抓长矛、大刀、火药枪打。岛西和岛北一巷之隔，砌围墙，开观察窗，挖枪眼，每天枪声窜去窜来，又扔鱼炮和手榴弹。

刘天一说，大家都是打鱼人，苦做苦吃，没有资产阶级。他所做的，只是尽量不让两派人短兵相接。如果面对面打死对方，就刻骨铭心，这个岛将永远笼罩在仇恨中。这时，在县城读中学的李卓仁跑回珍珠岛来。酒爷让他又在岛东成立一个司令部。刘天一说，这是火上浇油。酒爷说，三国鼎立呢。又多一个司令部后，岛西和岛北果然停下不打了。

林大侬和刘大茂的父亲是好朋友，他们都受了伤，突然想起当年酒爷看林大侬和刘大茂的生辰八字时说的话：两条龙！和则风生水起，兴旺发达；分则争强斗勇，引祸招灾。他们又来找酒爷。酒爷说：喉咙卡着鱼骨，拔掉鱼骨就好了。林大侬和刘大茂赶走来串联的那两个造反派头头，珍珠岛安静了。

坐在油桐树下的人都仰头看树上那八哥鸟筑巢。这棵油桐树年年有八哥鸟在上边筑巢。八哥是吉祥鸟，珍珠岛人不让孩子们捕捉，更不让孩子们爬树捣鸟巢。今年八哥鸟在这棵油桐树上筑两个鸟巢，被台风打落了，几只八哥鸟要重新筑巢，叼着树枝飞来飞去，嘎嘎啾啾叫得热闹。看着看着，眼珠不转动了，脸上的肌肉也抽紧。

这棵油桐树枝叶繁茂，尤其茂盛的是顶端那五根枝条。这五根枝条都向上，一根在中间，东西南北各一根，环抱在一起，撑起一片浓密的绿。不知不觉，西面那枝条的树叶焦黄了，枯竭了。绝对是凶兆。这棵油桐树是神树。酒爷说：万物都有灵魂，万事都分阴阳。这棵油桐树是珍珠岛的阳树，岛南坟场那棵大榕树是阴树。阳树的树下坐着人，阴树的树下都是鬼。据说，夜深人静月亮不很亮的时候，有胆大的人悄悄走到岛南坟场来，就看见那大榕树的四周飞着许多萤火虫，命格低的人还看见树上挂着鬼火，要是躲在隐秘处仔细听，就听见树下有说话声，甚至听见笑声或者山歌声，有时还听见鬼神在咳嗽。总之，阳树旺盛，珍珠岛就兴旺；阳树衰败，珍珠岛就衰落。这棵油桐树的枝条枯萎，就是暗示珍珠岛要出事。比如"文革"那年，这棵油桐树被烧迷信用品的烟火熏着，树叶脱落，光秃秃的，像死了一样，珍珠岛很乱，打死打伤很多人。六年前，无缘无故油桐树树冠上的枝叶一大片焦黄，只有树顶中间那枝条仍挂着一把绿叶。珍珠岛人天天提心吊胆，却不见灾难发生。秋末冬初台风季节快过去时，厄运却赶来了，一场海难让珍珠岛死了很多人。刘天一在海难中失踪又奇迹地生还，就是因为树顶中间那枝条仍挂着一把绿叶。

猫叔今天没杀猪，光着膀子坐在油桐树下那青石板上，一边搓腋下的污垢一边望着树顶那根叶子焦落的枝条没心没肺地说：看来，要死人啦！

全部人都生气地回头来瞪着猫叔。

其实，望着那根落叶枝条的人心里都想到要出事，而且想到出事的是刘大茂和林大侬，尤其是刘大茂，因为落叶枝条在西边。加上几天前孩子们唱"一龙活，一龙亡"更让人不安。只是大家都把话含在嘴里。海上出现危情，岛上人无能为力，说出来于事无补，只有引起慌乱。

刘天一没有看八哥鸟筑巢，目光在天空游移。他的收音机坏了，昨晚看天气见天色忽明忽暗，此刻，一块黑云正从北面天脚蹿起，他估计又要刮台风。目光从空中落下，看见林大侬的渔船正朝岛东码头驶来。船靠码头，刘天一立在码头边问：刘大茂还没回来吗？

林大侬一身疲态，揉一下眼睛望来，也问：刘大茂还没回来吗？

台风刚过，海上情况复杂，出海就像入虎穴探龙门，两艘渔船理应相随相伴相互照应，可是驶离珍珠岛后，便分道扬镳，互相消失在视野中。

刘天一在心里骂：娘的！回头朝油桐树上望，那几只八哥鸟正慌张，扑棱棱飞起，躲向岛南去。

北面那黑云越蹿越高，蹿到天心迅速洇开，整个天空霎时暗了，狂风扑过来，暴雨也扫下来。油桐树下的人没去躲雨，跑来码头边站着，紧张兮兮地和刘天一一块朝海上张望。

刘大茂的渔船回来了，颠簸在风浪中，正朝珍珠岛驶过来。

刘天一跺脚骂：天啊，笨死啦！骂声刚落，见刘大茂那渔船傻乎乎朝岛东那案台礁石撞去，渔船蓦地蹿起，接着栽下，海浪掀起，把船掀翻了，从后边紧追过来的巨浪把渔船吞没了。

刘大茂本来已经听见收音机说要刮台风，他不肯扔下渔网马上跑，他说：收音机经常骗人呢！收完网，渔船只跑了一会儿，狂风追过来了。也许是慌不择路，也许是风浪太大船不好使，也许是乌云笼罩浪花纷飞天色很暗又下着雨，看不清那案台礁石……

刘天一喊：快，趁着风刚到，浪还不太恶，开船去救人！

码头上的人们都很急，可仍呆站着。这个时候顶着狂风急浪驶船出去太危险了，何况风会越来越猛烈，浪也越来越嚣张。

娘的，你们下边都不长卵吗？刘天一一边骂一边朝自己的渔船走去。其实他明白的，不是谁都有这个胆，又有这个能耐。刘天一跳上自己的船时，后边跟来的两个渔工也跳了上来。

刘天一的渔船刚驶离码头，另一艘渔船也跟着驶了过来，那就是林大侬的渔船。刘天一禁不住朝那渔船投去敬佩的目光。

两艘双帆渔船一左一右朝那案台礁石驶去。刘天一和林大侬都是掌船使舵的一等好手。两人弓着腰蹲在甲板上抓舵把，虎虎地注视前方，表现出一种勇往直前的气势。这个时刻气势很重要，能够压住风浪的淫威，给自己船上的人注入无畏的勇气。越接近那案台礁石，渔船颠簸越激烈。刘天一和林大侬都使出浑身解数，让帆船借风使力，又躲过浪头，敏捷地穿行在波峰浪谷中。

巨浪在案台礁石那儿疯狂，哗啦腾起，蹿向空中，又扑下来，轰隆作响，激起的浪波滚向四方。刘大茂三兄弟和另外两个渔工已经被浪涛撞散，东一个西一个分布在案台礁石的四周，有的抱着一块木板，有的搂着船帆，有的挽着船桅，在巨浪的撞击中忽隐忽现。

渔船没法靠近那恶浪翻腾的礁石，在周边小心翼翼地迂回，努力接近那些挣扎在水里的人。其实，这个时候的小心翼翼也惊恐万状，像踩着刀口舞蹈。人们说风口浪尖，说白了，就是刀口枪尖。风那么急，浪那么狂，帆船一会儿顶风行驶，一会儿横风斜行，狂风巨浪像恶魔般凶狠地扑过来，把渔船撞得摇来晃去，一会儿左侧，一会儿右倾，又前冲后顿，随时都会翻覆。

不知是刘天一的船使得巧，还是船上多一个渔工。几个来回后，刘天一把三个人救上船来了。林大侬的渔船只救上一个人。林大侬的船上只有两个人，他和林二侬。本来兄弟四人都要来的，林大侬把林三侬和林四侬赶下船，万一出现不测，他家仍留下两个大男人。林大侬的渔船救人的确不很方便。林大侬站在甲板上掌舵，林二侬在船尾抓系帆绳使帆，没有人站在船头给游在水上的人抛缆绳，渔船必须从那人身边窜过，让他趁机抓住挂在船舷的船帮绳，才能爬上船来。

海里只剩下刘大茂了，他很靠近那礁石，挽住一根船桅，巨浪在他身旁翻腾奔涌，一次次将他撞离那船桅，把他压下去。好在他的水性好，潜下去，又迅速浮起，又扑过去紧紧抱住那船桅。刘天一的渔船从右边逆风穿过来，要靠向刘大茂。林大侬的渔船从左边插过去，隔开刘天一的渔船。林大侬要亲手救起刘大茂。刘天一也想让林大侬救起刘大茂，抓舵把一推，驶船让开，在旁边迂回。但是，林大侬的渔船几次朝刘大茂驶过去，都被浪涛打个踉跄，距离刘大茂丈把远便要掉头躲开。林大侬很着急，回头望刘天一一眼，又重新调好船头，再次朝刘大茂驶去。林二侬更急，悄悄抓一条缆绳握在手上。渔船颠簸着向前冲，快接近刘大茂时，林二侬突然扔下系帆绳，跑到船头去，一把将那缆绳朝刘大茂抛了过去。系帆绳突然松开，船帆失去束缚，随风甩动，船头一斜，船身突然打横，一个巨浪扑过来，撞在船腰上，紧跟来的另一个巨浪把渔船高高掀起，船在浪尖上打一个转，栽下来时，船头插进水里，接着跟来的一个巨浪把船压了下去。船被压在水下无法控制，晃悠悠向前漂移。浮力把船又托出水面时，正向那案台礁石荡去，眼看要撞上礁石了，突然船帆一张，林大侬急忙拉舵把，船一抖，避开那案台礁石，从旁边窜了过去……这时林大侬才发觉，刘大茂和林二侬分别站在船的两侧，使劲拉着系帆绳。原来是刘大茂抓到缆绳后，一个鲤鱼打挺，随着腾起的浪波，顺势翻滚上船来了。

两艘双帆渔船急忙掉转头，朝珍珠岛驶来。

刚回到岛东码头，台风发飙了。狂风卷起巨浪，凶神恶煞般咆哮着追了过来。

第三章　水角镇

　　刘天一在酒爷家里和酒爷吃酒。

　　酒爷家在岛东，从岛东码头旁边那条小路顺着海边走，一筒烟工夫便到。酒爷的家是一间很矮的瓦屋，前面有一棵很大的马尾榕树，四周长着杂草，树下有一块大青石板。刘天一到酒爷家来，不是吃酒，就是下象棋。

　　今天刘天一和酒爷边吃酒边下棋。下酒菜很简单，只有花生。两人不说话，抓花生掰开，塞进嘴里，端酒杯呷一口，接着抓棋子。不知不觉，日头从红脸变成了白脸，已经爬上树顶了，他们下十局棋了。

　　刚离开酒爷家时，刘天一仍清醒，踏进自家的门槛，便头昏脑涨头重脚轻。他栽在床上，天旋地转，眼前的房屋都晃动着，似乎要坍塌下来。他只好紧闭眼睛一动不动。

　　半夜里刘天一醒来，头不晕了，可身上黏糊糊湿腻腻的。他叫媳妇打水给他洗澡。媳妇啊一声说：你终于醒啦！你一会儿说话，一会儿喊，可怎么叫也叫不醒。刘天一见媳妇的脸上依然抹着惊异，不让她打水了，爬起，走下岛西码头来，跳进水里洗个海水澡。

　　刘天一浸在水里，身轻骨爽，干脆游泳，游到乱石滩边，啪的一声响，一根小竹棍敲在他头上。他仰头看，见酒爷坐在一块石头上钓鱼，那小竹棍就是钓鱼竿。酒爷抓钓鱼竿朝那石窟的穴口指去，喝道：犯糊涂了，钻进去清醒清醒。刘天一迟疑。酒爷又说：石窟是你的，难道你要违背天意？

这话酒爷曾对刘天一说过。

那年，刘天一把单帆渔船换成双帆渔船，改放流刺网。渔船驶回珍珠岛，酒爷拉刘天一到乱石滩来，将一个塑料袋塞给他。塑料袋里有一根火把和一盒火柴。酒爷把石窟的穴口指给刘天一说：石窟是你的了，钻进去吧！刘天一抓过塑料袋，便潜水钻进石窟里。出来后，刘天一问酒爷：为啥把石窟告诉我？酒爷说：这是天意。珍珠岛很小，孤悬海上，就像一艘漂泊在海上的船，需要一个合适的人来掌舵。刘天一说：你就是合适的人。酒爷说：几十年来，珍珠岛没有顺当过，已经证明我掌不了舵了。刘天一说：我也不行呢。酒爷说：我看清楚了，你天性聪慧，有胸怀，有胆识，有能力，文韬武略；你一身正气，敢担当，且宅心仁厚，是不二的人选。刘天一说：我不懂怎么掌。酒爷说：所谓掌舵，就是看清方向，领个头。凭你的天赋和修为，只要手随心动，腿随意走就行了。刘天一说：你要助我。酒爷说：我早该死了，没有死，就是留下来协助你。酒爷要离开时，又说：世间没难事，也没易事，犯糊涂时，就钻进石窟里清醒清醒……

刘天一潜入水里，钻进石窟，爬上那石床躺下。他闭上眼睛，身子悠来荡去，像睡在云层上。他睁开眼，见那石床已经变成一艘大船，在大海里旋转，天地在颠倒，云块从空中落下来，压在他的身上，压得他不能动弹……突然起风，风从石床下面的水里涌出，风和海水纠结在一起，变成了龙卷风……珍珠岛上的树木连根拔起，房屋的瓦片像蝗虫一样呼啦啦飞舞，码头前的渔船都飞起来，飞离水面，像一群巨大的鸟在珍珠岛上空飞来飞去……一只龙爪从云层伸下，抓住他，抓上天去，几个牛头马面的恶鬼抓藤鞭抽打他，一个头发胡子全白的老者为他求情：放过他吧，他会做得很好的！两个牛头马面的恶鬼抓他一抛，从天上栽下来，栽回那艘大船。那位老人踩着水面走过来，双脚一点，腾起，凌空立在他的前面问：知道为什么打你吗？刘天一说：我没犯啥错啊！老人说：你错了，天上怪你不作为。刘天一说：我很努力呢！老人说：是的，但是还不够。现在是关键时刻，珍珠岛这艘大船正漂泊在激流中，如果随波逐流，就被卷进漩涡中，沉入海底。只有十二分警惕，二十分努力，才能把握好航向，驾驶大船进入风平浪静的港湾。老人说完，随一阵风去了。

刘天一从石窟里钻出来时，已经破晓，天地间一片绯红。

夜很静。

三更开始，酒爷又吹螺壳。酒爷喜欢在月淡星稀风停树静的下半夜吹螺壳。酒爷吹的螺壳不是螺号。螺号拿粗壳大角螺做的，声音响亮高亢。酒爷拿花纹美丽的圆形薄壳螺吹，声音很幽、很沉、很长、很缓，白天吹，听不着声音，夜晚吹，那声音像是从海底发出，又像是从礁石缝中溢出，如风一样飘荡，飘入人的耳孔，在人的五脏六腑里回荡，使人心舒意爽，回肠荡气，最后那声音渐渐溶化在人的血液中，使人心安神静。酒爷从三更天一直吹到五更天，鸡啼了，螺壳声被鸡叫声盖住了。

酒爷每次吹螺壳，都有奇异的事情在珍珠岛发生。

日头刚浮出水面，就见酒爷坐在岛东码头前钓鱼。说是钓鱼，其实在钓空气。海水已经退潮，码头边一滴水也没有了，那条钓鱼竿晃动着，那根胶丝吊着鱼饵在空中悠来荡去。几个小孩跑过来瞧。酒爷纹丝不动，像一尊佛。孩子们低头瞧一会儿，喊起来：哦，他的眼睛眨了，没有死。又喊：他的嘴角也动了。刘来福抓个小石块掷去，嘭一声打在酒爷的头顶上。酒爷仍坐着不动。刘来福蹑手蹑脚从酒爷身后走近去，伸手抓酒爷身旁那酒壶。啪——那钓鱼竿荡过来，打在刘来福的腿上。刘来福跳一下，扔下酒壶，弯腰摸着打疼的腿肚一蹦一跳跑了。

酒爷刚走开，刘大茂媳妇和巫婆三娘来了。她们要祭拜海天元帅。祭拜海天元帅就是在岛东码头上摆供品，点烛烧香焚纸钱，遥拜前面那案台礁石。那礁石就是海天元帅兵营的案台。刘大茂一船人大难不死，巫婆三娘说是海天元帅的功劳。刘大茂的渔船在海上被海魔追赶，一路跑回来，海天元帅领天兵神将在案台礁石前与海魔激斗，击退海魔，救了他们的命。

刘天一有些不高兴，他认为刘大茂不仅要拜海天元帅，关键要感谢林大侬。知恩图报是珍珠岛人的传统美德。海上遇难得救，回来一定要感恩。感恩重在"感"，不强调"报"，办桌酒大家吃就够了。刘大茂却不肯办这桌酒。刘天一说：狗啃到一块鱼骨，也懂得摇两下尾巴，你的命不如一块鱼骨，还是你不如一条狗？刘大茂说：林大侬不是恩人，是祸首。他的渔船撞塌我家下屋，吓跑了我家的祖宗，没有家神护持，我才遭遇厄难呢。

刘大茂媳妇把一圈爆竹拆开，摆在码头边，远远望去，像爬着一只巨大的蜈蚣。她抓一盒火柴站在爆竹旁边迟疑一下，抬头来朝油桐树下的刘天一招手喊：天一哥，过来给我点爆竹啊！

刘天一说：自个点呀。

她又娇滴滴地说：哎哟，我胆小，哪敢呀！

刘天一说：回去叫你家大茂来点！

她又撒娇，努嘴说：我才不要他点呢！

她蹲下，抓火柴梗一划，刺啦一声，点着爆竹了。爆竹喷着烟火噼里啪啦跳跃，她也跳跃，又夸张地哎哟哎呀喊着。

爆竹响完了，刘大茂媳妇的头发、身上沾着许多纸屑，那硝烟呛得她一个劲地咳嗽，两泡眼泪和一泡鼻涕飞奔出来。她一抹，脸上的烟灰、纸屑、鼻涕、眼泪把她糊成一只大花猫。

刘天一忍不住噗一声笑，走了过来。

刘大茂媳妇笑得更孟浪，嘎嘎嘎……咳咳咳……笑声和咳嗽声交替从她嘴里冲出来。她挖刘天一一眼，做出生气的样子嗔怪说：真是的，叫你帮个忙，也不肯！

刘天一不喜欢她这个扭捏样子，把目光移开。

巫婆三娘站在旁边，默默地看刘大茂媳妇对刘天一撒娇，这时，她眼角漏出一丝光芒飘过来，落在刘天一身上。刘天一感觉到那光芒热热的，在烫他的脸，正要躲避，巫婆三娘喊道：海天元帅来啦！

刘天一掉头走了。

刘天一不让人家说他是海天元帅。

巫婆三娘说她是珍珠，她的丈夫就是海天元帅。夜晚海天元帅经常来陪她说话。又说刘天一是海天元帅，那么，夜晚来陪她说话的是谁？咦，成何体统！

许多人不知道，巫婆三娘的大姐红梅，曾经是刘天一的女朋友。

那年，林大依揍了水角镇青年后，不来上学了。那些人到学校来找刘天一。刘天一说：找林大依吗？行，我带你们去珍珠岛！一个牛高马大的瞅着刘天一说：我要和你摔跤。刘天一爽快地说：得！又说：我输了，就拎书包离开水角镇；你输了，你们别再来了。那个牛高马大的脱下上衣，露出一身横肉，二话没说便老鹰捕捉小鸡似的搂住刘天一，凭着块头和力气将刘天一压倒。刘天一侧身，借力顺势一推，又伸脚勾住那人的右腿，那人像水牛绊住了脚一样，一踉跄，嘭一声栽倒了。刘天一轻蔑地瞅着那人说：再来一次啊！那人恼羞成怒，捏着拳头爬起，朝刘天一扑来。站在旁边看热闹的几个女同学尖叫起来。那个叫红梅的瞪着那人喊道：你——你反革命吗？那人一怔，怵了，立住了。红梅又骂：摔不过人家，就吃屎去，还撒野！几个水角镇青年偷眼瞅着红梅，嘀嘀咕咕，灰溜溜走了。

刘天一长得帅气，书又读得好，还会画画，画鱼像鱼画虾像虾画螃蟹像螃蟹，女同学都喜欢他。红梅问刘天一：这些海上的家伙，你怎么画得这样像？刘天一说：这些东西天天见，经常捉，经常吃，当然画得像啦。红梅说：你天天见我，画一下，看像不像？刘天一画一棵梅树，开着一树红花，递给红梅。红梅瞅那画，很高兴，脸灿烂成一朵梅花。她翘起嘴说:红梅树怎么长在一个海岛上?刘天一说:迁到海岛去种呢!红梅脸上的红晕洇开,红到耳根,瞪着刘天一似笑非笑,又重重地点头。

星期六,几个女同学和刘天一来看珍珠岛。女同学们都夸珍珠岛漂亮。红梅更是激动,动情地说:啊——太美了,简直是世外桃源!从珍珠岛回来,红梅就像蚂蟥一样黏住刘天一。红梅漂亮,刘天一也喜欢她,两人像一对鲨,形影不离。

一天,两个干部模样的人把刘天一叫到校长办公室来。那个满脸麻子的斜眼瞧着刘天一说:你知道红梅是谁吗?哼,癞蛤蟆想吃天鹅肉,小心拿你的狗头当球踢!那戴眼镜的没那么粗鲁,拍刘天一的肩头说:红梅是我们公社革委会王主任的女儿,镇上的青年都不敢有这个奢想,别说你一个珍珠岛来的,不可能的,绝对不可能!

连续几天刘天一都不和红梅说话。

红梅急得像一条搁浅的鱼。

这天下课铃一响,红梅就拉刘天一走出教室,流着眼泪说:你再不说话,我就当你的面撞墙死!

刘天一为难地说:我是珍珠岛人,不可能的。

几天不见红梅来上课。

这天早上,红梅背个背包,挂个黄色布袋跑到学校来,抓住刘天一的手说:走!

刘天一疑惑地问:去哪儿?

红梅说:我跟你到珍珠岛去!

突然,那两个干部跑过来,把刘天一架走了。

学校召开紧急大会,批判刘天一,宣布开除他的学籍。

刘天一回珍珠岛第二天,红梅死了,跳海死。

十个年头后,红梅的妹妹小梅长大了,很漂亮,酷似红梅。因为太漂亮了,镇上的年轻人瞧着心里就发虚,她的身边经常徘徊着可望而不可即的目光。小梅像一朵开放在高高崖岸上的梅花,醒目，但是孤单。

小梅家的格局突然变化，父亲调到县城当局长，父亲和母亲协议离婚。小梅不再是崖岸上的花，开始做生意，收购珍珠岛人挑到镇上来的海螺。珍珠岛一直神秘在小梅心里。姐姐跳海时，她已经懂事。她很想到珍珠岛看一看，尤其想看那个刘天一。她没去过珍珠岛，可珍珠岛人朴实憨厚，说话爽快，做事干脆，给她很深的印象。她干脆到珍珠岛来收购海螺。珍珠岛的确漂亮，特别是岛人对她很热情。一个摇舢板打鱼的后生尤其热心，经常给她运送海螺。不久，她嫁给了那后生，变成珍珠岛人了。这件事曾经引起轩然大波，水角镇人惋惜、议论、争吵，可怎么也说不出个所以然，最后愤懑地归罪于珍珠岛那该死的五色花，说小梅被五色花迷住心窍了。

不幸的是，不久，小梅变成了寡妇。

珍珠岛的渔船都出海去了，刘天一还出不了海，他的渔船还没完全修理好。那天开船去救刘大茂他们，迎着狂风巨浪折腾一番，回到码头来，船里积着半舱海水，几乎沉没。刘天一屏干积水，将船搁浅在码头边，仔细检查发觉抹在船底板缝的桐油灰还没黏紧，有的脱落，有的裂开，只好全部刮掉，重新买桐油灰抹上。

天蒙蒙亮，刘天一扛把木橹走出家门，朝岛东码头走去，要摇舢板到水角镇买桐油灰。水角镇离珍珠岛二十几里远，退潮时，踩着海滩走去，涨潮时，就摇舢板去。刘天一来到巷口那拐角处，听到吱吱吱的屙尿声，瞥见刘大茂媳妇站在那旮旯处的墙根边屙尿。她的动作很特别，单脚站立，另一条腿跷起，踩在墙壁上，那宽大的裤脚捋过丫叉处，尿水从那丫叉处喷射出来。大早遇见女人屙尿很晦气，刘天一连呸两声，掉头往回走。刘大茂媳妇那嘎嘎嘎笑声突然从旮旯处飘出来，喊：天一哥，上镇去吗，我也去呢！

刘天一在心里骂：呸，这女人！

刘大茂媳妇做姑娘时，一心一意要嫁给刘天一。她说刘天一和她是天上飞到珍珠岛来的一对龙凤，鬼使神差，她错嫁了刘大茂。事情发生在好多年前的一场台风中。洪水奔涌，又遇上涨大潮，洪水和海水汇合，把珍珠岛浮得很高。刘天一和刘大茂冒雨站在岛西码头看那漂来荡去的渔船。刘大茂媳妇（当时她还不是刘大茂媳妇）抓把雨伞赶下码头来，娇滴滴地喊：天一哥，哎哟，这么大雨，帽子也不戴！她要给刘天一撑伞。一阵风吹来，雨伞翻开，她一趔趄，跌进水里。她在水中伸出两只手大喊：救命啊，天一哥，救命啊！刘天一知道她会游泳，不着急，朝刘大茂狡黠一笑。刘大茂会意，跳进水里。刘大茂紧紧抱住她。她也将刘大茂搂得很紧。刘大茂水性好，抱着她潜在水里游了好一会儿，才抱她爬上了码头。她仍闭着眼睛搂住刘大茂。刘大茂将她平放在码头边，含她的嘴做人工呼吸，又搓她的胸部做心脏按压。好一会儿后，她呵一声"醒"来了，睁开眼，见搓她胸部的竟然是刘大茂！她哗的一声哭了，给刘大茂一巴掌，爬起，捂住脸跑了。后来，她就嫁给了刘大茂……十几个年头了，她的心里好像还揣着刘天一。有人打趣说，晚上睡觉，她怀里抱着刘大茂，说不定心里想的却是刘天一呢！

刘天一扛着木橹走回家来，马上洗脸，下意识洗擦双眼，要把那眼影洗掉，把晦气洗擦干净。

刘天一走到岛东码头来时，日头跃离水面了，铺在码头上的阳光已经从红色渐渐变成了白色。刘天一将舢板横在码头的阶梯旁边。珍珠岛人有个好习惯，早上谁摇舢板去水角镇，都要在码头边停一会儿，看有没有人搭着一起去。

巫婆三娘出来开店门，见刘天一要去水角镇，心里一动，又把店门关了，拎只竹篮，赶过来搭刘天一的舢板回娘家。她瞧见舢板上只有刘天一，前脚踩上舢板，后脚轻轻一蹭，舢板一晃，荡离了码头。

刘天一明白巫婆三娘想让他摇她一个人去水角镇，弯下腰，伸手划一下水，舢板又荡回码头来。

几个姑娘走过来，瞧见刘天一，迟疑着，掉回头走了。刘天一常说，水角镇那地方，姑娘们没事千万别去瞎逛。

李卓仁走了过来，瞧见巫婆三娘坐在舢板后边，他走到船头去，背对巫婆三娘坐下。

猫叔晃着一身松肉跑来，在巫婆三娘的前面坐下。

刘天一伸腿朝码头一蹬，舢板一晃，荡离了码头，他架起木橹摇了起来。

几个人坐一只舢板，应该很热闹，可都不说话。刘天一和巫婆三娘心里都搁着话，可不肯开口。巫婆三娘和李卓仁好像八字相冲，两人从不搭讪。猫叔想说话，想热闹，见大家都紧闭着嘴，只好也咬住嘴唇。舢板在水上滑行，咿呀咿呀的摇橹声响得清晰，也响得快活。

舢板摇了一程，日头爬到几丈高了，洒下的阳光开始热辣。猫叔大早上便吃酒，酒气在阳光中蒸发，身上发热，他晃动肩头，又抓一下脖子，接着把那条汗津津的文化衫脱下，搭在肩上，他那身松肉全摊在阳光下，泛着暗红色的油光。舢板越摇越快，越快越晃得厉害，猫叔那多余的肉像波浪一样在他身上涌荡。猫叔坐在巫婆三娘前面，离两三尺远。巫婆三娘的眼睛很尴尬，她喜欢看猫叔这张光亮的皮，她看出那散发着酒气的暗红色中有男人的雄壮，又看出里边蓄满了男人剩余的力量。但是，她的目光每在猫叔的身上停留片刻，眼睛的余光就马上警惕地扫视旁边，然后怯怯地躲开，飘移在前面的海水上。可是，那目光又固执地悄悄溜回来，小心翼翼爬在猫叔的身上。突然啪的一声，一块抹船的破布扔在猫叔的背脊上。猫叔回头来，见刘天一的目光像针一样扎着自己，急忙把衣服穿上。舢板上顿时静得让人不敢大口呼吸。一会儿后，舢板旁边突然发出唧唧哇哇的声音。刘天一抓抹船布扔猫叔时，巫婆三娘的脸上荡起两圈淡淡的红晕。她待海风吹散那红晕后，扭身过来，面对着舢板旁边的海水，将裤脚捋高，让一双很白的脚垂在舢板旁，双脚不停地划着海水。坐舢板的人伸脚浸在水上，会增加舢板前进的阻力，可摇橹的刘天一没有吱声。巫婆三娘发觉，刘天一在瞧她的脚。她那双脚也就毫无顾忌地在水中放肆。舢板靠近水角镇了，巫婆三娘那双白脚才从水里抽出，明明白白搁在刘天一面前那甲板上。

水角镇之所以叫水角镇，是因为右边那北门江从东面跑过来，左边那春江从南面跑过来，交汇在这里形成一个尖角，小镇就夹在尖角里。镇上的房屋挤得很紧，只留下一道道弯弯曲曲的缝，叫小巷。小巷又汇集成两条平行的，横贯小镇东西的街，一条叫新街，一条叫老街。新街宽阔，可以走汽车，两旁有商店，有农贸市场，有电影院。老街很窄，双臂张开几乎同时摸到两旁的墙壁。老街摆一些小铺，如钟表修理铺、镶牙铺、照相铺、渔具铺、小吃铺等等。水角镇的男人大多出海打鱼，女人在镇上卖鱼，也挑鱼到周边村庄去卖。水角镇也就成为一个渔港小镇，是这一带的鱼货集散地。

舢板没有摇向码头去，那里船多，人也多，很挤。水角镇人很欺负人，知道这舢板是从珍珠岛来的，就觉得碍眼，或者碍路，等你离开舢板，走上镇去了，就把停在码头边的舢板挤掉，挤到乱石滩那去，或者干脆解开拴舢板的缆绳，让舢板随流水漂走。舢板上的人都走了，刘天一让舢板搁浅在码头旁那沙滩上，扫视四周一眼，也走上镇去。

刘天一在码头边的店铺买了桐油，又买了石灰，走进一间沥青纸搭成的简易房，交给一个坐在一台机器旁的人，让他拌成桐油灰。现在拌桐油灰不再将石灰和桐油放进石臼里使死劲舂了，拿机器搅拌，省力省时又均匀。刘天一买了三十斤石灰，四斤桐油，估计足够了。

刘天一走上街来找补鞋匠，刚才拖舢板时，一只塑料凉鞋裂开了。他一路走一路问，从街头到街尾，还是找不着补鞋匠。没人补塑料凉鞋了，那些指路的人可恶，随便一指，让他胡跑。刘天一上水角镇来，心里就疙疙瘩瘩的，此刻更加疙瘩。他没心情再逛街，在一家商店买了一斤胶丝，又买了一台收音机，然后拐进老街去。老街人来人往屁股撞着屁股。刘天一瞧见糖水摊边有张长板凳，坐上去。摊主的目光箭一样及时射过来，扎得人生痛。刘天一把胶丝和收音机放在板凳一头，知趣地要两个煎堆，又要一碗糖水。刘天一坐在这边吃糖水，目光飘向对面，看那人做薯粉条。汤匙突然停在嘴边，刘天一吃不下了。他看见那人居然将一盘薯粉条倒进一口洗澡用的塑料桶里。一个路过的女人见刘天一惊讶，循他的目光瞧去，眉毛也皱起，咂咂嘴说：哎哟，干吗拿洗澡桶装，脏死啦！那人仍低头搅那薯粉条，嘴角一翘，说：脏啥，农村来的人吃呢！那女人不说话，走了。刘天一的背脊一阵凉，没胃口再吃煎堆了，站起，走开。走到街口，刘天一发觉忘记拿收音机和胶丝了，赶回那糖水摊来。糖水摊主是一个中年妇女，很胖，见刘天一说丢了收音机和胶丝，脸上那脂肪顿时绷成横肉，瞪着刘天一说：你空着手来吃煎堆呢！刘天一说：我明明拎个收音机和一把胶丝来，就放在这板凳上。这女人扬起嘴，对旁边摊铺的人嚷道：你们说，刚才是不是他空着手来？旁边人的表情都活跃起来，作证说：是呀，他手上啥也没拿！胖女人眉飞色舞，一只手叉腰，另一只手指着刘天一骂：你这岛上来的，想诈人？呸，没门！这个女人像只母狼，旁边的人像几只狐狸，刘天一无奈地走了。

刘天一赶回码头来拿桐油灰。一麻袋搅拌好了的桐油灰堆在那机器旁边，刘天一提一下，问：就这么点？

店主的眼睛鼓起来，说：啥话？觉得少？桐油灰好吃吗？我吃进肚里了？

一连串的诘问把刘天一问得噎塞，他只好换个口吻说：我买石灰和桐油时，估计足够了，瞧这桐油灰，根本不够用。

那人的口气也缓下来，说：桐油灰拌好后，都觉得少，实在不够用，再买点，我有现成拌好了的呢。

明白了，这个人把桐油灰搅好后，拿一部分出来零售。

刘天一说：我买三十斤石灰，四斤桐油，这桐油灰保准不足二十斤。

那人又发作，骂道：你这珍珠岛来的好混账啊！你说，吃饭吃鱼吃肉进肚里，拉出的屎拿来称，还那么重吗？

火气冲上刘天一的脑门，他大声喊道：你说这是贼话！

那人忙环视四周，说：别嚷，慢慢说。

嚷起来，会影响这人的生意，可刘天一不嚷了，和这样的人嚷嚷，是作践自己。

李卓仁在县城读高中时，县城好热闹，没几天就开一次万人大会，学校都不上课，学生穿军衣，戴军帽，戴红袖章，举红旗游行，喊口号，贴标语。没热闹多久，几个造反派组合成两大派，在游行中冲突，接着打了起来，开枪开炮打，好吓人。李卓仁和一个女同学慌了，跑到珍珠岛来。后来，女同学就变成他的媳妇。李卓仁没有随船出海，找几本医书来读，居然读成一个医生。他的医术怎样？说不清楚。有人给他治好了，也有治不好的；有的珍珠岛人病了，不让他看，跑到水角镇看医生，也有水角镇人跑到珍珠岛来找他看。

今天李卓仁到水角镇旁边那牛栏村看一个老病号，那家人请他吃酒，他不吃，赶回水角镇来和刘天一一块吃。本来他打算过两天才去看那个老病号，今天看见刘天一要来水角镇，就索性跟着来了。他已经估计到，刘天一一到水角镇来，看许多事情会不顺眼，甚至反感，他的心情会因此很坏。李卓仁一直关注刘天一，觉得刘天一很聪明，又很傻，他在努力为珍珠岛做事，可并不见得对珍珠岛就是好。就比如，刘天一正直、善良，正因此，使他对外头的许多事情反感，担心珍珠岛受外边的影响，甚至受到伤害，因而想利用珍珠岛孤悬海上的地理环境躲避外界，从而洁身自好。真是太天真了，这简直是画地为牢。今天他要开导刘天一，让刘天一睁开眼睛看世界。世界天天在变化，在进步，在发展，只是刘天一没变化而已。刘天一对许多事情反感，恰好说明他落后了，珍珠岛落后了。

珍珠岛就是因为孤悬海上而闭塞，因闭塞而简单。简单就是落后，目光跳不出珍珠岛，就适应不了外边的变化，就被时代所淘汰。

猫叔在农贸市场买了半头猪，割下猪舌头、猪耳朵和猪尾巴，拿进农贸市场旁边一间小食店加工。猫叔见刘天一眉头皱着，以为他不喜欢吃这些，说：这都是好东西呢，我杀猪我知道，猪身上会动的地方都很好吃。刘天一说想早点回去，不想吃酒。李卓仁拉住刘天一，说：吃完酒，你的心情就好了。刘天一说：谁说我的心情不好？此刻我的心情非常好，比任何时候都好！刘天一说的是实话，他的了不起就是能够变换角度看问题。他到水角镇来，感觉水角镇很脏，反而觉得珍珠岛非常干净，非常美丽。他见李卓仁的目光巡游在自己身上，知道李卓仁有话要说，干脆喊道：好，就干他娘的两杯！

第四章　桃花源

刘天一的渔船也出海去了。

渔船都出海了，珍珠岛呈现出另一番景象。

早上日头很软，码头上没有人，漫漫的潮水铺在码头前，水绿天蓝，天地宽阔。李卓仁又拿鹬到岛西码头来放。渔船都出海去时，李卓仁就想放鹬。他说：放鹬就是放飞自己的心情。珍珠岛上算他读书较多，又经常出岛见识外边的事情，与众不同。与众不同，心里就孤独。再说，岛上的男人都出海，他没出海，本来就另类。此刻他的心情格外好，压抑感灰飞烟灭，豁然开朗。

李卓仁放鹬不求飞高，只求飞得自在。他的鹬造型独特，有鹰鹬、鱼鹬、蟹鹬、螺鹬，还有黄鳝鹬和沙虫鹬。秋风爽爽，一群鹬在空中飞翔，白色的阳光把鹬投影在碧色的水面上，细浪摇着鹬影，水里的游鱼追逐鹬影，跳起来，又躲回水中。

放鹬的李卓仁不看天上的鹬，目光在水面上游弋。他把鹬线都拴在码头边，坐在码头的石阶上，双脚浸在水里，轻波细浪悠闲地抚摸他的脚背，小鱼小虾调皮地亲吻他的脚板，脚跟痒痒的，心里格外清静。

李卓仁的心里清静，觉得珍珠岛也很清静。清静中的珍珠岛有一种安逸美，让人心平气静。他想，也许刘天一发觉珍珠岛很美，才百般珍爱，要在这个岛上长久地圈养真善美……那天在水角镇吃酒，刘天一和他几乎要吵起来。他说：只有适应社会的变化，才能跟上世界的发展。刘天一说：社会变化不一定就是发展，也许是折腾，我们都经历过不少折腾呢！想不到刘天一竟然和他辩论。他说：不管怎样，不能作茧自缚，只有与时俱进才是进步。刘天一说：社会没有进步与落后，只有好与坏；与时俱进也不等于进步，弄不好是倒退。古代有一伙人避秦之乱躲入桃花源，与外间隔绝，直至晋朝，有人入桃花源，发觉里边的人性情淳朴，心地厚道，生活怡然自乐……你说，这是为什么？他觉得刘天一未免太天真了，不屑地说：兄弟，可惜珍珠岛不是桃花源呢！刘天一说：不管是不是桃花源，也要保持干净和安静！一个地方干净和安静，人才朴实、纯真、和善，才不发生怪事、恶事、祸事，才避免大灾大难。就说珍珠岛，从没流行天花、霍乱、脑膜炎、登革热等疾病；解放海南岛时，到处打仗，珍珠岛没死一个人。他说：别把人弄成太简单了。刘天一说，人就应该简单，简单才是人的真性情……一桌酒变成一场辩论，不欢而散。

东风转成东北风，李卓仁的鹞朝西南飘去。他望见酒爷在鹞影下清理那水井周边的杂物。水井旁边有几块青石板，来挑水的女人经常拿衣服在那洗，下海滩赶海回来的男人也打水在那洗澡，有时猫叔也在那杀猪，杂物淤积在青石板边。

刘大茂不声不响走下码头来，脱掉衣服，扑进水里。风平浪静海水退潮后，刘大茂的渔船从案台礁石旁边打捞出来，搁在岛东码头边修理，他没出海。刘大茂的水性实在好，潜入水中便无影无踪。

酒爷抓钓鱼竿走下乱石滩，坐在一块大礁石上垂钓。

突然，沙哑的笑声从水面滚过来。李卓仁望去，见酒爷从水里钓起刘大茂，鱼钩扎在他的耳朵上。

好大一条鱼啊！酒爷说。

刘大茂不吱声，急忙脱下鱼钩，又潜入水中。

刘大茂在寻找传说中那个神秘的石窟。他见酒爷经常坐在乱石滩那块大礁石上吃酒、垂钓，怀疑石窟的穴口就在那礁石的旁边，不料让酒爷的鱼钩将他钓了起来。

茫茫的潮水说退就退，不知都退到什么地方了。

退潮后，珍珠岛突然长高了，四周的滩涂全部袒露出来，有水道、水壑、水泽，有浅滩、沙滩、泥滩，还有草滩和红树林。鱼和虾都躲在水里；螃蟹有八只爪子，属两栖动物，既躲在水里也爬到泥滩、草地或者红树林里挖洞躲藏；黄鳝很狡猾，躲于洞穴中，穴口很小很隐蔽，分散在浅滩、水道、沙滩、泥滩和红树林里；海螺都埋在地下，不同种类的螺埋在不同的地方，珠白螺、红口螺、喷水螺和排海藏在沙滩或者浅滩里，泥螺、毛蚶、鸡肝螺就藏在泥滩和草地下；沙虫和泥虫没有爪，软绵绵的，却会钻地，沙虫钻在沙滩里，泥虫却钻在泥滩、草地和红树林里……

下海滩捕捞叫"赶海"，就是踩着退潮海水的脚后跟，噼里啪啦赶下海滩来。

大早上海水就退潮了，赶海的人很多，四散在海滩上各显神通。那些没有随船出海的小伙子们在水道、水壑、水泽、港湾、浅滩上撒网。撒网当然是捕鱼。鱼在水里游走，抓一张渔网追着鱼跑，把水踩得四溅纷飞，突然收住脚，转身把渔网抛出去，仙女散花一样，渔网嗖的一声在空中张开，变成一个圆圆的月晕，罩在水上，鱼也就罩在网里。李卓仁喜欢药鳝。药鳝技术性很强，黄鳝的洞穴很隐蔽，又四散在海滩上，不好找；黄鳝身上有黏液，滑溜溜的，又钻在地下，要抓到它，很不容易，药鳝就是拿特制的药将黄鳝从洞穴里逼出来。药鳝轻松自在，背个鳝篓，抓把鳝叉，满海滩跑，发现了鳝穴，拈一点鳝药抹在穴口，半个时辰后折回来，黄鳝就傻乎乎伸个头出来，抓鳝叉一扎，夹住黄鳝头，顺手抓住，抽出洞穴，扔进篓里。八爪横行的螃蟹很霸道，又狡猾。猫叔不算狡猾，却是捉螃蟹的行家里手。螃蟹躲在浅滩或者水道的沙土里，猫叔就下水踩，踩到了，弯腰蹲下，伸手一抓，把螃蟹逮住。螃蟹经常躲在水边的泥浆里，只露出两根火柴梗一样的眼睛。猫叔不找螃蟹的眼睛，找螃蟹的爪痕，沿着爪痕寻过去，螃蟹就束手就擒。要是螃蟹躲进红树林里，那简直是作茧自缚。猫叔走进来，伸手在红树的气根下一捞，手到擒来。螃蟹躲在深洞里，猫叔就拿锄头挖蟹洞，硬是把它抓出来……

　　男女有别，男人和女人不在一块赶海。姑娘爱成群结队在一片沙滩上挖珠白螺、红口螺、喷水螺，或者挖排海、沙虫。媳妇们就三五个聚在一片泥滩或者草地上挖泥虫。刘大茂媳妇尤其喜欢耙毛蚌。毛蚌个大，藏在草地里，躲得很浅，抓五齿耙一刮，咯一声，便刮出一个大毛蚌，不一会儿，就筐满篮满了。

　　一伙女人屁颠屁颠走下海滩来，走到那浅滩边，刘天一媳妇不走了，搁下竹篮在一片沙滩上挖沙虫。刘天一媳妇是赶海能手，她知道哪个潮汐甚至哪一天海滩的哪个地方螺多，或者沙虫、泥虫多。刘大茂媳妇没有停下，瞟刘天一媳妇一眼，和身边几个女人交换一下眼色，继续走，来到一片泥滩，散开，弯下腰挖泥虫。女人们都不愿意和刘天一媳妇在一起赶海。刘天一媳妇有个绰号叫"螺女"，皮肤光洁像螺壳，可嘴巴也像螺一样紧闭着，一天没说上两句话；不好办的是，她快手快脚的，没过一会儿，竹篮便沉甸甸的了，大家一起走回岛来时，她的海鲜也就比别人成倍多，让人家都挂不住面子。刘大茂媳妇尤其不想挨近刘天一媳妇。两人做姑娘时，都漂亮得像月亮一样。刘天一媳妇是静漂亮，只有认真看着，那漂亮才反馈在你的眼球，加上她不爱说话，不爱打扮，漂亮静默在她的身上。刘大茂媳妇是动漂亮，爱说爱笑，爱穿艳丽的衣服，很招目光。刘大茂媳妇得意忘形，说她是珍珠岛的"五色花"，要献给"岛神"刘天一。她经常哼着山歌在刘天一的家门前走来走去，信心十足又焦急万分等待"岛神"伸手摘下这朵"五色花"。有一次，她在刘天一家门前走过几遍，见不着刘天一，刚换上旧衣服要赶海去，却碰见了刘天一。她又急又慌又恼，念出两句山歌："妹着新衣不见哥，刚换旧衣哥就来。"这两句山歌在珍珠岛上流传好久。她糊里糊涂嫁给了岛上最难看的刘大茂，刘天一媳妇也就捡个便宜，变成"五色花"献给了刘天一。她嫁后，漂亮渐渐离她而去，尤其生孩子后，嘴巴变得很宽，腰也大了，腿也粗了，松弛的胸前和后股都无可奈何地趴下，整个人显得拖泥带水的。刘天一媳妇却变化不大，漂亮依然亲近她，特别是那张脸，像不锈钢做的，尽管海风、海水、烈日怎么糟践，依然顽固地白皙。刘大茂媳妇于是聪明地躲开她，也就是躲开相形见绌的尴尬。

海上没风，没有海风日头格外热毒。待在一片泥滩上不走动，日头从上边暴晒，水汽从下边蒸腾，又没个地方歇脚乘凉，极是累人。女人们有自己的休息办法，就是凑到一块来，说个有趣的故事，或者说几句笑话，笑一笑，就轻松自在了。女人的肚里有一个很私密的袋，平时积攒的话都装在里边，凑在一块时，话就在袋里骚动，一抖，话就跳出袋口，跳在大家面前，跳进各人的耳朵，大家也就乐开了。

刘大茂媳妇的嘴很烂，可人不懒，干活肯花力气，锄头下地带着劲，很凌厉，很扎实，锄头柄一上一下不停地晃动着，面前的一片泥滩就全翻开。她挖了一大片地，汗粒在额头、耳边冒出来了，伸手抹一下，汗水又热闹地钻出来，爬在身上，像毛毛虫似的在她的奶沟、腋窝、背脊蠕动，她干脆撩开衣襟，伸手插进去，左撩右抹。她瞧见日头已经爬上头顶了，索性直起腰，抓锄头柄支在自己的乳房下，很夸张地嘎嘎笑起来。这个时候她这么笑，就是要歇一歇，让笑声把女人们都招呼过来，说个笑话。她见旁边的女人仍低着头挖泥虫，干脆解开自己的裤腰带，抹下裤子，蹲下，拉那顶大竹叶帽盖住自己的脸，吱吱吱屙尿。林大伙媳妇站在她身旁说：天啊，海滩上很多男人哩，都看过来啦！刘大茂媳妇仍蹲着，说：看过来咋了，他们拿得去吗？林大伙媳妇咂咂嘴说：咦，人家看见你的大屁股，不难看吗？刘大茂媳妇说：这海滩光秃秃的，有啥办法？又说：我拿帽子盖住了脸，哪知道这屁股是谁的！林大伙媳妇咻咻笑，骂道：呸，真不要脸！刘大茂媳妇拉裤子站起来了，许多女人仍在低头挖泥虫，她骂起来：嗨，还挖个啥呀？老弓着腰，弯曲了，晚上躺下睡不直，男人做不了，哼，一脚踢你们下床底！女人们伸手抓自己的竹篮，掂一下，见沉甸甸了，也直起腰，抓锄头提竹篮朝刘大茂媳妇走过来。

刘大茂媳妇那张大嘴巴莫名其妙地嘎嘎笑，撇嘴说：你们瞧见没，猫叔那裤裆破个大洞呢！

猫叔在挖螃蟹洞，扛把锄头在草滩、泥地上走来走去，接着挥锄挖。螃蟹有八只爪，又有一对螯，打洞很深，要挖很深的坑，将整个身子塞进泥坑里才能捉到，身上还沾满泥巴，所以挖螃蟹的人都光着膀子，又穿很破的短裤。

林大侬媳妇打趣说：你瞧见他的裤裆破，也瞧见里边那条鱼啦？

刘大茂媳妇说：有啥好瞧的，一簇草里藏个番薯，我才不瞧呢！

女人们都像狗吃热番薯，咯咯笑。

林大侬媳妇又说：猫叔杀猪，天天吃肉，那条鱼肥呢！快去找，说不定从破裤裆掉出来，丢在泥坑啦！

刘大茂媳妇想说，猫叔那鱼早让巫婆三娘拿去煮啦！可咬住嘴唇没说。巫婆三娘家里有头神。神的耳朵灵通，谁在什么地方什么时候说了什么话都晓得，神告诉了巫婆三娘，三娘不拧她的嘴。

李卓仁媳妇挑着担子走过来了。

每天中午日头正毒时，李卓仁媳妇就挑豆腐花下海滩来卖。珍珠岛人把豆腐花叫"凉汤"。天气炎热，吃凉汤很惬意，还能清热消暑。李卓仁媳妇会做人，或者说会做生意，她不辞劳苦挑凉汤下海滩来卖，又卖便宜，好像不合算，其实，卖凉汤不赚钱，却赚了大把人情，赶海的人都喜欢她，回去就自觉拿海鲜给她收购。

吃过凉汤，女人们都脱剩一条裤衩，扑进浅滩玩水，嘻嘻哈哈地闹，晃动的水波撞在身上，像一只大手在抚摸，很舒服，很快活。

男人出海去了，女人就不事打扮。三娘是巫婆，又是从水角镇嫁来的，要特别一点。她喜欢穿那条淡紫色短袖碎花对襟衬衫。岛上的女人都穿清一色的深褐色大襟衫，与之比较，就有木秀于林的感觉。巫婆三娘还在脸上施点脂粉，淡淡的一点，不仔细瞅，看不出的。涂脂粉当然是想让自己更漂亮一点，把自己这张已经被海风抹黑了的脸尽可能还原白皙，又可以隐去脸上那些发丝一样细的皱纹。她的打扮很有分寸，漂亮而不妖艳。珍珠岛女人都安分，男人都出海，剩下一窝女人，不安分还得了。尤其寡妇的穿着绝不能艳丽妖冶。做海这营生危险，经常发生海难，岛上寡妇很多。寡妇必须平平静静的，绝不能生出是非。巫婆三娘记住自己是个寡妇。

巫婆三娘守寡好多年了，她很少感觉自己是个寡妇，更没有再嫁或者离开珍珠岛的念头。为什么？可能因为她是个巫婆。巫婆的日子不寂寞。回想过去，又觉得原因不简单。当初她来收购海螺，不觉被珍珠岛的美丽吸引住了。虽然说不出珍珠岛美在哪儿，可人在岛上心里就平和、安稳、清静，不想离开。也许是传说中的五色花在作祟。还有一个秘密，到珍珠岛来知道刘天一已经成家了，她心里莫名其妙地失望。她嫁给珍珠岛人后，失落感隐去了，可丈夫去世后，原来那种感觉又重新爬进她的心里。开始那些年，她经常梦见丈夫，后来就变成梦见刘天一了。她说夜里海天元帅经常来看她，其实是梦见了刘天一。做了巫婆，要让海天元帅的神魂附体才能预测祸福。她招请海天元帅时，就是在心里默念刘天一。也怪，念着念着便神魂颠倒，她说出来的话就通天通地通鬼通人，连自己也惊讶。她说自己是"珍珠"，刘天一是"海天元帅"。刘天一不让她说，有意思呢！说明刘天一已经敏感地体会到个中奥妙。她心里藏着刘天一，日子就过得有盼头，生活自然有滋有味。

巫婆三娘天天坐在家里。做巫婆就是要坐在家里，等人家来找。渔船出海后，守在家里的女人的心都漂在海水上，来找巫婆三娘问个情况，心里就踏实许多。快到九月了，还可以从巫婆三娘嘴里打听到一些祭祀海天元帅的信息。

男人不在家，珍珠岛总睡不醒；海水涨大潮下不了海滩，珍珠岛懒洋洋的。日头蹲在墙头上了，各家各户的大门才慢吞吞地启开。那些吃饱了的猪鸡狗们才轻松地走出来，在巷头巷尾挥洒它们的散漫自由。

刘大茂媳妇忙完饭桌上的事，抹把手，伸个懒腰，便朝巫婆三娘家走来。

巫婆三娘家开两个门，前门通往岛南那条巷，后门对着几棵苦楝树。走进后门，是一间石棉瓦搭的大凉棚。凉棚旁边是一间不大的瓦房。海天元帅的神位就供奉在瓦房里。女人都从后门进入，坐在那石棉瓦凉棚下。

今天刘大茂媳妇第一个来，她穿一条肥大的短袖大襟衫，着一条宽脚的水色短裤，两边裤兜装着鼓囊囊的南瓜子，手上又抓着一把南瓜子，托在下巴前，边嗑着边走了进来。

刘大茂媳妇喊：今天人都死啦，还没来一个？

巫婆三娘从厨房走过来说：喊啥，先来就先坐嘞。

凉棚下蹲着许多矮板凳，刘大茂媳妇没坐，一侧身，那大屁股便搁在光滑的水泥地板上，两条肥腿一伸，南瓜子放在大腿中间，又抓着嗑起来。这南瓜子是刘大茂媳妇自个晒的。珍珠岛人叫南瓜作"金瓜"。的确，黄黄的很像黄金铸造的。刘大茂家的屋后有块不大的空地，每年她都种上两棵金瓜。那金瓜结果不多，三五个，或七八个，每个都很大，黄澄澄圆鼓鼓。岛上许多女人也种金瓜，可很少打果，甚至不打果，花开了，又谢了，蒂就落了。刘大茂媳妇懂花，知道哪朵是公花，哪朵是母花，将公花摘下，盖在母花上，花粉落在花蕊上，那母花就幸福地受孕，就结成大个的金瓜。她种的金瓜从不拿去卖，自个吃，或者送人，送给亲戚、熟人。珍珠岛人喜欢将个大金瓜搁在自家堂屋的神桌上。儋州话的"瓜"和"家"同音。人家进门就喊：这金家好大啊！多好听，多吉利。金瓜放久就不粉了，不香了，过一段时间人家就剖开，拿瓜瓢煮海鲜，瓜子都拿回来还给刘大茂媳妇。谁都知道她爱嗑金瓜子。林大佽媳妇也来了。她不像刘大茂媳妇那样，人还没到，声音便先进来了。她不声不响坐下，也没坐那矮板凳，屁股堆在地板上。她拉张板凳塞在前面，将一盘番薯搁上去，然后抓一个来刮。男人不在家，做吃的很简单，把番薯皮刮干净，剁成小块，煮一锅番薯汤，便对付一顿午饭。她瞧见刘大茂媳妇那条短袖大襟衫有两个纽扣没扣，露出胸前一块白肉，咂咂说：哟，要露给谁看呀？刘大茂媳妇呸一声吐掉瓜子壳说：敞开，凉快呗！林大佽媳妇说：是不是你家大茂修理船没出海，让他瞧着心里发急，好狠狠地鞭你？刘大茂媳妇咯咯笑，说：哎哟，我家大茂猴急呢，疯起来裤头都给扯断啦！林大佽出海了，林大佽媳妇的心浮着，不想继续喷这些风骚话，扭头来瞧着巫婆三娘说：三娘没男人呢，你这张嘴该拿条臭鱼塞住！刘大茂媳妇不说了，拈一粒瓜子塞进嘴里，那张大嘴又翕动。

不一会儿，凉棚那水泥地板堆满了屁股。女人凑在一起就变成麻雀群，说话声嘻笑声嘀嘀咕咕叽叽喳喳吃吃吃嘎嘎嘎嘈杂成一个热闹的菜市场。刘大茂媳妇不喜欢这种杂乱无章的热闹。她的瓜子嗑完了，拍拍手瞪着女人们说：你们都是老鼠崽投胎的吗，吱吱吱个不停，元帅的耳朵都给吵花啦！女人们都急忙咬住嘴唇，眼睛不约而同朝那瓦屋里的海天元帅神像望去。

巫婆三娘喜欢女人们叽叽喳喳的，有生活气氛，珍珠岛和谐，才有这样的气氛。她敏感地看着刘大茂媳妇。刘大茂媳妇有要紧的话说，表情生动起来，目光落在海天元帅神桌那个大香炉上，说：三娘，今年九月九让谁端香炉呀？

每年祭祀海天元帅都要挑一个有福气有喜气的男人来端香炉。这是无上的光荣。以往由这一年中第一个生男孩，又是头胎生的人来端。今年珍珠岛出生好几个男孩，可都不是头胎，只能从渔工中挑选。就挑这一年打得鱼最多，又做了很多好事，在岛上又有威望的人。这个人非刘天一莫属，可他往往让贤，已经推辞过两次了。如果刘天一又推辞，只能是林大佽或者刘大茂。

刘大茂媳妇在岛东码头祭拜海天元帅时，刘大茂又买一个金灿灿的大香炉送到巫婆三娘家来感谢海天元帅。刘大茂媳妇突然问谁来端香炉，分明是暗示巫婆三娘，那天让刘大茂来端。

巫婆三娘不喜欢有女人在她面前耍小聪明，她望着林大侬媳妇说：今年大侬哥打得很多鱼啊！

林大侬媳妇说：是呀，他们还救人呢！

刘大茂媳妇的眉毛一动，嘴唇一翻，说：哼，要不是撞塌了我家下屋，家神吓跑了，大茂没出那个事呢！

林大侬媳妇说：有人拿鱼炮炸海天元帅，才报应呢！

唇枪舌剑在交锋。巫婆三娘喝道：吵啥，谁端香炉，由海天元帅定呢！

两个女人的舌头都僵了。

刘天一在海上出现，珍珠岛的渔船一呼啦拢了过来。

珍珠岛的渔船改放流刺网后，都跟帮，就是跟着刘天一的渔船。刘天一熟悉海上潮汐、海流、风向等情况，又熟悉各个渔场的鱼群活动规律，听他的螺号声安排，各艘渔船在各个位置放网，有条不紊，渔网流动在海水里不会交叉，不会相撞相缠，也就不损坏不丢失，还打得鱼多。重要的是，哪艘船发生意外，吹螺号求援，刘天一就根据出事的具体位置具体情况拿螺号通知就近的渔船前往救助。这些天珍珠岛的渔船都跟林大侬。林大侬会做海，可心粗，哪儿鱼多船就往哪儿开，不管风多狂浪多高流多急。虽然打到不少鱼，可几天下来，有的船被风浪撞塌了船帮，有的丢了渔网。

连续几天都打得很多鱼，该休整了。打鱼很辛苦，船在风中浪里折腾，人在船上折腾，又多是夜晚放网，夜晚收网，很耗人。刘天一吹响螺号，叫大家再放一天网，潮汐变换了，就归港。

日头已经落下去了，渔船各就各位，刘天一还没吹响放网的螺号。

刘天一站在船边朝海面张望，吱吱吱屙了一泡尿，掉头钻进船舱里睡。

刘天一从船舱爬出来时，二更天了，七姐妹星从水里冒出来了。他抓螺号来吹。东倒西歪躺在甲板上的渔工们噼里啪啦爬起来，海上的其他渔船也抖动起来，一片忙碌。刘天一做海聪明，要根据当天的天气、潮汐以及渔场的具体情况选定放网的时间。二更天过后海水才开始涨潮，鱼群随潮水跑动，就往网上撞。

放完网，刘天一叫渔工们进船舱睡，他值班。他喜欢深夜里一个人静静地坐着看海，看天。

勤快的秋风把天空洗刷得很干净，空阔的天幕上挂着很多星星，一闪一闪的。天边有个小月亮，很白，两头尖。月亮很安静，一动不动。水里也有一个天，也有很多星星，也有个两头尖的月亮。水面上又浮着很多星星，那是渔火轮灯。水面的星星很活泼，在波浪中明灭闪现，又漂来荡去，得意地浮游在水下星星的上边。一阵风吹过，挂在天边那钩弯月渐渐沉下海水去。没了月亮，星星变得更加明亮，闪闪烁烁，整个天穹像一个巨大无比的花坛。海水里又有一个大花坛，闪烁的星星和浮在水上的渔火轮灯交相辉映，流光溢彩，亮丽而又缤纷，十分迷人。刘天一的目光在水上浮游，随波逐流，漂来荡去。目光跟着人的意念移动，可是此刻刘天一不知道自己在想什么。两只海鸥在水下的天空掠过，一眨眼，不见了。刘天一看见海鸥或者听见海鸥鸣叫，心里就有异样的感觉。他的目光继续在海水上游移，看见那些星星和渔火晃动起来，晃成一条条彩练，无数流星在水里穿梭交织，那彩练又织成一张姹紫嫣红的网。他感觉头晕，不再看着海水了。再看下去，他的眼前就会呈现出那次海难的恐怖情景。他躺在甲板上，抓个水戽垫住头，仰望星空。海在摇晃，天也在摇晃，渔船也在摇晃，他也在摇晃。那些星星忽近忽远，窜来窜去。他眼花，闭上眼睛，不觉睡着了。他进入梦里，星星也在梦里闪烁。星星变成了无数只眼睛，都盯着他。他眼前一阵昏暗，六年前那次海难的情景又重现了。

刘天一看见沉入水里的那钩弯月亮又蹿出水面，变成一叶小舟。小舟飞过来，把他载走。小舟又沉进水里，一直沉下去。小舟拴在海底的一棵海石花下。刘天一走进一片残垣断壁的废墟。这里似曾相识。六年前，一个巨浪把他击昏，一群虾兵蟹将把他押走，醒来时，他就躺在一片废墟中。他问：这是什么地方呀？旁边的虾兵蟹将说：海底龙宫。他说：龙宫很堂皇呢？虾兵蟹将说：已经破坏了。他问：怎么破坏了？一个龙头人身的老者佝偻着身子拄根龙头拐杖从一堵断墙边走出来，答道：人类破坏的。刘天一说：人类无法到龙宫来，怎么破坏？老者说：人类无所不能啊！刘天一问：你是谁？老者说：我就是龙王。刘天一惊诧说：龙王怎么变成这般模样了？龙王说：我现在无处藏身，能够活着，算命大了！刘天一不说话了。龙王继续说：今天让虾兵蟹将带你来，没有恶意，只想让你瞧一瞧破坏了的龙宫，看你有什么感想。刘天一说：我很震惊。龙王说：你很善良。又说：你们珍珠岛很漂亮，要好好保护啊！刘天一还想说什么，一只大海龟来到他跟前，驮上他，从海底升起，蹿出海面，又直接升上天堂去⋯⋯

那小舟将刘天一送回渔船来时，已是四更。他坐起来，拭着眼睛看大海，海上仍然星光灿烂。他心里郁闷，海面一片辉煌，海底怎么是一派破败的景象？一个流星飞过，那位白头发白胡子老人来到他的面前，静静地看着他。老人很慈祥，亲热地说：现在你驾驶这艘大船正朝风平浪静的港湾开去，很好！刘天一想和老人说说话，可是嘴巴张不开。老人又说：明早收完网，就回去了吧，岛上的人都等你回去呢。老人走时，又说：我送你个好东西，让你带回珍珠岛去。刘天一问：什么好东西？那老人忽然不见了。

咣当一声，一颗大日头从水里冒出来，红通通浮在水面上，海水都染成了红色。刘天一坐在船尾的甲板上掌舵。几个渔工弓腰站在船头收网。渔船斜着朝网行驶去，网行上的浮标忽浮忽沉，拉网纲的李石强憋红着脸，很吃力。刘天一问：怎么这样沉？李石强把网纲勒住，回头来说：鱼，网纲不停地撞动，很多鱼啊！刘天一说：

不对头，注意水下的情况。刘天一拉一下舵把，船头直接向着网行滑行，网纲松了些。突然，水面腾起一圈漩涡，网行的浮标下沉，渔网被一股暗流卷走似的，猛地往下拉，已经收上船来的部分渔网哗啦啦拖回水里。几个收网的渔工猝不及防，跌倒在甲板上。抓网纲的李石强被拖出船舷，双脚悬空，幸好一只手抓在船帮上，没有掉进水里。刘天一喊：大鱼！又喊：把网扔回水里！渔工们刚站稳脚跟，便七手八脚把渔网扔下去。下沉的浮标又浮了起来，水面又平静了。渔工们都怵怵地瞪着那海水。刘天一说：这条鱼很大，让它挣脱渔网，自个跑掉。打鱼人遇上太大的鱼，都不想捕捉。鱼大了，就成神了。世上万物都一样，太大太久了，就积蓄天地的灵气，结成灵魂。比如珍珠岛那棵油桐树，岛南坟场那棵大榕树；又比如珍珠岛东面案台那块大石头，岛西乱石滩那块大礁石。做海人的命浮在水上，要尊重神。刘天一将船头摆直，顺着网行缓慢地驶过去，仔细观察。海水突然一阵搅动，搅起几圈漩涡，紧接着哗啦一声响，一条黑乎乎光亮亮的大鱼从水下冲出，在水面上翻转，嘭一声，溅起一片水花，又沉回水里，一排渔网的浮标又被拖沉。渔工们都喊起来：啊——海猪！的确是一头海猪，也就是海豚。海豚的嘴很长，像猪嘴，珍珠岛人都叫它海猪。渔工们都很兴奋，海猪可以捕捉。既然叫"猪"，就不是神。陆地上的猪可以杀可以吃，海上的猪当然也可以杀可以吃。四指流刺网的网眼小，只能捕捉三两斤大的鱼。应该是这头几百斤重的海猪追逐小鱼，追眼红了，撞上了渔网。它那长嘴撞上渔网后，它不会后退，傻乎乎继续向前撞，可冲不过去，尾巴一扇，把渔网扇过来，将它缠住了。

昨晚那位白头发白胡子老人说要送刘天一一个大礼物，原来是这头海猪！他唤道：抓海猪！

刘天一吩咐渔工们把几个渔网的浮标捆绑成一个巨大的浮标，拴上一条长长的绳子，又叫渔工们将一条绳子拴在一块船舱盖上，做成另一个大浮标。然后，将浮标的绳子都拴在渔叉上。

渔船继续收网，海水又搅动，渔网又被拉回水里。

刘天一喊：勒住！

渔工们将网纲压低，卡在船帮上，拉住。

哗的一声，海猪冲出水面，庞大的身躯在船边晃动。李石强动作好快，抓渔叉扎下去，嚓一声，扎在海猪的背脊上。另一把渔叉也飞了过去，扎在海猪尾巴的旁边，那是刘天一从船尾掷来的渔叉。海猪一抖，扇起一大片水花，疯了一样向远处冲去。渔网又拉紧，渔船被拖得连晃几下。刘天一唤道：砍网！渔工们七手八脚砍网。渔网断开，海猪又扇起一片水花，拖着两把渔叉和两个大浮标哗啦啦远去了。

刘天一驶船寻找渔网的另一头，从那边收网回来。

快接近那两个浮标时，海猪又发狂，翻腾打滚，渔工们死死拉住网纲。

刘天一又喊：砍网！

渔网的两头都砍断了，没渔网拖住那海猪了。海猪蓦地腾起，翻滚着，急忙逃跑。两个大浮标犁开两行水花紧追在海猪的后边。

渔工们呆呆地望着那两个浮标。

刘天一说：看啥，让它跑，看它跑得多远！

一会儿后，那两个浮标不跑了，在水面上打转。

刘天一唤道：吹螺号！

李石强问：吹啥号？

刘天一说：归港。

李石强捡起螺号，深吸一口气，鼓足劲连吹几下。

空阔的大海上，螺号声分外悠扬。听到归港的螺号声，海上的渔船都掉转头，朝珍珠岛方向驶去。

刘天一的渔船没有掉头，朝那两个大浮标追去。李石强身手好敏捷，抓竹竿钩住那两个大浮标，捞上船来，脱下浮标，将绳子拴在船尾。

渔船掉转头，拖着那海猪朝珍珠岛驶去。海猪慌了，朝相反方向撞，缆绳绷紧，把渔船拖住。可是，渔船只顿了一下，又向前驶去。那海猪撞了几回，没能拉住渔船，也撞不脱，温顺了，乖乖地跟在渔船的后边跑。

刘天一坐在甲板上抓舵把，望着海面上起伏的波浪。他的目光突然停顿在海面一个固定的白点上。那白点就是林大侬的渔船。林大侬的渔船没有朝珍珠岛方向驶去，而是在抛锚。就是说，九月九林大侬不回珍珠岛祭拜海天元帅，留在海上继续做海。

嘿，这个林大侬真是的！刘天一在心里说。

刘天一瞧见渔工们都很兴奋，唤道：高兴就唱首歌呀！

渔工们唱了起来。唱道：

潮水涨，
船归港。
孩子去打酒，
女人忙梳妆。
鸡进窝，
人入房。
昨夜船上摇，
今晚床上晃。
摇星星，
晃月亮。
渔工力气大，
一夜晃断几张床。
……

珍珠岛的狗吠了一夜，昨晚渔船回来了。

日头出来好久了，珍珠岛还没睡醒。日头的影子在各家各户的门前徜徉，猪鸡狗都热闹起来了，女人们才幸福地打开门，把关在屋里的快乐释放出来。

这个时候珍珠岛的女人个个漂亮，漂亮在她们崭新的穿着，漂

074

亮在她们走路轻盈的步伐，漂亮在她们轻柔的说话声和爽朗的笑声。最动人的还是她们的神态。她们的脸上抹着清爽的笑意，这是充盈在心底里的快乐溢出来的。有的女人虽然没笑，静静的，神情却很自得，那是满足和回味在心间悄悄地流淌。女人们都在巷里走，提鲜鱼或者鱼干去送人。渔船归港前一天，放网打到的鱼都不拿去卖，拿回来给家里人吃个新鲜。当然，还要拿去送人。岛上不是家家户户都有男人出海的，比如那些寡妇家，比如台风打坏了渔船的人家，比如李卓仁、猫叔等人。大家都在一个岛上，这家吃香，不能让那家吃臭。大家的日子都过得暖，才温馨祥和。今天，爱热闹的刘大茂媳妇很尴尬。以往都是她满巷子扔下嘎嘎嘎的笑声，提着鲜鱼提着鱼干去送人，这回却是人家笑盈盈地提着鱼撞进她家来。刘大茂那渔船还在修理，没有出海。她见有人进来，也笑盈盈抱一个大南瓜回送人家。可惜，家里只有五个大南瓜，不一会儿都送完了。她干脆把一箩筐花生搬出来，有人来，就舀一盘给人家。不久，那一箩筐花生也掏光了。刘大茂媳妇瞧着那一篮篮鲜鱼和鱼干，又瞧着那只装花生的空箩筐，掐指头算，觉得还是自己亏。她干脆把家门反关，谁来敲门也不开。

刘天一说：渔家船归是珍珠岛最美的时刻。

刘天一走出家门，走到岛东码头来。

渔船回来后，岛东码头的油桐树下热闹地坐满了人。渔工们都把自己的快活揣来，洒在树下，洒成说话声或者笑声，每人的脸上都荡漾着安然自得，或者呈现出愉悦。刘天一喜欢这种气氛，或者说喜欢这种景象，觉得这是珍珠岛上一道非常独特非常亮丽的风景。

刘天一知道怎样享受风景，就是将自己融入风景中，变成风景里的色彩，变成风景里的画面，感受风景内在的韵致。刘天一穿一条崭新的白色文化衫，坐在油桐树下和渔工们下象棋。他的棋术了得，珍珠岛上没几个人下过他。他的棋盘前总是蹲着好几个人，人家联手和他搏杀。刘天一不悔棋，却让人家悔，对方的人嚷着抢着七手八脚抓棋子，他不吭声。人家落子了，他的嘴一咧，轻轻地伸出两个指头拈子运子。对方发觉下错了，要悔棋时，他就仰头哈哈笑。下了几盘棋，人家都不是他的对手。他不再下了，过来跟几个人打扑克。打扑克更热闹，输了就画花脸。刘天一的扑克打得臭，不一会儿额头、脸颊、下巴画满了锅底墨。他听见旁边的人哧哧笑，他也笑。笑起来时，他脸上的锅底墨就扭曲成很滑稽的图案，笑声又爆起。

热闹的感染力很强。猫叔没有出海，可在热闹的气氛中他也很兴奋。今天他杀一头大猪，很快便卖完了，他还坐在油桐树下。他搭条手帕在肩上，坐在肉案前，一边抹汗一边吃酒。人家说，吃酒出汗是苦命。猫叔不停地抓手帕往额头抹，不让汗水跑出来证明他的命苦。他的手帕突然停住，喊：天一哥，嫂子来叫你啦！猫叔比刘天一大两岁，人家叫"天一哥"，他也跟着叫，又顺便把刘天一媳妇叫成了"嫂子"。人们望去，见刘天一媳妇站在岛西巷口李卓仁那诊所旁边，翘首看过来。油桐树下都是男人，每次来叫刘天一，她都站在很远的地方。刘天一扔下扑克牌，双手往脸上一抹，变成个黑包公。油桐树下的人都笑，猫叔笑得更猛，逗趣说：天一哥，嫂子叫你回家，准是要做那个事，把脸洗干净，别坏了她胃口。刘天一也打趣说：哟，当饭吃吗，一天要吃几顿？油桐树下的人又哄一声笑。

一群孩子的笑声在岛西码头前沸腾。

昨晚刘天一的渔船把那头大海猪拖到珍珠岛来后，海猪还活着，渔船在岛西码头前抛锚，海猪也就拴在码头前。海水退潮了，渔船搁浅了，那海猪也搁浅在码头前。孩子们见码头边搁着一个庞然大物，都惊呼着围过来。珍珠岛的渔船常常抓到海猪，可没这么大，而且大都卖给了外头的鱼贩子，或者在海上杀了，把一块块海猪肉拿回来。孩子们看见那海猪还在动，嘻嘻哈哈抓石块扔。刘来福好胆大，见海猪的嘴巴不停地翕动，说它口渴了，跑下码头，抓自己的小鸡鸡对准海猪的嘴巴吱吱吱屙尿。海猪晃一下头，尾巴一扇，地上的积水溅起，泼向刘来福。刘来福急忙后退，踩上一个小坑，一趔趄，栽在一摊泥浆上，全身黑乎乎沾满泥浆，也变成了一条小海猪。码头上的孩子都喊起来，抓石块朝海猪掷。一阵噼噼啪啪，一块石头砸在刘来福的额头，他啊一声，伸手摸，凸起一个乒乓球。他恼怒地鼓着嘴朝码头上骂：你们娘的都瞎啦，掷我的头！他抓一块石头朝码头上扔回去，孩子们嘻嘻哈哈都跑了。

大人来杀海猪了。岛上有一条不成文的规矩：鲜味食，众人尝。海猪肉是鲜味食，拿回岛来，必须分给众人尝。杀一头大海猪好费劲，大卸八块，每一大块又要均匀分成许多小块，一小块又要分成许多小份，以便分送给各家各户。刘大茂没出海，他要融入船归的气氛，领头来杀海猪。他提一柄大斧头威武地站在码头边，见好多人也来了，转身跳下码头，走到海猪身边，举起斧头便砍。那斧头一起一落，海猪的血水四溅纷飞，刘大茂变成一个血人，海猪的头砍断了。刘大茂像完成了一项光荣任务，一手叉腰，一手抓斧头，回头来望着码头上的人。猫叔也来了，穿条裤衩，一身多余的肉晃动着，两只手抓着两把杀猪刀，站在海猪旁边。他喊：大家都过来，把海猪翻转过来！几个年轻渔工赶过来，憋足劲把海猪翻了过来。猫叔扎马咬牙，两把杀猪刀来回划着，剖开了猪腹，扔下杀猪刀，双手插进海猪的腹腔，用力一挖，把内脏都挖出来，猫叔也全身血淋淋的了。他一抖，双手一甩，将身上的血水甩掉。他不再亲自操刀了，退一步，站在旁边比画着杀猪刀指挥。他叫刘大茂拿斧头把海猪的背脊劈开，劈成两半，又叫两个渔工砍开猪头……不一会儿工夫，一头大海猪已经分解成一块块乌黑的肉，全摆在海滩上。

刘天一船上的渔工都是功臣，应该享受尊重，用不着动手杀海猪。这么一头大海猪卖给鱼贩子，很多钱，刘天一却拿回来分给大家吃，多么了不起！刘天一船上的渔工都蹲在码头边看，体验刘天一经常说的那些话：送人玫瑰手留余香；有好东西分给别人，心里很舒服。此刻他们心里确实很舒服。

几个穿着漂亮的女人挑着箩筐走下码头来，她们是刘天一船上渔工们的媳妇。自己男人了不起，她们的脸上都抹着得意、自豪和满足。她们要亲自挑海猪肉挨家挨户分给人家，收获别人的感激。码头边的其他女人都朝她们投来羡慕的目光。刘大茂媳妇赶过来，接过刘天一媳妇的箩筐，说：嫂子，你站在码头上，下边的路滑，不好走，我替你把海猪肉挑上来。又有几个女人走过来，接过那几个渔工媳妇的箩筐，走下海滩去。刘大茂媳妇挑一担海猪肉走上码头来，交给刘天一媳妇，又掉头走下海滩，拿绳子快手快脚绑两串海猪肉，挂在一根木棍上，嘎嘎笑着挑起，跟在那几个挑箩筐女人的后边，也挨家挨户走去。

海猪肉很韧，大火煮了两个多钟头才开锅。下午吃完海猪肉，刘天一端一瓢水蹲在猪圈边漱口。海猪肉的膻味很重，不漱干净，嘴巴就涩涩的，说话哈出的气就有膻味。吃完海猪肉，儿子刘汉国要出去玩，刘天一叫他拿一条白鲳鱼给酒爷。刘天一有好东西，总是想到酒爷。刘汉国说：大早娘拿鱼去送，中午又送海猪肉，现在还……刘天一说：酒爷不吃海猪肉。刘汉国嘟囔说：这么好的鱼，也送给那个疯老头！刘天一正色说：不准叫他疯老头！

刘天一的女儿月花在收拾饭桌。刘天一叫她把剩下的一条白鲳鱼拿给卓仁伯伯。月花说：又送，咱家没鱼啦。刘天一媳妇说：我们不吃，人家吃，人家香，我们心里也香哩。月花拎一条白鲳鱼要走出去，她娘喊：换衣服出去，真是的！这么大的姑娘了，渔船回来人那么多，也不换套新衣服。刘汉国说：换啥衣服，我姐拿锅底墨抹黑了脸，也比人家漂亮呢！月花张开巴掌，要揍刘汉国。刘汉国咔咔笑。他娘嗔骂道：没大没小的！

第五章　海天元帅

　　九月九珍珠岛人集中祭祀海天元帅，就是刘天一倡导的。

　　六年前刘天一遭遇台风死里逃生。回珍珠岛来了，脑袋只要挨在枕头上，魂魄就出窍，轻飘飘飞到一个神秘的世界去。这个神秘的世界不是别的地方，就是珍珠岛，未来的珍珠岛，或者说，珍珠岛的未来。未来的珍珠岛像过电影一样一幕幕在他的眼前闪现，触目惊心。他看见珍珠岛又打仗，岛上人个个凶狠，武器不再是长矛、大刀、火药枪或者鱼炮了，抱着机枪，推着大炮，扛着火箭筒，震天动地的轰隆中，珍珠岛变成一片火海……他看见岛人个个面目狰狞，都变成牛头马面。珍珠岛的渔船画满刀、剑、炮弹，又画上魔鬼和骷髅，武装成海贼船。开船出海，像群魔出洞，望见海上有船只，一呼啦扑过去，枪炮齐鸣，杀人，越货，沉船，然后将死人搬过来，大火烤熟，一人抓一块，唱着喊着笑着吃着……他看见一场瘟疫扑向珍珠岛，像黑旋风农药喷杀蚊虫一样，岛上的人和牲畜甚至飞禽走兽都倒地而毙……接着是一场强烈地震，颠簸摇晃……珍珠岛像砸破西瓜似的，轰一声爆裂成几十个小岛，然后都沉进海里……每次快做完梦，就见一位头发胡子全白了的老人抓一条丈把长的藤鞭站在他跟前威严地说：我从海龙王的罗网里救你回来，就是要让你拯救珍珠岛，你打算咋办？他说：珍珠岛是我家，

079

不，珍珠岛就是我自己，拼上命也要把珍珠岛救出苦海！老人说：说得好，珍珠岛就是你自己，要记住！老人去了……刘天一梦醒后，就头疼、头晕、眼花、心慌，只有吃下巫婆三娘拿五种不同颜色的花泡成的茶，身体才平复。

　　一天，刘天一从噩梦中醒来，又头痛头晕眼花心慌。他不吃巫婆三娘的五色花茶，捂着头来找酒爷。酒爷正坐在他家门前那马尾榕树下吃酒，端起酒碗，眯着醉眼对刘天一说：你的印堂、眼眶、嘴唇发黑，眼睛却潮红，身上的阴气很重，心里的阳火却旺，阴阳相违，相冲，相扰，应该是心里有解不开的魔咒。刘天一觉得酒爷找到病因了。这些年，岛人都努力做吃，日子一天天好，心里快慰的同时又虚虚的。他想，这应该是穷极思富、乱极思安，使人心无旁骛，力气都使在生活上所产生的局面。然而，此后呢？他的心虚变成心急火燎，煎熬着他。刘天一问：怎么办？酒爷说：人心越清静越好，可心空易生魔，人心不能再生魔了。刘天一说：要未雨绸缪？酒爷没有直接回答，说：你找个清静的地方躲起来，清心养性，怡悦心情，神闲意静了，气血调和，阴阳平衡，你的头疼或许就好了。

　　刘天一潜水钻进石窟里，顿觉心舒惬意身骨清爽，躺在那石床上，不做梦了。刘天一躺了三天三夜，出来时，精神爽朗，神采奕奕，于是他决定做一件大事：每年九月九日，率领珍珠岛的全体渔工祭祀海天元帅。

　　为什么刘天一要祭拜海天元帅？岛人说，刘天一在石窟里遇见海天元帅，海天元帅指使他。其实，在石窟里他什么也看不见。他躺在那石床上，头脑格外清醒，思维格外活跃，三天三夜让他将清一团杂乱在心里的东西。酒爷说"心空易生魔"，道出了人性的缺陷。人的心里空着，杂念就侵入，就生出是非。就像一片田空着，则杂草丛生；种上庄稼，就少生杂草。所以，找有用的东西填进人的心里，心就不飘忽，就踏实、就安稳。他一时找不到理想的东西填充，只好想到神。神很重要，至少现在非常有用。神扬善抑恶，讲因果报应，行善积德就能上天堂，享尽极乐；为非作歹死后要下十八层地狱，后世变牛变马。人的心里有了神，就努力做好事不做坏事。那个风云突变的年月，把神赶走了，人心空落，于是心里生魔，人也就变得凶恶，又肆无忌惮，什么坏事恶事都干得出来……特别是那该死的刘大茂，拿一个大鱼炮在岛东案台礁石那炸，把海天元帅炸跑了，没有神把持的珍珠岛人心纷乱，岛上也就乱得一塌糊涂……他敏锐地发觉，人的身上都有两面性，善恶共存。扬善则善生，就是好人；扬恶则恶起，就变得龌龊。刘天一想到神的重要，也就想到海天元帅的重要，想到巫婆三娘的重要，于是率领渔工们祭拜海天元帅。

自从祭祀海天元帅后，祥云飞渡，紫气东来，珍珠岛的渔船出海不遭遇台风，岛上也不发生令人匪夷所思的事情，尤其岛民心平气静亲亲和和相敬相爱，这个小岛呈现出一派安然和谐的景象。

刘天一又找那本书来看。这书是破"四旧"时刘大茂从酒爷家里抄出来，扔在油桐树下焚烧，他从火堆里抢出。书中有一篇《桃花源记》，至今他看了不下百遍。

刘天一觉得现在的珍珠岛比任何时候都美丽。从劫难中走过来的珍珠岛人，经历了曲折和痛苦，人心思稳思静，努力做吃，好一派祥和的景象。那位头发胡子全白的老人叫他把珍珠岛这艘大船开到风平浪静的港湾。哪是风平浪静的港湾？应该像桃花源那样。桃花源并不富裕，可里面的人淳厚朴实，很安逸。现在的珍珠岛也安静，有点像桃花源。那位头发胡子全白的老人说：现在你驾驶这艘大船正朝风平浪静的港湾开去，很好！这美好的景象来之不易，应该好好感谢海天元帅。

刘天一坐在岛东油桐树下，见巫婆三娘从岛南那巷口走出来，他走过去说：今年祭拜要大做。

巫婆三娘说：好，那就请道师，请歌手，让水角镇的渔工也来祭拜。

刘天一说：珍珠岛的事，叫外人来干吗！

九月九那天，鸡还没啼，一阵阵猪的嗥叫声把这个小岛闹得一颤一颤的。

今天一共杀了十头大肥猪，一千多斤肉。一百多户人家，数完十八岁以上的男丁不够三百人，怎么吃得完？吃不完也得杀，最大的意义不是吃，是杀！

天亮了，猫叔光着膀子，脖子上吊一根粗胶丝绳子，绳的一头挂把尺二长的杀猪刀，另一头挂一串猪耳朵，跌跌撞撞从岛东码头走回来。猫叔杀猪不要报酬，只拿猪耳朵回家下酒。猫叔是边吃酒边杀猪，酒已经把他染得很红，刚出来的日头又在他身上涂一层红色，全身红亮红亮的。他走一步哼一句山歌，哼出他的醉态，也哼出他的得意。走过刘天一家门，瞥见刘天一坐在庭前，他哼不出歌声了，脚步也不打战了。今天猫叔杀猪是巫婆三娘安排的，神的事巫婆三娘都叫他做。猫叔原先也做海，和刘天一在一艘船。那次海难后，巫婆三娘叫他别做海了，一双手喂一张嘴，做啥都得吃呢。他于是守在岛上，海水退潮就下海滩赶海，逢年过节或者渔船回来，就抓头猪来杀。

岛东码头已经搭好祭台，祭台前拿椰树叶和五种颜色的野花搭一个大彩门，两旁用金黄色的加丹纸写一副对联：神灵清海宇；甘露沐人间。横批是：恭迎圣驾。

猪、羊、鸡、鸭、水果都在祭台上摆好，十八岁以上的渔工都在彩门前排队站好，只要端香炉的人一到，祭祀仪式便隆重开始。

刘天一来了，一只手打伞，另一只手牵着一位老人，一步步走过来。全部目光嚓嚓嚓飞过去，大家都看明白，刘天一要请酒爷来端香炉。

今年选谁来端香炉，让刘天一很费神。他明白，选怎样的人端香炉，就是弘扬怎样的人。原先他打算给林大伱这个荣誉。林大伱舍命救人，义薄云天。可林大伱真是的，没回来祭祀海天元帅。他又想到刘大茂，可自己说服不了自己。刘大茂有本事，却心眼窄，少情寡义，不该弘扬。珍珠岛必须彰显情义，变成一个情义岛，世上最美的莫过于情义。最后他想到酒爷。酒爷虽不做海，可他对珍珠岛贡献最大，这个小岛应该彰显贡献者。翻开酒爷的历史，珍珠岛的命运与他息息相关。酒爷年轻时出岛去读私塾。日本兵来后，他上山抗日。日本兵投降，国民党和共产党打了起来，他失踪了。海南岛解放前夕，他回到珍珠岛来。一群国民党逃兵踩着海滩从水角镇跑来，边跑边喊杀边开枪，要登岛负隅顽抗，等海水涨潮后，抢劫珍珠岛的渔船逃走。酒爷喊：兵就是魔，到了哪儿，哪儿遭殃啊！他领岛人拿家伙列队站在岛边，靠一门抵抗海盗用的"母鸡带仔"炮，八杆步枪，五杆火药枪，三支火铳和国民党逃兵对打，硬是把逃兵挡在岛外。解放后酒爷哪儿也不去，说他走南闯北跑了很多地方，没有比珍珠岛更好的地方。他在岛上当先生，有红事白事就请他去写个对联，平时就给人家算命看相看风水。他算命很灵验，算你八十岁死，你不会活到八十一；算你是个漏斗命，别想存钱，挣多少花多少。他第一次看见巫婆三娘，就说这个女人要吃开口饭。吃"开口饭"是以唱山歌为业的"歌爸"或者"歌妈"，可巫婆三娘根本不会唱山歌。后来，她却当了巫婆，靠一张嘴过日子……珍珠岛外头发生许多大事情，岛内都平安无事，那是因为岛人听酒爷的告诫，没参与。酒爷说：社会大闹，就是人类在刮台风，只能躲，不能跟风；珍珠岛很小，经不起折腾，外边的事千万别招引到岛上来。

刘天一尤其佩服酒爷，说酒爷是岛神，他的话要铭记在心里。

刘天一抱那个大香炉递给酒爷，站在他的身旁打伞。

巫婆三娘喊：放炮！

三声火铳及时响起来，一串爆竹也兴奋地跳跃着。

彩门前的全部男人都跪下。

巫婆三娘迈开莲花步走到祭台前，手舞足蹈边唱边跳。她先是请海天元帅腾云驾雾下凡，接受珍珠岛的信子们参拜；接着请海天元帅派天兵神将清海面，驱妖魔；再请海天元帅巡岛廓，净街巷，安岛民；最后请海天元帅显神威，施圣水，赐福渔工。

下跪的渔工们应该低下头，心里默念海天元帅，显出无限虔诚。很多人的眼睛却像涨潮时的鱼，游来游去，一会儿朝天空瞟，一会儿朝海上瞧。他们要看异象，这时海天元帅常常显灵，从天上漏下一道虹光，或者在案台礁石那掀起一排浪涛。比如去年，天空晴朗，日头炽白，大家跪在滚烫的码头上，突然飞来一片黑云，噼里啪啦下了一阵大雨，把全部人都淋成落汤鸡。

不见异象，渔工们都把目光收拢，搁在自己的跟前。忽然，一条黑不溜秋的大鱼哗一声在码头边高高跃起，连跳三下，钻回水里，不见影子了。

刘大茂喊：显灵啦！

全部人站起，朝海上张望，一片骚动。

异象出现，巫婆三娘很兴奋，跳得更起劲，那张白皙的脸在阳光下变成红扑扑的，汗水从她的发际奔流直下。

刘大茂端一盆清水走到巫婆三娘身边。

巫婆三娘说：好，给大家施圣水！

她朝下跪的人走了过来。刘大茂也端着水跟过来。每走到一个人的跟前，巫婆三娘就伸中指朝盆里蘸一下水，弹在他的头上。

施完圣水，要把渔工的名字唱给海天元帅听。还要念咒语祈平安，请求海天元帅护持庇佑。这个程式要做很久。刘大茂放下脸盆，抓一把伞跑到巫婆三娘身边，给她撑伞。

日头爬上天腰了，很热。酒爷抱个香炉站着，可能双脚发麻，不停地晃动着。下跪的人也摇头晃脑东倒西歪的。刘天一想叫巫婆三娘快点结束，可没叫，不能让人觉得心不诚，不能让人感到这个祭祀不严肃。他朝巫婆三娘瞧来。精明的巫婆三娘感觉他的目光弹在自己身上，干脆省略后面的程序，喊：礼毕！

一个个蔫头耷脑跪着的渔工都站起，重又生龙活虎。

刘大茂的伞从巫婆三娘的头顶移开，迈开两步，头一歪，嘭一声栽倒，眼睛翻白，口吐白沫，手脚抽搐，不省人事。

巫婆三娘脸色唰地变白，可仍沉住气，扭头跑回祭台前，再次烧香，点烛，焚纸钱，闭上眼睛叽里咕噜念咒语。

猫叔瞧见刘大茂像头死猪，嘟囔说：哼，准是大茂这家伙耐不住，昨晚还睡女人！

祭祀海天元帅前三天必须斋戒，不杀生，不吃荤，不碰女人。围观的人都嘀嘀咕咕说：对呀，清规不能犯啊！

刘大茂媳妇跑过来，跺脚喊道：谁瞧见他睡了？我来月经呢！嘴一扁又说：你们都傻啦，分明是大侬他们没回来，海天元帅生气，找个人来惩罚呢！

人们都愣着。

刘天一看见刘大茂脸色潮红，头上却冒着冷汗，唤道：快叫医生来！

李卓仁不是渔工，没有参与祭祀海天元帅，躲在诊所里，从那窗口一直看着，听见刘天一说要叫医生，嘀咕说：哼，真是烧香引鬼来！提药箱跑了过来。

这个赤脚医生还算有经验，伸手摸见刘大茂的头，很烫，心中有数了。刘大茂跑来跑去很劳累，加上天气太热，气氛又紧张，中暑了。他叫围观的人都散开，叫人给刘大茂打伞，扇凉，又叫人拿盐水和汤匙来。他亲自给刘大茂刮痧。

弄了半把钟头，刘大茂醒了。

巫婆三娘回头走过来说：好险啊，恶鬼趁着海天元帅起驾回天堂，过来抢元帅的祭品。好在我呼叫及时，元帅赶回来，把恶鬼打跑了。

刘大茂媳妇问刘大茂：你瞧见恶鬼吗？

刘大茂说：我感觉全身骨头酸痛酥软，眼一黑，就倒下了。

猫叔说：恶鬼到来时，一巴掌就把大茂打晕了。

这场祭祀活动说是人神共乐，功德完满。

神灵保佑，河清海晏。第二天中午，珍珠岛的渔船都扬帆出海去。

酒爷却感觉情况玄妙得让人生忧，又在岛西那乱石滩上垂钓，从傍晚一直垂到天亮。

酒爷通天通地通神通鬼通人。他垂钓时，就是想天的事地的事神的事鬼的事人的事。他先想这次祭祀海天元帅刘天一为什么让他端香炉，这个很明白。刘天一在干一场大事。这场大事需要海天元帅大力支持，也需要他鼎力相助。刘天一把他拉出来，推到海天元帅面前，又推到众人面前，表明这场大事很艰难可意义非凡，必须人神协力，还要大张旗鼓。酒爷想通了人的事，又想神的事。想神的事既要观看天文地理，洞察世间万象，又要从具体细节中参透个中奥妙。以前祭祀海天元帅，酒爷都作壁上观，坐在油桐树下吃酒，看着，听着。这回他的感觉完全不一样。在祭祀中出现的两个异象反复闪现在他的脑海。一条黑色的大鱼在码头前连跳三下，可以理解为海天元帅在展现神奇；刘大茂昏倒在祭台前，无疑是呈现不祥之兆。酒爷猜不透，为什么在这个关键时刻，呈现不祥的征兆？

酒爷观天象不靠眼睛，靠那钓鱼竿。钓鱼竿指着哪个方向，眼前就呈现出哪个地方的神秘景象。钓鱼竿指着水角镇的方向，只见天空一片橙黄色，那云彩却不停地变幻着各种颜色。钓鱼竿指着海上，天空一片紫色，没有云彩，也没有星星，海面上却像辽阔的跑马场，万马奔腾。钓鱼竿指着珍珠岛，上空的云朵很诡秘，忽隐忽现，忽又坠落，在珍珠岛的屋顶上翻滚奔腾，把珍珠岛搅得一片混乱……酒爷没见过这么奇异的天象。酒爷将鱼钩垂向石窟那穴口，听天上地下海底的声音。他将石窟交给刘天一后，不再进入石窟，只能通过钓鱼竿传送石窟里的声音。酒爷听不到具体的声音，那钓鱼竿颤颤巍巍的，他的耳朵嗡嗡地响，好像天在晃动，地在晃动，海在晃动，人也在晃动……他破解不了个中奥秘，心里虚虚的，有些着慌。好多年来，酒爷这颗已经坚硬得像海边礁石一样的心，什么事情都撼动不了，可是……

渔工们都出海去后，掏空了，一个饱满的珍珠岛瘪了下去。

平静中，一连串怪事在珍珠岛上发生。

巫婆三娘在海天元帅的神龛前烧一炷香，磕三下头，眼睛突然一黑，眼前闪出一个"凶"字。巫婆三娘问：怎么凶？海天元帅说：不关你的事，别问！

渔船出海后的第三天，也就是祭祀海天元帅后的第四天——九月十二，第一个事情发生了。刘大茂媳妇的嘴唇莫名其妙发红发肿，像一个圆嘟嘟的球搁在鼻子下，几乎堵住鼻孔，呼吸时，吱吱吱响，十分滑稽。她去岛南坟场一棵野菠萝旁蹲山（大便），突然一个小影子掠过，嘴唇啪的一声响，接着是一阵钻心的麻痛。她走回家来，半路便感觉嘴巴开始肿胀，越肿越大，像吹气球似的，便肿成这个样子了。人们瞧着刘大茂媳妇这张"猪嘴"，想笑，可笑不出来。好多人猜测，是野蜂叮咬，野蜂毒呢。巫婆三娘却说：别乱猜，不是。

九月十三，巫婆三娘在家里烧香供奉海天元帅，那个大香炉突然起火烧起来，火势很凶，连那张供桌也着火了，好在巫婆三娘奋不顾身把海天元帅那木质神像抱走，要不，全部化为灰烬。

九月十四，天青日丽无风无雨，岛东码头那油桐树上的一个八哥鸟巢掉了下来，里边的四只毛茸茸小鸟全部摔死。

九月十五，一贯操刀利索的猫叔在油桐树下砍猪肉，一刀下去，刀锋一偏，把他左手的小手指剁了下来。那断指落地时，仍在地上跳了几下。

——这一件件让人匪夷所思的事情发生，当然事出有因。

珍珠岛人认定与九月九祭祀海天元帅有关，紧张兮兮中，回想那天的祭祀过程有什么闪失，努力寻找个中原因。香炉被烧，事情严重，先从与香炉有关的人身上找问题。香炉是刘大茂买的。那天那个时候，身为女人的刘大茂媳妇居然闯进祭坛，又说了不堪入耳

087

的话，尤其那句"我来月经呢！"咦，脏死了！这是对神灵的莫大亵渎，所以海天元帅打她的嘴巴，又干脆把那香炉烧了。酒爷和香炉也有大关联。酒爷连个渔工都不是，而且无家屋又没尾物，何以端香炉？无家屋就是单身，没尾物就是无后。这么没福分的人端香炉，很不吉利，以后珍珠岛怎么祥瑞？怎么延续香火？怎么发达兴旺？所以这个香炉不能再要了，必须烧掉！猫叔的小手指被剁掉也是活该。那个时候猫叔竟然说"刘大茂睡女人"这等混账话，应该受罚。剁掉他的小手指，就是让他往后长个记性！八哥鸟的鸟窝掉落，摔死四只小鸟，却与林大侬他们有关。林大侬四兄弟忘恩负义又狗胆包天，出海打鱼经常得到海天元帅庇护，居然不开船回来祭祀海天元帅，哼，不做珍珠岛人了？鸟窝从油桐树上跌落，四只小鸟都摔死，在暗示什么？岛上的人却明白，只是不愿说出口。

　　一系列怪事出现，岛上人很紧张，酒爷却从中悟出了玄机：刘天一要干的大事险象环生，难啊！

　　珍珠岛很寂静。

　　这天早上雾很重，把珍珠岛锁得很紧。日头爬好高了，才撞破雾幔，露出一个圆嘟嘟的脸盘。一阵风掠过，把雾幔掀开，又把雾幔撕破，支离破碎的破布残棉都随风卷走了。潮水在浓雾中悄悄地涨上海滩来，雾散了，海水赤裸裸铺在岛东码头前，漫漫荡荡。咣当一声，好像有一块石头从码头边掉了下去。李卓仁急匆匆从诊所里跑出来，跑到码头边，哗一声跳下去，潜入水中。一会儿后，李卓仁从水里捞起一个人，抱上码头来。这个人就是酒爷。酒爷坐在码头边垂钓，鱼没钓到，反而掉进了水里。酒爷小时候，人家算他的命，说死于溺水。他于是拼命练游泳。海水涨大潮，他能够从珍珠岛到水角镇游几个来回。就是凭着水性好，他才找到那个石窟。他在岛西乱石滩边潜水追一条鳗鱼，那鳗鱼在水里窜来窜去，最后窜进石窟那洞穴。他也就钻进了石窟里，变成传承珍珠岛衣钵的关键人物。后来，他却离开了珍珠岛。水性好不等于不死在水里。家

088

人送他到外头读书，让他远离珍珠岛，远离海水。可是，人跑不过命，鸟飞不过影。命运像绳子一样将人绑住，又把他绑回珍珠岛来……也怪，水性很好的酒爷，掉落水中，却像石头似的，咕噜就沉了下去。酒爷被救上码头来，气若游丝，奄奄一息。李卓仁给酒爷做人工呼吸。酒爷吐了几口水和几口痰，缓过气来了，可说不了话，眼睛也闭着。李卓仁说海水从酒爷的嘴巴和鼻孔呛进他的气管，堵在他的肺里，变成急性吸入性肺炎。李卓仁给酒爷打吊针。酒爷昏迷三天，发烧三天，咳嗽三天，第十天康复了。

　　说酒爷康复了，只是吸入性肺炎治愈了，他的身体无法复原。酒爷一下子变得又瘦又小，全身皱巴巴的，看着像两百岁了。

　　酒爷说，这次落水，至少折他的十年阳寿。这个话让人又想到那个香炉。他没资格端香炉，却端了香炉，所以让他遭这场劫难，折他的福。也就是海天元帅把他推落水，又捆住他的手脚，摁在水下。他没死，是因为香炉不是他主动去端，刘天一让他端，要不然……问题又来了，那么责任在刘天一身上。刘天一难辞其咎……海天元帅会不会惩罚刘天一呢？

　　海天元帅最终没有惩罚刘天一。刘天一解释说：酒爷落水是天数，不是海天元帅的惩罚，反而是海天元帅救了他。酒爷的寿数到了，按上苍的安排，这天必须死于水中。海天元帅向玉皇大帝求情，说大海里风狂浪大暗流汹涌，珍珠岛这艘船漂泊其中，很难驶进平静的港湾，应该让酒爷这个经验丰富的老水手协助刘天一完成这一壮举。玉皇大帝于是敕令阎罗王增加酒爷的寿数，让他活了回来。刘天一又说：这次酒爷到阴间走了一趟，脚踏阴阳两界，更不得了。阴间阳世之事他都了然于心，能和鬼神说话，可以和凡人吃酒，变成了半仙！

第六章　山海经

男人不在家，天黑得很快。夜幕盖下来，珍珠岛好像慌了神，一动不动，眨眨眼睛便睡着了。黑夜像丝线一样长。刘大茂媳妇一夜睡不安稳。她习惯在睡梦中伸手往旁边摸，每次都摸见空空的，一激灵便醒来。一个长夜，她不知道摸了多少次，又醒了多少次。她很聪明，把衣橱里那棉被抱出来，卷成圆筒，放在床的一边，拿刘大茂一条上衣披上去，搂着棉被睡，安稳了。

下半夜一阵海风吹来，天上的云块吹散了，那颗躲在云层里的月亮走了出来，屋外一片惨白。冰凉的月光从窗口泼进屋里来，晃动在床前，好像也晃动在刘大茂媳妇的心里。她听见一阵阵声音随着月光飘进屋里来。那声音轻缓悠长，又断断续续，像风声，像浪声，又像鬼哭。她爬起来，要去关窗门。她突然听清楚了，那是山歌声。珍珠岛的姑娘爱唱山歌，平时不敢开口唱，只有渔船都出海去，男人都去后，又等到夜很深，岛上的人都熟睡了，悄悄地跑到岛边那沙滩来，放开喉咙对着月亮唱。刘大茂媳妇喜欢听山歌，尤其爱听情歌。她躺回床上，将头枕在那棉被上，支着两只耳朵听。一直到天快亮了，那些多事的公鸡也伸长脖子唱了起来，把歌声盖住了，刘大茂媳妇才翻转身，爬了起来。

刘大茂媳妇在床上坐一会儿，把乱麻麻的心情梳理了一下，伸手从床头抓条长衫披在身上，到厨房去做早饭。火烧起来了，很旺，火舌舔着锅的屁股，一晃一晃的。她抓两截柴塞进灶膛，走去把笼里的鸡都放了出来，转身又去打开家里的大门。她望出去，见岛西码头前横着一只舢板，猫叔抓个酒瓶坐在那舢板上乐滋滋地吃酒。她在心里骂：这死鬼，又送三娘去水角镇啦！巫婆三娘嫁来珍珠岛时，她爹极力反对。她说：我的事你别管！她爹骂道：你再踩回水角镇来，我就打断你的腿！巫婆三娘说：拿轿去抬，我也不回来了！时过境迁，她又经常回水角镇来。她总是等渔船出海后，才回水角镇，而且趁着早上海水涨潮时，让猫叔从不碍眼的岛西码头悄悄地摇她去。

刘大茂媳妇赶紧吃早饭、梳头、换衣服，要搭猫叔的舢板去水角镇。渔船出海后，女人心里闷得慌，总想找个理由到水角镇逛一逛，却苦于没个好理由，今天随巫婆三娘一块去，别的女人不会嚼舌头，她又顺便拿点泥虫去卖。

刘大茂媳妇走下码头来，有几个打扮很漂亮的姑娘已经站在码头上。姑娘们也趁机去水角镇。姑娘天生爱热闹，想看男人，更想让男人看，尤其长得漂亮的。

刘大茂媳妇眯着眼睛瞧姑娘们，呀呀嘴说：你们好大胆啊，去水角镇玩，想死吗？

月花翘嘴说：去水角镇咋了，你也去呢？月花不畏惧刘大茂媳妇这张大嘴巴。

刘大茂媳妇说：你们咋能比我呀，我老了，变成咸鱼了，你们可是活蹦乱跳的鲜鱼呢！

月花说：我们就这么贱，上镇去，就拿去卖？

刘大茂媳妇并不全是吓唬姑娘们。多少年来，珍珠岛人都守着一个很硬的规矩：男人可以娶岛外的女人做媳妇，绝不允许姑娘嫁到岛外去。这个规矩可谓高瞻远瞩。一群人守在小岛上，与风雨为伴，以耕海为生，辛苦不说，天天看的都是这些人，做的都是那些事，日子单调枯燥。男人落地生根没办法，姑娘却是飘动的云。姑娘嫁出去了，谁来嫁岛上的男人？男人娶不到媳妇，就疯就狂就要跑出岛去，岛上还有人吗？不让姑娘嫁出去，就是不让她们和岛外的男人接触。男人和女人就像磁石和铁器，一靠近，就黏住了。何况现在岛外复杂，人很坏，男人都要少出岛，别说姑娘。平时，女人们挑海鲜上镇赶集，都要穿旧衣服，卖完海鲜就急急赶回来。

巫婆三娘来了，猫叔把酒瓶塞进甲板那夹缝，伸手抓碗里的花生米塞进嘴里，一边鼓着腮帮嚼，一边抓竹篙撑，舢板靠在码头边。

刘大茂媳妇看着笨重，动作好敏捷，抬腿一踩，那个大屁股一晃，上舢板了。

姑娘们也赶紧爬上了舢板。

巫婆三娘说：这么多人上镇去呀？

刘大茂媳妇那两片薄嘴错开要说话，巫婆三娘又说：人多好，热闹。

猫叔抓竹篙一点，舢板一晃，荡离了码头。

舢板靠在水角镇码头旁边。

巫婆三娘见姑娘们有些拘谨，鼓励说：难得上一趟镇，好好玩！她踏上码头，拐进一条小巷，回娘家去了。

刘大茂媳妇说：你们别乱跑，我去哪儿，就跟去哪儿。

上镇来就想自由自在地逛一逛，姑娘们都噘起嘴。

月花身旁那水菊说：好，我们都听你的。

刘大茂媳妇拍水菊的肩膀说：我就喜欢水菊这姑娘，嘴甜，懂事！

踏进水角镇的新街，姑娘们的眼睛都忙碌，东瞧西瞧的。刘大茂媳妇不忙着去卖泥虫，瞧见一个小姑娘提只冰壶走在街边，忙招手喊住，她爱吃冰棍。她从裤头抽出一个钱袋，晃一下，叮叮当当一袋硬币。她掖住钱袋，蹲在冰壶旁，抓着冰棍，翘起嘴，哧噜哧噜地啃，很像吃烫嘴的番薯。姑娘们都站在旁边看。她一边哧噜一边说：你们也吃呀，好吃呢，冰棍太好吃啦！姑娘们也想吃，可是一边咽口水一边摇头。珍珠岛人很讲究，大姑娘出门不吃零食，何况当街当市的。刘大茂媳妇的身旁丢下一大把冰棍签了，还一个劲地吃。月花朝姑娘们丢个眼色，大家一掉头，走开了。

姑娘们手拉着手，从街头朝街尾走去。街上人的目光像黄蜂一样，都飞过来蜇她们。她们的打扮和镇上人不一样，头上戴顶宽边竹叶帽，头发还簪一朵红绸布结成的大红花，两边发角又箍两只大发夹，额头上的刘海剪得很整齐；身上的穿着也很特别，先拿长布条把那不安分的乳房勒得很扁很平后，穿上一件印花小衫，再套上一条青色的紧身大襟衫，显得很紧迫；大襟衫的下摆却很短，又翘起，前面露出肚脐眼，后面露出腰骨眼；下边着宽脚黑色长裤很宽松，走路时，裤脚一扫一扫，很有节奏；脚下都穿人字拖鞋，亮出一双又黑又大的脚板，给人一种轻松、随意、自在的感觉。

姑娘们叽叽喳喳在街边买了梳子、镜子、发夹、花露水、绞脸毛的丝线和石膏粉，接着拥进一间布料店。姑娘们像蝴蝶，喜欢花，瞧见花布便飞过去，瞧着，摸着，又抓着摁在身上比试。她们没扯布，买花方巾。那花方巾很漂亮，绿底花边，中间有两朵大黄花，四周还有流苏。把花方巾对角一折，变成三角，扎在头上，两边亮出两朵大黄花，流苏披在肩上，美死人！

从布料店出来，姑娘们又在街上逛。街上的店铺五花八门。姑娘们只是瞧着，没踏进去。街拐角的一爿小店的门边挂着几对奶罩，很吸引眼球，把姑娘们都吸引过来。姑娘们一边瞧一边捂住嘴哧哧笑。珍珠岛的姑娘出门前，要拿布条绷紧自己的乳房，生怕凸出来丢人现眼。水角镇人真不要脸，卖假奶！姑娘们只是看，不敢碰，也不买。女店主翘着嘴瞪她们。她们嘀嘀咕咕走了。来到街边的一间录像厅前，里边的笑声、歌声、咿咿呀呀声从那门帘泼出来。姑娘们好奇地驻足听，接着又围过去，瞧墙上那些花哨海报上的红男绿女。月花回头来问姑娘们：进去看一看，好吗？姑娘们很想看，可害怕，瞧着月花不答话。水菊说：你胆大，先进去瞧一瞧。月花走近去，掀开门帘，探头进去瞧，见里边黑蒙蒙的，又隐约瞧见密密麻麻的人头，一个电视机里装着脱光衣服的男人和女人……她咦一声，急忙退了出来。姑娘们都赶过来问：怎么样？月花说：我们走吧。水菊好大胆，掀开帘子撞了进去。过了一会儿，她又红着脸退出来。姑娘们都拿眼睛询问她。她有点语无伦次地说：啊，做，做！林日旺，林日旺……她已经看清楚了，电视里的男人和女人当着一屋子人的面在做爱，很难看，又很好看。她瞧见珍珠岛的林日旺也在里边看，吓一跳，急忙跑了出来。

姑娘们不再逛了，找刘大茂媳妇要回珍珠岛去。她们边走边瞧，来到农贸市场旁边，见几个女人围在一个水果摊边吵架，争吵声里好像听见刘大茂媳妇的声音。姑娘们急忙赶过去，见几个女人围住刘大茂媳妇，七嘴八舌嚷，又七手八脚比画着，骂刘大茂媳妇。

今天刘大茂媳妇像撞上鬼，倒霉透了。她提一篮泥虫进农贸市场，不一会儿卖完了。一个女人气冲冲抓一张假钞撞进来，找那菜摊女人，说是菜摊女人的丈夫昨晚嫖她，给她一张假钞，她要向菜摊女人换回真钞。两人吵了起来，都理直气壮，接着又打了起来。两人先是手抓脚踢，继而抓臭虾烂鱼掷对方……刘大茂媳妇觉得很好看，又看得惊心动魄，冷不防，那臭虾烂鱼掷向她来，躲避不及，被掷得满身都是。

抹掉身上的脏东西，她要回珍珠岛去，买点香蕉在路上吃。称三斤，可才六个香蕉。她说人家吃秤，不要。那女摊主的眼睛鼓出来，抓她的手说：不买？要人吗！她机灵地说：我没带钱。旁边的几个女人一呼啦围过来，这个说：没钱，干吗叫人称？那个说：没带钱，想偷吗？另一个却骂道：这鬼岛的女人都像老鼠，探头探脑的，一瞧就讨厌……

刘大茂媳妇那把剪刀嘴今天一点也派不上用场，像只病鸡，蔫蔫的，不敢和人家对骂，说话也结巴。

瞧见珍珠岛的姑娘们走了过来，刘大茂媳妇突然来了勇气，一甩，把那女人的手甩脱。她拍着裤头那钱兜说：哼，欺负人，钱在兜里，我偏不买！

霎时，几个水角镇女人的嘴唇都像挂着爆竹，噼里啪啦响。

刘大茂媳妇不敢恋战，招手叫姑娘们快走。

骂声更加激烈，追着她们飞过来。

走下海滩来了，大家都松了口气，刘大茂媳妇才发觉少了一个人，她喊起来：月花去哪儿了？

水菊说：月花回去买瓶花露水。

刘大茂媳妇说：要等她回来，一块回岛去。

水菊说：等啥，她不认得路吗？不快点走，涨潮来了，我们就回不去啦。

刘大茂媳妇听出了蹊跷，说：我们都回去了，涨潮来，她咋办？

姑娘们都躲开她的目光。

刘大茂媳妇张开那大嘴巴喊道：天杀的啊，这个月花不要命啦，她爹知道了，不拖她去坠海！

渔船都出海后，李卓仁又轻松了。他觉得，只有这个时候，才是珍珠岛真正的样子。渔船都回来时，珍珠岛很热闹，可是好像弥漫着一种让他心里郁闷的气息，到底是怎样的气息，他却说不清楚。他现在心里轻松，又要放鹞。在岛东码头上。他让鹞飞在天上，跑来油桐树下坐。

猫叔光着膀子，只穿条宽脚短裤，直挺挺躺在油桐树下那青石板上睡，那张滑腻腻的皮抹得青石板油亮亮的。猫叔的臂弯枕在脑后，张开嘴巴打呼噜，鼾声很响，又有节奏，几只苍蝇热闹地随着嘴巴的进出气嗡嗡嗡嗡飞出飞入。林日旺穿一套条纹睡衣，咬一根牙签坐在猫叔旁边的一块石头上看报纸。这个做派很时髦：穿睡衣不平凡，脱掉了土味，变成城里人的样子；咬牙签很文明，城里有头面的人经常进饭店，走出来，嘴上常咬一根牙签。林日旺是林大侬的儿子。林大侬不喜欢这个儿子。他说：鱼生鱼，虾生虾，黄鳝不生黑泥鳅，一定是他媳妇吃了臭螺烂螃蟹，才生出这个畜物！林日旺生在一个泥潭里。林大侬媳妇挺个大肚泡下海滩赶海，摔一跤，栽在泥潭里，林日旺便出来了。林大侬拿生辰八字给酒爷看。酒爷咂咂嘴说：风命！五行中有金、木、水、火、土，没有"风"，林大侬不解。酒爷说：长大后，就明白了。长到十三岁，人家便骂林日旺"水贼"。女人在岛边玩水，他潜水过去摸女人胸前，被人家揪住。长到十四岁，林日旺到水角镇读中学，没读完初一便被学校开除。他在女厕所里偷窥女老师大便。林日旺回来，林大侬不让他进门。林日旺说：以为我想回这个鬼岛来吗？让林大侬气个半死。林日旺的确离不开水角镇了，天天跑去水角镇逛，天黑后才回岛来。长大了，林日旺没随渔船出海，在海滩上毒鱼、电鱼、炸鱼炮，捞到鱼就拿到水角镇卖，回来时，就抓张报纸坐在岛东那油桐树下看。他知道许多珍珠岛以外的事情，甚至知道海南岛以外和中国以外的事情。李卓仁对这个林日旺刮目相看，分析说：珍珠岛人作茧自缚，没啥前途，将来林日旺比谁都有出息……李卓仁向林日旺借张报纸，抓那报纸赶跑猫叔嘴边的苍蝇，又将报纸盖在猫叔的脸上。林日旺不高兴，斜眼瞟着李卓仁。他突然问李卓仁：都说你读书多，见识广，你说，这海水干吗会涨潮退潮？李卓仁说：海水涨潮、退潮，是受月亮的影响。林日旺说：唬谁？鬼才信！月亮在天上，水在海里，怎么个影响？李卓仁反问：你说是谁弄的？林日旺说：当然是海龙王弄的啦！李卓仁苦笑着摇摇头。林日旺不服，霍地站起，理直气壮地指着李卓仁的鼻子反驳：潮汐咱珍珠岛人都很熟悉，每个月至少有两个潮汐，月亮怎么才圆一回？四月和十月有三个潮汐，月亮怎么不圆三回？他见旁边人好像都同意他的说法，很得意，又轻蔑地说：哼，牛头不对马嘴，读几本破书，就胡说八道的！李卓仁又对林日旺另眼相看，心里想，这家伙不是省油的灯啊！

昨晚酒爷又吹螺壳，吹了一夜。珍珠岛人都睡得不踏实。夜晚珍珠岛人最怕听见这几种声音：一是乌鸦叫，可能出祸事；二是猫

096

头鹰叫，可能要死人；三是海鸥叫，可能要刮台风；四是听到酒爷的螺壳声，可能发生古怪的事情。

天亮了，潮水已经退离码头，酒爷仍坐在岛东码头边垂钓，钩上没鱼饵。

走下海滩赶海的人的目光抛向酒爷，都不说话，可心都捏紧。酒爷是个怪人，尤其那次落水，他没死，过后更加古怪，他的怪动作常常昭示有怪事出现。珍珠岛上最聪明的刘天一和李卓仁尤其看重酒爷的古怪动作。刘天一说：酒爷是阴阳人，做事不是古怪，是隐含玄机。李卓仁也说：酒爷不是古怪，是深奥，只有吃透《易经》，或许看出其奥秘。李卓仁借酒爷一本《易经》来读，只读个半懂，惊叹说：这老家伙深不可测！

李卓仁从诊所那窗口望出去，呆呆地看着垂钓的酒爷。

突然，李卓仁掉回头朝门外喊：要看病吗？

躲在门外的月花和水菊怯怯地走了进来。两个女人拘拘谨谨的，跑到屋角那板凳坐下。水菊更是紧张，低头扯着自己的衣角不说话，目光却从眼角溜出来，瞧着李卓仁。

李卓仁有经验，姑娘躲躲闪闪忸忸怩怩的，准是要看生理上的病。他又很有经验地做出若无其事的样子，伸手拿听诊器，指着身边那诊椅说：谁不舒服，过来坐啰。

月花推水菊一下。水菊红着脸走过来坐，仍低着头，两只手搓弄衣角。

李卓仁用很平淡的口气问：哪儿不舒服？

月花瞧见水菊的脸涨红，走近来，站在旁边小声说：水菊说她的肚子痛，是不是有了？

李卓仁有些吃惊。据他所知，和水角镇人有关系的是月花，不是水菊……他打量水菊，见她的目光已经失去了少女那特有的清纯，胸前饱满，却略向下移，少了几分娇气，腰身收了，屁股大了，臀峰却稍微下垂了，她的体态和月花一模一样，身子都接受过男人光顾了。愣了稍许，他很平淡地问：多少个月没来红了？

水菊的脸红到耳根，用了很大的力气才从牙缝挤出几个字：哦，前天刚来完。

李卓仁松了口气，说：没事。

水菊站起来要走时，李卓仁故意瞅着月花。

月花很敏感，脸也红起来，扭头走了。

李卓仁突然想到刘天一，但是，此刻他为什么要想刘天一？他怔住。

酒爷不再垂钓了，抓着钓鱼竿歪歪斜斜走了过来，见李卓仁傻傻地站在诊所门边，朝李卓仁嘿嘿笑。

李卓仁问：啥事这么开心？

酒爷仍嘿嘿笑。

李卓仁又问：钓到多少鱼？

酒爷笑着说：没鱼，钓到一把荒唐。

酒爷嘿嘿笑着走回家去。

月花和水菊经常在一起挖泥虫。她们喜欢在珍珠岛东南面那片草地上挖。这片草地的东边连着一片好大的红树林。两人弓腰低头在草地上，挖一步，挪一步，朝那片红树林挖过去。红树林里也有泥虫。挖进红树林里，外边的人就瞅不见她们了。她们就直起腰在红树林里走，朝水角镇方向走去。走出了红树林，珍珠岛被红树林全挡在后边，就离水角镇不远了。

今天两人进红树林来后，便走到红树林中间那块草地来。这块草地只有一间房子那么宽，稀疏的小草长在粗粝的沙土上。她们要在这儿换上干净的新衣服，又化妆一番，再光光亮亮舒舒服服走去水角镇。月花把一个夹在腰头的塑料袋拿出来，里边有一条短袖的碎花对襟衫。这条衫月花不敢在珍珠岛上穿，和很多姑娘上镇赶集她也不穿，只有一个人上镇来，走到半路了，才悄悄穿上，回来时，又马上换掉。月花换上对襟衫后，掏一面小镜子来照，又拿出一块红纸，伸舌头舔那红纸一下，舌头在嘴唇上磨几下，嘴唇便红了，舔湿了的红纸抹在脸上，脸颊也红了。月花又梳一下头，把贴在额头上那刘海梳理整齐。

水菊仍坐在草地上发愣。月花催促说：快点呀，每次到这儿来，你都丢了魂似的，昏昏乎乎磨磨叽叽不肯离开？

水菊的脸不经意地红了，说：坐一会儿噜，那么急干吗！

这块草地上搁着水菊的心事。林日旺就是在这块草地上，野蛮地撕破了水菊身上那最隐秘的"脸皮"。

那次，水菊撞进水角镇街边录像厅，林日旺也看见了她。又一天，水菊挑海螺上水角镇赶集，走到农贸市场门口，林日旺把她叫住，说一个酒家老板要买一担海螺。水菊挑海螺跟在林日旺后边，走进一家酒店。水菊的海螺卖得很好的价钱。走出酒家，林日旺抓住水菊的手，一把将她拉进旁边那录像厅。水菊瞧见电视屏幕上有两个脱得精光的男女在做那事，咦一声，掉头要走出来。林日旺揪住，小声说：嚷啥，影响人家看戏，骂你的！水菊和林日旺在一张长板凳上坐下。水菊张开巴掌挡住自己的眼睛，不看。屏幕上那女人哎哟哎哟喊得疯，她忍不住从指缝看去。后来，她不再伸手挡住眼睛了。水菊发觉录像厅里也有许多个女人。女人们或是靠在旁边男人的怀里，或是躺着枕在男人大腿上，或是和男人紧紧搂抱在一起。林日旺一只手悄悄伸过来，搂在水菊的腰上。水菊全身一颤，掰林日旺的手，掰不开，不再掰了。水菊一边注意屏幕上那男女，一边注意林日旺那只手。男人的手带电，触到哪儿，哪儿就一闪一闪的。林日旺这只带电的手很不老实，撩开她的衣襟，摸她的肚皮。她害羞，想拉开林日旺的手，可不好意思，装作没觉察……渐渐地，她全身酥软，没力气了，整个身子软绵绵躺在林日旺的怀里。水菊的眼睛不再往屏幕看。林日旺也只看着水菊。整个世界顿时变得很小，只剩下一只手。水菊的心很乱，希望录像快点结束，又希望录像永远放下去……那日光灯终于亮了起来，结束了。

林日旺和水菊踩着海滩走回珍珠岛来。两人都不说话。水菊的头勾下，脸涨热，红成猪肝。从走出录像厅那一刻起，她的头一直嗡嗡响。她不知道自己怎么做了这等丢人的事,而且,和一个熟头熟脸的邻居做!林日旺一双眼睛东瞧西看。走到那片红树林旁边,望见一群女人在珍珠岛前面那水道上玩水。林日旺说:我们进红树林里躲一会儿吧。水菊没答话,低着头跟在林日旺后边走进红树林里。来到红树林中间那块草地,林日旺一把抱住水菊。水菊拼命挣扎,推林日旺,踢林日旺,抓林日旺的脸,咬林日旺的手臂。林日旺一把将水菊摔倒在草地上,将身子压住水菊。水菊又抓又踢,拼命爬起来。林日旺更狠了,一只手使劲摁住水菊胸部,一条腿跪在水菊的双腿上,另一只手抓水菊的裤头用力一拔,水菊的裤头松开了。林日旺像剥水蛇皮一样往下一拉,水菊的裤子脱下了。水菊一边喊不要,不要!一边挣扎。林日旺将自己的裤子向下一抹,趴上去,两只手摁住水菊的双手,两条腿压住水菊的双腿,身子在水菊上边晃动。水菊突然怪叫一声,接着又哎哎叫。上边的林日旺很忙碌,骂道:哎哎屁呀,舒服还是疼?水菊不再吭声,像死鱼一样。那事做完了,林日旺爬起来了。水菊仍躺在地上,泪水从她的两边眼角淌出来。林日旺扣好裤带了,对水菊说:别哭,以后我就娶你。水菊听见"娶"字,浑身战栗。水菊也姓林,是林日旺的远房堂妹。珍珠岛人同姓不通婚。水菊哗一声大哭。好久后,水菊爬了起来,穿好裤子,挑着两只空箩筐,流着两行眼泪走出了红树林。

这次杵臼之交,说是林日旺对水菊进行一次兽性的折磨,可过后,水菊总忍不住反复回味着。后来,水菊觉得,那是一次温柔的体验。她心里总渴渴的,很想再现那奇妙的感受。

打那后,水菊和林日旺经常偷偷摸摸在一起,重复那惊心动魄的滋味。

月花和水菊走出红树林,走到水角镇码头旁边,各把一双塑料凉鞋拿出来,穿上,分手了。水菊直接上街去找林日旺。月花朝不远处的一片树林走去。

月花认识水角镇一个打鱼的,叫阿陆。

珍珠岛女人下海滩挖海螺、沙虫、泥虫，等到集日，就拿到镇上卖。卖完海鲜，就买大米、番薯、番薯干或者买油盐酱醋挑回岛来。三个五个女人走在一块，不分散，不接触外头的男人，一块回去。要是潮水还不上滩，女人们就到街上走一走，东瞧瞧，西看看，又买点东西，比如买点零食。那天月花卖完海螺后，跑到街上扯几尺花布，赶紧跑回农贸市场来找岛上的女人。半路，她摸口袋，那小钱包不见了。急坏了，她一路找回去。钱包找到了，可跑回市场来时，见不着珍珠岛的女人了。她马上跑到海边来，潮水开始涨上来了，白花花的海水正往海滩上漫。怎么办呀，天黑后潮水才退离海滩，夜晚黑漆漆的，怎么走过海滩回岛去？着急的月花在海边的沙滩上走来走去。一个老人模样的扛木橹走下海滩来，要摇舢板去撒网。那人说：去珍珠岛吗？我摇你去。月花来不及多想，爬上了舢板。舢板摇离海岸后，月花才发觉这人是个小伙子。他戴顶破草帽，穿打鱼的破衣服，太像老人了！月花心里紧张，可没办法，只好把头扭向一边，不看他。那人老老实实地摇橹，一句话也不说。舢板靠珍珠岛来。月花赶紧踩上码头。那人说：涨潮时，我经常在这一带打鱼。以后回岛来过不了滩，就在岸边等，我摇你们。月花还未答话，舢板掉头摇回去了。

　　打那后，月花再上镇赶集，放心了，卖完海鲜就拉几个姑娘到街上逛，海水涨潮了，就到海边来找阿陆。

　　那天月花和姑娘们跟着巫婆三娘到水角镇来，就是想见一见阿陆。逛街时，一双眼睛闪来闪去，见不到阿陆的影子。走下海滩来了，她不甘心，借口买花露水又走回镇去。还是见不着阿陆。她又走回海边来时，涨潮了。她望着白茫茫的海水，有些惆怅，又有些紧张。许多舢板在海滩上撒网。她认不出哪一只是阿陆的，更不知道其中有没有阿陆。她什么也不管了，一个劲朝海滩上的舢板招手。一会儿后，一只舢板朝她摇来，果然是阿陆。

　　阿陆问：你一个人上镇来？

　　月花爬上了舢板，编个借口说：好多人来赶集，担心涨潮过不了滩，没卖完泥虫都赶回去了。

阿陆的眼睛一闪，说：怎么办呀，海水刚上滩，正打得多鱼啊！

月花的眼睛飞出光芒，说：好呀，你摇舢板打鱼，我坐在舢板上看你撒网，我爱看撒网呢！

阿陆的舢板荡离岸边，单独摇到另一片水域撒网。

阿陆穿条蓝短裤，着条红背心，手臂和大腿的肌肉疙疙瘩瘩，乌亮乌亮的。他站在舢板的前面，转身撒网时，那肌肉一松一紧，网从他的手上飞出去，身上也飞出飒爽的英姿，让坐在后边的月花看得赏心悦目，心里和嘴里不时发出啊——啊——的声响。

日头快落下海去了，阿陆才摇舢板送月花到珍珠岛来。

后来，月花和阿陆好上了。

今天他俩约好，在水角镇旁边那片木麻黄树林里见面。

一路走来，月花的身上、脸上沾着星星点点的泥浆，瞧见阿陆，她抹一下脸，抹成只大狸猫。阿陆瞧着想笑，可顾不上笑，几步跑了过来，一把将月花抱住。

两人坐在一棵大树下，阿陆背靠在树根上，月花半个身子躺在地上，头枕着阿陆的腿，双眼望着树上。海风摇着树林，摇落的阳光散在地上，嘀嘀嗒嗒响。

水菊直接去农贸市场找林日旺。昨晚林日旺在珍珠岛北边那条巷道毒鱼，捞到很多死鱼，早上拿到水角镇来卖。

毒鱼的药是拿铁树汁、六六六粉、生石灰、烟筒水等配制，毒死的鱼肚泡胀胀的，鱼身软软的，不新鲜，味道也不好，许多人不爱吃。林日旺经常拿毒死的鱼来卖，水角镇人认得他，不买他的鱼。他很聪明，叫水菊来替他卖。人家看见一个珍珠岛的姑娘在卖鱼，会误认为鱼是网捕的。

水菊在两筐鱼旁边一站，许多人走了过来。

水菊忙着给人家称鱼。

一个女人说：这鱼不很新鲜呢。

102

水菊说，新鲜呀，早上刚捕到，不是毒死的呢。

那人警惕地捏那鱼的肚泡，嘴巴一扁说：咦，我不要啦！

旁边的人都抬头来瞧水菊，嗤一声，走开了。

那个女人掉回头，轻蔑地瞧着水菊说：哼，珍珠岛人，啧啧，真笨！

躲在一旁的林日旺走了过来，瞪着水菊骂道：笨死了，算啦，你别卖了！

说话漏嘴，坏了林日旺的生意，水菊很着急，望着林日旺哀求说：别生气，我替你挑下村去卖！

早上，好多人坐在岛东码头的油桐树下。

不知是谁打喷嚏，头仰起来，喷嚏冲出来了，可头依然仰着，死死盯着油桐树上那树枝，接着重重地啊了一声。

这一声啊太突兀了，全部人都吓一跳，也都仰起头，瞧着那树枝。

那枝条的末端挂着一块一拃宽几尺长的白布巾，旁边又挂着两个粉红色的布球。海风吹来，白布巾飘飘荡荡，那两个布球晃来晃去，又不停地打转转。

树上挂着白布条很不吉利，何况挂在这棵神树上。

人们很快便看出这白布条是姑娘们拿来勒住乳房的布巾，那两个球却没见过，很新奇，应该是鬼神的物件。这白布巾是谁的呢？是谁家姑娘晾在家里，让风吹到树上去，还是哪个缺德鬼挂上去，或者是什么神秘的东西拿来挂，要给珍珠岛人暗示什么。

几个孩子站在码头边抓小石块打水漂。每掷一次，都溅起一片水花，也溅起一片笑声。那笑声随着海风飘到油桐树下。

林日旺有见识，知道那两个球不是鬼神的物件，是女人的奶罩，应该有人挂到树上去。他朝码头边的孩子们喊：喂，闹啥，都过来，把树上那东西掷下来。

孩子们都跑了过来。一阵嘻嘻哈哈的笑声中，石块往树上飞，有的石块打中了那白布巾，有的打中了那两个球，可都掉不下来。

站在旁边的李卓仁看出了名堂，一定是这几个顽皮的孩子挂上去的。他的嘴角轻轻一动，好像在笑，可是没笑。他对孩子们说：别掷了，你们选一个会爬树的上去摘下来。

刘来福很狡猾，急忙说：我爬不上去呢。

不打自招，就是刘来福干的！因为做贼心虚，怕人家怀疑他。月花晾这些东西在家里，他瞧见新奇，昨晚他跑进月花家去偷，连夜爬上树去挂。

李卓仁朝刘来福笑着说：谁上去摘下来，就不是谁干的。

刘来福动作好快，爬上去了。刘来福身材瘦小，动作敏捷，只有他才能爬到那根枝条的末端去。刘来福摘下白布巾，扔了下来。他摘下那两个布球时，没扔，套在自己的胸前。

刘来福从树上下来了。树下的人瞧见刘来福胸前挂着两个布球，顿时明白了，是两个假奶！霎时，人们都愤怒地骂：来福，你娘的干啥啊，快摘下来，难看死啦！

刘来福没摘，嘻嘻哈哈笑，戴着那奶罩跑了。

晚上很黑，没有月亮，没有星星，一丝风也没有，整个珍珠岛隐藏在黑暗里，岛人的心都躲在安静中。

突然三声火铳响，喷出的火光撕破夜幕。珍珠岛禁不住抖了几下。紧接着，锣声响了，一阵接一阵，火把在锣声的催促中，从巫婆三娘的家门口晃了出来。巫婆三娘又跳大神了。

珍珠岛又发生什么大事了？

今晚上灯的时候，林大侬媳妇像往常一样，到堂屋神桌前点烛烧香，请求祖宗保佑林大侬他们在海上平安吉祥。蜡烛刚点燃，一只巨大的蝴蝶从神桌上扑棱棱飞起，啪一声撞在林大侬媳妇的脸上，接着扇动两只巴掌大的翅膀在堂屋里飞来飞去。

林大侬媳妇的脸上像被抽了一巴掌，吓坏了，哦一声瘫坐在地上，眼巴巴望着那蝴蝶，喘不上气，说不出话。那大蝴蝶飞出堂屋，消失在夜色中了，林大侬媳妇才大口喘着气爬了起来。

林大侬媳妇跌跌撞撞赶到巫婆三娘家来，上气不接下气把事情说给巫婆三娘。巫婆三娘又一巴掌扇在她的脸上，把她扇蒙了。巫婆三娘扭头过去，不看她，却喝道：你家林大侬胆大啊！拿个大番茄作胆，居然没回来祭祀海天元帅！林大侬媳妇还没回过神来，巫婆三娘又喝道：你知道吗，油桐树上东边那根枝条上的叶子全落光啦，那个八哥鸟巢掉下来，四只鸟崽全摔死了。巫婆三娘不再说下去。这话像飞鸣的箭镞，射在林大侬媳妇心里的痛处。正是这个事，林大侬媳妇天天吃不甜，睡不香，提心吊胆。此刻，林大侬媳妇的身上一阵热一阵冷，全身抖动像筛糠一样。她咚的一声双脚跪下，拿膝盖爬到海天元帅的神龛前，手忙脚乱烧了一炷香，然后鸡啄米似的磕头。巫婆三娘打个哈欠，眼睛向上一吊，跺一下脚，跳了起来，又唱了起来。

猫叔提个铜锣走在前面开路，两个没出海的年轻人举着火把走在两旁，巫婆三娘手抓拂尘走在中间。她每走一步，跳一下，又抓拂尘扫一扫，接着唱一声佛语。刘大茂媳妇和七八个女人跟在巫婆三娘后边瞧热闹。巫婆三娘每跳一下，刘大茂媳妇也不自觉地顿一下脚，那只右手也摆一下。巫婆三娘要到林大侬家来赶鬼。海天元帅生气，不管林大侬，恶鬼趁机闯进林大侬家里作乱。

铜锣敲进林大侬家来，火把也举了进来，火光晃晃。

巫婆三娘朝林大侬家的堂屋望去，瞥见庭堂中央挂着一幅画像，急忙退了出来，一动不动站着。

全部人都疑惑地望着巫婆三娘。

还是刘大茂媳妇懂神的事。她把林大侬媳妇拉到一边小声说：有挂在堂屋的这幅画像在，神仙都躲开呢。林大侬媳妇望着那画像，不知怎么办。刘大茂媳妇推她一把，说：你快把那画像摘下来！林大侬媳妇刚摘下画像，巫婆三娘又跳了起来，唱了起来，抓那拂尘左挥右扫。

跳了一个时辰，每个角落都抓拂尘扫过后，巫婆三娘喊道：

放炮!

三声火铳响。

人们都松了一口气。

巫婆三娘不跳了,转身从林大侬家里走出来。

刘大茂媳妇瞥见月花也来看热闹,躲在一个角落里。她定睛一瞧,不禁啊了一声。那只大蝴蝶正站在月花的头顶,轻悠悠地扇着两只大翅膀。巫婆三娘也瞧见了,说不出话。刘大茂媳妇的眼睛眨几下,想起那天月花在水角镇的事情,走到巫婆三娘身旁来,嘀嘀咕咕几句。巫婆三娘朝月花走来,抓拂尘一扫,那只大蝴蝶飞走了。巫婆三娘的脸蓦地绷紧,瞪着月花喝道:你犯大事啦!月花吓傻了,愣着。巫婆三娘又说:人心不静,就生出野鬼,不把鬼赶走,海天元帅发火了,要打鬼,哼,连你也打死!

月花好像听懂了什么,脸色一阵红一阵白,掉头跑了。

第七章　大海

入秋后，南风不再来了，北风却赶到了。北风很凶猛，海浪乘着风势非常嚣张。渔船慑于风浪的淫威，只好往南躲。珍珠岛的渔船都跟帮，二十几艘双帆渔船像一群南飞的大雁，飞离珍珠岛后，呼啦啦飞到海头渔场来。放了几天网，北风越来越烈，风浪在海头渔场横冲直撞，渔船又往南躲，到八所渔场来。北风又追过来了，很凶猛，渔船又要躲，来到了三亚。三亚是海南岛的南端，尽管北风多猖狂，但过山过岭跑到三亚来时，也软绵绵有气无力了，海面波平浪静亲切可人。

船队来到了三亚，仍见不着林大侬的渔船。刘天一的心一下子捏得很紧。

渔船一离开珍珠岛，刘天一便叫渔工们睁大眼睛寻找林大侬的渔船。一个个渔场，一个个港口找过来，都无影无踪。刘天一开始担心，可自我安慰说：林大侬可能先到三亚去了。林大侬不是别人，有胆量，又有头脑，不会有啥事的。现在渔船都到三亚来了，仍见不着林大侬，不好解释。林大侬的渔船不是一只蚂蚁，躲不过人的眼睛，何况二十多艘渔船，一百多个渔工的一百多双眼一路找过来。唯一的解释就是，林大侬他们船沉人亡了。

于是，事情复杂了。一直没有刮台风，即便是林大侬的渔船沉没了，也不会全部人都死了。只能是海魔突然掀起一阵狂风，浊浪翻腾，一口气把渔船击沉，吞没了。那么，就是横遭厄难。横遭厄难都事出有因，自然与九月九林大侬没回去祭拜海天元帅有密切的关系……刘天一不愿意这么想，也不让渔工们这么想。渔工们交头接耳叽里咕噜，他就喝道：别胡说八道的，海天元帅是好神，庇护珍珠岛的渔船出入平安，决不会做出伤害自己子孙的蠢事！

快到九月九时，珍珠岛的渔船都开回珍珠岛，林大侬的渔船仍守在渔场上。现在海上船多鱼少，你争我抢，像是在抢劫。珍珠岛的渔船都回去了，扔下一个偌大的渔场，太可惜了。林大侬要继续做海。船少了，随意放网，随意捕捞，况且海上风平浪静，正是做海的好时节。

林三侬问：我们不回去，海天元帅怪我们不？

林大侬说：不拜他，大不了不保佑我们，怪我们个啥？

林三侬还担心，说：要是……

要是啥？林大侬打断说，一个元帅也那么小心眼，更不该拜他！

林三侬还想说话，林二侬怒眼瞪过来，他急忙把嘴合上。

林大侬又在海上放三天网，捕到很多鱼，鱼舱填满了，开船进水角镇渔港，卖完鱼，在码头上打水、打米、打冰，又开船出海来。

放完网时天黑了，林大侬站在甲板上四望，海上没一盏渔灯，他说：今晚谁也别睡，都睁大眼睛看着海面！

林大侬很有经验，估计今夜可能发生大事情。

白天渔船在水角镇码头卖鱼时，他就感觉情况不妙。许多水角镇的渔工站在码头上看着他们卖鱼，没一个人走过来说句话。有几个人站在码头的拐角处，嘀嘀咕咕，那眼神那动作都很诡秘。开船出港不久，便有一艘水角镇的渔船远远地跟在后边，一直跟到渔场来。现在海上居然没有别的渔火，就是说，没有别的渔船也在放网，那么，那艘船不是来做海，跟踪过来就隐藏在夜色里。海上什么事情都会发生，尤其现在海里的鱼少了，放的网却越来越多，给盗网、劫网的人提供了作案的便利。一张渔网放在水里几公里长，又黑天黑地的，你在这边看，他在那边盗，一点办法都没有。糟糕的是，海上作案没有现场，发觉了，抓不住他，也拿他没办法。林大侬佩服刘天一有想头，叫珍珠岛的渔船跟帮，屁股挨屁股挤在同一个渔场上，除了发生意外互相照应，还防止外面的渔船盗网。人家看见一个渔场上都是珍珠岛的渔船，就不敢靠近；即便是狗胆包天来盗网，被发现了，螺号吹响，全部渔船包抄过来，就走投无路。林大侬艺高人胆大，喜欢单独做海，打得不少鱼，也吃了不少亏。前些日子，他三次丢失渔网，渔网的断口都很整齐，分明是刀割的，就是被盗的。

波浪中一排渔灯明灭闪现，那是林大侬的网行。林大侬驾船沿网行来回巡查，船上人的目光都飞过去，挂在那些渔火上。

天上的北斗七星刚从水里升起，林大侬开始收网。网在水里，人的心也浸在水里，只有把网收回船来了，心才回到自己的身上来。网才收回一半，断开了，又是切口整齐。林二侬跺脚骂：娘的，又盗了！大家都呆立成雕塑。林大侬唤道：找，一定要抓住这混账的海贼！渔船漫无目的的奔驶，船上人的目光也漫无目的在海面上游移。看见海上有闪烁的灯光，林三侬喊：渔网！林大侬的渔船急忙靠过去。林二侬抓网钩将那闪烁的浮标钩起，林三侬和林四侬随着拉住网纲，是单纲的渔网。珍珠岛的渔船经常在风大浪大流急的渔场做海，渔网都做成双网纲，不易拉断。掌舵的林大侬喝道：扔回去！林二侬说：我们的渔网被盗了呢！林大侬骂：我们也做贼吗？林三侬和林四侬把渔网扔回海里，林二侬也把那浮标扔了下去。林大侬掉转船头，朝珍珠岛方向开回来。

渔船没精打采悠悠晃晃前行。林大侬的神经仍绷紧，目光依然在海面上滑翔，他喊起来：快，拉紧帆绳！林二侬抓帆绳一拉，渔船侧头，朝一个朦胧的黑影冲了过去。那是一艘双帆船，正紧张地收网，船上没挂灯。林二侬抓手电照去，那船的船号被一张草席盖住了。林二侬骂：他娘的海贼船！那船砍断渔网，拉紧帆绳，飞一

109

样跑开。林三侬抓手电照那浮标，喊道：渔网是我们的！林大侬喝道：不管了，抓住贼船！

两艘船的帆都鼓鼓的，一前一后在风浪中奔跑，距离逐渐拉近。那贼船很狡猾，不再朝一个固定方向逃跑，拐去拐来，又跑到密布礁石的水域去。林大侬很会使舵，船头忽左忽右避开礁石，死死咬住那船，有时，还借着风势斜插过去，突到那船的前头，将它截住。

林二侬见那船几次从旁边溜开，着急地喊：这样不行的，撞上去，把它撞沉！

林大侬说：船一样大，都是木船，撞不沉他们。

林二侬说：撞他的船边，我们抓斧头、大刀、渔叉跳过去！

林大侬说：别急，缠住他们，天亮后，看这帮混账东西要往哪儿跑？

东边泛起鱼肚白，天要亮了。那船急了，不再拐了，朝水角镇的方向奔去。突然，轰隆一声，那船搁浅了，撞上水角镇前面那珊瑚礁了。林大侬急忙拉舵把，林二侬松开帆绳，船身晃了一下，朝那珊瑚礁滑去，快撞上珊瑚礁时，却停下了。

林大侬的渔船离那船只有丈把远。林大侬、林二侬、林三侬、林四侬抓渔叉、斧头、大刀和网钩站在船边，林二侬骂：娘的，跑啊，干吗不跑了？林大侬喊：快点求饶，要不，把你们娘的都扔进海里喂鱼！

那艘船上的人都躲进船舱，没答话。

天全亮了。两艘快艇从水角镇那边破浪奔驶过来，临近时像剪刀一样分开，钳住林大侬的渔船。快艇上的人都穿制服，还拿枪，分别从左右舷登上船来了。林大侬指着旁边那船说：海贼船，搁浅跑不了啦！那个派出所所长骂道：他妈的贼喊捉贼，老实点！原来是那艘船走投无路了，拿对讲机向派出所呼救，说他们正被海贼船追赶。林二侬、林三侬和林四侬都被扣上手铐，一个派出所兵抓手枪顶住林大侬的后脑勺，令他开船靠向水角镇。

林大侬四兄弟像四头怪兽，刚押上码头，人们便哗啦围过来瞧，嚷声、骂声像海浪一样汹涌。他们都低下头。有的派出所兵在前面开路，有的挡住挤过来的人，不让旁人向"海贼"吐口水或掷石头。林大侬听见有人骂：瞧，贼头贼脑的，一看就知道不是好东西；有人骂：珍珠岛就是海贼岛，岛人都是贼！林大侬一咬牙，抬头来瞧那些人，又索性昂着头走。他身后的三个兄弟也跟着把头昂了起来。

到派出所来，所长对干事们说：海上很多案件破不了，今天抓个现场，你们下点功夫！

四个人被搡进四间房子里，分开审讯。

所长亲自审问林大侬，先声夺人喝道：你们作案多少起了？

林大侬见所长面熟，声音也耳熟，想起来了，他是当年去珍珠岛串联那造反派头头，姓金，说话喜欢翻白眼。林大侬怕金所长认出他，低下头淡淡地说：作啥案？

金所长以为林大侬怵了，窃喜，骂道：有胆量偷、抢，现在胆量哪儿去了？

这种穷追猛打往往把人吓蔫，竹筒倒豆子般把事情都倒了出来，可林大侬没蔫，说：我们没偷没抢。

嘭，金所长拍桌子喝道：当场抓到了，还抵赖，你妈的是个老贼！他那凸起的眼珠几乎从眼眶里跳出来。

林大侬脸发热，说：我们珍珠岛人从不偷，不抢！

金所长的巴掌飞起，掴在林大侬的嘴上，骂：操你娘的，以为我们是吃闲饭的吗？林大侬暴怒，要还手，可双手被铐住动弹不了。他跺脚喊道：我也操你娘的！

接下来的审问都是在骂声和巴掌声中进行。

其他三人的审讯也是在骂声中进行。

审讯结束了，四本审讯记录集中，口供几乎一样。抢劫案无法成立。

林二侬的一条腿抬不起来，一拐一拐从一间屋子走出来。从另一间屋子出来的林三侬，一只手抱着肚子，眼睛很红，眼角还沾着泪痕。最后出来的是林四侬，头发蓬松，嘴角还在流血。

最后的处理意见是：林大侬他们指控那艘船盗他们的渔网，没有人证物证，海上没有作案现场，无从查证。那艘船人指控林大侬他们是海贼，蓄意抢劫，经过审讯，证据不足。林大侬他们在海上肇事是事实，违犯治安管理条例，必须承担因此造成的一切后果。关押林大侬四兄弟二十四小时，每人罚款二百元，没收船上的渔叉、斧头、大刀、网钩。水角镇那船被逼撞塌了船底板，处罚林大侬他们赔偿五千元，作为修船的费用。

放了林大侬他们后，林大侬开船拐进海头港，在海头镇买渔网，补充渔网的损失。海头人的渔网都是单纲的。渔船在海头港停泊五天，把渔网都改成双纲。要挣回被处罚和买渔网的钱，林大侬没有直接开船去三亚。这个时节三亚渔船很多，僧多粥少，不如进八所港。八所渔场虽然风狂浪高，可船少鱼多。

三亚没有冬天。冬至过了，日头还火火的，着条背心走上一程，汗粒就像毛毛虫在身上爬。做海太舒服了，不仅暖和，海上也风平浪静。

三亚渔场海域开阔，渔场离港口不远，做海方便、安全、鱼多。可是，这些特点在不知不觉中让蜂拥而至的渔船撞击得支离破碎了。现在三亚渔港船满为患，有帆船、机船、大铁船。海上作业五花八门，放网、放钩、放灯光、放鱼笼。仅说放网就有流刺网、三层网、海底网、大拖网、大围网……不仅把水里的鱼捕捉干净，似乎鱼拉出的屎也都捞了回来。大渔船跑到深海去，珍珠岛的帆船去不了远海，在离港口不远的渔场放网，像在和尚的头上找虱子，每天都载着一船失望回来。

打不到鱼，人的心里空荡荡，头嗡嗡胀大，胀成个大水桶。珍珠岛的渔船不再停在港口，跑到渔港旁边那鹿回头岭下的一片水泽抛锚。

来这里抛锚是刘天一的主意，他说：别挤在港口妨碍人家的渔船进港出港。其实，他是怕渔工们天天看着人家的大机船大铁船从远海载回满船的鱼，把渔工们的心磨起泡了。人心不静就生心魔，就会闹出事情。船在鹿回头岭下也看见港口的渔船出入，也很揪心。他又说：揪点心好，锻炼人的心理素质。珍珠岛孤悬海上，并非与世隔绝，外头发生事情，身不在其中，可都听说。有了定力，"隔岸观火"而不受其影响。世界在迅速变化，珍珠岛要保持干净和安静，以不变应对万变，需要有很强的抵抗力。

每个新潮汐渔船都出海，一个潮汐换一批鱼。渔船分散在各个渔场放网，东边不亮西边亮，可是，珍珠岛的渔船出来都像竹篮打水，渔工们跺脚骂：娘的，鱼都跑到哪儿死了啊！

后来，每天刘天一只让两三艘渔船出海，探一探海上的情况。

这天早上，刘大茂的渔船载着半仓鱼从海上回来。渔工们的眼睛都发亮，兴奋地跑来问：在哪儿放网？刘大茂很狡猾，说：哎哟，海那么大，我哪说得明白！刘天一感觉到大茂的话味道不对，说：你说船往哪儿开，啥时候放网就行了。刘大茂怕的就是刘天一，他仰头望着天空说：嗨，远啦，渔船一直向前开，月亮落下海水了，才放网。刘天一看刘大茂打回来的鱼，有马鲛鱼、鲳鱼和带鱼，还有石斑鱼和大花蟹，知道刘大茂在说谎。这些鱼种不需要跑太远，尤其只有靠近海岸、有礁石的渔场才能捕到石斑鱼和大花蟹。刘天一对渔工们说：别问了，出海时，跟住刘大茂就行了！

下午刘大茂开船出港，珍珠岛的渔船呼啦啦跟着。刘大茂突然掉转船头，开回港口来。刘大茂喊道：我这艘烂船又出问题了，两条勒帆绳连续拉断，回去换条新的。的确，那次刘大茂的船撞沉，修理好了，还磕磕绊绊经常出些小故障。跟来的渔船都迟疑，松开勒帆绳停住，渔工们又朝刘天一的渔船望来。

刘天一的渔船没有停下，船头翻开白浪继续向前驶去。

天黑后，港口没有别的渔船了，刘大茂又开船出港。

见鬼！来到渔场，渔火星星点点，珍珠岛的渔船都放完网了。

这个渔场偏僻，顺着海岸边朝东边行驶，来到马岭角前面就到了。这一带的海底有礁石，大机船不进来，大铁船更是躲得远远的，只是渔场不大，容不下很多渔船放网。刘大茂暗想，只是他一艘船，够他捞好几天。可是刘大茂说"渔船一直向前开，月亮落下海水了，才放网"。昨天是农历初八，月亮落下时，半夜了，渔船应该跑到好远好远去。可他的渔船大早就靠港，说明渔场不远，让刘天一识破了。珍珠岛人以诚实为本，不能容忍欺骗。刘天一于是领着珍珠岛的渔船直接开到渔场来。

刘大茂见到处是渔网，很想骂刘天一，可不敢骂，开船退出，在渔场旁边放网。

第二天，珍珠岛的渔船都满载而归，刘大茂却开一艘空船回港。

大家热闹地在码头边卖鱼，刘大茂的渔船孤零零停在码头的一侧。

刘天一还不放过刘大茂，走过来站在刘大茂的船边骂：你娘的，珍珠岛没你这样的人！

这个话很重，躲在船舱里的刘大茂，头不敢伸出来。

这个渔场实在太小了，第二天珍珠岛的渔船再来，都放了空网。

珍珠岛上飞来许多乌鸦，尤其岛南坟场上，一群白脖子乌鸦，天天在噪舌。

乌鸦叫凶，岛人的心颤颤颤的。

噩耗从三亚传来，说林大侬四兄弟死了。做海人的死很简单，见不着了，就是死了。二十多艘渔船一路找到三亚来，见不着林大侬他们的踪影，那是船沉人亡，葬身海底了。

珍珠岛人办丧事很认真，停棺七日，按入殓、成服、安葬几个阶段办理。这是对生命的尊重，对死者的尊敬。但是，这次丧事只能草办。死海者不是寿终正寝，没尸体，什么痕迹也没有，丧事只能按"无中生有"办理，就是走个简单程序。况且，渔船都在三亚，岛上没剩几个大男人，一下子说死了四个人，人心忪忪，不能弄得太悲凉。还有，九月九林大侬他们没回来祭拜海天元帅，他们的死是不是与此有关，大家心里未免有所顾忌。总之，丧事要简单，短促。

拿木板做成四副简易棺材，又编织四个稻草人，穿上死者留下的衣服，作为替身。一阵哭声中，将稻草人塞进棺材，算是入殓了；家人披麻戴孝朝棺材跪拜，算是成服了；在岛南坟场挖四个坑当作坟穴，将简易棺材塞进去，埋了，也就算安葬了。

林大侬开船进八所港来了，林三侬仍闹着要到三亚去。八所渔场是风浪渔场，站在码头远望，海上风狂浪急。八所的港口，只是在码头外边筑一道弓形的挡浪堤，围成一个港湾。林三侬面对港口外那奔跑的海浪说：这个时候三亚好做海，我们也去吧。林大侬知道他怕八所的风浪，没点破，说：三亚好做海，可不好打鱼呢。林三侬不明白"好做海"和"不好打鱼"有什么区别，愣着。好做海就是风平浪静做海安全，又舒服，不好打鱼是打不到鱼。林大侬不作解释。他这个弟弟胆小，啰唆，这个话说明白了，他又有另外的话，没完没了地唠叨。林四侬劝林三侬说：咱们的渔网被盗，又被罚款，不拼命，哪行啊！林二侬更干脆，喝道：你懂个啥，大哥说啥就啥，多什么嘴！

八所到三亚直线距离只有一二百公里，气候却差别很大。冬天的三亚温暖如春，八所却寒风凛冽。林大侬到八所来，就是瞄准八所渔场风狂浪大，渔船很少，鱼很多。林大侬做海历来拼命，他常说：打鱼就是打劫，打劫海龙王，怕风怕浪就待在家里替媳妇怀孕生孩子，让媳妇出海来！

胆大的林大侬并不鲁莽，总是逮住风浪不很嚣张时，开船出海。不过，渔船开出八所港，就是开进风浪中。浪涛像狂奔的群魔，横冲直撞，野蛮地扑过来，连续冲撞渔船。林大侬不紧张，可渔船紧张，惊慌失措，左躲右避，跌跌撞撞穿行在群魔的缝隙中。

这天特别冷，风像刀，浪像剑，飞舞的浪花像箭镞，风声、浪声呼啸着。渔船在收网，林大侬虎虎地蹲在船尾掌舵，三个弟弟都在船头。林二侬拉网纲，林四侬拉网脚，林三侬身兼两职，一边收网身，一边脱鱼。渔船像一只机敏的小山羊蹦跳在山头似的，突兀跌落于波峰浪谷。海浪不时蹿上船来，撞在甲板上，哗啦一声撞个粉身碎骨，四溅纷飞泼在船上人的身上。海水很粗粝，像裹着玻璃碴，扎进人的肉里，麻辣刺疼。林大侬眼睛突然一黑，抓舵把的手一抖，船头打横，一个巨浪掀起，盖在船上，船头的三个人都成了落汤鸡。林大侬在自己的脸上拍了两巴掌，清醒了，紧抓舵把将船头调直，直冲冲朝浪涛穿过去。

　　这些天林大侬老是突然蒙一下，晚上就梦见自己死了。昨晚那个梦很真切，梦见一个巨浪把他的船掀翻，四兄弟一块死了。虾兵蟹将把他们抓去，绑在满是牡蛎的礁石上，鱼虾蟹和海蛇咬他们，把身上的每一块肉都啃光了。他骂这些海物太恶毒了！海龙王走过来说：你更可恶！你说打鱼就是抢劫海龙王，残杀了我们无数的虾兵蟹将。林大侬说：你们在海里也互相残杀呢，大鱼吃小鱼，小鱼吃虾米，多残忍！海龙王怔一下，让虾兵蟹将把他们都解开。海浪冲刷他们的骨架，一直冲到珍珠岛来。海天元帅赶过来，一脚把他们踢翻在水边，又抓藤条鞭打他们。他们下跪求饶，承认错误。海天元帅饶了他们，可不让他们回家。他们的家人在岛南坟场上分别搭了四间简易茅屋，让他们躲进去……林大侬惊出一身冷汗醒来了，心还噗噗地跳着。他爬起，见他的兄弟正睡得香。他不惊动他们，却一直睁开眼睛坐着，怕再睡了，又进入那个可怕的梦境。早上他舀一瓢水漱口，又洗一把脸，尽量把梦痕洗干净。他没把噩梦说给兄弟们，怕吓着他们。他想，即使真的要死，也不能告诉他们。不知不觉就死了，没什么，闭上眼睛就完了，要是知道自己将要死，比什么都吓人。今天他从八所港开船出来时，曾犹豫一下，是不是开船回珍珠岛去？或者去三亚？这个念头在他心里只翻腾一下，便滚了过去。他的渔船直接朝渔场开来。他再拼一拼，挣够买

116

渔网的钱了，再作打算！

船头调直后，巨浪撞过来，轰的一声破开，朝两旁涌去，蹿不上船来了。林二侬抹一下眼睛，头一甩，把头发上的水都甩掉，咬住牙又继续拉网纲。林三侬�哧噜一声，双脚颤抖，身子晃动，双手僵硬，手上抓的一条鱼落在甲板上。林四侬栽倒在船帮边，半天后才爬起来。

见几个兄弟歪歪斜斜发抖在寒冷中，林大侬喊道：振作点，冷是从心里发出来的，不怕，就不冷啦！又喊：动手动脚干起来，就不冷了！三个弟弟又重新收网，他继续喊：钱在苦处，苦点才来钱呢！最后大声喊：今天回去，就挣回买渔网的钱啦！

林大侬的打气方法就是这么简单，靠大声吆喝。

晚上风很轻，把水面抹得皱巴巴的。三亚街那边飘过来的灯光落在水上，闪闪烁烁，迷离恍惚，珍珠岛的渔船在鹿回头岭下的水上悠来荡去。

两只舢板急匆匆从鹿回头岭脚摇过来，摇舢板的人喊：快去救刘大茂，他被抓了！

刘天一抓两只螺壳坐在甲板上夹胡子，一激灵，扔下螺壳站起来问：什么人抓他了？

舢板上那人喊：妓女，不，是妓女的丈夫！

刘天一骂：刘大茂混账啊！

刘天一让渔船在这儿停泊，就是要远离码头，远离街市，免得渔工们夜晚上街去玩闹出事来。三亚街上花花绿绿，不是渔工们去的地方，更不是珍珠岛人去的地方。可是一到下午，刘大茂就和几个年轻渔工摇舢板靠岸，到街上逛。今晚刘大茂他们在三亚大桥旁溜达一会儿后，顺着街边走过去。那椰子树下的一间发廊亮着灯，门前坐着几个脂粉抹得很妖冶的姑娘。一个姑娘问：按摩吗？刘大茂说：按！那姑娘一只手亲热地抓住刘大茂的手腕，另一只手搭在他的肩头，半拉半拥，将他拥进发廊，又拥进一间房子里。其他渔工坐在发廊客厅等。一会儿,那姑娘从房子走出来说:你们那朋友叫你们别等他了。几个渔工一离开,发廊便关门了。渔工们觉得蹊跷,回头来敲门。一个男人的声音喊出来:你们那朋友强奸我老婆,赶快拿两千块钱来赔偿,不然,就送他去派出所坐牢!渔工们慌了,赶紧跑回来叫刘天一。

吹响螺号,二十多只舢板摇向岸边,几十个渔工跑步赶到三亚大桥来。刘天一让渔工们躲在旁边的椰子树下,他来敲发廊的门:喂,我拿钱来啦!一个大男人出来开门。刘天一挥手,几十个渔工噼里啪啦拥进发廊来。刘天一问:我们的人呢?那人的目光躲闪在眼窝里,说:交钱,就放人。刘天一说:见到人了,才交钱。听见刘大茂的声音喊:我在这里,快来救我啊!渔工们冲进那房子,见一个只穿裤衩的姑娘坐在一张木板床上抹眼泪,旁边站着几个凶神恶煞的大男人,刘大茂光着身子,双手捂住下身,狼狈地蹲在床前。刘天一在心里骂:珍珠岛怎么生出这样的人啊!刚才开门那人说:她是我老婆,被你们这混账东西强奸了,拿两千块钱来,就算了。刘大茂喊道:没有强奸,我还没做呢,只摸了一下!那人说:我们抓在床上呢,你们看,衣服都脱光啦!刘大茂又争辩:衣服是他们从我身上扒下,真的没有做,你们看我这……还干着呢,什么痕迹也没有啊!刘天一明白刘大茂中圈套了,真想一脚踹他进床底。刘天一说:你们要么报案,要么一起去派出所,不然,我带人走啦!那些人见刘天一识破了他们的伎俩,不说话了。刘天一把门边那衣服踢给刘大茂,喝道:快穿上!刘天一又挥手说:走!全部渔工都走出了发廊。

渔船又出两趟海,依然打不到鱼。看来珍珠岛的双帆渔船没法再在三亚渔场分到一杯羹了。一个日头很亮的中午,渔船离开三亚,朝岛西方向开回来。

林大侬仍在八所渔场做海。

今天海上的潮流很古怪,一会儿打着漩涡向东涌去,一会儿翻腾着朝西奔来，来去不定。这叫疯流。行船、放网都要特别小心，弄不好渔船就被卷沉，或者渔网被压沉、拉断。林大侬的渔船小心翼翼。

天亮时，快收完网了。拉网纲的林二侬感觉网很沉，朝水上瞧，突然喊了起来：鱼，好大一条鱼啊！

林三侬接着惊喊：人，是个人！

林四侬也喊：啊，一个死人！

掌舵的林大侬也瞧见那死人了，胀鼓鼓的，被渔网缠住。他唤道：快，快把他捞上船来！

做海有个规矩，海上遇见死人一定要捞上船来，载到岸上埋葬。做海人要吃鱼，鱼也要吃人，人死在海里是经常的事。谁的命不大，斗不过风浪，死在海上了，有人帮个忙，捞到岸上安葬，避免葬身鱼腹，也算是幸运。

他们刚把那死人捞上船来，又发现一个，也是挂在网上，又继续捞。

甲板上堆着两个肿胀的死人很吓人。

林四侬的眉头皱成个"八"字，苦着脸朝林大侬喊：哥，怎么办呀？

林大侬四望海面，只见浪涛翻滚，没有别的船只，暗忖：这两个人的船早沉了……他喊：边收网，边注意着，看海里还有没有人？

林大侬从船舱边抓来一把香，点燃，走到船头来，朝两个死人拜了三下，说：两位兄弟，你们找到我们船来，就是看得起我们！放心吧，我明白的，咱打鱼人也是人，生要吃皇粮，死要睡皇土。我带你们回去，不让海里的鱼虾欺负你们！他见两个死人的眼睛肿肿的，都睁着，伸手抹，可那眼睛不肯闭上。林大侬又说：唉，打鱼人就是来打劫海龙王，打不过它，算了，别不服气！又拜三下，又抹一次，两人都闭眼了。林大侬抓那香扔进海里，回头对林二侬唤道：快拿盐来腌，要不，过一会儿就发臭啦！

林二侬扛来一箩筐盐，哗啦，全倒在两个死人身上。

119

收完网，林大侬掉转船头回港。

林大侬的渔船停在八所港东侧一片木麻黄树林旁边，在树林里挖两个坑。那两个死人拿盐腌后，流出一摊水，都瘪下去了。他们把两个死人抬过来埋葬，做了标记，又说了一番安慰的话，然后离开。

回到船上，林大侬突然哈哈大笑。

三个兄弟毛骨悚然，都眼巴巴望着他。

林大侬如释重负说：嘿，这回我们的船沉不了了，人也不死啦！

他把夜晚做的噩梦告诉兄弟们，说：我一直担心咱们都死在海里，结果是人家的船沉，人家死，代替我们，我们没事了。

靠港卖完鱼，林大侬打酒、买肉在船上吃，又买一大圈爆竹在船上打。

一个清亮的早晨，珍珠岛的渔船从三亚回来了。

渔船没出海，岛上人天天见面，熟悉在视野里，目光也就疲软了。两个多月不见，人又鲜活了，尤其女人和孩子，眼很馋，挤在码头边踮着脚跟看。其实这个时候真正的热闹还是在渔船上。渔船离开三亚前两天，刘天一对渔工们说：难得来三亚一趟，后天就回珍珠岛去了，大家上街去，想买啥买啥。渔工们明白刘天一的意思，尽管打不到鱼，没赚多少钱，也要把热闹带回岛去，决不能让家里的人失望。渔工们上街买大米、谷子、番薯干，还买女人的花布、头巾，买孩子的衣服、玩具，还留鱼干带回去。渔船靠码头，热闹便涌上船来。女人们挑着箩筐踩上踏板，把笑脸送给渔工们，把一串串笑声洒在船上，又挑起一担担幸福和快乐；孩子们迫不及待地钻进船舱，搜出自己的新衣服和玩具，在甲板上笑着，跳着，闹着，把热闹的气氛燃烧得蓬蓬勃勃的。

船上的热闹随着渔工们踏上岛来的脚步声向四面八方扩散，很快，整个珍珠岛都荡漾着快乐。这时热闹和幸福的漩涡中心已经转移到各家各户。聪明的女人都懂得煮一锅海鲜，再炒两碟菜放在饭桌上，又在男人面前搁一碗酒。全家人的脸上粘着怡悦围坐在饭桌边，在碗筷的晃动中，一边夸海鲜好吃，一边说海上的事，说家里的事，说孩子的事，轻轻的话语和淡淡的笑声浸润着温馨，流淌在人的耳边，也流进人的心里。

渔家船归的兴奋和温馨只持续一天一夜，第二天便冷却了。因为珍珠岛死了人。早上，在寂静中，各条巷里传出扑踏扑踏的脚步声。女人们都挑东西送到林大侬四兄弟的家来。岛上有规矩，谁的渔船在海上遇难了，出海回来的渔船要拿出这一趟收入的一部分送给死难者的家属，不让死难者家属太失落，太悲哀。这次渔船在三亚没打到多少鱼，已经拿钱买了大米、谷子、番薯干，也就送过去。

油桐树下没人在说笑。

猫叔没杀猪，呆坐在青石板上。

刘天一走过来对猫叔说：你去跟巫婆三娘说，林大侬他们也是海天元帅的子孙，请她在海天元帅面前为他们祈祷，保佑他们在阴间不再受苦受累，他们的家人在阳间平安泰道。

这话其实也是对油桐树下的人说，为防止有人说林大侬他们出事是因为九月九没回来祭祀海天元帅。岛上谁都有过失，要抱住一个"亲"字，绝不能因这因那轻了谁，淡了谁。而且海天元帅是珍珠岛的神，护岛爱岛爱岛上每一个人，不能损害他大慈大悲大爱无边的好形象。

油桐树下的人都朝刘天一望过来。

刘天一说：咱珍珠岛上都是好人啊！

一群孩子追一只大蝴蝶跑过来。

孩子们在岛南坟场那片灌木林里找野石榴果，冬天只有野石榴树还挂果。一棵野石榴树的枝丫挂着两个石榴，孩子们仰头伸手摘时，瞧见一只巨大的花蝴蝶站在旁边一棵光秃秃的苦楝树上，轻轻地扇动着翅膀。孩子们摇那苦楝树，枝头的干果嘀嘀嗒嗒落下来，可花蝴蝶依然悠闲地扇着翅膀。孩子们走开，那花蝴蝶却自个飞起，绕苦楝树转了三匝，然后朝东码头飞来。孩子们呼啦啦追到岛东来。花蝴蝶落在那油桐树的枝丫上。那花蝴蝶的屁股晃一下，一泡屎掉了下来，啪一声落在猫叔的额头上。猫叔本能地伸手一抹，眼睛、鼻子、嘴巴都抹满了白白的蝴蝶屎。人们都惊悚地瞧着猫叔。鸟屎落在头顶很晦气的，会遭厄运，何况是一只巨大蝴蝶的屎。猫叔慌了神，抓抹桌布傻傻地抹脸，仰头睨那蝴蝶。刘大茂媳妇说：猫叔，你衰啦，快去求三娘救你！猫叔听出她的话中有话，沉吟片刻后说：还衰个啥？一条光棍，杀猪糊口，衰够啦！那花蝴蝶飞起，直接朝海上飞去。人们的目光也跟着飘到海上。花蝴蝶飞远了，消失了，人们要收回目光时，一艘双帆渔船正朝岛东码头驶来，林大侬蹲在船尾的甲板上掌舵。

码头边挤满了人，所有的眼睛都大惊小怪地盯着船上的人。林二侬迎着飞过来的目光踏上码头来，问：出啥事了？没人答话，目光依然大惊小怪。猫叔突然说：哎哟，你们还没死啊？林二侬瞪着猫叔骂：你咒谁死？你娘的才死呢！

猫叔见自己说错话了，可一时又解释不清楚，着急地喊道：嗨，总之，你们死了，又没死了呢！

船上的人都明白怎么回事了。

林大侬喊道：大难不死，必有后福，拿爆竹来打！

岛人都懂这个规矩：误认谁死了，办丧事了，虽然没死，身上却沾满了阴气，必须打爆竹驱赶阴气。

突然响起三声火铳，刘天一放的。

李石强抱一圈爆竹爬上林大侬的渔船，挂在船桅上，噼里啪啦响，红色的纸屑纷飞，飘扬。

这天，珍珠岛人不出海，不下海滩，不去水角镇，都穿上新衣服，像过年一样。林大侬杀四头大肥猪在岛东码头油桐树下摆二十桌酒，请全岛渔工来吃。

巫婆三娘亲自到岛东码头来跳大神，抓拂尘扫掉林大侬四兄弟身上的阴气，又抓拂尘向四面八方甩，扫除因错办丧事落在岛上的晦气。岛南坟场那四个衣冠冢巫婆三娘叫保留，说那些大鬼小神以为林大侬他们都死了，不再惦记，以后就无祸无灾平安无事。

第八章　气候

　　珍珠岛人过个淡年，杀猪、杀鸡、杀鸭都比不上往年多。初一那天却打很多爆竹。不知内情的人听见密密麻麻的爆竹声，都以为年情好，爆竹声声贺旧岁，其实要驱邪赶鬼。邪妖鬼怪很凶残很猖狂，可胆小得很，听见噼噼啪啪的爆竹声，就慌张就害怕就提着裤腰带跑了。

　　大年初一紧张兮兮赶鬼，当然是不得已而为之。

　　像往年一样，酒爷又拿鸡腿预测一年的兴衰凶吉。他拿初一早晨杀的那只大公鸡的鸡腿来观测，根据鸡腿的颜色，鸡爪的指向，以及鸡腿骨上那些针眼一样小的洞穴个数和位置判断珍珠岛一年的境况，测出是个凶年。果然，大早就出现了第一个凶象。日头出来睁不开眼睛，东边只看见一个朦朦的大白点，周边箍着一个紫红色的亮圈，是个"蒙日"，明摆着，这一年珍珠岛将百事不顺厄运连连，沉闷的日子中出许多倒霉的事情。第二个凶象是刘大茂家的那头大母猪爬上他家那下屋的屋顶，躺在屋脊上，还拉了一泡屎，暗示珍珠岛要让外人欺负，在岛人的头上拉屎拉尿。第三个凶象是一条公狗和一条母狗在岛东码头的油桐树下接屁股，一群不谙世事的孩子嘻嘻哈哈追赶，从一条巷赶到另一条巷，又跑回岛东来，双双栽进码头边的海水里——这个凶象诡异，很难揣摩。

岛上出现凶象，应该请巫婆三娘出来跳大神，移玉步，念佛语，让海天元帅率领天兵神将清巷净岛，把邪妖鬼怪赶走，再施隆恩沐浴珍珠岛，逢凶化吉，康泰吉祥。一群女人闹嚷嚷赶到巫婆三娘家来，她才睡醒，拭着惺忪的眼说：哦，鬼，有邪妖鬼怪在岛上扰乱。女人们走回岛东码头来，爆竹声便焦急地响起来。那鼓声闹得更急促，十几个腰扎红绸布的年轻渔工酩酊大醉站在码头上轮流打鼓，轰轰隆隆，把码头前的海水震得一波一波的。

　　领头驱邪赶鬼的是刘天一，他腰扎红绸布坐在一面大鼓旁边吃酒，酩酊大醉了，可那神情一点不像醉酒，一脸的严肃，身上透出虎虎的威风。

　　为什么刘天一要领头赶鬼？他的心里氤氲着一种不祥的感觉。他不明白原因，找酒爷问。酒爷说：有这个感觉不简单，可见你的心与天地相通。现在的"气候"在悄悄地蜕变，让人郁闷，让人发狂，又惊心动魄。变化后的"小气候"逐渐形成强大得让人无可奈何的"大气候"。在"大气候"作用下，人心彷徨，心气不畅，郁结的心气在心里形成阴影，就出现不祥的感觉。刘天一不明白"大气候""小气候"是什么，却知道不是个好东西，绝不能让它影响珍珠岛。怎么办呢？"气候"不是风雨，可以躲避；不是传染病，可以预防。他苦思冥想，认为"气候"就是心魔，只有提高人的精、气、神，每个人都勇武雄壮，"气候"才无法侵袭。早上他亲自出来抵御"气候"，用浓烈的酒气和雄壮高亢的鼓声以及密集激烈的爆竹声震慑邪恶，扶正气，壮精神，雄起珍珠岛的威风。

　　大家每吃完一瓮酒，便抓那酒瓮一甩，咣当一声，落地开花。鼓声意气风发响到中午，油桐树下已经堆着十八个破酒瓮，岛东码头酒香弥漫，醉倒的人横七竖八躺在地上。

　　大鼓和爆竹连续闹了四天四夜，把人都闹得热血沸腾。

　　初五早上，刘天一雄赳赳地吹响螺号，全部渔船气昂昂地起航开出海去。

春寒料峭，冻杀年少。春节过后，日头天天瞪着大眼睛，岛上热气弥漫。岛人很疑惑，这就是酒爷说的"气候"变化吧？

海水要退潮了，一群孩子跑下岛西乱石滩来捞小白虾，正是小白虾最多的时节。

小白虾像半截牙签那么大，白亮透明，头顶支着两根比头发还细的触须，不惊不忧，惹人喜爱。潮水涌过来，成群结队的小白虾随潮水涌来，快乐地在水边跳着蹦着、在乱石滩上疯闹，嗡嗡声中像海面上腾起一股雾，也像滚着一团团烟。退潮了，小白虾还不知疲倦地在乱石滩上闹得欢。见孩子们抓网兜踩下乱石滩来，小白虾不再贪玩了，都急匆匆跟着潮水离开。孩子们急忙抓网兜堵住石缝。小白虾顿时慌了，叽叽喳喳乱跳乱蹦，撞进网兜里，跳上旁边的石头，也跳到孩子们的身上来。孩子们乐开了，一边抹着身上的水珠，抹着被小白虾弹痒的皮肤，一边摁住网兜，又嘻嘻哈哈笑歪在水上。刘来福爱吃活虾，他的动作像壁虎抓苍蝇，小白虾跳起，他那张满口黄牙的嘴急忙张开，头一晃，把小白虾咬进嘴里，咂咂嚼着，口水在两边嘴角冒出来。小白虾好吃，生吃鲜甜，拿来炒豆芽、炒豆角或者煮冬瓜汤，味道都很好，要是腌成虾酱，或者拿盐水煮熟后再晒成虾米，更是香得诱人。

刘大茂媳妇挑两只箩筐走到乱石滩边，放下箩筐，扁担架在箩筐上，坐在扁担上看孩子们捞虾。刘大茂媳妇要买下孩子们的小白虾，拿到水角镇去，可以卖个好价钱，或者晒干挑下村去，能换好多东西。

孩子们光着身子走向岸边来，刘汉国急忙收住脚，拿网兜挡在前面，掉头对刘来福喊：来福，快叫你娘走开！其他孩子也学刘汉国的样子，都拿网兜挡在自己的前面。海水把刘来福那小泥鳅浸得皱巴巴的，只剩下一丁点泥鳅嘴，他也抓网兜挡住，喊：娘，别看，走开！刘大茂媳妇嘎嘎笑着说：哎哟，睡觉还尿床哩，懂害羞啦？刘来福又喊：娘，你！他娘说：好，我不看，我转头过来啦！

孩子们爬上那大石堆，穿好衣服，提着网兜走上岸来，掉头朝岛东走去，拿小白虾去卖给李卓仁媳妇。刘大茂媳妇不厚道，糊弄人，不管小白虾多少，塞来几毛钱，便全部倒进她的箩筐，孩子们不卖给她。

刘大茂媳妇在后边喊：你们咋啦，去哪儿呀？孩子们不搭理。刘大茂媳妇又喊：这群孩子疯啦！捋起袖子，抓起扁担，要跑过去拦住。孩子们的脚步密起来，拎着网兜跑。刘大茂媳妇见刘来福也跟着跑，喊：来福，你傻吗？回来呀，叫他们都回来！刘来福回头来说：不卖给你！刘大茂媳妇骂：天哪，傻孩子啊，等回家吃饭，看我不抽你！

海滩上很热闹。现在海鲜值钱，出海又打不到鱼，下海滩赶海的人越来越多。恼人的是，水角镇那边的海滩过度采捞，鱼、虾、蟹、螺、沙虫、泥虫都很少了，水角镇人纷纷拥到珍珠岛周边的海滩来赶海。

几个女人下海滩来，抢占一片草地，散开来，弯下腰挥锄挖泥虫。刘大茂媳妇心不在焉，挥一会儿锄头，就抬起头望一下。一伙珍珠岛姑娘在沙滩边挖螺，几个在港道上撒网的水角镇青年正和她们说笑逗乐。刘大茂媳妇那张大嘴巴啊一声，说：水角镇人真是的，来我们的海滩赶海，还逗我们的姑娘玩！

林大侬媳妇说：哼，这些姑娘不知生死，跟人家男人疯闹，岛上的男人看见了，打死她们！

草地上的女人都站起来看。

水角镇的男人站在港道里，不停地挖水泼向水边的姑娘们，姑娘们边躲边笑边叫，又一个劲抓沙子掷那些男人。

女人看不得女人乐。这边的女人或皱眉头，或摇头，或吐舌头呵嘴巴。

刘大茂媳妇那嘴巴迅即缩成一个螺嘴说：这些男人都是月花惹来的呢。

林大侬媳妇很惊讶的样子问：天呀，你说的是真的？

刘大茂媳妇的嘴一撇，说：你们不知道呢，月花最坏！

刘大茂媳妇说得不假。水角镇男人刚到这边海滩来时，和珍珠岛女人远离着，就因为认识月花，渐渐地，就走过来逗姑娘们玩。

在草地上挖螃蟹的猫叔像吃错了药，扛把锄头走来走去。走过两遍后，他走到水道边来，瞪着那些男人问：你们在干啥？

姑娘们蓦地散开，又弯腰低头装模作样挖螺。

那些男人见猫叔一身泥巴，穿条破裆短裤，嘎嘎笑起来。

有人逗笑说：哟，这么多姑娘，你裤裆没包紧，想来干啥呀？

猫叔以为他过来干涉，这些人就像水里的鱼马上躲开，不想，反遭讥笑。他绷着脸说：你们想肉痛吗？

那些人哈哈笑，说：哎哟，泥鳅也吓唬黄鳝？过来呀，我们摁你吃水，让你变成一条大鱼！

猫叔后退几步，喊：水角镇人欺负我们的姑娘啊！在沙滩上站个马步，抓锄头舞动起来。

珍珠岛周边的海滩是岛人的米缸。水角镇人过来赶海，就是舀他们锅里的粥吃；水角镇男人又和珍珠岛姑娘逗闹，娘的，简直像蟑螂，下缸吃米还拉一泡屎！

猫叔的喊声像油锅里倒进一瓢冷水，爆起来。在水泽里撒网、在浅滩中踩蟹、在水道中捞虾、在泥地上药鳝的珍珠岛男人喊着骂着从各个方向回应过来，人也从四面八方合围过来。几个水角镇人都吓坏了，急忙掉头跑，可无路可走了。珍珠岛的男人赶到，挥拳便打。猫叔很神勇，冲过去，挥动锄头柄左击右砸。一阵噼噼啪啪后，接着是呼爹叫娘的哭声。几个水角镇人像搁浅了的海豚，都歪在沙滩上了。

珍珠岛的渔船不再去三亚，先在海头渔场放网，接着去海尾渔场，又来到昌化渔场。天气像寒热往来的流感病人，昨天还骄阳似火，今天北风猖獗，天地残酷地冷。昌化渔场风浪大，可离港口很近，厕屎的路程。抬头望见海浪不很大，赶紧出去放网，突然风浪

127

嚣张，拍拍屁股便躲回来。

这天日头躲着不出来，风浪很骄横，一个劲地追打渔船。刘天一抓着舵把一会儿推一会儿拉，船头忽左忽右，躲过蹦起来的浪头，在波峰浪谷中穿来穿去。凶残的海浪很无奈，只能在渔船的两旁疯狂着。有这样的好舵手是渔工们的福分。渔工在船头放网，用不着担心大浪从头顶盖下来。

傍晚天气骤冷，风像刀子割着人的肉。网才放了一半，渔工们的嘴唇发紫，手脚僵硬，一边跺着脚哧噜哧噜喊，一边七手八脚甩渔网。

刘天一喊：歇一歇，洗洗热水，吃碗热粥。

李石强说：不了，放完网再吃。

李石强干活肯花力气，只是很恋家，很贪床，出海头两天，软绵绵没力气，在海上待久了，就闹着开船归港。刘天一打趣说：把你们的身子骨弄寒了，回去媳妇可不依呢！

这话合李石强的口味，他哈哈笑说：天一叔，你唱首情歌，大家心里一热，身子就暖和啦！

刘天一很会唱山歌，可船上的渔工都比他低一个辈分，不好开口唱情歌。他说：你们唱呀，那次从三亚回来，你们唱的那首很好听呢。

那天渔船从三亚开回来，临近珍珠岛，天刚好大亮，望见珍珠岛浮在海水上，水色红亮红亮，珍珠岛红中带绿，绿里又映出白光，太美了，像一块红绸布上托着一颗巨大的珍珠。渔工们情不自禁地唱：

　　　天上彩云飞，
　　　渔船破浪回；
　　　一颗珍珠浮水上，
　　　珍珠送给谁？
　　　珍珠送给哥，

珍珠是阿妹；

哥抱珍珠入怀里，

亲亲爱爱万千回。

刘天一也唱一首渔歌：

世上畅快是做海，

鱼吃满腮饭满腮；

煮熟蹲在甲板吃，

不需搬凳又搬台。

歌声有热气，能御寒。渔工们不觉冷了，不知不觉把渔网放完了。

下半夜渔工起来收网。

刘天一说：这一网肯定打得很多鱼！

渔工们都笑。这是刘天一惯用的招数。天气很冷，或者风浪凶猛时，他就说"今天会打得很多鱼！"鼓动渔工的情绪。

网纲拉起，果然鱼很多，都是上好的带鱼，白花花挂在网眼上。渔工们忘记寒冷了，动作很快，天蒙蒙亮渔网都收上船来了。

刘天一没有急着开船回港，要等其他渔船。他驾船在渔场穿行，跑过一艘船就问一声：需要帮忙吗？

突然螺号响，两长两短——救助号。

刘天一熟悉每艘船的螺号声。他说：林大侬的渔网断了。

确实是林大侬的渔网断了。林大侬船上的渔网很多，网行十几里长。他从海头镇买的都是旧渔网，韧性不够，在狂风大浪急流中拉拉扯扯，这头的渔网还没收到一半，那头的渔网就断开了。风大浪大，断开的渔网在海里像鬼拖一样，跑得很快。如果继续收这边的渔网，那断开的渔网就被急流冲得无影无踪；跑去找那边断开的渔网，这边的渔网又被大浪撞跑，回头来时，找不着了。

刘天一吹螺号：三长三短，表明他马上赶过去救助。

刘天一赶到时，林大侬正绑浮标，打算在这边的渔网放个醒目的大浮标，跑过去找那断开了的渔网。

刘天一喊：不能扔掉黄鳝抓水蛇啊，断开的渔网我去找！

刘天一找渔网有一套。根据渔网断开的时间，结合当时海水的流速、流向和海上的风速、风向，以及渔场的具体情况，便判断出此刻断离渔网的位置和漂流的去向。今晚潮汐转换，上半夜潮水朝东流，下半夜潮水由东向西返回；东北风一直刮得猛烈，海浪都朝西北滚去。刘天一直接开船朝西南方向驶去，跑了很远，终于找到林大侬的渔网了。但是，渔工把那渔网的浮标捞上船来时，刘天一的表情顿时绷紧——渔船来到了一处凶险的海域。这里风向和海水的流向相反，流水和海风冲撞，激起的浪涛沸腾翻滚，渔船颠簸激烈，弄不好，突然蹿起的恶浪就把渔船撞个底朝天。刘天一声不吭，不让渔工们跟着紧张。他小心翼翼地掌舵，一边指挥渔工们收网，一边扫视海面，观察海上的情况。

天大亮后才收完网，渔工们的眼睛突然发直：几艘大铁船正从西南方向驶过来。渔工们叫大铁船作"海老虎"。大铁船做拖网作业，像扫帚扫过一样，大鱼小鱼统统扫进网里。而且，拖网扫向流刺网，就把流刺网扫断，压沉，也就丢失了。

刘天一吹紧急螺号，听到的渔船接着吹，喔喔喔的螺号声霎时响彻海面。

日头升到桅杆半腰时，珍珠岛的渔船都收完网了，那几艘大铁船也近来了。躲老虎似的，珍珠岛的渔船赶紧跑开。

猫叔天天在油桐树下吃酒，天天叙说打水角镇人的热闹情景。他从裤兜摸出一瓶酒，呷一口，搁下酒瓶，喷着口水说：娘的，水角镇几个卵还没长毛的孩子不知死活，朝我指手画脚，呸！他双腿啪一声叉开，摆出马步，抓水烟筒一划，喊道：我来个秋风扫落叶，锄头柄扫过去，噼噼啪啪，他们都倒在地上，哈哈，个个叫我爹，

130

叫我爷，向我求饶……这几个动作比画无数次了，油桐树下的人依然兴趣盎然。

坐在青石板上皱着眉头抽烟的李卓仁扔掉烟蒂，说：涨潮热闹，退潮也热闹呢。

油桐树下的人都怔住，回头来瞧李卓仁。敏感的李卓仁觉得，这次打架非同小可。水角镇人到珍珠岛海滩来赶海，不是寻常事，水角镇男人在珍珠岛周边和珍珠岛姑娘逗闹，也不是寻常事，说明水角镇人不再认为这片海滩是珍珠岛人的。在海滩上打赶海的人，事情变得很复杂。现在海鲜金贵，赶海来钱，水角镇人还要来赶海，怎么办？接下来，事情绝对不会到此为止。

这几天巫婆三娘都在家里跳大神，为什么？她说，夜深人静时，海滩上就刮起一阵阴风，那风声夹杂着笑声哭声喊杀声，那是一伙厉鬼在海滩上淫乱，要伤害赶海的人，她跳神请海天元帅下海滩赶鬼。海滩上的厉鬼就是那些在海滩上冤死屈死暴死的人。比如八十多年前，一个风雨交加的夜晚，一艘三张大帆的海贼船靠近珍珠岛来抢劫，珍珠岛的男人女人抓步枪、火药枪、火铳、长矛、大刀、斧头、渔叉、锄头、扁担，依托狭窄弯曲的小巷拼死抵抗，海贼船跑了，逃离珍珠岛不远就沉没了。说是海贼船在案台礁石撞沉，就是海天元帅的天兵神将打沉的；又说是和海贼在岛上打得正酣时，珍珠岛几个水性好的渔工拿斧头、钢凿潜水凿破了海贼船的船底。总之，天上没有月亮，海上没有大风的夜晚，一些命格低的人就看见一艘三张大帆的船在海上漂来荡去。还有，那次酒爷率岛人拿"母鸡带仔"炮、步枪、火药枪、火铳、鱼炮抵抗国民党兵，逃兵一共丢下了八具尸体。这八个死去的兵都变成厉鬼，经常在海滩上骚扰赶海的女人。那些在海滩上溺死、病死、饿死的人也都变成了厉鬼。这片海滩其实就是鬼滩……巫婆三娘叫赶海的人千万小心，要经常抬头望一望，有啥不对头，赶紧跑回珍珠岛来。

李卓仁窥听出了巫婆三娘跳神的奥妙，就是因为海滩上打架的事。巫婆三娘的娘家在水角镇，不好直接说水角镇人要来打人，只好借跳神提醒岛人，下海滩赶海要格外小心——用心良苦啊！

没有水角镇男人再来赶海——这是一个危险信号。一般情况，珍珠岛人打了水角镇人，他们不可能不再来赶海。在利益面前，水角镇人绝不是胆小鬼。

李卓仁照常来水角镇买狗、进药，他要探一探水角镇的虚实。他媳妇叫他别去。他说：水角镇人要打架，不是为了报复，是要争海滩，只能打在海滩上，绝不会打我。

走进镇口便听见有人叫：狗哥，过来杀两盘呀！李卓仁常来买狗，镇上人都叫他"狗哥"。他在镇口等狗客时，经常忙里偷闲和旁边摊铺的摊主下下象棋。李卓仁笑着说：你们的棋太臭，不下了！一句玩笑话把气氛搅热了，那摊主拉张板凳让他坐下。

李卓仁的目光在镇口那游移。镇口人来人往，他好像要从人们的身上读出什么内容。他的目光终于找到了焦点，落在一伙走进镇口来的珍珠岛女人身上。这伙女人的脚踏进镇口，骂声就像春天的麻雀一样叽叽喳喳朝她们飞来。珍珠岛女人急忙压低大竹帽的帽檐，加快脚步。骂声跟着她们，黏着她们，赶不走，也躲不开。骂的内容很单一，骂珍珠岛人是海贼的后代，贼生贼，贼性难改，霸占海滩。很明显，水角镇人把打架的怒气都发在这伙女人身上。水角镇人和珍珠岛人打架历来不打女人，水角镇的女人就拿嘴巴伤她们。珍珠岛的女人不敢回骂，挤挤拥拥着走，让噼里啪啦的脚步声撞落飞过来的骂声。

有狗客走进镇口，李卓仁招手叫过来，问几句，没买，朝街上走去，闪进一家药店。他瞧见一种治淋病的新药，向店主要说明书来看。淋病是个老病，以前叫"花柳病"。据说新中国成立前很流行，解放后没有妓女了，没人得这种病了，医药书籍都不写了。近年淋病死灰复燃，且烧得很热烈，治淋病的药成了香饽饽，街头巷尾触目惊心地贴满了广告。李卓仁听说过这种病，却不知道这种病。他聪明地从治淋病的药去认识淋病。

林日旺走进来买淋病药，李卓仁诧异地瞧着他。他也瞧着李卓仁。李卓仁问：你得这个病？林日旺好像很得意，爽快地答道：得啦，时代病，不得这个病，还算什么男人！他瞧李卓仁手上那说明书问：你买这个药，给自己治，还是给人家治？李卓仁说：我没买，随便看一看。林日旺失望地说：嘿，太闭塞了，珍珠岛只有人人都得这个病，才有出路！听见"珍珠岛"几个字，旁边的人掉头瞧来。李卓仁拉林日旺走出了药店，小声说：不要命啦，有旁人，你也说咱们是珍珠岛人！林日旺大声说：怕啥，水角镇人都知道我不做珍珠岛人啦！李卓仁的耳朵嗡嗡响。林日旺又说：你这么聪明，干吗还做珍珠岛人？李卓仁掉头走了。

　　珍珠岛的渔船疲于奔命，望见大铁船就躲，没有安心放过一回网。这天傍晚，渔船摆开架势要放网时，望见一艘大铁船驶过来，只好又停下。刘天一烦躁地望着那大铁船，望着望着就迷糊了。他看见海龙王和海天元帅在吵架。龙王说：你管海，管天，大海变成这个样子了，也该管管啊！海天元帅说：你是海龙王，没把海管好，反过来怪我？龙王说：我管得住人类吗？都是人糟蹋的呢！你看见的，那些军舰，尤其航空母舰，我躲都躲不过呢！他们搞演习或者打仗更遭殃，炮弹都往海里扔，炸死虾兵蟹将不说，我的龙宫也炸塌了啊！还有客轮、商船，整天把大海搅得不得安宁！那些渔船更可恶，杀戮太重了，我的鱼虾蟹都给杀光了！还有，人类不停地到海里抢劫宝藏、石油、天然气、可燃冰，有啥抢啥，脏物、污水却往海里……海天元帅不耐烦地说：给我说这些干吗？我又不是人类联合国秘书长！龙王说：人类是天上管的，你们要作为啊！海天元帅生气地说：你这个老不死的，小心我让哪吒来抽你的筋！

　　不知怎的，刘天一没有支持海天元帅，反而很同情海龙王。海天元帅走后，刘天一招手叫海龙王近来。刘天一说：你说这些，海天元帅管得了吗？龙王说：这是气候，谁也管不了，我心里难受，就发发牢骚。刘天一问：什么是气候？龙王说：气候可厉害了，看不见，摸不到，就是存在，而且在不知不觉中改变一切，让你猝不及防，又无能为力。刘天一又问：怎么出现这种气候？龙王说：这个只能问你们人类了。

一个夜晚，珍珠岛的渔船灰溜溜开回珍珠岛来。

早上，猫叔在油桐树下热闹地讲述他的英雄壮举。他很醉，全身红得像头烤猪，每讲一句就嗝一下，喷出一口酒气。他的双腿唰唰叉开，扎成马步，抓水烟筒一扫，咕噜咕噜，烟筒里的水倒灌出来，淋在他头上。他头一歪，趔趄，摔倒了。全部人哈哈笑。躺在地上的猫叔也尴尬地笑，抹掉蒙在脸上橙黄色的水，睁开眼，见刘天一就站在他的面前，脸绷得很紧。猫叔突然不醉了，慢慢地爬了起来。

刘天一本来也想笑，可笑不出来。他已经知道珍珠岛人打水角镇人的事，认为这是气候使然，很可能因此撕开珍珠岛人和水角镇人重新打架的序幕。

这时，酒爷一拐一拐地走了过来。

刘天一问酒爷：脚咋啦？

酒爷说：气候不好，脚背长个小痱子，变成个大脓疮，烂了，一条腿要瘸了。

人们都惊惑，酒爷的脚背根本没有溃烂。

清明过后，天气灿烂像姑娘的笑脸，珍珠岛的渔船都不肯出海去。

刘天一对气候很敏感。他感觉，这虽然是一场很小的打架，可是与气候有密切的关系。内在的原因是，水角镇人疯狂地把自己的海滩捞穷了，挖烂了，正在窥视珍珠岛的海滩。珍珠岛人当然不让水角镇人来砸饭碗，甚至抢饭碗。这次打架，给了水角镇人一个借口，接下来，就是不可遏止的打架和争夺。其结局是：珍珠岛人知难而退，放弃；或者两败俱伤，最终海滩逃不脱捞穷挖烂的命运。

李卓仁从水角镇回来，见刘天一坐在岛东码头的油桐树下发愣，估计他在担心海滩要出事，说：算了，捉蛇丢鳝，捉鳝丢蛇，

134

还是捉鳝吧。

刘天一问：啥意思？

李卓仁说：想守住海滩，只有珍珠岛的渔船永远别出海去。

刘天一听出李卓仁的话里有挤对他的成分，珍珠岛人当然要守住海滩，却不能不出海去。珍珠岛有两条生命线，一条是大海，一条是海滩，即便是不出海，下海滩赶海，也能活下去。

中午刘天一走下岛西乱石滩来。海风很温柔，捋他的头发。一颗大日头将炽白的阳光泼在海水上，闪闪烁烁，水光反射在刘天一身上。刘天一瞧见大礁石旁边有个亮点，那是一只大水母，有箩筐那么大。刘天一没见过这么巨大的水母。水母在表演技艺，那触手有节奏地一张一合，身体向上向下向前向后向左向右飘来荡去，忽又翻腾打转，那通透明亮的身上随着水的深浅、光线的强弱和仰倾角度的不同，变幻出红色蓝色黄色紫色。那些从水母身边游过的小鱼小虾都悄无声息地消失。刘天一觉得水母好像在给他暗示什么。水母表演完毕，连晃三下，像是谢幕，又像是告别，潜下去，不见了。

刘天一扑通跳进水里，上下左右都找不到那石窟的穴口。突然听见轻微的哈气声，他扑过去，摸到一块大磨盘，试图搬开，可怎么也搬不动。

浮出水面，刘天一在想，怎么不让我进入石窟呢？一阵风吹来，他闻到酒的香味，很想吃酒，要找酒爷去。

四周密麻的芒草已经掩盖酒爷家那间瓦屋。刘天一抓两条烤熟了的鱿鱼干，拎一瓶番薯酒推开那竹篱门。酒爷坐在那马尾榕树下，面对树头吃酒。酒爷对酒碗说：别费神了，日头要落下，月亮要出来，你拉得住吗？海水要涨潮，又要退潮，你挡得住吗？刘天一说：我想说海滩的事。酒爷说：这是天的事，地的事，谁也拗不过！刘天一说：怎么是天地的事？酒爷说：气候，懂吗？没这桩事，也会生出另一桩事。酒爷仰起头唱酒歌：天苍苍兮地茫茫，惶惶惑惑白奔忙……

135

第九章　山惊水变

矮树隐于林中，旁边没树了，豁然凸显出来。渔船出海去了，猫叔莫名其妙地兴奋。只有这个时候，人们的目光才停留在他这棵矮树上。他全身通红，不是朝霞染红，酒染的。半夜渔船出海，猫叔起来吃酒，一直吃到天大亮。早上猫叔哼着山歌朝岛东码头走来，歪歪扭扭走"之"字路，也就是醉步，走出醉态。一个水烟筒拖在地上，咯咯响，那水烟筒也醉了。猫叔瞥见李卓仁在油桐树旁边摆狗肉锅，眼睛轻蔑地往上翘，飘出一缕不屑的目光，心里说：渔船出海，还杀狗，真笨！他瞥那狗肉锅一眼，大声说：哟，还剩这么多啊！他的头一甩，走到油桐树下，一屁股坐在青石板上。

没出海的男人都到岛东码头来冒一下头，那青石板上挤着许多个屁股。大家轮流和猫叔那水烟筒亲热。一阵烟雾升腾后，猫叔说：你们猜，这会儿岛上女人心里想啥？猫叔没媳妇，心里饥渴，喜欢望梅止渴。人家没兴趣和猫叔说女人。刘二茂把水烟筒揣给猫叔说：光棍佬，别胡猜啦，人家想啥，也不会想你呢！猫叔说：人家想我，要告诉你吗？刘二茂说：这个光棍佬不老实呢，要抓来阉，大家才放心出海。猫叔说：阉我？一个乞丐也叫他斋戒，你娘的有病吗！

刘大茂没出海，他要造一艘大机船，三兄弟都守在岛上。他走到李卓仁的狗肉锅边，缩鼻子嗅一下，顺手抓一块狗肉塞进嘴里，朝码头边那造船场走去。

刘大茂媳妇踩着刘大茂的脚后跟走来，拎一只铝罐，来买狗肉，拿狗鞭。刘大茂和李卓仁有协议，杀公狗时，狗鞭一定留给他。刘大茂说狗肉强筋补骨，驱寒壮阳，狗鞭更厉害，让男人在床上很威风。

李卓仁把狗肉铲进那铝罐。刘大茂媳妇眼快手也快，及时把骨头挑出来。称完狗肉，李卓仁夹那条狗鞭也塞进铝罐，迅速盖上盖子。刘大茂媳妇打开铝罐盖，抓那狗鞭出来看，说：咦，今天这条小呀！李卓仁说：是条黄狗，有力气呢！油桐树下的人捂住嘴哧哧笑。刘大茂媳妇扭头去说：笑啥？猫叔说：狗鞭是你吃，还是给大茂吃？刘大茂媳妇的眼睛飘出神采，说：当然给大茂吃啦！又说：真傻，他吃，不也是我吃吗？油桐树下的人都哈哈笑。猫叔更来兴了，说：大茂像条鳗鱼，猛呢，用得着吃狗鞭吗？刘大茂媳妇那个浑圆的大屁股连续晃两下，做出悲哀的样子说：哎哟，不养马，不知马有病呢！我家大茂呀，太懒了，不拿狗鞭抽他，一个长夜都睡不醒！油桐树下的人都笑翻了。刘大茂媳妇也嘎嘎笑，笑声很孟浪，拎起铝罐，扭着大屁股走了。

刘大茂媳妇的笑声就是很好的广告，旁边的人都过来买狗肉，一锅狗肉卖光了。

猫叔拖着水烟筒走到码头边去站，他的目光很自得，在那漫漫的潮水上溜达。他又打算下海滩围网。围网就是等潮水涨到最高位，随潮水上滩来的鱼虾蟹玩得最欢时，摇舢板拿渔网下海滩去围，截住一片海滩或者一两条水道，把上滩来的鱼虾蟹都截住，海水退离海滩时，鱼虾蟹也就走投无路了。每次猫叔围网都捕到不少鱼。

猫叔掉头走回来了。

李卓仁说：别去围网。

猫叔奇怪地望着李卓仁问：为啥？

李卓仁说：小心打架。

李卓仁觉得今天是水角镇人来打珍珠岛人的最佳时机。珍珠岛的渔船都出海去了，从水角镇那边望过来一清二楚。渔船出海后，岛上没剩多少男人，水角镇人过来打架，不仅保证打赢，还可以掌控打架的局面。更重要的是，可以明白地告诉珍珠岛人：珍珠岛的渔船经常出海，岛人没能力霸占海滩！

猫叔笑着说：水角镇人有这个胆吗？他们被打怕啦！

李卓仁不答话，拎狗肉锅走回家。

在海滩上围网，男人女人和孩子们都可以下海滩抓鱼捞虾捉螃蟹。不过有规矩，女人和孩子就背着鱼篓走在沙滩、泥地或者水道边，捡拾搁浅的小鱼、小虾和螃蟹。大条的鱼都跑进水道，那是围网者抓的。大男人就拿网兜和猫叔一块在水道里抓鱼，然后拿分成。围网者拿一半，剩下的给帮忙者平分。

海滩上的人正捞得起劲时，十几个水角镇的男人抓锄头、鳝叉、扁担、石块从各个方向走了过来，蓦地大喊：打！密密麻麻的石头飞向水道里的人，接着，抓家伙冲下水道，噼里啪啦一阵乱打。水道里顿时水花四溅，喊打声、叫喊声、哭声，混杂在一起。在沙滩、泥地和水道边捡小鱼小虾小螃蟹的女人和孩子都吓坏了，像惊飞的野鸭哭着喊着惊慌失措地跑回珍珠岛来。

在码头旁边造船的刘大茂朝海滩望去，喊道：他娘的，水角镇人来打人啦，快救人去啊！

刘大茂转身抓一把斧头，刘二茂抓一把铁锛，刘三茂抓一把大刀，冲下海滩去。情急中，两个岛外来的造船师傅也随手抄家伙跑下海滩来。

从珍珠岛跑来的只有五个人，水角镇人不理睬，依然热闹地追打水道里的人。

五个人赶到时，水角镇人爬上岸边来了，威武地站成一排。刘大茂很勇猛，举起斧头扑过去。水角镇人围过来，抓锄头、扁担、鳝叉和刘大茂对打。刘大茂挥斧头左砍右砍，斧声呼呼响。二茂和三茂也冲过去，一左一右护着刘大茂，又挥动铁锛和大刀朝水角镇人猛扎猛砍。那两个造船师傅也抓家伙乱砍。一阵混乱，只听到锄头、扁担、鳝叉被砍得嘎啦嘎啦响。一人舍命，十人难挡。水角镇人见几个珍珠岛人都不要命，怵了，边打边退。螺号声突然在珍珠岛上吹响，随着喊杀声涌起。黑压压的男人女人抓长矛、大刀、锄头、扁担、木棍从珍珠岛冲下海滩来。水角镇人慌了，拔腿跑。刘大茂他们更加神勇，紧追不舍。水角镇人打架不很勇猛，可跑起来很有劲。刘大茂他们追了一程，追不上，掉头走了回来。

那几个挨打的珍珠岛人都爬上岸边来了，横七竖八躺在地上，有的头破血流，有的鼻青脸肿，有的手折脚跛。伤得最严重的是猫叔，头和脸肿成一个篮球，眼睛肿得看不见眼珠了，一泡鼻涕混着鼻血抹在嘴唇上，很像一个熟烂破溃的大西瓜。他侧躺着，抱住那条骨折了的腿喊爹叫娘。李卓仁走下海滩来替猫叔包扎伤腿。李卓仁说：今天水角镇人有胆啊！猫叔睨着李卓仁，不吭声了。

刚才岛上那螺号就是李卓仁吹的。

珍珠岛人盼望渔船回来。

珍珠岛的渔船出海来后，一个劲地跑，疲于奔命。

海上的大铁船越来越多，游弋在海上。珍珠岛的渔船放网下水，望见大铁船来了，赶紧收网，躲开；跑到另一个渔场来，又放网，又见大铁船来了，又躲开；一个渔场一个渔场地跑，可都躲不过大铁船。

但是，珍珠岛的渔船不甘心，依然躲猫猫似的跑来跑去，没有跑回珍珠岛来。

天又冷了，寒风对珍珠岛恣意蹂躏。

晚上风很大，呼啸着在天上奔驰，又肆无忌惮地扑下来，在房前屋后急跑。那天后，天上刮什么风都是寒风。珍珠岛在寒冷中惊慌，各家各户的门窗关紧，岛人的心都紧缩在自己的胸腔里。

　　天黑时，珍珠岛的四个角燃起四堆大火，火光晃晃。锣鼓声着急地在巫婆三娘家里轰轰隆隆地响，巫婆三娘在跳神，海天元帅要率领天兵神将巡巷护岛。海天元帅实在是头好神，体恤民情，珍珠岛出大事总是及时出现，不辞辛劳分民忧，抚民心。

　　珍珠岛上只有李卓仁家还亮着灯。李卓仁又在他的诊所前挂一盏马灯，让灯光亮在那巷口。自从那次李卓仁和刘天一在水角镇一番争论后，心里总有些郁闷，可是，自从猫叔在海滩上打水角镇人，郁闷感不明显了，虽然他并不希望发生打架这种事。现在珍珠岛的渔工都在海上，尤其刘天一不在岛上，他觉得自己应该站出来为珍珠岛做点事。李卓仁抓手电一条巷一条巷走，希望手电的光和自己身上那特殊的气味把所有的狗惹急，吠起来，吠出一点气氛，吠出一点生气。那些狗都惊慌地躲在家门里，不吱声。李卓仁不明白珍珠岛人怎么了，如此不经打？珍珠岛人什么时候变得这样胆小了？更早的时候，发生这么点事，岛人的眉头都不皱一下。是不是刘天一说的"气候"让人都变得怕死了……不知不觉，李卓仁又走回岛东码头来了。他坐在油桐树下，望着码头边那闪动着火光的火堆出神。

　　锣鼓声从巫婆三娘家涌出，火把随着从巷里晃动过来。岛上开始有了点生气，巷里也有了人声和脚步声。李卓仁见珍珠岛靠着一个女人撑起全部人的胆量，很惊讶。他不得不对巫婆三娘刮目相看。他俩曾经是一对冤家，经常在某些事上摩擦。比如巫婆三娘说人得病是鬼弄的。李卓仁却说，病就是病，医生没拜鬼，不也把病治好了！有人病了，先求巫婆三娘，再来找他。他就不高兴，说：鬼神厉害，干吗还来找医生？有一次，巫婆三娘说要刮台风，可收音机说没有台风，结果没刮台风。李卓仁抓那收音机在油桐树下当着渔工们的面说：什么是神，这铁匣子才是大神呢！后来，巫婆三娘和李卓仁的摩擦渐渐减少了。岛上的病人来找巫婆三娘，她就说：我替你请元帅派兵丁护持保佑；病呢，还是要找医生看……火

140

把和锣鼓声涌到岛东码头来了，李卓仁拿一串爆竹挂在油桐树下，噼里啪啦响起来。

早上没风了，静得让人心慌。日头还躲着不出来，潮水已悄悄退走了。珍珠岛四周的海滩像一位裸露身体的荡妇，躺在人们的面前忸怩作态，却没一个男人过去光顾。岛上升起的炊烟袅袅的，怵怵的，断断续续躲躲闪闪。

巷里有人走动了，李卓仁提鳝篓、抓鳝叉走出诊所，走过码头，下海滩去。他知道有很多眼睛望来。他特意朝水角镇方向一路药鳝过去。日头才爬到天腰，李卓仁回来了，背着沉甸甸的鳝篓。踏上码头，许多人围过来瞧，有黄鳝，有海螺，还有螃蟹。李卓仁说：少人赶海了，海滩上啥都多，见啥捉啥，没一会工夫，篓就满了！人们的眼睛忽闪忽闪。他又夸张说：再不去赶海，鱼虾蟹多起来，就咬人，谁都下不了海滩啦！李卓仁的确希望珍珠岛男人大胆下海滩赶海，表示珍珠岛人死也不会放弃自己的海滩，又显示出珍珠岛人并不畏惧水角镇人。水角镇人打架也就达不到目的，心里就发蒙，就反过来畏惧珍珠岛人。

李卓仁踏进家门，那些被打伤的人已经守在诊所里。他们不敢到水角镇卫生院治疗，每天都来找李卓仁换药。猫叔那条伤腿夹着两块木板，垫在一张长板凳上，他说：你不要命啦，还下海滩赶海！李卓仁见现在的猫叔变成了一条惊恐的鱼，心里好笑。他解开猫叔腿上的绷带，问：还疼不疼？猫叔嘴里喷出一股酒味说：疼死啦！李卓仁问：又吃酒啦？猫叔一副可怜样子说：动不了，拉泡尿也站不起，不吃口酒，干脆吃老鼠药算了！李卓仁知道，猫叔受伤后都是巫婆三娘照顾他，一定是耍赖，巫婆三娘可怜他，才让他喝酒。李卓仁说：我再次告诉你，一要忌酒，二要忌房事！一个光棍也叫他忌房事，猫叔斜眼睨李卓仁，伸手挠头，又抓脖子，努力掩盖自己的尴尬。

换药的人走出诊所时，李卓仁媳妇走了进来。她一脸的不高兴。打架后，没海鲜收购，她的生意很淡。她问李卓仁：今天换药又不收钱?

珍珠岛有规矩,凡是和水角镇人打架,都视为"众事",谁都要尽义务。李卓仁摆手说:算了,别嚷,犯众怒呢。

他媳妇说:哼,真是的!

这些天林日旺经常回珍珠岛来。他戴顶旅游帽,戴副太阳镜,穿双白色波鞋,跷起二郎腿坐在油桐树下那青石板上看报纸。水角镇人不打他,他带着得意回来看珍珠岛人的傻样。他还天天炸鱼炮。赶海的男人少后,鱼多了起来,常有鱼群随潮水上滩。涨潮时,他就摇舢板在滩上优哉游哉,不一会儿鱼炮就轰一声响,把人的神经拉一下。

林日旺见李卓仁背着沉重的鳝篓走上码头来。笑着说:李医生爽啊,傻瓜忙着打架,聪明人忙着发财!

岛上只有林日旺一个人叫李卓仁"李医生",听着很别扭,又见他这么说,李卓仁骂道:你小子嘴抽风啦,说歪话!

林日旺哈哈笑。

李卓仁坐在诊所里,听见哭叫声传进来。他从诊所那窗口望去,见林大侬媳妇挑两只空箩筐从海滩踏上码头来,肩一抖,扁担一丢,两只箩筐乒乓掉下,骂了起来:天收鬼打水角镇人啊!林大侬媳妇披头散发,上衣几处被抓破,纽扣抓落,衣襟敞开,露出那粉红色碎花内衣……他沉吟:娘的,又出事了!

林大侬媳妇挨水角镇人打了。珍珠岛女人赶海捞来海鲜,喜欢交给林大侬媳妇拿上镇卖。她的嘴好使,说话快,算数快,会做买卖。她挑海鲜上镇来,就摆卖在水角镇农贸市场的大门边。水角镇农贸市场是方形,四边摆四类货物,东边摆肉摊,西边摆鱼摊,南边卖蔬菜,北边卖沙虫、泥虫、海螺等海鲜。珍珠岛女人属于散客,没交摊位费,不能进市场里摆摊,就在市场大门外左右两旁的空地上摆卖。林大侬媳妇喜欢紧挨市场大门摆她的海鲜。这儿人出人入摊头旺。经常来买海鲜的人,都喜欢找珍珠岛女人。她们的海鲜新鲜，价格实在，不缺斤短两。总是先把市场门外的海鲜买完了，才走进市场里。今天市场门口两旁早摆了几摊海鲜，林大侬媳妇只好摆在一个角落处。可买海鲜的人偏找过来，一下子，她的摊前热闹了。才卖了一半海鲜，一个水角镇女人把一筐海螺拉过来，搁在林大侬媳妇的摊前，把她的摊子挡在后边。天呀，欺负人吗？林大侬媳妇伸手推那人的箩筐说，挡住我，咋卖呀？那女人就是来惹事的，她抓林大侬媳妇的箩筐一掀，半筐泥虫都倒在地上。两人于是打了起来。林大侬媳妇一把抓那人的头发，将她摁倒在地上。几个水角镇女人从旁边赶过来，七手八脚揪住林大侬媳妇便打，把她打得分不清东西南北了。林大侬媳妇的泥虫全散在地上。她抓起两只空箩筐，一扭头，走了回来。

打女人，太可恶了！很快，岛东码头围满了愤怒的人。但是，那些男人瞧见林日旺一副事不关己的样子坐在油桐树下看报纸，嘀嘀咕咕一会儿，都走了。

猫叔拄根拐杖走过来喊：太欺负人了！找头牛来，我骑下海滩去，见一个打一个，把赶海的水角镇女人统统打翻！

刘大茂媳妇也喊起来：对，我们也打他们的女人！

许多女人拿木棍、扁担、锄头、石头嚷着要走下海滩去。

李卓仁骂：呸，一群开叉货也添乱！

他走了出来，但是没有直接去制止，瞥见站在一旁的月花脸色又红又白，两只眼睛像被涨潮的海水困在沙丘上的两条小狗，着急又无奈。他问：月花，你也去打吗？月花勾下头不说话。他转过来对刘大茂媳妇说：别急，等家家户户都把柴米油盐买足了，再去打。

刘大茂媳妇的眼睛连眨着，眼珠子停止转动了。

男人打架，女人还能上镇去卖海鲜，卖完海鲜，把柴米油盐酱醋买回岛来。女人也打起来，珍珠岛就被困成一个劳改场了。

女人们的火气都潮湿了。

林日旺摇舢板到岛西乱石滩边来，见海水有漩波，估计水下

143

有大鱼游动，扔个鱼炮下去。刘大茂突然从水里冒出来，要爬上乱石滩。他的大半个身子露出了水面，鱼炮炸响了，一道水柱冲上天去。刘大茂被掀离水面，又随着水柱下落，沉进了水里。一会儿后，他又从水里冒了出来。他的命好，大半个身子离开了水面，鱼炮爆发的水压只冲击他的两条腿，没伤及内脏。他趴在一块礁石上，两条发麻酸痛的腿仍浸在水里，瞪着林日旺骂：你娘的谋财害命吗？林日旺说：谁知道你是什么鬼，钻在水里。刘大茂不说话了，离开乱石滩，一瘸一瘸走了。

这天早上，黑压压的一大群海鸭不声不响不惊不忧站在岛东码头上，像地上铺满了黑褐色的石头。海鸭群都游在水上，有人来就急忙躲开，或者噼里啪啦飞走，它们干吗跑到岛东码头来呀？

各条巷的巷口都站着好多人，脸上糊着惊慌，没人肯抬脚朝码头走去。

林日旺提一张渔网从码头边绕过来，渔网随着撒出去，罩住了几只海鸭。海鸭哎哎叫着在网里扑腾。其他海鸭扑棱棱飞起，嗷嗷嗷都朝海上飞去了。林日旺抓住那几只海鸭，哈哈大笑。躲在岛北巷口的水菊也嘎嘎笑，朝码头走去。刚走了几步，她忽然将笑声掐断，红着脸回头来瞧巷口的人，低下头，又躲回岛北来。

一阵令人毛骨悚然的笑声从岛西那巷里飘过来。月花穿一条从没见过的蓝底白花长袖对襟衬衫，嘴唇和脸颊拿仙人掌果糊成赭红，一副粉红色奶罩挂在衬衫外头的胸襟前，张开双臂做鸟的形状飞向岛东码头来，在油桐树下咧开那猩红色的嘴嘎嘎笑，接着喊：我是珍珠！伸手抓脱奶罩，扔向空中，又往胸前一抓，几颗纽扣跳落，衣襟被扒开，亮出了肉肉的胸脯，又喊：飞！双臂张开绕那油桐树"飞"，那蓝底白花衬衫的两边衣襟分开，像翅膀挂在她的两侧，不停地扇动着。绕油桐树"飞"了三匝，她抱住油桐树，母猴似的噼里啪啦爬上树去，坐在一根树枝上，一边摇晃树枝一边唱着谁也听不懂的山歌。

一顿饭工夫后，巫婆三娘来了。

瞧见巫婆三娘，月花惊恐万状，快手快脚往上爬，在树顶那枝叶繁茂处躲起来。

巫婆三娘板着面孔朝树上喊：下来！

月花听话地爬了下来。她的脚一着地，又张开双臂喊：飞！她朝岛南飞去了。

月花像只鹧鸪，提起一只腿，快乐地在坟场上跳跃。一只猫头鹰飞过来，落在前面的一棵小叶榕树上。月花说：哦——来啦！她踩过一垛野菠萝扑过去，搂住小叶榕树要爬上去。猫头鹰勾眼瞧她一下，飞走了。月花望着猫头鹰喊：飞——飞了！又喊：你还敢飞回来不？猫头鹰落在远处的一棵海棠树上。月花瞧见那小叶榕树旁边有几朵野花，摘下，塞进嘴里，像山羊吃树叶一样咀嚼着。她觉得很甜很香，一边咂嘴巴一边继续找野花。她满嘴都是黄红色的花汁，又摘下一个熟透了的仙人掌果，掰开，涂在自己的眼泡、腮帮、鼻梁上，涂成一只狸猫，然后瞧着草丛中一朵紫红色的花喊：哦，五色花！她摘下那花，捧在手上，坐在一个坟堆旁嘎嘎嘎笑。

连续几天月花都到岛南坟场来，又跳又唱又吃野花，又摘一朵花捧在手上，坐在坟堆边嘎嘎嘎笑。

每天都有不少人到岛南坟场来看月花。人家不说月花是鬼弄的，不说她是珍珠，说她"花痴"了。花痴就是女人想男人想疯了。治花痴不难，找个男人做她，病就好了。以往珍珠岛的女人花痴了，就送到岛外去，让她在外边野。病好了，她就自个回岛来。

这天刘天一媳妇去岛南坟场看月花回来，巫婆三娘跟在她后边走过来，神秘地说：月花不是病，鬼弄的。她下海滩赶海，碰上一头光棍野鬼，上她的身了。

刘天一媳妇的脸煞白，问：咋办啊？

巫婆三娘说：别怕，光棍鬼害怕妈祖娘娘。请妈祖娘娘作法赶鬼，月花就没事了。

第二天，巫婆三娘带月花到水角镇拜妈祖娘娘。月花在水角镇过了一个晚上。次日，巫婆三娘领月花回珍珠岛来，她奇迹地好了。

145

月花病好后的第三天晚上，珍珠岛的渔船回来了。

正刮风下雨，天地黑黝黝，海浪在呼啸的东北风鼓动下奔波汹涌。渔船匆忙在风中浪里，一阵乱纷纷后，岛东码头前挤满了渔船。

在风雨的催促下，踏上码头的渔工急匆匆躲回家里，钻进暖烘烘的被窝，缱绻在女人的怀里。

一夜无事。天蒙蒙亮，一阵急促的螺号声像锥子扎进人的耳朵把人扎醒；又像爪子伸进被窝，把人都从床上抓起。

螺号就是渔工们的嘴。渔船出港进港海上联络都靠螺号。岛上发生了大事、急事，要集结人马也靠螺号。岛上的男人都抓长矛、大刀、渔叉循着螺号声赶到岛东码头来。

螺号是林大侬吹的。昨晚他回家和媳妇亲热后，伸直腿要睡个踏实觉，媳妇却不让他踏实，给他讲了海滩上和水角镇人打架的事，又讲她挑泥虫上水角镇卖挨打的事，两件事叮咬他，等不到天亮他就赶到岛东码头来吹螺号。

嚷声、骂声、喊打声在岛东码头沸腾，只等刘天一出来了，就冲下海滩追打水角镇赶海的人。

此刻刘天一坐在岛东码头北侧不远处的一棵木麻黄树下。

刘天一听见螺号响时，说：这个林大侬真是的，刚回家也不让人睡个囫囵觉！

岛上发生的事情他都知道。这次他出海去，心仍挂在珍珠岛上。现在气候在变化，人也随着变化，岛上一定发生许多令人匪夷所思的事情。所以有渔工从岛上到渔港去时，他都仔细打听岛上的情况。这次他回家来，头挨在枕头上，枕芯里的油柑叶变成千万个梦，溜进他的脑壳，过电影似的一幕幕滑过去。可是醒来，脑子里没留下丁点儿梦痕。其中有一个梦是他睁开眼睛做，梦见珍珠岛上长满五彩缤纷的花，花间蜂蝶飞舞，各色各样的鸟成群结伙在天上翱翔，岛的四周堆着闪闪发光的宝石，整个岛一片金碧辉煌……一道闪电横在头顶，一声暴雷，一块乌云飞来，整个珍珠岛以及海滩都改变了颜色，变成阴沉沉黑蒙蒙的……突然螺号吹响，他爬起来，可是没朝岛东码头走去，朝岛东海边走来。

雨后的天地刚洗过一样干净，曙光从东边涌过来，铺在开阔的海滩上，沙滩、泥滩、草滩泛红播紫，水泽、港道、浅滩流光溢彩……岛南坟场上的树木，岛北边那红树林绿里映红；岛东、岛西、岛北那疏密有致的瓦屋静立在晨曦中，淡淡的炊烟缭绕其间；人的说话声和脚步声隐约传来，猪、鸡、狗从巷口走出；男人女人背鱼篓、抓鳝叉、扛锄头、提铁铲、挑竹篮走下海滩去……美死人了！

突然李卓仁走了过来，他说：行啊，这个时候你还能静下来看风景！

刘天一不答话。

李卓仁说：不能打，这就像打排球，一方进攻，另一方就防守。这次打架是我们先发球，水角镇人接起，进攻。现在是我们控球，迟迟不反击，水角镇人只能保持守势。

刘天一见今天李卓仁对岛上的事如此上心，瞅着他片刻后，说：打，一定要打！

此刻刘天一正是思考打不打水角镇人，如果不打，短期内水角镇人不敢来赶海，海滩还让珍珠岛人控制。可是，珍珠岛人顽强勇敢不畏强暴的精神就因此受损。这次珍珠岛人挨打后，那种惊慌失措的境况是前所未有的，令人不寒而栗。现在"气候"变幻莫测，珍珠岛不能丢失这个精神。千百年来，岛人就是靠不屈不挠的精神，以应对各种"气候"，顽强地守住这个岛。但是，在复杂的气候中，要审慎，不能简单地打。

刘天一走到岛东码头来，说：你们不怕苦就去打吧！

这话让人摸不着头脑，可也推波助澜。黑压压的人举着家伙大喊着冲下海滩，一直冲到水角镇边的海滩，却没找到一个水角镇的男人。水角镇人打人后，男人都躲在镇周边的海滩赶海。望见珍珠岛的渔船回来了，干脆不下海滩。林大侬领渔工们威风凛凛在海滩上找了一遍，日头西斜了，才拖着沉重的脚步走回珍珠岛来。

打不着水角镇人，也出了一口干气，珍珠岛人画饼充饥似的平静了好几天。

晚上涨大潮，天上只有半边月亮。七八只舢板悄悄摇到水角镇的码头边。十几个人冲上码头，把码头上的六个水角镇人抓上舢板，摇回珍珠岛来。

六个水角镇人都绑在岛东码头那油桐树下。

天亮时，珍珠岛成百个人拿石头、木棍、菜刀围住那几个人，喊打喊杀。

这几个人筛糠一样发抖，拼命求饶。

刘天一来了，像一位领导干部，或者说像个部落的首领。他对水角镇人说：我们不打你们，珍珠岛人不随便打人，但是我们不怕打架，不畏惧任何人，更不让任何人欺负！放你们回去，叫水角镇人不要再惹事了！顿一下又说：水角镇人真想做螃蟹横着走，那就打吧，打个够！以后我们不再手下留情啦！

刘天一这个谋划，想达到几个效果：一、不打水角镇人；二、避免珍珠岛人再和水角镇人打架；三、震慑水角镇人；四、展示珍珠岛人的威风；五、安抚珍珠岛的人心。

那几个人战战兢兢地说：不，不打了，不敢打了，再也不打了！

刘天一亲自给这几个人松绑，指着海滩说：你们走吧，赶快走！那几个人仍站着，怯怯地瞧着周围的人。刘天一对珍珠岛人说：水角镇人说不再打架了，你们就手下留情吧！

几个水角镇人死里逃生，赶紧走下岛东码头。回头来，望见珍珠岛人还站在油桐树下，拔腿就跑，把海滩上的积水踩得四溅飞扬。

第十章　救赎

刘天一说：现在做海真难，躲风躲浪还要躲渔船！

入秋后珍珠岛的渔船都无精打采泊在码头边。海上船太多，船多鱼就少。糟糕的是，船多网更多。网在水里纵横穿插，动不动就纠缠在一起，就拉断、压沉收不回来。一行渔网几万块钱，损坏或者丢失了，几年的做海都白忙了。看见渔船归港时，搬着大筐小筐的鱼，以为做海很来钱，其实钱多用在修船补网上，到头来还是个穷。

今年秋季珍珠岛没下过一场雨，岛上的树木蔫蔫的，其实整个岛都蔫蔫的。平时热闹的岛东码头少了以往那种盎然的气氛，油桐树下仍坐着许多人，可是很少听见爽朗的笑声。好久没见猫叔在树下卖猪肉，更没见李卓仁在卖狗肉。李卓仁很鬼，他在岛上卖不出狗肉，他媳妇的海鲜生意也不景气，干脆跑出珍珠岛，到水角镇去开诊所，又摆个草药摊。

刘天一很着急，他心里期待的珍珠岛，绝不是这个景象。他突然明白，要让珍珠岛很干净，很安静，洋溢着祥和的气氛，岛上的生活必须无忧，虽然不一定要富裕。

刘天一望着百无聊赖坐在油桐树下的渔工，大声喊：出海去呀，不出海，鱼自个跳上船吗？

149

渔工们目光呆呆的，不吱声。

巫婆三娘走了过来，小声说：天一哥，别出海，你的流年运气不好呢！

只有清楚生辰八字，才掌握流年运气……她怎么知道？刘天一的一言一行甚至一些细枝末节的事巫婆三娘都了然于心。这是特殊关心。刘天一不恼羞，有女人私下里"关心"不丢人。刘天一说：我的命大着呢！

刘天一还是出海去，不出海什么办法也没有，他开自己的渔船出海。各个渔场都穿梭着许多渔船，像死牛的四周游弋着许多的乌鸦。刘天一不去争抢死牛肉，开船躲开，找到一道海沟，沿着海沟放网。这里经常有鱼群出没，只是水流复杂，很少有渔船来。

天黑下来了，海面上只有自己网行的渔火，刘天一松了口气。可是二更天时，一艘做拖网作业的大铁船朝他的网行逼来。来不及收网了。刘天一吹螺号，又打指示灯，叫那大铁船让开。大铁船不理睬，那大拖网扫了过来。天啊！刘天一站在甲板上跺脚喊。他眼睁睁地看着网行的渔灯一盏接一盏熄灭。

刘天一记下那大铁船的船号，直接开船进港，要向港口的渔政站报告。

港口的一个鱼贩问：认识渔政站领导吗？

刘天一疑惑地摇头。

那鱼贩也摇摇头。

渔政站那官员微胖，斜躺在一张椅子上看报纸，双脚跷在办公桌上晃动着。他的目光从报纸移向刘天一，轻淡地瞥了一眼，拿鼻子问：你说人家拖沉了你的渔网，有啥证据？

茫茫大海，网在水里，哪来证据？沉吟片刻后，刘天一理直气壮地说：我们亲眼看见。

那官员狡狯地一笑，目光又移回报纸上，那脚板一边晃着一边说：你看见就算数啦，你的眼睛是摄影机吗？你能挖眼睛出来当证据吗？

怔了良久，刘天一嗫嚅地说：你不信，就调查呀！

官员烦了，说：你叫调查就调查？你是什么人？哼，无理取闹！

刘天一说不出话，站着。

官员把两只脚抽回，直腰坐起来，严肃地说：没有证据，就是胡闹，就是诬告，懂吗？

好愤懑，好憋屈，好失望，很想骂娘，可刘天一不敢骂，悻悻地走出了渔政站。

开一艘空船回来。

李石强说：天一哥，岛东码头人多，靠岛西码头吧。

刘天一说：见不得人吗？我们去做贼被人追着跑回来吗？

船靠码头边，刘天一叫李石强去买圈爆竹来打。李石强迟疑。刘天一喝道：打，把晦气全部打掉！

稀里哗啦的爆竹声响过后，刘天一叫大家打起精神，丢渔网，没丢人呢！

生在珍珠岛，就是做海的命。不出海，心里没着落，人就变得轻佻或者狂野。岛人动不动就争吵、打架、打老婆……刘天一发觉，不知不觉中珍珠岛变得脏了。以前岛人大便，都躲远远的，跑到岛南去蹲山。现在天一黑，就有人拱个屁股蹲在码头边。岛东码头的油桐树下人很多，可不是青一色的男人了，女人也肆无忌惮来坐。大家仍说笑聊天打牌，可打牌的人不再含纸条、画花脸了，而是赌钱，男的女的一起赌。

为什么会是这个样子呢，刘天一想不通。

刘天一很少在油桐树下坐，不在油桐树下坐心里也烦。烦躁之后，就不安。他感觉珍珠岛好像被一种无形的东西牵引，牵向一个不可知的地方去。

又刮台风，刘天一心里欢欢的，希望好好清洗珍珠岛。

又是十八级，又是东北风。不同的是收音机没有骗人，海天元帅又让巫婆三娘提醒岛人，说有一群海魔正在海上结集，要到珍珠

151

岛来作乱。海魔作乱的伎俩无非是兴风作浪。有了准备，台风到来了，珍珠岛没有出现恐慌。不过，还是出现料想不到的情况。好像天被撞破了，雨水没完没了倾泻下来，连续半个月看不见日头。第十六天，雨忽然停了，海上浮起一个橙色的日头。汹涌澎湃的洪水从北门江奔跑过来，浩浩荡荡的潮水又从海上涌到，洪水和潮水在珍珠岛周边相遇，翻腾奔涌，泛滥了，哗啦啦往珍珠岛上扑，把珍珠岛压下去，岛上的房屋都进水了。日头一杆高时，岛上只剩下东西南北四个角和岛中央的几间房屋露出水面。从远处望，整个珍珠岛就是一颗游在水里的四角螺。风又起，水面腾起浪波，浪花飞溅，水上弥漫着白茫茫的烟雾。珍珠岛消失了。

日头跑上天顶时，风过了，浪平了，烟雾散了，洪水和海水也退走了，一个完整的珍珠岛又浮在海上。岛上的渔船没有损坏，房屋坍塌也少，损失较多的是家畜，特别是猪。鸡、鸭和狗爬上屋顶或者爬上渔船。猪太笨了，不会爬，来不及抓走就被淹死，随大水漂流而去。

刘天一的心还提着。他感觉，这场台风不是洗岛……

珍珠岛从洪水中浮出来的第二天早上，刘天一还没睡醒，日头从窗外探头进来，那白头发白胡子老人来到他的床前。老人严肃地问：你知道水淹珍珠岛是为什么吗？刘天一说：不知道。老人说：危险啊，水再涨高两尺，珍珠岛就不再存在了！刘天一哦一声。老人说：大水淹没珍珠岛，却没造成大损失，只是给你和岛上的人敲个警钟。刘天一又哦一声。老人又说：自然的气候和人为的气候都在迅速地变化。你们珍珠岛人很浮躁，要不得啊！刘天一哦哦。老人继续说：本来打算又拿你上天去，劳你心志，再给你开导，海龟已经派来了。可又改变了主意，要先看你在这场台风中怎么做，不错，表现还可以。刘天一说：台风中我没做啥呀？老人说：不做就是做。说明你冷静，有柔性，有耐心。刘天一说：我很想静，可静不下来呢。老人说：空则浮，实则稳。只有充实，才能冷静。珍珠岛浮于水上，无根无底，要想个法子填实它。刘天一想问拿什么填

152

充？可醒来了。

刘天一呆坐在床上，梦里的情景依然弥漫在他的脑海里。那位老人虽然表扬他，可他的心里仍不安稳。以前，他一味要让珍珠岛避免外来的侵蚀，保持干净，以求得安静，在安静中养育和谐，回想起来，未免太简单，甚至太天真了。在气候影响下，海上的事情，海滩上的事情，珍珠岛的事情，水角镇那边的事情，样样都像台风袭来，逼得珍珠岛无法安静。

一年零七个月，刘大茂的大机船完工了。大机船下水那天早上，日头像跳出的一个火球，天上的云块像燃烧的火焰，海水染成猩红色，岛东码头也一片红亮。这是凶象，这天应该是凶日。

新船下水要祭祀海神，就是拜海天元帅。为什么择个凶日？日子是巫婆三娘选的。刘大茂媳妇抱只大红公鸡来找巫婆三娘，请她择个大吉大利的日子。巫婆三娘正在劈柴，那把弯头刀劈下去，那柴一分为二，刀脱手落地。刀的后面竖着两截柴，巫婆三娘指着说：瞧，有啦，711——7月11日。

刘大茂和媳妇提鸡提鸭提香烛纸钱到岛东码头来，呆立在一片血色中。珍珠岛人办大事择日子都找酒爷。这个日子不是酒爷择的，刘大茂心里忐忑不安。

酒爷不给人看相算命看风水了，眼花了；红白喜事也不给人家写对联了，手抖了；只给人择个良辰吉日换一刀肉和一罐酒。酒爷坐在马尾榕树下看两只争抢谷子打架的大公鸡，鸡冠、脖子都啄出血了，还在起劲地打斗。酒爷边看边笑边又自语：与天斗，与地斗，与人斗，是逞英雄还是冒傻？站在旁边的刘大茂听不明白是在说鸡还是说人，呆呆的。酒爷不说话了。刘大茂喊：酒爷，吃早饭了没有？酒爷耳背，应道：找啥？刘大茂说：我问你吃早饭了没有？酒爷说：饭菜香，饭菜甜，哦——饿疯了；大衣好，大衣暖，哦——天寒了。刘大茂又喊：我有事来找你！酒爷说：船多了，鱼少了；鱼少了，船大了。刘大茂干脆问：今日是不是个好日子？酒爷说：凶日。

153

刘大茂的眼睛泛白。酒爷又说：不凶不发，今日天眼开！刘大茂哦一声，走了。

　　拜完海天元帅，潮水也涨满海滩了，珍珠岛箍在茫茫烟波里。突然风起了，东北风，八级。大风肆无忌惮地在海上奔跑，蛮横地追赶海浪，海浪疲于奔命，走投无路，哗啦啦冲向珍珠岛来，奋不顾身扑在岛东码头上，发出轰隆隆的声响，激起的浪花四溅纷飞。刘天一亲自点燃爆竹，刘大茂的大机船下水了。大机船很威武，啪啪啪吼叫着，迎着滚过来的浪涛冲去，破浪犁波不费吹灰之力，把浪涛吓得惊慌失措。刘大茂在展示大机船的灵活性，突然来个急转弯，又来个后退，然后横冲直撞，像一条大鲸鱼一样机敏灵活而又凶猛。站在码头上的人眼睛发直。刘天一喊：大机船好啊！

　　大机船得意扬扬地绕珍珠岛转了一圈，最后靠在岛西码头前。

　　刘大茂叉腰站在驾驶室前吩咐两个弟弟把柴、米、蔬菜搬上船来，又招呼他们的媳妇往船上挑水。

　　刘大茂媳妇扎紧乳房，穿条藏青色紧身大襟衫，胸前挂个花肚兜，头上扎条花毛巾，额前还簪一朵大红花，打扮成个姑娘。她的脸上抹着笑意，嘴边挂着笑声，喜滋滋领两个妯娌到码头边那水井来挑水。

　　走到井边，刘大茂媳妇哎哟一声，收住脚，扁担、水桶当啷丢下，木桩一样僵立在原地。她看见离井栏不远处有一块大石头在移动。两个妯娌也看见了，急忙躲到嫂子身后去。

　　那一声尖叫太突兀了，岛西码头上的人都跑了过来。

　　猫叔勇敢地抓根木棍冲过去，哦一声喊：娘的，一只大的海龟！踢海龟一下，又举起木棍要砸下去。刘天一蓦地抓住猫叔的木棍，把他搡到一边。

　　这不是一只普通的海龟，就是人家拿它的鳞片做手镯的那种叫"鳌"的玳瑁。玳瑁都躲在深水的海底下，只有产卵的时候爬到岸边来，在沙滩上下完卵，挖沙土盖住，又跑回海里。它为什么跑到水井旁来，这儿没沙滩呢！

154

刘天一瞧着玳瑁，有似曾相识的感觉。玳瑁也瞧刘天一，头上那两只很多褶皱的小眼睛不停地眨着，像是拿目光和刘天一交流。玳瑁通人性，听懂人的话，谁说话它就眨着眼睛瞧谁，那两只前爪啪啪啪轻拍在地上，显得很高兴。刘天一突然想起，那次海难就是它把自己从海底驮上天去，那天他潜水找那石窟的穴口，也是它堵在穴口。

刘天一亲自打水洗掉玳瑁身上的泥浆，数它背上的鳞片共有十四块，比一般的玳瑁多出一块。刘天一又惊奇地发现，它背脊的右边刻有两行字。一行写"知后须观前，海底听人声"，另一行写"康熙十四年珍珠岛刘德恒记"。刘德恒是刘天一的祖宗。刘天一大声说：神龟！刘天一叫李石强拿香烛纸钱来拜神龟。刘天一在玳瑁背脊的左侧也刻两行字，一行写"烟波万万里，何处可泊船"，另一行写"一九九三年珍珠岛刘天一再次放生"。

刘天一和李石强摇舢板送玳瑁回海上。舢板摇到神头湾，哗的一声，玳瑁从甲板爬下水去。它浮在水上，轻轻地转过身来，两只前爪礼貌地摆几下，又朝刘天一点了点头，沉入水中。

珍珠岛人都在讲一个历史故事。

西汉元鼎六年，汉武帝派伏波将军路博得和楼船将军杨仆领兵平治海南。南来的官船在波涛中颠簸了几天几夜，登上珍珠岛。时值盛夏，烈日炎炎，官兵饥渴难当，加上晕船，人困马累。官兵要休整，可岛上没淡水。情急中，杨仆将军的骑座白马神驹啃一口青草，又扬蹄刨开那草根，冒出一个泉眼，泉水清凉甘甜。将军令士兵们将泉眼挖成一口井，水源丰沛。将军离开珍珠岛时，留下一个军官领几个士兵驻扎在岛上。岛上的官兵娶妻生子，繁衍后代，也就有了后来的珍珠岛人……

这个故事有两个信息：一、岛西码头旁边那水井就是当年杨仆将军的神驹挖出的"白马井"；二、珍珠岛人不是海盗的后代，是当年汉武帝派来的官兵的后裔。

这个故事引来两个戴眼镜的城里人，他们来考察珍珠岛的水井。两人拿皮尺量井口，测井深，品尝井水，又抓摄影机拍摄，拨弄一番后，说这口古井是个宝。

这两人是水尾镇人，刘天一到水尾镇联系造大机船认识的，说是很有学问的专家。

酒爷对这个故事很感兴趣，说他讲了一辈子的故事，没这个值钱！酒爷知道这个故事出于刘天一，感慨说：小小麻雀五脏俱全，刘天一打理珍珠岛这个麻雀国，费心费力啊！酒爷天天坐在那棵马尾榕树下，珍珠岛上的事都录入他的心里，刘天一做的事都呈现在他的眼里。刘天一到水尾镇联系造大机船事宜，酒爷说：哦，去给大家找个安心。刘天一放生玳瑁，酒爷说：好呀，在岛人心头抹上祥瑞。岛人讲井故事，酒爷说：用心良苦，刘天一要在岛上弘扬文化。刘天一的确要在珍珠岛弘扬文化。他认为：拜神安人心，文化养人性。珍珠岛只靠神还不够，又填进文化，就充实多了。

珍珠岛要举行一场隆重的拜井活动。水井就是珍珠岛的根，找到了根，就系住人心，岛人的心就拢在一起。拜井就是拜井神，这口井的神就是楼船将军杨仆。那专家说得太对了，这古井是个宝！养育祖祖辈辈珍珠岛人，还让珍珠岛有了一段光辉的历史。有了这段历史，"海贼后代"的说法不攻自破，岛人心里就释然，甚至填入了自豪感，更加热爱珍珠岛。搞隆重就要杀猪宰羊祭拜。家家户户都出钱。大家都出钱，大家就认真。刘天一还要搭彩门，请先生来写对联，营造出庄重的气氛。先生写了对联，一言九鼎，神圣不可侵犯。酒爷手抖，抓不了毛笔，就请外头的先生。外头先生效果更好，神秘。还要请歌爸歌妈来唱贺井歌。儋州这地方叫"歌海"。儋州人拿山歌当话说，当饭吃。歌爸歌妈是职业歌手，就是明星。这口井的历史不仅让珍珠岛人知道，还要让外边的人都知道。歌爸歌妈到珍珠岛来唱了贺井歌，用不着特别宣传，通过明星效应，岛外人就都知道了。

刘天一亲自去请巫婆三娘。井故事热闹后，巫婆三娘冷落了。

要文化，还要神。酒爷说过：这个世界是人、鬼、神活在一块，三者相互制约，又相互依存。人强，则乱，比如"文革"时；鬼强，则衰，就发生灾难；神强鬼就怕，人就静，则安，神是为平衡鬼和人而存在。拉出一个井神，不是立新神而放弃海天元帅这头老神，双神治岛，更强大！

刘天一走进来，巫婆三娘愣住了，嘴巴张开却说不出话。这是刘天一第一次到她家来。

刘天一在海天元帅的神龛前烧一炷香，拜了三下，回头对呆立在身旁的巫婆三娘说：三娘，岛上做这么大的事，你要去指导啊！

历来都说海天元帅第一个登上珍珠岛，现在说是杨仆将军，巫婆三娘心里有情绪，可是"指导"二字很受用，她的眼睛放出光芒，说：又不是拜海天元帅，我哪会指导？

刘天一说：不仅指导，还请海天元帅去净井。

巫婆三娘翘起嘴说：海天元帅管海，管船，管人，哪管井！

刘天一说：海天元帅是大神，啥都管。

巫婆三娘问：元帅大呢，还是将军大？

刘天一说：当然是元帅大啦。

巫婆三娘的脸荡漾出笑意，说：好呀，我去！

找不到猫叔来杀猪。他见拜楼船将军，不拜海天元帅，怕巫婆三娘不高兴，大早拎一瓶酒走下岛东码头，在一只舢板上搜到一块河豚鱼干，烧火烤熟，躲在舢板里吃酒。吃完一瓶酒，有点头晕，他弄不清是醉酒，还是中毒了，想去叫人，又怕人家知道他躲起来。他在一张纸写上"我吃河豚鱼了"贴在额头，然后躺下睡。他心里想，要是睡不醒了，人家看见纸上的字，就知道他吃河豚中毒了。

猫叔穿条短裤，光着膀子躺在甲板上，肚泡随着呼吸一鼓一鼓。李石强一巴掌把他拍醒。他懵懵懂懂爬起，跟在李石强身后走上码头来。瞧见猫叔的额头贴一张纸，一群孩子哗啦笑。

一只舢板靠向岛东码头来。先生、歌爸、歌妈坐在舢板上。那先生姓宋，很老，头上戴一顶礼帽，鼻梁上架一副眼镜，身着长袍。歌爸和歌妈是两个农民。守候在码头上的目光像蜜蜂一样嗡嗡嗡飞过去，黏在宋先生身上。

　　宋先生登上码头，目光从眼镜框上边溜出来，像老鼠一样东溜西窜。这个老人有来头，以前是国民党的连长。海南岛解放时，就是他带领一伙国民党兵从水角镇跑来珍珠岛。此刻他边瞧边摇头。他想不明白，当年几十个荷枪实弹的士兵，在狗急跳墙的情况下，却攻不下一群渔民拿几条破枪和长矛、大刀、渔叉、锄头守护的小岛。宋先生把目光和表情都收回，目不斜视朝岛西走去。

　　来到井边，刘天一毕恭毕敬地领宋先生坐在一张八仙桌旁边，桌上已经摆好文房四宝。刘天一斟一杯茶，宋先生不吃茶，抓毛笔写起来，写得很慢，一笔一画工工整整，写了"将军井"三个大字。宋先生又写对联，以珍珠岛的"珍珠"两字按凤顶格写：

　　　珍如玉液井中水
　　　珠串汉朝岛上人

　　上联赞美井水，下联是牵出井和岛的历史。

　　刘天一拍手。

　　旁边人也噼噼啪啪拍起来。

　　李石强问刘天一：写的啥意思？

　　刘天一谦虚地望着宋先生说：意思很深，你请先生解释吧。

　　刘天一请宋先生是看重他两点：一是他当过国民党的兵，坐过牢，做过五类分子。经历复杂的人，刀枪不入，怎样的场面都能应付。二是他敬畏珍珠岛，曾当刘天一的面夸珍珠岛好。只有觉得珍珠岛好，来珍珠岛做事，才能做得顺合人意。

　　老头的目光从眼镜上边飘出来，抹在李石强身上，神秘地说：意思在字里头，自己看，自己想。稍许又说：若看不懂，我说了，你也听不懂的。他扶一下眼镜，伸一下腰，在太师椅上正襟危坐。

对联贴上井前的彩门，爆竹声马上响起来。

宋先生和巫婆三娘都朝井边那祭台走来，两人在祭台前对视，迟疑一下，又都朝刘天一望来。

刘天一的安排出差错了，他叫巫婆三娘来跳大神净井，却没说清楚什么时候让她跳。刘天一过来对巫婆三娘小声说：先让宋先生唱完礼，再净井吧。

巫婆三娘白刘天一一眼，退到一边站。

先生掏出一张黄表纸，扶一下老花眼镜，抑扬顿挫念了起来。念完拜井文，先生喘了口气，烧了黄表纸，朝水井拜了三下。全部人跟着磕三下头。先生喊：礼毕！

等候在旁边的巫婆三娘一个箭步跳到祭台前，双手高高举起，全身颤抖起来，喊：我来啦！接着挥拳踢脚左扑右跳，又大喊：杀，杀，杀！蓦地，她双眼吊着，牙关紧锁，全身僵硬，右手往天上指。人们往天上看，见云飞云涌。她又往海上指。人们向海上看，见浪涛翻滚。她再往岛上指。人们看岛上，见风吹树木摇动。她不动了，闭上眼睛，木桩一样站着。良久后，她的额头冒出汗来，舒一口气，睁开眼，醒了。她说：哦，打得好厉害啊！海天元帅领楼船将军追杀妖魔鬼怪，在天上追，在海上打，又到岛上来清剿，把它们赶到英国美国日本国去了，没事了。珍珠岛从此风调雨顺景清人和！她得意地瞥刘天一和那老头一眼，退离祭台了。

接下来是唱山歌庆贺。

歌爸和歌妈走到祭台边。林大侬马上搬两张椅子给他们坐。

山歌是软性的，涤荡人心，使人神闲气静。歌爸歌妈手抓葵叶扇面对面坐下，气氛顿时欢愉活泼。

刘大茂媳妇不合时宜地喊：唱情歌，情歌好听！

林大侬说：不，唱驳理歌，争个输赢才过瘾呢！

歌爸歌妈为难地看着刘天一。

刘天一说：今天贺井，先唱贺井歌吧。

儋州人都说，世上最聪明的人，莫过歌爸和歌妈。七字四句讲究平仄和押韵的儋州山歌，歌爸和歌妈一张口就流出来，叫唱啥便唱啥，一唱一和，互相对答，没完没了。

歌爸唱：

> 前日武帝张皇榜，
> 派官兵统治南疆；
> 楼船将军领圣旨，
> 马上扬帆过海洋。

歌妈和：

> 官船开出徐闻港，
> 船头直指向南方；
> 皇命在身人勇敢，
> 不惊怕浪大风狂。

一唱一和，两人顺着思路唱下去。歌爸唱，杨仆将军望见海南岛西北面有个地方发出祥光，扬帆驶过去，靠上珍珠岛。歌妈唱，烈日如火，人饥马渴，杨将军的白马挖出一口井，官兵吃了井水，精神倍增。歌爸又唱，杨将军领兵登上海南岛，赶走海贼，清剿匪徒，安抚百姓，设立儋耳郡……歌爸和歌妈一对一答，把井故事演绎得更加丰满完整。

拜井仪式结束了，大家都高兴。

刘天一说：这井神就是我们的祖宗，敬井，就是敬祖宗。以后女人来挑水，嘴巴要把持好，别说不干净的话；男人出海回来，也要规矩点，不能光着膀子在井边冲凉！

林二依喊道：以后谁说珍珠岛是海贼岛，就跟他打，打不过也要打！

160

刘天一拍林二侬的肩头说：我们是将军岛人，官兵的后代，不怕打架，可要忍让，要文明，让人家尊重我们。

李卓仁从水井旁边的一棵枇杷树下走过来。李卓仁在水角镇开诊所后，住在水角镇，隔三岔五才回岛来一次。今天珍珠岛人拜井，他特意回岛来看。他没参与拜井，却坐在旁边看。他为拜井的场面感动，也为那个关于井的故事感动，尤其为刘天一的良苦用心感动。他看出刘天一拿文化滋养人心，以安定珍珠岛，却不以为然。他没有走过去吃酒，掉头走开，边走边摇头说：病急乱投医，徒劳，徒劳啊！

酒爷也没有参加拜井，只是静静地坐在旁边一块石头上看。今天请来的宋先生，就是他推荐的。酒爷出岛读书，就和宋先生是同学，后来又一块当兵抗日。日本投降了，酒爷不当兵了，宋先生还当国民党兵。酒爷觉得，他这位老同学风风雨雨过来，历经各种气候，依然安于世上，很不简单，于是让刘天一接近他，从他身上得到启示，或许在应对珍珠岛的危机上，有益处。

酒爷听见李卓仁一个劲说"徒劳"，耳朵嗡嗡响，说：三分雨水三分润，一扇暖风一扇春。

李卓仁回头看酒爷一眼，没再说话，快步走了。

酒爷念出这副楹联，当然是批评李卓仁目光短浅。酒爷对文化有很深的认识：文化不是治病的灵丹，却是防病的良方。心里填进了文化，就充实，就安静。人心向着文化，就像船行于航道，可以避开暗礁，躲过狂流恶浪。

第十一章　搁浅

文化的作用很大，可文化不是速生植物。十年树木，百年树人，千年树文化。在珍珠岛上弘扬文化没有错，却没有立竿见影的效果。珍珠岛还没充实，难以抵御种种不期而至的侵袭。刘天一的心依然很虚。

吃完晚饭，刘天一的眼皮跳得厉害，左眼跳完了，右眼接着跳。左跳福，右跳祸，双眼都跳，怎么回事？刘天一昏昏惑惑，跑进房里睡。刚躺下，好像还没睡着，他已进入了梦境。他看见岛西码头旁边乱石滩那块大礁石呼呼呼往上冒，突得很高。他感觉自己的脚底下好像踏着风火轮，一跺脚，身子轻飘飘，飘向那礁石，坐在大礁石上。礁石旁边的海水突然哗啦响，卷着一个好大的漩涡。那位白头发白胡子老人从石窟洞穴钻出来。老人身轻如燕，行走在水上，走走停停，又停停走走。老人双腿一收，轻灵地坐在一个腾起的浪头上。老人对刘天一说：珍珠岛这艘大船已经漂进汪洋中，风狂浪急潮水打漩涡，你打算将大船往哪儿开？刘天一愣着。突然听见酒爷的声音应道：虽是人使船行，可船随风动。气候不好，浪阻船头，人的力气敌不过气候的魔力。刘天一尽力了，别责怪他。原来酒爷就在刘天一的身后，坐在一块矮礁石上钓鱼。那位老人的脚轻点在浪头上，飘到酒爷的跟前，和酒爷面对面坐在那矮礁石上。老人说：酒爷，你半阴半阳，看透天地之事，应该看得出，珍珠岛正危机四伏，濒临毁灭边缘啊！酒爷见这位神仙仍把危机的责任说在刘天一身上，说：是啊，让人担忧呢！可是你、我，包括刘天一，不都在努力吗？刘天一做了好多事，比如，让岛人修身养性自强不息，不受外界扰乱，以己之不变应对世间之万变；又求神拜佛，寻根念祖，行善积德，清心寡欲，以安人心，静人性；你又不时鞭策，不吝赐教，给他指点，尤其最近又教他"柔"，教他"静"，以求刚柔相济，动静结合，阴阳平衡，他都一一做了啊！刘天一想不到自己已经做了不少的事，心里宽慰了些。那位老人不喜欢酒爷这么说，可不驳酒爷的面子。他问酒爷：你的主张是怎样？酒爷说：我经常和刘天一在一起。他力图把珍珠岛打造成一个人情岛、道德岛、文化岛，这也是我的意愿啊！只是气候不助力。气候是天的事，地的事，无所不在，无所不能，人之力难以应对。老人说：按你的说法，无能为力了，只有放之任之，随而毁之？酒爷说：不然，难应对，也得应对，力求在气候变化中立得住脚。也就是坚持清心寡欲，自强不息，守住人的心性，守住自我，还要顺天时，应地气，随之，变之，立之。老人很佩服酒爷的智慧，静默一下，热情地说：咱们吃酒去！

酒爷和老人踏着浪头走了。

一艘大机船疯了似的，朝西疯去，跑过许多帆船，又跑过许多机船，见渔船少了，松了口气，缓了下来，突然望见远处有两艘大铁船，又疯起来，掉头朝北边疯去。北边很少渔船，可风狂浪大。那大机船在风浪中又跑了个把小时，四周都望不见别的渔船了，减速，掉头，放网。放完网，天黑下来了，大机船又疯起来，顺着网行一路疯过去，又一路疯回来。驾驶室上边那盏亮度很强的探照灯神经质地瞪着大眼睛，在海面上扫来扫去——那就是刘大茂的大机船。

那天，刘大茂媳妇挑水撞见那只大玳瑁，不知是凶还是吉，大机船没出海，结果躲过了那场强台风。台风过后，大机船出海来，却没有安心放过一回网，疯来疯去，疲于奔命。

海上的捕捞业发展很快，所谓发展就是渔船越来越多，越来越大，渔网越来越长，捕捞技术越来越先进，但是鱼越来越少了。渔船多起来后，不仅集中在三亚渔场，有海水的地方就有很多渔船。刘大茂这才明白那天酒爷说"船多了，鱼少了；鱼少了，船大了。"说的就是目前的海上状况。船大了，网多了，就难找到地方放网，也就争抢或者霸占渔场，又暗合酒爷说的"与天斗，与地斗，与人斗"。现在各个渔港都有不少大机船，跟帮出海，占据一两个渔场。珍珠岛只有刘大茂一艘大机船，势单力薄，没法与人家争。他凭着胆量和机智提心吊胆"混迹"在各渔港的渔船中，就像一条野狗，躲躲闪闪在狼窝周边觅食。尽管他十分机灵，又十二分警惕，二十分狡猾，还是经常损失渔网，不是自己的渔网和人家的渔网相撞、缠住、拉断、压沉，就是被盗或者莫名其妙被割断，丢失了。渔网连续损失，刘大茂心慌了，不再混杂在人家的船帮里，躲到远处去。

子时刚过，刘大茂便唤渔工们收网。精明的刘大茂要在天亮前把渔网收回来，然后开船离开。这是一个新渔场。只有这样，才没人发觉有渔船在这儿放网，就没有别的渔船过来争抢。另外，网放在水里，人的心随着渔网浮在海水上，只有把网收回船来了，心才放回肚里。

大机船使用收网机收渔网，机器把渔网拉上船来，渔工们动手收拾浮标和脱下网上的鱼，省工省力速度又快，不一会儿，三分之一的渔网收上船来了。突然，一直啪啪啪喊得欢的收网机变成低声细语，渔网轻飘飘的，拖上来一截断网。渔网被盗了，断口很整齐。刘大茂站在驾驶室里骂：操他娘的啊！船上的人都呆呆地望着那黑蒙蒙的大海不作声。刘三茂突然喊：浮标！大家望去，远处有一行浮标，那渔火在起伏的波浪中明灭闪现。大机船嘎嘎嘎大喊着跑了过去。刘三茂捞起浮标，娘的，是个空标！空标就是浮标的下面没有挂着渔网。又一路捞过去，全是空标。刘大茂又骂：这贼鬼啊，盗了渔网还捉弄人！的确是狡猾的盗网贼故意弄的，只拿渔网，不拿浮标，让放网的渔船不能及时发现，没有及时来追赶。

刘大茂的大机船傻乎乎跑回珍珠岛来。

约莫跑了一个多小时，大机船一顿，那机器嘭嘭嘭喊几下，哑了。水下有一行渔网，借着浮标上的渔灯，得知大机船的螺旋桨被水里的渔网缠住，卡死，动弹不了了。刘大茂喊：狗咬破衣人啊！他从驾驶室里伸头出来，见船上的渔工们傻呵呵的，喊道：呆啥，你们的媳妇要改嫁吗？渔工们不呆了，像热水里的螃蟹，手脚动着，却不知要干啥好。刘大茂的目光落在刘三茂身上，喊：三茂，潜水下去，割开螺旋桨的网！

刘三茂没穿裤子，叉开双腿坐在驾驶室旁边，抓个手电低头照自己的阴囊，他烂裆了。出海来后，没淡水洗澡，又没新鲜蔬菜吃，阴部长出红红白白的咸水癣，黏糊糊痒死了。刘三茂仍慢慢地抠着上边的皮屑，应道：我的烂啦，下去泡咸水，就辣死人了！

刘大茂瞧刘二茂。刘二茂躲开他的目光，掏那东西出来屙尿。这家伙长个老鼠胆，不敢下水，怕大鲨鱼吃了他。

刘大茂嘴上咬一把匕首跳下海去，潜进水里。刘大茂不年轻了，可水性不减当年，在水里依然来去自如像条鳗鱼。不一会工夫，他把缠在螺旋桨上的渔网割断，解开，螺旋桨可以转动了。

机器又啪啪啪喊起来。刘大茂骂刘三茂：还抠啥，割出来，扔下海喂鱼好啦！刘三茂急忙拉裤子站起来。刘大茂没有驾船继续往前开，而是朝那浮标开去，叫刘三茂抓网钩站在船边，他开船过去，就把水里的浮标钩上船来。

刘三茂应道：好！

刘二茂说：偷人家渔网啊？

刘大茂骂：嚷啥，快把船上的灯全关掉！

刘三茂对刘二茂说：不是偷，捡，人家丢，我们捡。

刘三茂把那浮标钩上船来，收网机启动，全部人快手快脚动了

165

起来。

两个钟头后，东边天泛起橙色了，个把钟头天就亮了。刘大茂放慢机船速度，喊：行了，砍断吧。

刘三茂说：再收一会儿，就够我们的本啦！

刘大茂说：天亮后再跑，人家就看见啦！

砍断渔网后，刘大茂开船朝西南方向跑。

刘三茂喊：哥，跑错方向了！

刘大茂说：错啥？哪有这么笨的贼，偷了东西，就往家里跑！

早晨，刘大茂的大机船气昂昂驶回珍珠岛来。船靠岛东码头，爆竹便热闹地响起来，把岛人的神经都抓住。渔船靠港打爆竹，内容很丰富：表示顺利，表示喜庆，表示得意；最明白的是告诉人家，这艘船打得很多鱼。人们的目光都聚焦在大机船的渔工身上。渔工们齐刷刷穿着崭新的白背心，意气风发站在甲板上。看得出，这白背心是临近码头才换上，上边还有折痕。白背心的意义非凡。打鱼是重活、脏活，都穿深色的、破旧的衣服，亮出清一色的白背心，说明机船的活很干净，很轻松。刘大茂从驾驶室走出来，脚上居然箍着一双锃亮的皮鞋。珍珠岛男人在船上都不穿鞋，光着脚板干活稳健、利索。回来也不想穿鞋，一双鞋硬生生箍在脚板上，很不自在。上镇去要穿鞋，拎一双塑料凉鞋走到街口了，才穿上。夜晚上床前也要穿鞋，一双拖鞋放在门角，洗澡时抓来垫在脚板下，走到床边就踢掉。刘大茂的大皮鞋踩在岛东码头的水泥地板上咯噔响，敲击人的耳鼓。望过来的眼睛一眨一眨的。刘大茂已经不是过去的刘大茂，这艘大机船让他出类拔萃成了岛上众目睽睽的人物！刘大茂的皮鞋声仍然有节奏地咯噔响，一直响到岛西去，响进他的家里。

刘大茂眯着眼睛斜躺在庭前的一张马扎上。媳妇坐在马扎前，抱他的双腿，两只手缓缓地揉捏。

刘天一抓几条烤熟的鱿鱼干，拎一壶酒，走进刘大茂家来，故

166

意把门阶踏得很响。刘大茂媳妇掉头来，脸泛红，忙将刘大茂的双腿推开，站了起来。刘大茂也抽腿站起，碰倒了马扎，嘭一声响。刘大茂媳妇把表情收拾自然了，堆出笑容，喊：天一哥，坐呀！刘天一坐在一张椅子上。刘大茂媳妇又嘎嘎笑着说：哎哟，天一哥，太见外了，来我家吃酒，也提酒来，怕我们没两碗酒给你吃吗？她进厨房提来一罐番薯酒，搁在饭桌边，又说：我家酿的酒，都拿酒树叶做酒饼酿，不兑酒精，纯，醇，吃了不上头，不口渴。刘天一媳妇不会酿酒，她瞅刘天一那酒罐，又说：嘿，现在的人心黑，想酿出多一点酒，拿化学药做酒饼，又兑酒精，伤身子呢。以后别让嫂子买酒给你吃，来我家拿，我多酿几罐就是了。刘大茂见刘天一有些不耐烦，说：啰唆啥，快去弄几个下酒菜！刘天一说：我拿鱿鱼干来啦。刘大茂媳妇又说：哪的话，来我家吃酒，只吃鱿鱼干，打我们的脸吗？我去买海鲜！刘大茂大方地说：买螃蟹，花膏的！螃蟹最贵的是结满膏的，最好吃的是那些刚刚结一点膏，叫"花膏"的青春雌蟹。花膏蟹的膏甜，肉质鲜嫩爽口。刘大茂很懂吃。就说吃鱼，他知道什么季节哪种鱼好吃，又知道哪种鱼的哪个部位好吃。比如麻鱼的头好吃，马鲛鱼的尾好吃，刀鱼却是肚皮好吃。

刘大茂媳妇回来了。她的脚还没踩进家门，声音撞进来了：嘿，李卓仁那死鬼，中哪门邪了，跑去水角镇摆药铺，不杀狗了！进门，两个男人已经坐在桌边吃酒了，她的嘴张开，又闭上，干脆拉张凳子在旁边坐。见两人吃酒很专心，她嘟囔说：就吃鱿鱼干，真没趣！刘大茂瞪着她说：我们吃酒，你坐在这儿干吗？她的嘴翘起，悻悻地走开了。

刘天一问：天气这么好，干吗开船回来？

在刘天一面前，刘大茂心里总有压迫感。刘天一身上那份沉稳有威慑力，尤其那不温不火的目光很具穿透力，洞察人的五脏六腑，心里的每个角落都窥探得清清楚楚。他瞥刘天一一眼，说：嗨，在海上待久了，想媳妇了，就回来呗。刘天一已经看出，这次刘大茂回来有蹊跷，尤其刘大茂摆出那畅快的模样更让他疑惑，他

167

说：别人说，我或许信，你刘大茂宁可不做海，跑回家窝媳妇，哼，我把耳朵画在地上听你编！这个借口的确编得笨，刘大茂有些窘，说：出了点小事，回来歇两天。刘天一说：这个我信，不过，不是小事。接着又问：干吗船靠港就打爆竹？刘大茂招架不住了，说：我怕人家看出我不顺，说大机船的不是。刘天一追问：大机船做海不行？刘大茂说：怎么不行，逆风顺风无风大机船都来去自如，放网收网用不着看风向、流向，春夏秋冬不必躲躲避避的，可以去任何渔场，可以放好多好多的网，太好啦！可是……嘿！刘天一明白了，大机船没有像想象的那样天马行空驰骋纵横，在海上仍然磕磕碰碰的，尤其单独一艘大机船……刘大茂吃了不少苦头。刘天一想，不造大机船不行，造了，还是难啊！

刘天一要找酒爷解惑。珍珠岛很小，做得好，可以变成桃花源，弄不好就……酒爷通天通地通神通鬼通人，有大智慧。

酒爷半睡半醒躺在那棵马尾榕树下的青石板上，身旁很多鸟，有白鹭、白鹤、海鸥，还有鹌鹑、鹧鸪、斑鸠和麻雀。鸟们悠闲地站着走着，有的竟然站在酒爷的身上。刘天一不想惊动鸟们，蹑手蹑脚走到酒爷的身边来。酒爷依然睡着，声音却从嘴里飘出：气候不好啊，天在旱，地干裂，种庄稼不生长，只长杂草，要悠着点，别太费劲。不等刘天一说话，酒爷又说：风云变幻，人心浮动，心魔猖獗，怪事丛生，要学会藏住自己，处变不惊，睁着眼睛看就够了。刘天一见酒爷句句叫他静，叫他躲，不解地说：百事烦扰，树欲静而风不止呀！酒爷说：无为而治，无为而无不为。酒爷见他仍眉头深锁站着，又说：岛东码头晦气很重，你的流年八字不顺，少到那去，别伤着了！刘天一一激灵，巫婆三娘也说他的流年八字不顺，怎么回事呀？

李卓仁不再在油桐树下卖狗肉，猫叔也不少杀猪，李卓仁媳妇在李卓仁原来摆狗肉锅那地方设个海鲜收购点，天天在那儿收购海鲜。刘大茂媳妇就在猫叔摆猪肉铺那儿摆个薯粉条摊，每天早上在卖薯粉条。林日旺是油桐树下的常客。他与时俱进，很少毒鱼了，在电虾。毒鱼较费事，要看潮汐，看天气，还要看季节；麻烦的是，毒死鱼后，赶海的人不再像以前那样眼巴巴看着死鱼随潮水流进他的网兜里，纷纷下水去捞。电虾简单，海水退潮了就可以干，别人又干扰不了。他有一张电虾网，说是"高科技"，托朋友从省城买的。电虾网很古怪，网挂在两条叉开的竹竿上，叉成一个大网兜，叉口横一根电线，电源来自电虾人身上背着的蓄电池。网兜张开大口滑行在水上，电线在水下的地面滑过去，趴在地上或者游在水里的虾一触电就跳起，网兜就将它们兜进去。"高科技"很了得，个把小时捞的虾等于十几个人拿网在海滩上捞一整天。林日旺不贪心，早上下海滩，日头蹿高了，便扛着电虾网回家，梳洗一番，拎一套漂亮的衣服和一双皮鞋上水角镇，下午回来，就在岛东码头的油桐树下坐。林日旺的屁股不再搁在那青石板上，拎来一张折叠椅，斜靠在椅子上，跷起二郎腿，点一根香烟，吹出烟气时，咳一声，把人家的注意力都招呼过来。油桐树下的目光都拢过来了，他的嘴角一抿，开始讲天南地北的奇闻怪事。林日旺已经出类拔萃成为岛上见识最广的人。他在水角镇结交不少朋友，又经常看报纸看电视，知道好多好多、好远好远地方的事情，比如知道日本、英国、泰国等国家还有皇帝，知道好多国家人不会拿筷子，还知道有一个叫"梵蒂冈"的国家没比珍珠岛大多少。他喜欢讲故事，又知道岛人爱听怎样的故事。珍珠岛人被海水困在巴掌大的地方，见识少，单纯，迫切想知道岛外的事情，只要讲发生在不远地方的离奇事，人家的神经就由他的舌头操控，人家的眼睛鼻子嘴巴便生动在他的面前。

　　早上海水涨潮，男人摇舢板撒网去了，女人下不了海滩，提着屁股到岛东码头来坐。林日旺讲与女人有密切关系的故事，说县城有个局长娶十三个媳妇；说一个副县长思想好，只生一个女孩，他死时，有八个女人披麻戴孝做他的媳妇，二十多个男孩站在灵堂前当他的孝子……他见摇舢板撒网的男人回来了，和女人们挨挨挤挤坐在一起听故事，接着讲个岛故事：

话说楼船将军杨仆平治海南岛后，在儋耳和珠崖设两个郡。海南岛归附朝廷，岛民安居乐业。杨将军见士兵们无事可做，来个精兵简政。

杨将军说：海上有两个小岛，一公一母，相距不远，风景迷人。那公岛有一根石柱立于岛中央，母岛中间有一个很大的洞穴，适合人居住，谁愿意去驻守？

没人回答。

杨将军又说：跟姑娘在岛上安家呢？

士兵们纷纷举手。

杨将军找来十一个姑娘，母岛放十个姑娘，只放一个士兵；公岛放十个士兵，只放一个姑娘。方案一公布，杨将军那身强体壮武功很好的副官便去驻守母岛；好不容易才凑足十个士兵随一个姑娘去公岛。

三年后，杨将军要回朝廷复命。临走前，他到两个岛来看望士兵们。登上公岛，见十个士兵都健康强壮，心气平和。那个女人体态丰满，心情愉快，生了一个儿子，肚里又怀着一个。杨将军又到母岛来，七八个刚会走路的孩子在一块草地上玩耍没人看管，一个瘦猴样的男人爬在树上，一群女人着急地站在树下喊：夫君，下来，快下来啊！那男的一只手挽住树枝，另一只手赶苍蝇似的摆着，嘴里说：不，不……

杨将军把两个岛的人都带回来，可犯难了，他们的关系这么微妙，怎么安置？只好送他们到附近一个小岛，让他们生活在一起……

故事讲完，许多人都笑。刘大茂媳妇羡慕说：公岛那女的幸福啊！李石强也笑，可笑声突然凝固在腮边，这不是在讲珍珠岛吗？难道珍珠岛人的来历是这样？岛人都是杂种？他双眼瞪成两个火球问林日旺：你说明白，后来那个岛叫什么？

170

这个"岛故事"是水角镇人编出来揶揄珍珠岛的"井故事"。林日旺听到时，笑得很孟浪。他干脆拿回来讲，看岛上人怎样反应。

林日旺说：后来那个还猜不出来吗？真是一岛傻瓜！

我操你娘个岛！李石强一拳把林日旺打个跟跄。

你娘的吃错药啦？林日旺摆开架势，要和李石强打架，见旁边的目光都像火焰，很灼人。他怵了，摸着打疼的脸骂：都是傻逼！拎折叠椅走了。

珍珠岛人都去水尾镇造大机船。刘天一说：人穷则思变，思变则乱。他想，要是岛人的生活没着落，珍珠岛就不可能安静，珍珠岛也不可能干净，他叫大家都造大机船。

停泊在岛东码头前的双帆渔船像一群拴在栏里待卖的牛，一天牵走一两头。没多久，双帆渔船都卖掉了。大机船还没造好，渔工们都下海滩赶海。海滩人满为患。那次抓来水角镇人，没打，放跑，只是化解了目前的危机。既然珍珠岛人不打人，还怕个啥呀？水角镇的男人又来赶海，肆无忌惮。海滩上的海鲜有限，生长周期又长，男人们屁股撞着屁股捞了一遍又一遍，捞空了；女人们又把海滩翻了一遍又一遍，翻烂了。

珍珠岛人都蔫蔫的，刘大茂却很精神，出海回来不仅穿皮鞋，走路还叉着腰。

这天刘大茂吃得很醉，全身红红的，走下岛西码头，跳下去，潜入水里。半个时辰后，刘大茂从乱石滩边的水里冒出来，手上举着一只漂亮的香炉，爬上码头来。好多人围过来。刘大茂抱那香炉坐在码头边，闭上眼睛，蓦地睁开眼睛说：啊，石窟里太漂亮了，像个宫殿！又说：海天元帅说珍珠岛这颗四角螺随波逐流漂移，搁浅了，没有海水滋润，就要干死了。旁边的人很惊讶。刘大茂又说：海天元帅说珍珠岛落到这步田地，是人为的，由于一些人目光短浅，胆小怕事，畏畏缩缩，才弄成这个样子。刘大茂的话分明是指向刘天一。人们很诧异，可都默不作声。刘大茂媳妇问：怎么说四角螺搁浅了？刘大茂说：双帆渔船打不到鱼，都卖掉了；四周的海滩都破坏了，珍珠岛喘不过气来了！

轩然大波，议论声铺盖珍珠岛。议论的话题最后落在两个问题上：到底是刘天一真正进了石窟，还是刘大茂进了石窟，谁才是岛魂，该听刘天一的，还是要听刘大茂的？海滩的破坏是不是由于刘天一"捉放"水角镇人的馊主意所造成？

议论声天天缤纷在岛东码头，可总不见刘天一出来。可是，所有的声音都进入刘天一的耳朵。刘天一很清楚，议论就是因刘大茂而起，他在煽阴风，点鬼火。刘大茂为什么要这样做？是因为心理在作祟。比如，他谎称自己进了石窟，就是某种心理需要。为什么有的人听信刘大茂的谗言呢？那是"气候"变化所致。刘天一很无奈，既然气候能够让人家听信刘大茂，当然也可以让人家否定他。气候很微妙，作用于人，从而改变人心，也就改变一切。刘天一没有作出反应，只能让议论声自生自灭。其实，刘天一已经对自己的所为作过认真思考。比如他想，海滩的破坏到底是不是由于自己"捉放"水角镇人的做法造成的呢？不可否认，不让珍珠岛人打水角镇人，呈现不出岛上那种顽强勇敢不畏不惧的精神，让人很憋屈，从某种意义上看，的确削弱了岛人的意志，但是，如果又打了水角镇人，状况会更糟糕。珍珠岛人和水角镇人只能不可收拾地一直打下去，其结果就是两败俱伤，最终还保不住海滩。两害相权取其轻，他没错。何况，问题的关键不在于打与不打，其最后结局只取决于"气候"的作用。

刘天一不下海滩赶海。赶海的人捞不到海鲜，就抱怨，他听着，心里就烦。海水涨潮了，刘天一就摇只舢板到神头湾撒网，虽然收获很少，可耳根清净。

林大侬说：刘大茂这种人，不可能进得石窟！

不过，他也认为海滩被捞烂的确由刘天一的"软弱"造成。他不怪刘天一，只恨水角镇人。他没下海滩赶海，一个大男人捞点小

172

虾小鱼小螃蟹，娘的，太窝囊了！他没摇舢板去撒网，扬帆出海踏风踢浪的汉子摇一只小舢板撒网，呸，憋屈死了！

待在家里的林大侬天天劈柴，斧头举得很高，砸下来，嘭的一声响，随后就骂一声娘。劈柴把力气和闷气一起劈出来，就感觉身子轻松了些。他家门前的柴堆成个小山了，还在天天劈。人家的双帆渔船都卖掉，他没卖，说：我的东西谁也别想用！他将渔船都劈成柴。他劈到全身汗淋淋了，扔下斧头，跑下海滩，跳进水里，像条发疯了的大鲨鱼，翻腾打滚一番，再搁浅在沙滩上晒日头。

林大侬在海上勇猛，在家里并不凶猛，很少打媳妇。有时打，只是拿声音打。大吼一声，媳妇就胆战心惊。他媳妇是个好媳妇，精明，能干，会操持家务，话也不多。近来她好像变了，很爱唠叨，瞧见林大侬天天待在家里使蛮力劈柴，嘴就翘起，嘀嘀咕咕的。早上林大侬媳妇挑两篮海螺到水角镇后面那个山村去。两篮海螺是她赶海好几天积累的。她细算，拿到水角镇农贸市场去卖，不如挑到山村换东西合算，换番薯、芋头、花生、黄豆、糯米、鸭蛋、黑条糖或者竹笋干什么的。她挑着沉甸甸的担子得意地踩着下落的日头走回珍珠岛来，日头喔当一声掉下海去了。回到家，她撂下担子歇口气，瞧见水缸没水了。那头大母猪又跑过来，跟在她身后淘气地吁呼叫。一副好心情乒乒乓乓打散了。林大侬抱个水烟筒坐在屋檐下斜眼瞅她，怪她回来太晚了。她不怪林大侬。岛上的男人从不做家务。男人的任务是做海，在海上踢风踏浪，一切家务都扔给女人。她快手快脚把饭锅洗好，放在炉灶上，点火，塞两截柴进灶膛，转身抓扁担挑水去。她挑着满满两桶水回来，林大侬已经坐在屋檐下那石磴边，面对一条烤得有点糊的鱼干和一掬花生不声不响吃酒。下午林大侬都吃点酒，已经习惯。她把两桶水倒进水缸，赶去关鸡舍，又提一桶猪食进猪圈喂猪，转过来又去喂那条大黄狗。她那身影在林大侬面前晃来晃去的。林大侬端起酒碗，那手僵在空中，目光却死死盯在媳妇的身上。平时都是媳妇给打理下酒菜，又坐在旁边给他斟酒，今天……酒碗送到嘴边，觉得酒味很

173

苦，那苦味从他的舌尖苦进心里去。他眨眨眼睛，好像明白了，现在他靠着媳妇，女人不是东西，翘起尾巴了！好悲哀，一个渔汉子变成吃软饭的窝囊废了！眼前的一切都在旋转，自己倒了过来，头朝地，脚朝天……媳妇正在他面前收拾晾在庭前的衣服，火气嘭地升起，酒碗啪一声扔下，霍地站起，赶过来，一巴掌把她扇倒了。他一声不吭，阔步走了出去。

这一夜，有头大海鬼在水角镇骚乱。大海鬼很高大，高过普通人一个头。他穿红色裤子，身披一块红布，头上扎条红头巾，脸红如染朱，左手提一只红塑料桶，右手抓一截三尺长的红棍子。一伙水角镇人坐在码头上聊天。大海鬼从水里跳上码头，挥棍噼里啪啦打，把码头上的人都打得东倒西歪躺在地上，又将塑料桶里的海水（有人说是尿水）倒在这些人头上。他冲上街去，又一路打过去。从街上打回来时，几个青年人在码头上把他截住，一拥而上，要将他擒住。他力大无穷，左把一个摞倒，右将一个踢翻，又将前面一个抓起，蹾在地上，接着跳下码头，无影无踪了。水角镇人惊慌失措，有的说是鬼，有的说是人，一直闹到了半夜。下半夜，码头又寂静了，静得让人心慌。停在码头东侧的一艘渔船突然起火，火光冲天。这艘船就是以前盗林大侬渔网的那双帆渔船。人们都不敢近去救火，船上藏有鱼炮和手榴弹。火烧了半个多小时，轰隆一声，手榴弹爆炸了。再烧了个把小时，那艘船只剩下一个黑乎乎的空壳。

第十二章　旋风

　　刘天一叫李卓仁回岛来杀条狗，摆狗肉在油桐树下卖。李卓仁没拂刘天一的意，杀了一条好大的公狗。也怪，狗肉锅支起来，只一顿饭工夫，全卖光了。渔工们见油桐树下又支起狗肉锅，很亲切，都走过来买一斤两斤，拿回家下酒。

　　李卓仁朝刘天一笑着说：我完成任务啦！

　　刘天一也笑着，说：今天的狗肉很好卖呢！

　　这些日子珍珠岛冷清得人发闷。这种气氛很可怕，人心会跟着冷了。刘天一想改善这种状况，可没办法。近来不少目光落在刘大茂的身上，他说话的效果大大打了折扣。他别出心裁让李卓仁杀条狗，在油桐树下卖狗肉，是想让渔工们找回从前那种热闹缤纷的感觉。

　　李卓仁当然觉察到刘天一的状态很差，傻傻的像个梦游人，很想找机会再次点醒他。几年前他和刘天一在水角镇那次争论记忆犹新，他认为事实已经证明当时他的想法是对的，要劝刘天一别再痴心妄想了。说：你好久没出去走一走了，外头的天是蓝的、白的，还是红的，全不知道！

　　刘天一也想出去看一看，尤其要看李卓仁那草药摊，说：好，改天去水角镇看看。

李卓仁的诊所开在水角镇农贸市场对面那条街的拐角处。诊所不大，挂一块牌匾写"专治疑难杂症"六个大字。草药摊就摆在诊所的诊桌前面。诊所还算热闹，不少人找李卓仁看病，特别是水角镇周边的山村人。以前李卓仁经常下村买狗，顺便给人家治病，治好了一些人，治出了名声，也治出了人缘。比如有一次，牛栏村一个后生肚子疼得要命，一会儿头朝下屁股翘高；一会儿大喊大叫在地上翻滚打转。牛栏村人打辆牛车送那后生去水角镇卫生院。李卓仁走过来说：别急，先吃点药再去，说不定半路就好了呢。李卓仁拿几个酸梅混在苦楝树叶里捣烂，调成药汤，喂给那后生。山路高低，牛车颠簸，后生在车上叫得死去活来。到半路，后生突然不叫了，安静地躺着。赶牛车的人以为出大事了，急忙停车。后生突然坐起来说：不疼啦！转身跳下车，走回村来。打那后，牛栏村人都说李卓仁是神医。

刘天一坐在旁边桃花嫂那薯粉条铺吃碗薯粉条，瞧李卓仁给人家看病。

一个病人走来，怪怪地打量李卓仁，说：我打嗝，牛皮嗝，你专治疑难杂症，治治看！这块"专治疑难杂症"招牌招徕不少病人，也招徕不少的麻烦。李卓仁给那人切完脉，叫他站起，端端正正立在诊桌旁边。李卓仁神秘地从抽屉里掏出一个包，小心翼翼打开，抓镊子夹出一个花生米大，又硬又重又红又亮的东西，叫那人伸出右手，轻轻地放在他的掌心，交代说：捏住，别捏太紧，也别松开，掌心发热了，出汗了，就行了。那人仍立着，伸手捏住那东西。李卓仁不再理他，回头来照看草药摊。

刘天一一直坐在旁边看。他没见过有人这么治病，不过，他相信李卓仁。李卓仁看病常用奇招。

有人来买草药，李卓仁认真地给他讲药的功效、用法和注意事项。买药的人走了，李卓仁抓手帕慢慢地抹着手，抬头对那个打嗝的病人说：好啦！

那人愣着——他确确实实不再打嗝了。那人喊：神奇，神医啊！

李卓仁叫他把捏在手里那东西交出来，又叫他交钱。

那人问：多少钱？

李卓仁说：三十元。

那人不肯掏钱，不吃药，不打针，就捏那东西一会儿，不该收这么多钱。

李卓仁解释说：我这东西珍贵呢！一个打鱼的朋友从一条深海大鱼的肚里挖出这粒鱼胆石，治过十个人，就无效了。

那人半信半疑，交钱了。

刘天一走过来看那"宝贝"，说：这不是朱砂吗？李卓仁说：是呀。刘天一问：哪个朋友从鱼胆里挖给你？李卓仁笑着说：你呀！又说：这就是做生意！刘天一又仔细看李卓仁的草药摊，许多树枝、树叶、树皮和花草很眼熟，可叫不出名，那些扔在珍珠岛海滩上的螺壳，李卓仁贴上"贝母"的标签，又写上功效和主治的疾病，那些珍珠岛上扔得满地都是的乌贼鱼壳，叫"海螵蛸"，居然主治心痛、嗳气、吐酸水等病症。李卓仁拿游在珍珠岛乱石滩边，像虫一样的海龙、海马泡在一块钱一斤的米酒里，标价二十、三十块钱一瓶。李卓仁见刘天一边看边皱着眉头，干脆说：嗨，要经常出来看看，世界天天在变化，社会不停地发展，跟不上形势，就寸步难行！刘天一听出李卓仁话里的潜台词，在说他落后，甚至说他让珍珠岛寸步难行。刘天一不承认自己落后，也不认为社会在发展，只能说是社会在变化。他觉得李卓仁也在变化，变得让人看不明白了。他不看那药摊了，掉头走上街去。李卓仁说：应该走一走，看一看，看多了，就适应了。刘天一回头来看李卓仁。李卓仁又说：像你这样聪明的人，不该困死在那个小岛，走出来，一定有门路，有了门路，就不想回去了。刘天一说：哪儿都不如珍珠岛好呢！李卓仁嘴角一扬，说：世间没有桃花源的，即便有，也不如外边的世界精彩！刘天一走了。李卓仁喊：一会儿回来，我们一块吃酒！

派出所的金所长来了，又找李卓仁拿海马酒。

177

李卓仁熟识金所长，就是因为海马酒。金所长来找李卓仁要壮腰补肾的草药，说他肾虚，夜尿多，特别是在床上的力量不够，腰骨还经常酸痛。李卓仁问清楚后，认为不是肾虚，是肾亏了。金所长在外面有相好的，上半夜要在外头劳累，照顾相好的，下半夜回家来，还要加班照顾老婆，吃不消了。李卓仁让金所长吃海马酒，说海马酒壮腰健肾补男人有奇特的功效，补出龙威虎气。金所长睡前吃了一小盅，这个晚上就像孙悟空一样，可以在床上翻跟头。金所长对李卓仁的海马酒有好感，对李卓仁也有好感，两人也就友好了。

李卓仁拿塑料袋装两瓶海马酒放在诊桌边，拉张椅子让金所长坐下。金所长的目光落在塑料袋上，装模作样伸手摸裤袋要掏钱包。李卓仁拍金所长的肩头说：还客气，咱俩谁跟谁呀！抓那塑料袋移到金所长的椅子边。金所长掏钱包变成掏香烟。李卓仁的动作很快，一根烟递到金所长的嘴边说：你一天到晚都忙于工作，今天是周末，该放松放松，咱们找个地方吃两盅。金所长说：实在太忙了，可跟老朋友，不能说"忙"字，好，今天就醉一醉！李卓仁说：有个老朋友很想见你呢。金所长明白，"老朋友"就是珍珠岛人。他和李卓仁认识后，就以"老朋友"相称。金所长说：好，叫他来！

李卓仁要介绍的"老朋友"就是刘天一。

刘天一离开李卓仁的药摊后，沿着街边走。李卓仁说外边的世界很精彩，他一边走一边看，眼睛睁得很大。

街边那印度紫檀树下围着好多人。刘天一走过去看。一个内地口音的人在给一个女人捉眼睛里的虫。那人抓一根筷子在那女人的眼皮上一边转一边刮，刮出一些白白黄黄的眼屎，居然也刮出几条毛发一样细的虫。围观的人呵一声，又啧啧赞叹。他听人说过，捉眼虫是江湖骗术。他也不相信人的眼睛里有虫，可明明看见那人刮出几条虫来，难道这世间的事眼见还不为实？他站得很近，努力看出奥秘。他感觉自己的眼角痒痒的，好像里边也有小虫在爬。那人把一条刚刮出来的虫剔进一只瓶子，侧头来瞥旁边人说：很多人眼睛里都有虫哩，眼屎就是虫拉出的。刘天一下意识抠自己的眼角。

那人掉头来说：你眼睛很多虫，看到虫尾巴了，捉吧？刘天一想骂道，你娘的才多虫呢！没骂出来，伸手揉一揉眼睛，走开了。

刚走了几步，一对男女从一间小食店里走出来。男的高大，烫一个蓬松的鸡窝头，戴一副很大的太阳镜，嘴上叼个金色烟斗，脖子挂条牛绳一样粗的银项链，上身穿艳丽的女人花衬衫，没扣纽扣，下身一条牛仔裤把两条腿勒得像两根擀面杖。女的却剪个男人头，穿条白背心，一条超短裤紧勒她的屁股，两条白大腿招摇在街上人的眼前。女的搂住男的腰，正歪歪斜斜走过来。刘天一想骂一声娘，可触电似的，双脚僵硬，木桩一样呆立着。那男的就是林日旺。林日旺也看见刘天一了，仰头看天，吹着口哨从刘天一身旁走了过去。

刘天一的脚步呆滞，走得很慢。他看见一个女人挑熟花生在街边兜卖，一块五毛钱一斤。他递给那女人两块钱，要一斤。女人抓两手花生塞进塑料袋，挂在秤钩一晃，递给刘天一，塞回五毛钱。刘天一掂那塑料袋，顶多六两。那女人挑着花生走了。刘天一看那花生，心里说，李卓仁说外边的世界很精彩，就是这样精彩吗？他拎着花生走开。一个学生模样的女孩在后边叫：大叔，你的钱丢啦。刘天一回头，见自己那五毛钱丢在地上。刘天一又蒙了，低头捡钱，抬头要谢那女孩，她已经掉头走了。刘天一有些浑噩，呆呆地望着那女孩的背影，心里又说，外边的世界真不好看懂。

一辆三轮摩托车驮头死猪朝农贸市场后边那空地开去，刘天一好奇，跟了过来。猫叔走过来，付给那人一把钱，搬下死猪，搁在一口大铁锅旁边，给死猪浇水煺毛。猫叔回头来，见刘天一站在身后，刀一颤，划破了手指。他捏住流血的手指直起腰望刘天一，那眼珠像惊慌的老鼠在眼眶里躲躲藏藏，嗫嚅说：我帮人家杀呢！又说：拿下村去卖！旁边一个人问猫叔：他是什么鸟人？猫叔不答。那人喝道：快杀猪呀，别理他！刘天一突然意识到这里不是珍珠岛，急忙走了。

走回街口，李卓仁找见了刘天一，说：嗨，到处找不见你！刘

179

天一问：找我干吗？李卓仁说：说好啦，吃酒去呀！刘天一说：我现在就回岛去。李卓仁说：约好一个老朋友了！刘天一问：哪个老朋友？李卓仁说：派出所的金所长。刘天一说：我不认识啥所长。李卓仁说：他是当年到咱们珍珠岛那造反派，难得呢，他把咱珍珠岛人都当老朋友。刘天一说：你去行了，我没这个老朋友！

　　这年的九月九珍珠岛人没有祭祀海天元帅。

　　巫婆三娘说，海天元帅升大官了，在天堂管更多更大的事情，九月九那天事务缠身，不得闲下来和信子们见面。

　　巫婆三娘很敏感，她发觉近来她在珍珠岛人心中的分量轻了许多。到她家凉棚来坐的女人仍然不少，可不像以前那样了，进门目光就落在她的身上，看她的表情，看她的动作，聆听她的声音，又问这问那的。现在她们纯粹是来聊天，漫不经心的，东拉西扯没个着落点，又没遮没拦没个忌讳，像在海滩上赶海或者在农贸市场里赶集。她心里明镜着，她和海天元帅相依相连，疏淡了她，就是疏淡了海天元帅；或者海天元帅被轻淡了，她也遭轻淡了。她本想借九月九的祭祀，把人们的目光再拢向海天元帅，可是她又担忧，在人心杂乱的情况下，弄不好就适得其反，那是对海天元帅的糟蹋。

　　不祭祀海天元帅很明智。海天元帅掌管大海，岛人正在造大机船，不出海，不需要他保佑；一次祭祀花许多钱，大家都穷，很难收钱；人心浮躁，尤其刘大茂说他进了石窟，情况变得微妙，各人的肚里揣着各种想法，有人不支持甚至阻挠，就收不了场。

　　刘天一也主张暂不祭祀海天元帅，既然达不到凝集人心、敛集人气、变化人心的效果，不如不做。

　　不祭祀海天元帅，情况更糟糕。有人说：刘大茂进了石窟，却不祭祀海天元帅了，哼，这个刘天一！原来集中在刘天一身上的目光渐渐抽离，他似乎走出人们视野了。

　　晚上刘天一翻来覆去睡不着，早上起来有些头晕。走出房门，那只花翎母鸡也从笼里出来，站在他跟前伸长脖子连啼三声。母鸡

180

啼不吉利，要遇上倒霉的事。刘天一心里烦，朝母鸡踢一脚。母鸡咕咕叫飞走了。心里沉重，刘天一又到乱石滩来坐。日头升起，乱石滩边的水泛起橘红色的光，石窟穴口上边的海水不停地冒着气泡。自从那次潜水下去见石窟的穴口堵着一块磨盘石后，他还没进过石窟。石窟的穴口又开了？他又潜水下去，钻进了穴口，顺利进了石窟。里边依然是原样，只是窟壁上的花纹模糊了，看不出图案了，很多小螃蟹爬在上边。他坐了一会儿，心情依然郁闷。突然海龙王也钻了进来。他问：你来干吗？龙王说：同是天涯沦落人，来和你说说话。他问：说什么？龙王说：说你们的不是。他说：我们哪又错了？龙王说：鱼是人的祖宗，你们数典忘祖。他说：我们优秀，才进化变成了人呢。龙王说：身体进化了，心却变坏了；就如神仙，人得道才升天，天堂人却没啥好。刘天一没心情和他辩论，要离开石窟。钻回洞穴，他的手臂一阵刺痛，脸上、肩头、背脊、膝盖、脚背纷纷辣痛，像无数只螃蟹张开双螯钳他。他伸手摸，洞壁长满了尖利的牡蛎。他终于钻出洞穴了，从水里冒出来，全身上下都是刮痕，依然在渗血。

　　刘天一到水尾镇看师傅造大机船。只有大机船造好了，渔工又出海去，心里踏实了，珍珠岛才找回原来的安静和温馨。酒爷叫他隐忍，就是不想他在坏气候中折腾，无谓地消耗。这些日子，他几乎是把自己藏起来，就是要专心致志造大机船，尽快给珍珠岛找到一条出路。

　　来到水尾镇，刘天一气得浑身颤抖。按照协议，一年半珍珠岛的大机船全部完工下水。一年过去了，才造完了船壳，而且船板很薄，又换成了劣质的板材……造船师傅历来朴实守信，现在怎么变成这样了啊！刘天一站在工场上喊，没人搭理他。刘天一不再嚷嚷，去找那位曾经来珍珠岛拜井的宋先生。宋先生德高望重，在水角镇很有影响力，希望他来说句话。宋先生一副轻淡的表情，他没看那协议书，说：这里说就行了，只能怪你自己。刘天一问，怪我啥？宋先生说：怪你们珍珠岛人远离尘嚣，太单纯，变成了傻瓜。备料时为什么没来看？动工时为什么没来看？又为什么没有三天两头来看工程的进度？刘天一晃一大沓协议书说：我们有协议呢。宋先生说：协议有屁用。刘天一说：可以打官司呢。宋先生笑着说：你们有软肋呢！告官顶多让他们返工，赔偿损失，这批大机船至少再拖一年才完工，你们的损失就大了。没渔船出海，珍珠岛已经喘不过气来了，还能再拖一年吗？刘天一噎住。宋先生又说：这怪不了那些造船师傅，是社会气候。当今世道，老实就是笨，正直就是傻，干净就是愚，交个学费吧！刘天一依然说不出话。宋先生继续提醒说：睁开眼睛看世界就行了，天全黑了，剩下珍珠岛还天光，不可能，也不是好事。

刘天一的眼前一阵发黑。

打落牙齿往肚里吞，刘天一只好住在水尾镇，天天监督造船师傅们施工。

刘大茂发觉岛上人的目光都落在自己身上，很得意，每次出海回来，他都到乱石滩边游泳，潜进水里几趟后，爬回岛西码头，回头朝那乱石滩拜三下，然后走回家去。

夫贵妻荣，刘大茂媳妇也跟着风光。刘大茂的大机船进港出港都牵着一串串羡慕的目光。刘大茂媳妇敏锐地察觉，那些目光从刘大茂的大机船移开时，就转个弯飘过来，泼在她的身上。这时得意就像海浪一样拍打她的心胸。她就嘎嘎笑，接着娇滴滴地喊：快来吃薯粉条啊！

现在岛东码头油桐树下都是刘大茂媳妇在唱主角。那天李石强一拳把林日旺打个趔趄，无意中把林日旺的主角位置打丢了，他从水角镇回来，拿眼睛扫一下，便掉转头，皮鞋声就咯噔咯噔离去。刘大茂媳妇也就取而代之。

刘大茂媳妇的薯粉条生意越来越见好。开始时只是一些老人和孩子早上来吃，现在中午也有人吃，尤其那些赶海回来的人，拿海鲜给李卓仁媳妇收购后，就挪屁股到摊前来坐，一边鼓着腮帮大口吃，一边舔嘴唇、咂嘴巴夸薯粉条好吃。吃完了，那些屁股还搁在地上。刘大茂媳妇那张大嘴也就一张一合，就将做薯粉条的手艺和做生意的秘诀糅在得意中，喷着口水大吹一番。

刘大茂媳妇做薯粉条的手艺是从水角镇桃花嫂那儿学来的。桃花嫂的薯粉条有名声，又有历史。手艺是家传的，桃花嫂的家婆的家婆传给桃花嫂的家婆，桃花嫂的家婆又传给桃花嫂。她的薯粉条柔软均匀，色泽光亮，有韧性，尤其配料好，有芝麻、豆芽、豆角碎、炒花生仁、干虾米、鱿鱼丝、海螺肉，还有瘦肉丝，最重要的是她煎的花生油很脆很香，搅在薯粉条上，滑溜，爽口。刘大茂媳妇到水角镇来，都要吃桃花嫂一碗薯粉条，一边伸舌头舔嘴角一边夸好吃。一来二往，她就跟桃花嫂熟了。后来，她就带点海螺或者鱿鱼干给桃花嫂。桃花嫂不收她吃薯粉条的钱，她硬给，说：我不是拿点东西来换薯粉条。你人好，像我姐，哪有妹妹来见姐姐，空着手来！桃花嫂于是和她认了干姐妹。再后来，这个干妹妹就叫干姐姐教她做薯粉条。桃花嫂见她远在珍珠岛，抢不了生意，就乐意地教了她。

刘大茂媳妇讲完薯粉条，就讲珍珠岛的男人。她有一句很经典的话：女人的嘴天生来就是要说男人。她信手把岛上的男人一个个抓来，摆在薯粉条摊上，加上配料，有趣有味地掰开来和女人们讲，讲他们的长相，讲他们的脾气，又讲他们的本事。大家都听得津津有味时，她就巧妙地把话茬接到她的刘大茂。她不直接夸刘大茂，夸那大机船。她的眼睛、鼻子、嘴巴都活泼起来，说：哎哟，那大机船呀，啧啧，开出港去，撞开那海浪哗哗哗，波浪滚回码头来，也哗哗地响；那个大机器呀，几百块零件，疙疙瘩瘩，看着都眼花；大茂真是的，全拆开，摆满一地，又一块不漏装回去，装成个大家伙；他抓那铁棍插进机器的肚里，一搅，天啊，机器就叽叽喊起来！她见大家的目光都灿烂时，那张大嘴连咂咂两下，又说：开大机船不容易呢，坐在驾驶室里转一个盘，叫它前进，后退，左转，右转，跑快，跑慢，咂咂——不是谁都做得了啊！

她把刘大茂吹得天花乱坠的时候，又故意把话题搭向刘天一，要贬刘天一一下。很有意思，刘大茂的形象扩大后，渐渐把刘天一从她的心里挤出来了。她的嘴一撇，说：哎哟，大机船太好了，咱珍珠岛的男人都开大机船出海，女人就在海滩上赶海，嘿，那日子……啧啧！可惜呀，珍珠岛的大机船不知牛年，还是马月，才造成呢？嗨，海滩又让水角镇人来捞烂了，哼，不知咋干的！这时她的嘴巴闭一会儿，看人家怎么说刘天一。见说到海滩，猫叔心里窝火，喊道：趁刘天一不在岛上，大家都下海滩去，把水角镇人都打成落水狗！猫叔说话就像放屁，没人搭腔。刘大茂媳妇哼一声，说：刘天一在岛上又咋了，他狗屁不是呢！

刘大茂媳妇卖薯粉条，又收购海鲜。她和水角镇的桃花嫂合作。在珍珠岛收购了海鲜，她拿到水角镇去，桃花嫂就拿到农贸市场卖。她开始收购海鲜三天，李卓仁媳妇的收购摊便瘫痪了。赶海的人走上码头来，她就喊：哎哟，回来啦，捞到不少啊，很沉呢，过来歇口气，先吃碗薯粉条垫垫肚！人家吃完一碗薯粉条，海鲜就称好了，钱也算好了。其实她把李卓仁媳妇的收购点挤掉，靠的是两句话。人家提海鲜给李卓仁媳妇收购，她就喊：哎哟哟，海鱼还是吃海水好呀，吃淡水，要坏肚子哩！接着抓她那杆秤说：嗨，我这秤，保证不差一分半两！人家警惕地瞧着李卓仁媳妇那杆秤，有人拿两杆秤来试，惊奇地发现，李卓仁媳妇的比刘大茂媳妇的每斤大出二两。

林日旺还是经常回珍珠岛来。现在的林日旺回来，都不朝油桐树下瞟一眼。他不着花衫不着皮鞋了，改穿T恤，穿短裤，穿一双白色波鞋，腰头还别一个火柴盒大小的黑匣子，叫BB机。这个小黑匣子里边好像装着一只蟋蟀，不一会儿就吱吱叫，脱出来看，就显出文字，就知道什么人有什么事要找他。林日旺手上拿一听饮料，踏上岛东码头，他的颈骨就变硬，头不侧向，目不斜视，径直朝岛北走去。走到油桐树旁边时，脚步稍放缓，突然啪的一声拉开饮料罐的环扣，仰头咕咚咕咚喝一口，抹嘴，脚步变得轻快，像踩着空气飘过去。这时，许多目光就从各个方向抛过来，跟在他的身后，跟着拥进岛北那条巷里。倘若那黑匣子突然吱吱叫，就热闹了，孩子们就跑过来，一路跟到他家去。来到家门口，林日旺就收住脚，回头来瞪着孩子们喝道：娘的，看什么看，滚开！

林日旺已经不同凡响，他要通过傲慢的做派打造出自己的脱俗和出众。可惜珍珠岛人太没见识了，没有人羡慕他。他身上牵着好奇的目光，同时挂着各种各样的目光，有的人干脆不拿正眼瞧他。他呢，就瞧不起珍珠岛，瞧不起珍珠岛人。

珍珠岛人的大机船都造成了，打完油漆便可以开到珍珠岛来。

刘天一从水尾镇回来了。他的心情很好，精神矍铄，脸上荡漾着笑意。好奇怪，刘大茂媳妇没瞧见刘天一时，刘天一已经从她的心里淡出，突然瞧见了刘天一，她的心里又起褶皱。刘天一踏上岛东码头，径直朝刘大茂媳妇的薯粉条摊走来。刘大茂媳妇的头嗡嗡响，脸发热，眼睛像突然碰上了猫的老鼠，慌慌张张找地方躲。刘天一在摊前的一张小板凳坐下，说：饿死了，打碗薯粉条来！刘大茂媳妇抬起头，脸涨红，两只肥手动了起来，很笨重，左抓右抓前摸后摸了半天，才打好一碗薯粉条。刘天一抓草帽扇凉，说：又饿又渴，给我加点汤。刘大茂媳妇舀一瓢海螺汤加上，多了，满满的要溢出来。她忙低下头，那张大嘴缩成一个尖尖的螺嘴，吱一声，喝了一口，再递给刘天一。刘天一瞧那碗薯粉条，嘴巴鼻子眼睛也缩成一撮，不过，他还是接了过来。刘天一狼吞虎咽，一口气吃了三大碗，饱了，抹一下嘴，掏一根烟来抽。刘大茂媳妇没那么局促了，目光从眼角溜出，望着刘天一。刘天一掏钱递给她。她又尴尬了，嘴里挤出一个音：不……刘天一说：不要钱，我可吐不出来啦！她的脸又涨红。刘天一把钱搁在摊头，站起来，走了。

大机船还没开到珍珠岛来。刘天一足不出户，只有晚上时，他才走出家门，跑到乱石滩来坐，看海上，吹海风。

这个晚上月亮出来早。月亮很大，月色清亮，岛西乱石滩旁边那沙滩铺着一片乳白色的月光。一群大孩子走下沙滩来玩。刘汉国把衣服脱下，一扔，其他孩子也都跟着脱光衣服，像鱼一样，光秃秃的。刘汉国喊：比赛！全部孩子跑到水边，站成一排，抓着自己的小泥鳅做好准备。刘汉国喊：冲锋！全部小泥鳅一齐喷水，吱吱吱朝海水扫射。刘来福刚屙过尿，尿水不多，那小泥鳅只吐出一点水，滴在自己的跟前。刘汉国指着刘来福的泥鳅喊：咦——女人！几个孩子七手八脚抓住刘来福，嘭一声，将他抛进海里。全部人嘻嘻哈哈跟着扑进水里，把浮在水上的月光撞得四溅纷飞。

孩子们捉到几只螃蟹，跑上岸去，要捡柴火烤螃蟹吃。他们顺着沙滩边那仙人掌垛一路捡过去，来到岛南坟场那片杂树林，刘来福望见树影晃动，说：夜晚坟场里有鬼呢。刘汉国心里有些慌，却说：月亮大，鬼不出来的。

杂树林旁边有几棵野菠萝团结紧密长在一起，那凤尾一样舒展的锯齿叶相交穿插，织成一片浓荫。那野菠萝的叶突然荡一下，沙沙沙响。刘来福急忙收住脚喊：有蛇！刘汉国瞧见浓荫下露出四只脚，惊喊：脚——是人！

那四只脚急忙缩回去，浓荫里一阵动荡，随着，呼地飞出一块石头，一个阴沉的声音喝道：滚！

鬼！鬼！孩子们惊喊着，一呼啦跑回沙滩来。

一会儿后，孩子们抓石块赶回来。刘汉国喊：打！全部石头噼噼啪啪打在那野菠萝上。哎哟，一个女人的喊声传出来。孩子们又吓一跳，急忙向后退。

刘汉国喊：不是鬼，人！呵——贼，抓贼啊！

孩子们的胆子陡然大起来，一呼啦冲向那野菠萝垛，见一男一女搂在一起。那男的是林日旺，女的是水菊。孩子们举着石头，把他们围住。

刘来福走近去瞧，喊起来：哎哟，裤子也不穿呢！

林日旺仍趴在水菊身上，他恶狠狠地骂：滚开，看什么看？回家看你们爹娘去！

太新奇太有趣了，孩子们只退离两步。

林日旺要爬起来，刘来福转身抓两人放在野菠萝旁边的衣裤，拔腿跑，孩子们也哗啦跑了。林日旺光着屁股追了两步，掉回头，拉水菊的手躲进一片箣竹林里。

事情很严重。岛上的男女可以互相爱慕，可以联姻，绝不能偷偷摸摸媾合，何况林日旺和水菊都姓林，同姓不通婚。伤风败俗，这对狗男女要当场打死，扔进海里喂鱼！

珍珠岛轰动了。一筒烟的工夫，岛上的男人女人骂着嚷着拥到岛南来，把岛南坟场围住，愤怒的手电光扫来扫去，要搜出这两个狗男女。

刘天一非常愤怒，可他仍坐在乱石滩上。他学会沉住气了，看看现在的珍珠岛人面对这样的事会怎样做。

林日旺和水菊趁孩子们跑开那一刻，跑到岛西水井旁边那茅草丛来躲。手电光朝这边搜了过来。两人光秃秃朝岛西码头跑去，急忙爬上一只舢板，摇舢板逃跑了。

手电光涌到岛西码头来，那舢板渐渐消失在夜色中。

第十三章　战争

　　二十几艘大机船排长队从水尾镇开到珍珠岛来了，威武地排列在岛东码头前，码头上的人欢呼雀跃，热闹气氛像汹涌澎湃的潮水，一浪浪拍打珍珠岛。

　　好久没有这么热闹的景象了。刘天一要留住这久违的气氛，叫渔工们集中在岛东码头忙碌。忙什么？改造船上的用具。大机船了，原来双帆渔船的工具不适用了。渔工们在兴奋中忙碌。刘天一突然发现一个哲学现象：人最美的时刻，就是忙碌的时候。

　　渔工们在岛东码头忙碌，巫婆三娘也在家里忙碌。她跳大神，连续跳了三天三夜，终于感动了上苍，玉皇大帝又派海天元帅回珍珠岛来掌管海面。

　　岛东码头搭一个大彩门。

　　天黑后，在彩门前烧一堆火，彩门两旁的锣鼓手不停地敲锣打鼓，迎接海天元帅的大驾光临。各家各户的大门都打开，门楣挂渔灯，门前摆水果和清酒，又秉烛烧香。三更天时，月亮隐去，天上划过一个流星，一阵风随之刮过，案台礁石哗啦啦涌起一排海浪，油桐树的枝叶哗啦啦摇晃，海天元帅驾到了，爆竹、火铳及时响起来。

　　珍珠岛又安静了，安静地等个好日子，大机船就出海去。

但是刘天一无法安静下来，他清醒地知道，安静已经不是珍珠岛的真正状态。他从兴奋中走出来，心里又填入不安，他想象不出，有了大机船的珍珠岛将会是怎么个样子。

天黑后，刘天一烤两条鱿鱼干，提一壶酒，叫酒爷一块上大机船吃酒。

天上斜挂着半边月亮，二十几艘崭新的大机船悠闲地在码头前沐浴月光。刘天一和酒爷面前的两碗酒都浮着半边月亮。刘天一不停地敬酒，想让酒爷在醉酒中说大机船。两人吃了好多碗酒，仍不显醉态。尤其是酒爷，酒进他嘴里便销声匿迹，依然一脸的清醒。刘天一说：是不是酒太淡了？酒爷说：近来吃酒和吃水一样。刘天一心里发毛。酒爷的特点就是醉酒，形醉神不醉，醉眼看世界。酒都变成了水，他还是酒爷吗？但是，刘天一看见清醒的酒爷像一尊佛，比醉酒时更奇异。

二更天了，酒爷还没醉，只字不提大机船。

起风了，风摇着海水，海水摇着大机船。大机船有些醉了，摇摇晃晃的，天上的月亮和星宿也醉了，摇晃着。突然酒爷的眼神飘忽，仰望天空问：月亮和星宿会掉下来吗？刘天一说：怎么会呢？酒爷说：会的，看不见的时候，就是掉落了。酒爷又问：海天元帅还挂在珍珠岛人的心里吗？刘天一说：应该还在。酒爷说：还在，可摇摇晃晃，要掉落了。刘天一明白酒爷的意思，他说气候变了，人变了，神被削弱了。刘天一说：的确，现在的人好像不需要神了。酒爷说：把人当作神，就乱得不可收拾；人想安静时，就靠着神；人想要发财，就请神帮忙，神很风光；现在人心野了，啥都不怕，远离了神，不得了啊！刘天一说：是不是神生气了，要捉弄人？酒爷说：不是。人不要神了，神就不管鬼，人心里就生鬼，人也就变成了鬼，也就一片混乱。刘天一问：怎么办？酒爷说：没法子，气候变化了，即使人求神，神也不显灵，只能靠自己。刘天一不明白怎样靠自己。酒爷说：人的灵魂就是心里的神，只要灵魂不变坏，气候怎么变化，世间怎么纷乱，人还能立住脚。刘天一问：珍珠岛该怎么做？酒爷说：珍珠岛当然要依靠岛魂撑住了。刘天一又问：啥是岛魂？酒爷说：你一直打造的就是岛魂，你的灵魂就是岛魂。刘天一听明白了，酒爷是说，气候的恶劣，世间环境随之变化，人随着环境变化而变化，可是必须恪守最本质的东西，尤其刘天一要守住自己的灵魂。刘天一又要给酒爷斟酒。酒爷问：还要说大机船吗？刘天一说：大机船造好了，可我的心里还不踏实啊！酒爷说：不踏实才对。你要有心理准备，造大机船不是发展，是要战争，与天争斗，与海争斗，与人争斗……酒爷突然醉了，眯着眼哼酒歌。

　　端午节潮水涨得很满，女人们把粽子挑上大机船。全部大机船的船头都绷上红绸布，竖排成三行，刘天一的大机船在中行的前头，左右两行的前头分别是林大侬和刘大茂的大机船。螺号声响，大机船都开足马力迅速驶离了岛东码头，腾波激浪绕着珍珠岛转了一圈，把海水搅得激荡奔腾后，又集中在案台礁石前停下。火铳声响，渔工们站在甲板上齐刷刷向海天元帅鞠躬，接着，大机船掉转头，朝大海开去。

　　海很大，船很多，渔场都让各个港口的渔船占据了，有水角镇的、水尾镇的、海头镇的、昌化镇的，还有八所镇的。人家先造大机船，捷足先登。珍珠岛的大机船继续往大海深处开去。

　　连续跑过好几个渔场，来到了一片平静的海面，远望，只有零零落落的几艘渔船。刘天一说：看来跑到了天涯海角，还有渔船呢！他叫李石强吹螺号。李石强说：等一下吧，刘大茂的大机船在后头慢跑，好像不想放网呢。刘天一说：那家伙诡计多端，别理他！

　　螺号吹响，珍珠岛的大机船一字摆开，放网。

　　水流很急，渔网随着奔涌的潮水在海上奔跑，珍珠岛的大机船跟着网行奔跑。一夜风平浪静。黎明时分，刘天一吹响螺号，大机船开始收网。天亮后放眼四望，海面触目惊心的混乱。珍珠岛的大机船像堵在一摊污水里的鱼群，疯过来，疯过去，晕头转向。海上好像有鬼，收回一半网，剩下的断开了，不见了。网纲的断口不整齐，拉断了。可能是潮水太急，网行又太长，奔跑的渔网和别的渔船的渔网相撞，缠在一起，互相牵扯，拉断后，随潮水漂走，或者压沉了。

刘天一的渔网和水尾镇一艘大机船的渔网缠在一起，缠成一条长长的网卷，浮在波浪中。网卷无法解开，两边的渔船都无法将渔网收回船来。水尾镇那大机船怒冲冲朝刘天一跑来，船头一侧，船身随着惯性滑过来，船舷刚好挨在刘天一大机船的船边。刘天一很惊羡那舵手的靠船技术。两个渔工抓缆绳跳过刘天一的大机船来，快手快脚将缆绳拴在刘天一大机船的船帮。两艘船紧扣在一起。那船的舵手从驾驶室里爬下来，一只脚踩在甲板上，一只脚踩在船帮，嘴巴对着驾驶室里的刘天一喝道：怎么搞的，会不会做海？刘天一以为他来商量怎样收网，想不到他这么说。刘天一从驾驶室爬下来，说：我不会做海，难道要请你替我做？那人依然盛气凌人，说：你的渔网缠住我的了，你说怎么办？刘天一反问：难道你的渔网没缠住我的？那人说：别废话，我问你，打算怎样赔？海上说话要先比强弱再讲道理。刘天一说：我的网也坏了，你又怎样赔？那人的目光跳跃在刘天一船上那些收回船来的渔网上。刘天一说：咱们想法子把网都收回船来，回港口慢慢解开，有的渔网还能用呢。那人见刘天一挺好说话，慷慨地说：要收你收，我不收，算我倒霉，不要了！他的渔工过来解开拴在船帮上那缆绳。刘天一想，可能他先放网，自己后放网，两边的渔网都太长，急流中一半渔网相撞，缠住了。刘天一唤李石强：抱两捆网扔过去！李石强装作没听见。刘天一又喊：扔呀，算是赔他们！李石强说：小心有诈！刘天一说：诈啥，快点！李石强将渔网扔了过去。两艘船一晃，分开了。那人哈哈笑，爬进驾驶室，说：笨！那人的确是讹诈，他的船后来才放网，理在刘天一这边。李石强迅速转身，想抓住那缆绳，要跳过那船去，来不及了，那人开船跑了。李石强急得跺脚。刘天一说：给他娘的占点便宜吧！

林大侬和海头镇一艘大机船打了起来，也是因为渔网缠在一起。林大侬先放网，海头镇人后放网，可很蛮横，开船过来便凶巴巴地问：不知道这渔场是我们的吗？还在这里放网！林大侬可不是善茬，说：放你娘的屁，干脆说大海是你家的好了！那人捞起水里的渔网，咔嚓，把林大侬的网纲砍断了。林二侬气得全身冒烟，骂：你娘的东西大啊！抓个酒瓶掷去，乓一声砸在那船的船帮边。那船掉头朝林大侬的船撞来。林大侬的船小一点，却是新船，且马力大，鼓足劲朝前冲，躲过了。林大侬喊：打！石块、酒瓶、破碗朝那艘船飞去，乓乓乓乓响（海上的渔船经常冲突，船上都备有石块、酒瓶等打架的工具）。那船紧追过来，石块、酒瓶也呼呼啦啦飞向林大侬的渔船。石块打架是林大侬的拿手好戏。他叫林三侬进驾驶室开船，跳下甲板，抓石块还击。只见石头斜刺里飞过去，打得太准了，一阵乓乓声，那船驾驶室的玻璃都砸破了，两个在驾驶室旁边捡石头的渔工也被砸破了头。刘大茂的大机船从后边追了过来，石块、酒瓶也飞向那船。前后夹击，那船招架不住，朝刘大茂的大机船扔来一个鱼炮，落在船头旁边的水上，轰一声响，掀起的水柱两丈高。刘大茂的大机船顿一下，停住。那船趁机掉头跑了。

刘天一收完网，赶紧开船过来。林大侬的大机船还在收网。刘大茂的大机船减速跟在林大侬大机船的后边。刘天一从驾驶室里伸头出来朝刘大茂喊：你娘的搞什么鬼，昨晚干吗没放网？

刘大茂的确没放网，他知道在这一带放网会和人家的渔网缠在一起，可没告诉刘天一。他应道：没啥啊……嗨，开船回岛去吧！

休整三个月，补充损失的渔网，珍珠岛的大机船又开出海去。还是刘天一的大机船开在前头。到大海来了，刘大茂的大机船悄悄朝西北方向开去。其他大机船也掉转头，跟了过去。

这出戏当然是刘大茂导演的。他的大机船曾经在海上吃了不少苦头，苦头告诉他，没有一个属于自己的渔场，无法做海；而要拥有一个渔场，只有靠拼和打。大机船首次出海时，他已经为今天这场戏的上演做了预备工作。他很清楚，刘天一不会同意他演出这样一场戏，所以，刘天一领船队在一个频繁出事的渔场放网，他什么也不说，就是要让刘天一碰个焦头烂额。只有人们觉得刘天一不行了，才把目光从刘天一身上抽回，转向他。休整时，他紧锣密鼓准备，悄悄与其他渔船联络，悄悄造了一些武器，悄悄选好了渔场，出海来，这出戏开始上演了。

二十多艘大机船头咬住尾排成一行，跟在刘大茂的大机船后边，浩浩荡荡来到百把海里外的一个大渔场。刘大茂抓螺号连吹三下。竖排着的大机船马上变成横排，一路向前开。看见海上有渔网的浮标，就捞起，割断标绳和网纲，让渔网下沉。来回跑了两趟，一个面积近百平方公里的大渔场划出来了。刘大茂喊道：这个渔场就是珍珠岛人的，任何渔船不能进来！

大机船纷纷放网。刘大茂没有放网。他在船上挂起一面长长的蓝色旗帜，上面印一条张牙舞爪的青龙，又写上"飞龙"两个大字，叫飞龙号。林大侬也不放网，船上挂一面三角形的红色大旗，印一只下山的猛虎，写"威虎"两个大字，叫威虎号。两艘挂旗号的大机船分列东西两侧，奔来跑去巡视。

刚放完网，三艘大机船一前一后从南边驶过来。刘大茂调整船头，开足马力朝那三艘大机船冲去，摇旗驱赶。三艘大机船不理睬，仍朝渔场奔来。站在甲板上的刘三茂点燃一个鱼炮，朝前面那船扔去。鱼炮在旁边爆炸，水柱涌上那船。那三艘大机船掉头，朝刘大茂的大机船冲来。驾驶室里的刘大茂喊：开炮！刘二茂和刘三茂从船舱里搬出"母鸡带仔"炮，架在甲板上，瞄准，点火，一声巨响，震天动地，无数碎弹飞过去，打伤了对方的几个渔工。这种炮是拿几条小水管焊接成炮架，拿一条大水管做炮管，装火药，填进碎铁片、石子、玻璃块，炮声一响，弹片像雨水般落在对方的船上，杀伤力虽不强，可杀伤面积很大，船上人无处躲避。刘三茂换炮管，掉转炮口，朝另一艘大机船又开一炮。那三艘大机船都吓慌了，掉头跑了。

刘天一本想领船队到西面一个渔场放网。南来和北往的潮水在那儿交汇，海底形成一道好长的坎，潮起潮落水流很急，海浪奔腾，做海的渔船都躲避。刘天一算好了，这两天新旧潮汐转换，水流缓慢，可以趁机放网。

　　刘天一望见渔船都跟着刘大茂去了，抓方向盘的手僵住。一个浪头撞来，大机船一颤，船头晃几下。刘天一明白怎么回事了，说：也好！他掉转船头，朝正北方向开去。正北方向就是北部湾海面。大机船抗风抗浪能力很强，干脆搏一搏，寻找新渔场。

　　跑了一百多海里，四望没有渔船的踪影了，停下。刘天一测试水流方向和流速，又观察海面有没有暗流、漩涡等等。他说：一个好渔场，潮起潮落水流急点，却有鱼群来往。渔工们半信半疑。他又说：这个天气，这个时节，应该有带鱼群！

　　早上雾大，日头升到丈把高才撑破雾衣，露出一个橙黄色的脸蛋。潮水缓下来了，开始收网。拉起网纲，银亮的带鱼密密麻麻挂在网上。刘天一唤：动作快点，带鱼白天夜晚都跑动，今天咱们放两趟网！

　　大机船吼叫着奔跑在波峰浪谷中，渔工们七手八脚收网。一只小机船突然出现在大机船的旁边。那是越南的海盗船。越南的海盗船经常在北部湾海面出没，抢劫渔网，抢劫渔船，还杀人沉船，平时渔船都不敢到这里来。刘天一要找一个安静的渔场找昏了头，忽略了越南的海盗船。

　　李石强喊：砍断渔网跑吧！

　　刘天一说：他们有枪，来不及啦！刘天一的脸随着红起来，眼睛射出坚毅的目光，大声喝道：大家别慌，随机应变，决不能让他们得逞！

　　刘天一悄悄爬出驾驶室，从机船的另一侧跳进水里。

　　枪响了，子弹射向大机船的驾驶室。一把铁钩拖着一条缆绳抛上大机船来，钩住了船帮。那小机船紧挨在大机船的旁边。四个人

194

端着冲锋枪迅速爬上了大机船。

几个海盗嗷嗷喊着抓枪托朝渔工们一阵乱打。渔工们东倒西歪。海盗将渔工身上的衣服剥光，押到船头去，抱住头蹲在一个角落。一个海盗端枪站在旁边守住。三个海盗嗷嗷叫钻进船舱，把吃的、用的、穿的都搬出来，又搬到那小机船。一个海盗跑进厨房，把锅碗瓢盆都搬出来，连筷子、牙签、牙刷也拿了出来。打开铁锅，锅里有米饭，又有熟鱼。三个海盗边抓着吃嗷嗷笑。海盗爬进鱼仓搬鱼，又搬甲板上的渔网。东西都搬光了，才嗷嗷喊着爬回那小机船。站在船头那海盗抱着冲锋枪走回来，低头脱铁钩。铁钩刚脱离，一把渔叉从空中落下，扎在海盗身上，啪的一声，他趴在船帮边，那冲锋枪抛离他几尺远。刘天一喊：都趴下！喊声刚落，枪响了，几支冲锋枪喷着火舌从那小机船扫射过来，子弹雨点一样落在大机船上。趴在船帮边那海盗没死，要伸手抓冲锋枪。渔叉又扎过去，他动弹不了了。趴在船头的李石强要爬过来捡冲锋枪。子弹飞过来，打在他肩上，应声趴下了。躲在驾驶室旁边的刘天一抓渔叉一钩，将冲锋枪钩了过来。刘天一抓枪还击，子弹飞过去。小机船上的海盗东倒西歪，都趴下。子弹又从小机船扫射过来，可它转头跑了。大机船又启动。趴在甲板上的渔工们都站了起来。那海盗没死，坐起来嗷嗷叫求饶。李石强那枪伤不大碍，子弹从肩头穿过去。包扎好伤口后，李石强踢那海盗一脚，问刘天一：这个贼咋处理？刘天一说：扔下海去。两个渔工抓那海盗抛了下去。刘天一抓一只救生圈也扔了下去。

大机船往回跑，跑一会儿停一会儿。那行船用的罗盘被劫走了，茫茫大海只有看着日头辨方向。那日头捉弄人，在云层里露一会儿躲一会儿。不得不小心，万一跑错了方向，跑回那边去，又遇上海盗，就等于放鱼在砧板上。

跑了两天一夜，终于跑回来了，望见海面上有大机船在蠕动了。

刘天一喊：快吹螺号，那船是我们珍珠岛的！

两天没一粒米吃进肚里，渔工们虚弱得只剩下一口气，都躺在甲板上。听见喊声，兴奋地爬起来，可放个屁都没力气，吹不响螺号了。他们站在船头招手。

渔工们都光溜溜的，像几根剥了皮的木桩插在船头。刘天一说：嗨，都坐下吧！

那是刘大茂的大机船。

船靠来，刘天一喊：大茂，把吃的全拿过来！

见船上的人都光溜溜的，刘大茂很惊讶，叫渔工把剩饭剩菜都搬过来，又唤继续煮饭。他亲自抓几条衣服跑了过来。

真是怪，人饥饿时，一点力气没有，吃饱了，又软绵绵像身上没了骨头。

刘天一对横七竖八躺在甲板上渔工们说：吃饱饱的，别睡，很伤人的！都打起精神坐起来，一会儿，体力就恢复啦！

刘天一望着刘大茂船上那"飞龙"蓝旗，心里不禁颤动。珍珠岛人憎恨海盗，不让人家叫海贼岛，居然扮装海贼，可悲啊！他在心里感慨说：人急起来，啥都干得出啊！

刘天一不想睡，可一放松就像烂泥，趴在那方向盘上睡着了。

急促的螺号声把刘天一惊醒。那螺号声是连接的，一艘船吹响，另一艘船接着吹，其他船又接下去吹，整个渔场的船都吹，连成一片。只有特别紧急的情况才吹这样的螺号。

几艘大铁船正朝这边奔来。大铁船是铁壳的，马力又大，谁也挡不住，所到之处，就肆无忌惮地将海上的渔网都扫断，扫沉。可恶的是，官府都偏向它们。海南岛各渔港都没有大铁船，是从福建、浙江那边过来。福建、浙江属东海渔区。它们能跨渔区跑到南海来，明摆着，上边有人罩着，平头百姓惹不起。珍珠岛的渔船刚放完网，无法收回来，也躲不开了。

刘大茂和林大侬的大机船分别从两个方向朝那些大铁船赶过去。刘天一把渔工们都叫起来，起锚，也开船赶过去。

刘大茂的大机船朝前面那大铁船打旗号，叫它转向，避开珍珠

196

岛渔船的网行。那大铁船直冲冲地朝刘大茂的大机船奔来，快撞上了，刘大茂掉转船头躲开。大铁船和大机船擦肩而过。刘三茂抓一只酒瓶扔向大铁船。不得了，捅破了马蜂窝，酒瓶、石块、破碗噼噼啪啪从大铁船扔向刘大茂的大机船。刘三茂喊：大铁船也爱打架啊！大铁船居高临下，船上的人又多，大机船无法招架。刘大茂一边驾船避开，一边叫刘三茂扛"母鸡带仔"炮出来。刘三茂性急，刚架好炮管便点火，隆一声响，弹片飞向大铁船。大铁船上的人都躲了起来。大铁船转回头，向刘大茂的大机船加速冲了过来。刘大茂加足马力躲开，来不及了，轰隆，撞在大机船的船尾上。大机船一震，一晃，船尾被压进水里，船头翘起，船上的物件乒乓滚动，人也东倒西歪摔倒。大铁船窜过去了，大机船的船尾又浮了起来。刘大茂他们惊魂未定，大铁船又掉转头瞄准大机船的船腰奔回来。这回是逃不掉了。就在这时，林大侬的大机船不顾一切朝那大铁船冲过去。林二侬抓个鱼炮抛去，轰隆一声，大铁船的甲板上一阵纷乱。接着，更多的鱼炮扔向大铁船，有的在船上爆炸，有的在船边爆炸。又赶过来的大机船的"母鸡带仔"炮连续隆鸣。那大铁船疯了似的，盯住林大侬的大机船冲过去。刘天一的大机船也赶到了。李石强抱冲锋枪站在船头，一梭子弹扫射过去，打在大铁船的驾驶室。有人哎哟一声，大铁船缓一下，掉转头了。从后边追过来的另外两艘大铁船迟疑片刻，也跟着掉头跑了。

刘天一呆立在驾驶室里，说：这哪是渔场，战场！

刘大茂大机船的船尾撞塌，还跑得动。

大机船都收回渔网了，排成一行，嘎嘎喊着朝珍珠岛跑回去。

197

第十四章　暗流

　　几乎每次出海都要打架，都有渔船损坏、渔工受伤、渔网损失，海上还是没有给珍珠岛人腾出一个属于自己的渔场。

　　珍珠岛的大机船不再成群结伙出海，但是分散出海更不是办法，不是找不到渔场放网，就是放网打不到鱼，或者渔网被盗。那些大铁船更可怕，望见它的影子，就要赶紧躲避。结果呢，渔船出海就像去做贼一样提心吊胆，惊慌失措，然后晕头转向，最后灰心丧气跑了回来。

　　大机船很耗油，出海捕不到鱼，甚至丢失渔网，那要亏大本。每趟出海回来，林大侬都跺脚骂：做啥海呀，简直是去屙泡屎，丢了裤子，倒他娘的霉！

　　但是刘大茂和林大侬仍然出海去。

　　两艘大机船开出港，驶过案台礁石，都加足马力，一艘朝西，一艘朝西北，扬长而去。

　　刘大茂跑过好几个渔场没放网，天黑了，还在跑。次日傍晚，他终于放网了，可一更天刚过，他又唤渔工收网。刘二茂问：干吗收网这么早？刘大茂说：你懂啥，快点动手！刘二茂确实不懂。收网早，打得鱼少，可安全。人家盗网，多在下半夜。如果渔网在水里和别人的缠在一起了，先收网，就把人家的渔网割断，保住自己

198

的。刘二茂捞起网头的浮标，又拉起网纲，很轻，没打到多少鱼。刘三茂骂：鱼都到哪儿死啦？刘大茂喝道：嚷啥，快点！网快收完时，渔网突然变沉，和别人的渔网缠住了。刘三茂把自己的渔网收上来了，刘大茂喊道：继续！刘三茂把人家的渔网也收上船来。收了一大半网，望见远处有渔船，抓刀要把人家的网纲砍断。刘大茂又喊：别砍，锉！刘三茂明白了，锉的断口不整齐，人家就误认为被急流拉断了。没有锉刀。刘三茂抓网纲磨在一块压网用的石头上，磨断了。刘大茂在夜色中赶紧开船躲开。

后来，刘大茂不再放网。夜晚就开船在海上跑，看见有浮标，望不见渔船，就捞起，磨断网纲，将渔网收上船来，接着跑开。

那天和刘大茂分道扬镳后，林大佒跑了好远好远，跑过了大机船，又遇见大铁船，又继续跑，最后来到一处没有渔船的海域。傍晚准备下网，海上突然灯火通明，到处是放灯的渔船。灯光捕鱼算是高科技。黑夜里大灯在海上亮起来，几公里内的鱼望见火光就呼啦啦跑过来，热闹地集结在灯光下，布在水下的大围网慢慢收拢，鱼就被围住，也就都被锁进网兜里。林大佒最恨拖网作业的大铁船和放灯船，他说这两类船不是在捕鱼，是要灭鱼种！有拖网船和放灯船的海域，别种作业的渔船都捕不到鱼。林大佒不再放网，叫林二佒将自己的船号盖住，开大机船靠近那放灯船，突然，那"母鸡带仔"炮愤怒地吼叫，炮管里的弹片像高压喷水枪，全部射向那船，船上那几十盏像葫芦瓜一样吊着的大灯顿时都熄灭。林大佒的大机船掉转船头，跑了。

连续三天林大佒都不放网，等到晚上就开炮袭击放灯船。

第四个晚上，林大佒的"母鸡带仔"炮刚响过，那放灯船便从后边追来，探照灯凶狠地射过来。稍许，又有两柱强烈的灯光打斜刺里射来，两艘放灯船分别从两个方向包抄了过来。林大佒开船朝北边突过去。三艘放灯船穷追不舍。林二佒喊：继续打炮，把他们都打回去！林大佒喝道：还打什么打？这个时候不是打灯了，在打人啦！林大佒充分发挥大机船迎风破浪操作灵便的优势，驾船朝风

199

狂浪大的海面跑。三艘放灯船自恃船大,依然紧追过来。林大依船上油量足,驾船技术又了得,在黑夜掩护下窜来窜去。天亮前,终于把放灯船远远地抛在烟波中。

　　都说打不到鱼,珍珠岛还是有一些渔船出海去。

　　刘天一想不明白。想不明白就慢慢地想,现在有多少事情让人百思不解。但是,他的大机船没有出海去,一直停泊在岛东码头边。

　　晚上刘天一都到大机船来睡。夏夜睡在船上很舒服。在甲板上铺一张草席,上边拉一张帆布挡住天上飘落的露水,人躺在草席上,海风吹来,赶走蚊子,轻抹在身上,船在水上悠来荡去,细浪拍打船边发出有节奏的声响,很像孩提时躺在摇晃的摇篮里,享受老人葵叶扇的凉风,聆听老人催眠的儿歌。

　　说是刘天一要在大机船上享受夏夜的海风,其实,他在家睡不着,才到大机船来睡,然而,在大机船上他同样睡不着。他感觉自己的心里堵得慌,可是到底是堵了什么,又为什么要慌,他说不明白。这个晚上他觉得很困,眼皮重重的,躺下半个时辰,便睡着了。那位久不谋面的白头发白胡子老人又来看他。老人不是从天上来,从巫婆三娘家那边走过来,踏上岛东码头,又踩上大机船,走到他的身边,坐下,给他扇凉。他翻转身想坐起来,可怎么也坐不起。老人说:好好睡一觉,你很辛苦,难为你了!他说:我没做什么呀,做得很不好呢!老人说:你太累了,说话都乱了,一边说没做什么,一边又说做得不好。他想说岛上的人都很辛苦,日子都很艰难啊!可老人不让他再说,抓那扇子一摇,凉风舒心爽骨,他又迷迷糊糊睡了过去。老人抓扇子朝空中一晃,飘起来,随海风飘远去了。

　　半夜,一阵机器的轰鸣声把刘天一吵醒。天气好呢,渔船跑回来,又出事啦?刘天一爬起,朝海上望去,见一艘大机船裹在夜色里跑回来,可是越靠近,那机器声却越低沉,临近,那船掉头朝岛北那片红树林驶去,停在红树林的旁边。到底干啥呀?一顿饭工夫

200

后，那船的机器又喊起来，又开回海上去。刘天一看清了，是刘大茂的大机船。刘天一不再睡了，看着海上发呆。过了一会儿，又一艘大机船开回来，也停在那红树林边。刘天一坐不住了，爬上一只舢板，摇到红树林边。那船上的人搬一捆捆渔网往水里扔。红树林边有一个好大好深的水潭。刘天一看明白了，大机船在海上盗人家的渔网，拿回来藏！他在心里骂：天哪，珍珠岛变成海贼岛啦！他想摇舢板冲过去，给每人一脚，把他们统统踢下水。可是他的心在颤动，一点力气都没有，摇不动那舢板。

次日早上日头出来了，刘天一还呆坐在大机船上，默默地望着那片红树林。这片红树林是珍珠岛的一道亮丽风景。那一棵棵红树撑起一树树的绿色，巴掌大的叶片在海风中摇曳，很自在，很得意，四时张扬着一片热闹和欢欣。尤其海水涨潮时，蓝色的水中浮着一片活泼的绿，蓝和绿相映成趣，呈现出一种生动的和谐的美。刘天一喜欢这片红树林，可是现在望着，却觉得那绿色太深了，绿成了暗色，那挨挨挤挤的树枝像无数只手指纷乱地伸着或曲着，有的手指居然朝刘天一戳来，扎得他全身不自在。

大清早一声火铳响，珍珠岛颤了一下，接着吵嚷声从岛北红树林边涌起，渐渐涌向岛东码头来。在码头收购海鲜的李卓仁媳妇望过去，鼻子嗤一声，挑两只箩筐躲回家去。吵嚷声涌到岛东码头来了，看见刘大茂媳妇一身泥巴，挑一担红树林的树枝走过来，猫叔左手抓把杀猪刀，右手抓一杆火铳紧跟在后边，旁边又跟着李石强。

刘大茂媳妇砍红树林被抓住了。

每天清早刘大茂媳妇都走到岛北来看一下红树林，尤其要看红树林边那水潭。开始时，她挑两只竹篮来捡红树林的枯枝。后来，她干脆带把弯刀来，砍两捆红树枝挑回家。李石强告诉刘天一，说刘大茂媳妇天天砍红树林。刘天一的眼睛蓦地放出灼热的光芒。刘天一正为如何制止岛人出去盗网而犯难，如果直接抓盗网的人，会闹出好大的事情，影响很坏，人心也乱，那好，就拿红树林来敲山震虎吧！刘天一唤道：抓，抓到岛东码头来！东边天泛起鱼肚白，李石强便叫猫叔一块在红树林里等候。猫叔想，抓砍红树林的人，也是抓贼，带来一把杀猪刀和一杆火铳。刘大茂媳妇来了，站在红树林边望了一会儿，接着挥刀砍红树枝。她砍好了两捆树枝，刚要挑起，李石强突然喊：抓贼！两个人冲过来抓住。刘大茂媳妇骂道：喊啥，疯吗，谁是贼？要甩开李石强和猫叔，可甩不脱。她扫四周一眼，干脆嘚一声坐下，顺势滚在那泥水上大喊：禽兽啊！女人喊"禽兽啊！"就是说有人非礼她。猫叔的火铳哗的一声响了。刘大茂媳妇蒙了。听见火铳响，好多人跑了过来。李石强和猫叔叫刘大茂媳妇挑起两捆树枝，把她押到岛东码头来。

岛东码头聚满了人，吵嚷声，叫骂声汹涌澎湃。

这片红树林作用很大：防风挡浪护住珍珠岛；树林里生长小鱼小虾螃蟹黄鳝海螺泥虫，像个养殖场；更重要的是，它是一方风水。珍珠岛三面都是光秃秃的滩涂，只有岛北这红树林绿一片过去，连接海水。正是因此，珍珠岛接地气，有了根，稳固扎实！珍珠岛人都爱惜这片红树林，烧柴都靠买，从没人砍一棵红树。

猫叔将那火铳的绳子挂在肩上，像背枪一样，站个马步，抓杀猪刀比画，绘声绘色讲述抓刘大茂媳妇的经过。

刘天一抱个水烟筒坐在油桐树下那青石板上慢吞吞地抽。

猫叔走过来问刘天一：怎么处罚？

刘天一已经想好，抓刘大茂媳妇，说是保护红树林，其实要保护珍珠岛。岛人在海上做贼，拿赃物回来藏在红树林边，把珍珠岛弄脏了。岛脏了，就烂了。宁可不要红树林，也要保证珍珠岛的干净！刘天一吐出一口浓烟，说：罚啥，这片红树林给弄脏了，谁想砍就砍去，砍光算啦！

这是啥事？全部人惊愕。

林大侬一直站在旁边看着。他知道有人在海上盗渔网，拿回来，就藏在红树林边那水潭里。他见刘大茂媳妇被抓到岛东码头来，刘天一又说红树林给弄脏了，一切都明白了，他的火气冒出来，喊道：砍，把他娘的统统砍光！

说是砍红树林，其实是抢劫红树林。岛上的男女老少一齐出动，刀声斧声人声一片混杂。只需半天工夫，偌大的一片红树林砍去了一大半。

中午，刘大茂媳妇撸高裤脚踩在那泥水里大喊：别砍啦，再砍就罚钱了，砍一棵罚一百块，又要种回一百棵！她的声音沙哑，带哭腔，强烈地刺痛人的耳鼓。

刘大茂媳妇见刘天一叫砍红树林，非常吃惊，看见成片的红树倒下，她吓呆了。红树林没了，旁边那水潭全暴露，渔网藏在水潭里无遮无挡，很让人焦心，严重的是，红树林的破坏，就是因她引起，她就成为破坏珍珠岛的罪人！她慌了神，赶来找刘天一，恳求刘天一叫人家别砍了。其实，刘天一见大片的红树林倒下也很心疼，他只想打草惊蛇震慑那些盗网的人，不想岛人对红树林下手这样狠。可他仍显得很平静，对刘大茂媳妇说：你见不该砍了，你就去制止吧。

刘大茂媳妇喊一遍过去，刀声斧声都停止了。

三天后的一个夜晚，刘大茂的大机船开回珍珠岛来，见那红树林只砍剩一小半，不敢靠近去。观察了一会儿，没啥动静，他游水过来，摸见渔网仍安稳藏在深潭里，又开船过来，把渔网扔了下去。但是，他不再开船出去了，靠向岛东码头来。

刘大茂一切都弄明白了，红树林是刘天一那家伙叫砍的，他不让人家在旁边那水潭藏渔网，也就是对盗网的人表示愤怒。刘大茂在家里跺脚骂：不偷，可人家偷我们的呢！出海就赔钱，不偷点渔网，傻吗！呸，说要保护珍珠岛，大家都活不下去了，这个岛还有屁用！骂完刘天一，刘大茂又骂自己的媳妇。他媳妇偷砍红树，才让刘天一找到借口，趁机叫人家砍红树林。他骂媳妇脑进水，为了一点红树枝，抓条泥鳅丢条黄鳝，娘的，是个败家婆！

刘大茂媳妇真是个活宝，不管刘大茂怎么骂她，过一会儿，脸上就阴转晴。中午她弄两个小菜，和刘大茂一块吃午饭。她嘴巴大，吃饭的动作大，巴啦巴啦大口地嚼，像母猪吃食，不一会儿便饱了。刘大茂却边吃边发呆，慢吞吞的。她抹嘴巴站起，瞧见一只螃蟹从那箩筐爬出来，那只大花猫跑过来，逗那螃蟹玩。她干脆蹲在旁边看。大花猫伸爪碰螃蟹一下，螃蟹就迅速张开双螯，大花猫就马上缩回爪子。几次后，大花猫的爪子伸过去，被螃蟹螯钳住了，大花猫挣扎，可挣不脱。大花猫惨叫着滚了几下，那只螯断离螃蟹了，可仍钳夹在大花猫的爪上。刘大茂媳妇嘎嘎笑，急忙抱住大花猫，使好大的劲，才把那螃蟹螯掰开。就在这时，一只大公鸡飞上饭桌，踩落一只碗，叮当响。她瞧过来，见那饭碗落在地上，破了。刘大茂仍呆呆地抱个水烟筒坐着不动。她赶了过来，一边收拾一边嘟哝说：哼，不知想啥，鸡飞上饭桌也不赶，刚买的碗呢！刘大茂哧一声，火气从鼻孔冲出，一巴掌盖在她的脸上。她踉跄一下，没有跌倒。她不哭，不吭声，咚咚咚走了出去。

　　以往刘大茂媳妇挨打了，就跑到刘天一家来，找刘天一媳妇诉苦，其实是有意无意地说给刘天一听。现在她不来了，直接朝巫婆三娘家走去。猫叔刚从巫婆三娘家里走出来，跌跌撞撞，还哼着山歌。她立在门边，好奇地望着猫叔。少杀猪后，猫叔好久没醉醺醺的了。她说：猫叔，吃好多酒哟？猫叔喜欢人家说他醉酒，眯着醉眼说：两瓶！她又笑着问：下酒菜很好吧？猫叔说：吃人家拿来拜神的鸡。她说：人家来拜海天元帅，都变成拜你啦！猫叔仰头说：嗨，我就是海天元帅呢！她嘎嘎笑，笑声很扎耳。猫叔突然警惕，巫婆三娘说她是珍珠，他却说自己是海天元帅，那么……猫叔瞪眼睛骂：你笑啥？刘大茂媳妇捂住嘴窃窃，跨两步走进了巫婆三娘的家门。

　　巫婆三娘站在海天元帅神龛前叽里咕噜念佛语。刘大茂媳妇静静地站在一旁看。巫婆三娘斜眼瞥见刘大茂媳妇的脸上有巴掌的印痕，她的头一晃，眼睛上翻，双手舞动，接着一巴掌扇在刘大茂媳妇的脸上，把她打蒙了。巫婆三娘还在跳神，边跳边说话，说的是刘大茂媳妇大概听得懂的广州话：哼，以为我在天上啥都不知道，蠢！神在天上，眼睛和耳朵都留在珍珠岛，啥都听得见，看得着！哼，这个女人的男人很坏，这个女人也坏，尤其她的嘴更坏！恶有恶报，打，该打，我海天元帅今天就是要打她！刚才我借她男人的手打了她一巴掌，本不想打了，可她还懵懵，嘴巴还不干净，只能再打！正在捂着脸的刘大茂媳妇双腿一弯，扑通跪在海天元帅的神龛前，一边磕头一边说：女子愚蠢，女子错了，元帅大神有大量，别怪女子，也别怪女子的男人，保我全家平安泰道啊！巫婆三娘不再跳了，打个哈欠，眼睛连眨几下，双手抹一下脸，醒来了。巫婆三娘问：你啥时来了？刘大茂媳妇心里还悸悸的，疑惑地望着巫婆三娘说：哦，我来一会儿了。

这个夜晚刘大茂睡得很死，没有和媳妇做那事。刘大茂媳妇却一夜睡不安稳，鸡啼第二遍她就爬了起来，心里还闷闷的，她坐在床边梳头，其实也是梳理一下心情。她披条长衫走出去，到厨房做早饭。火烧起来了，很旺，火舌舔着锅的屁股，一晃一晃的。她抓两截干柴塞进灶膛，抓过手电筒，转身跑去看鸡窝。刚才听那鸡啼声，都是邻居家的公鸡声音，没听见自己家那只高冠黑尾大公鸡叫。她把鸡窝里的鸡都赶出窝，仔细地查看，真的不见那只大公鸡。她心里咯噔一下。昨天傍晚鸡进窝时，她心情不好，没有清点，弄不清是昨天鸡就不见了，还是晚上才不见的。她扫视鸡窝四周，不见有鸡毛，没有猫吃鸡的迹象。她的脸一热，咚咚咚跑出家门口来，头一仰，顿脚骂了起来：天啊，偷鸡贼啊，你不得好死啊！你偷我家鸡吃，不怕鸡骨鲠你的喉吗？不怕恶鬼抽你的肚肠吗？不怕你生疮生癌生麻风吗？刘大茂媳妇的骂声很尖利，把夜幕刺得支离破碎，天色渐渐泛白了。

偷鸡贼很可恶，该骂！骂偷鸡贼要骂得凶，骂得狠。鸡被偷去后，还没杀，偷鸡贼听见一番恶骂，心虚了，受不了了，或许会把鸡放出来；倘若偷鸡贼把鸡杀了，吃了，也要让他吃得不安，心里难受。大骂偷鸡贼是珍珠岛以前的习俗。这个习俗时兴时止，比如五九、六零、六一年闹饥荒时，就骂得凶，后来很少骂了，尤其近许多年来听不见有人骂了，或许是多年来没人偷鸡了。今天刘大茂媳妇为什么又要大骂，她说不清楚，只是感觉自己想骂，大骂一场，心里痛快些。刘大茂媳妇骂得很起劲，脸红耳赤，拍手顿足，唾沫横飞。

天色亮白了，刘大茂媳妇突然发觉自己还穿条裤衩，急忙躲回家穿衣服。她把早饭煮熟了，又从厨房走出来，一怔，那只高冠黑尾大公鸡正在厨房前觅食。难道是偷鸡贼把鸡放回来啦？不会的。可能是鸡躲在哪个角落过夜，天亮后，自个走了出来。刘大茂媳妇心里有些自责，自己怎么了？事情没弄清楚，便胡骂了一通。唉，也许是这些天她心里堵得慌，很想骂人，不知道要骂谁，就借故大骂偷鸡贼，骂个痛快。她迟疑了一下，又走出家门，要继续骂。这回不是犯糊涂了，只有再骂，人家才相信她家的鸡真的不见了，才不说她长张毒嘴乱骂人。她的脚踏出门槛，傻了，门外黑压压围着好多人，目光都朝她飞过来。她的骂声惹怒人家了吗？她想向人家解释，可是发觉飞过来的目光好像没有责备她的意思。到底怎么回事？现在的珍珠岛人怎么啦？她不再骂了，突然嘎嘎笑，掉头走回家来。

珍珠岛人早饭晚吃，晚饭早吃。吃完晚饭，日头还有几尺高，把家里的杂事忙完了，天才黑下来，各家各户的大门就关上，巷里没了行人，整个岛也就开始睡了。

刘天一媳妇都睡得很晚。她有干不完的活，东摸西摸的，要等刘天一上床睡一会儿后，才悄悄爬上去。她晚上床还有原因，就是怕吵得刘天一睡不着。她的呼噜声很大，眼睛一合上，嘴巴就张开，就发出一波接一波的鼾声。今晚奇怪，刘天一上床，她就跟着爬了上去，而且一口呼噜也不打。没听见呼噜声，刘天一很不习惯，辗转反侧，不一会儿就伸手往旁边摸一下。

206

三更时，刘天一迷迷糊糊的，那位白头发白胡子老人又来了。老人很严肃，说：你怎么叫人砍红树林？风水破坏了，地气就散了，要出事的！刘天一心烦，不想向他解释，说：就罚我吧！老人突然不见了。刘天一的头刚在枕上搁稳，岛上的狗疯狂起来，巷里涌动着急促的脚步声和嘈杂的叫嚷声。

　　出啥事了？刘天一爬起来穿衣服。他听清楚了，刘大茂媳妇的声音在喊：抓淫贼，抓住他，打死他！他估计猫叔和巫婆三娘出事了。平时一些议论猫叔和巫婆三娘的声音在巷头、在屋角躲躲闪闪，跳进他的耳朵。可是，巫婆三娘供奉海天元帅，爱屋及乌，她的事从来没人干涉，从没闹出啥风波。刘天一在心里说：这回三娘完了，海天元帅也跟着蒙羞呢！他没有出来。他同情猫叔和巫婆三娘。虽说岛上不让寡妇门前生出是非，可一个光棍，一个寡妇，饿猫吃剩粥，没必要狠心赶走饿猫，倒掉剩粥。岛人惩罚通奸很严厉，要不当场打死，要不装进猪笼拿到海上扔。他希望人家闹了一会儿，别再闹了，让事情悄无声息过去。

　　天亮后，刘天一一踏出家门，各种目光嘀嘀嗒嗒跳过来。他走近去，那些目光赶紧躲开，不一会儿，目光又从后边跟踪过来。

　　岛东码头的油桐树下拥拥挤挤围着好多男人女人。见刘天一走来，人们一呼啦散开。刘天一的眼睛睁大，嘴巴也张开，双脚却僵住，像木头人一样。油桐树下绑着他的女儿月花。刘天一不说话，掉头，走回家去。

　　那次月花发"花痴"，就是想阿陆想疯了。巫婆三娘说带她去水角镇拜妈祖，其实是去见阿陆。此后，她经常偷偷摸摸去找阿陆。昨晚月花又跑到水角镇找阿陆。半夜后海水涨潮了，阿陆摇舢板送她回岛来。月花刚踏上码头，埋伏在码头周边的人冲了过来。阿陆摇舢板跑了。刘大茂从一个角落走出来喝道：伤风败俗，把月花抓起来，看她爹怎么处理？几个男人抓住月花，将她绑在油桐树下。

　　刘天一走回家来，他媳妇问：出啥事了？他的脸很黑，不答话。他认为，月花偷偷摸摸去水角镇，她知道。昨晚她上床很早，一口呼噜也不打，就是因为知道月花的事，心里紧张，睡不着。他媳妇的确知道，而且知道月花已经出事了，她又急又慌，喊道：你要救月花啊！刘天一仍不答话，脸依然黑着。

此事发生，是因为刘大茂媳妇。夜里她和刘大茂在床上说男人女人的事情，把月花的事说了出来。刘大茂窃喜，他要抓住这个事好好做刘天一，于是策划这场抓奸。他已经想好，珍珠岛女人和岛外的男人私通被抓，要拿去沉海。他估计刘天一不会拿月花沉海，只是臭骂月花一顿，然后请求岛人原谅，在一片议论声中很不光彩地解开月花的绳子……从此，刘天一在岛上说话，就像放屁了。

中午了，月花仍绑在油桐树下。

刘天一走回家去后，不再出来了。当时看见了月花，与其说是绑着月花，其实是把她吊了起来。如果他要救月花，就坏了岛上的规矩；月花是自己的女儿，又不能不救，进退都陷入不仁不义，唯一办法只有不见。

早上李卓仁要去水角镇，见抓了月花，觉得有意思，干脆待在家里，看岛人怎么闹。刘天一不再出来，李卓仁却走了出来，要替刘天一解开这个死结。他对油桐树下的人说：该杀就杀，该放就放，这么绑着，好看吗？

刘大茂说：刘天一不出来说话，不好办呢。

李卓仁当然看出刘大茂心怀鬼胎，说：你去叫刘天一嘞。

刘大茂赶紧闭嘴，躲开。

巫婆三娘也来了，头上簪两朵大红花，涂胭脂，打口红，穿一条很花的裙子。她抓一把香，面对海上那案台礁石手舞足蹈，随着连打几个嗝，双眼往上翻，全身颤抖像筛糠一样——元帅的神魂附在她身上了。她说：月花是个坏女子，把她赶走，有多远赶多远，不让她再踏上珍珠岛！

李卓仁说：对，把月花赶走，不能坏了岛上的规矩！

林日旺突然喊道：不行！赶走月花，她就去嫁那水角镇人啦！

李卓仁瞧着林日旺，想不出他为什么这么说，问：你说要怎么做？

　　林日旺狞笑说：海天元帅说不让月花再踏上珍珠岛，只有赶下海去，她才永远回不来。

　　这家伙狠啊！赶下海去，不就是拿去沉海？可是，他抓住了巫婆三娘话里的漏洞，让人说不出话，连巫婆三娘也无话可说。

　　天黑下来了，海水也涨潮了。

　　李卓仁从诊所里走出来，解下月花，拉到码头边，又拉她上一只舢板，拿一块大石头绑在月花身上，招手叫巫婆三娘也上舢板来。

　　林大侬突然跑过来喊：不——不能去！

　　李卓仁问：干吗不能去？

　　林大侬说：不干吗，不能去就是不能去！

　　刘大茂也跑了过来，拉住舢板说：算了，把月花放了。

　　李卓仁喝道；滚开！伸手一推，刘大茂栽倒在水上，溅起一片水花。

　　刘大茂爬起时，舢板摇离码头了。

　　刘大茂站在水里喊：你娘的，杀人啊！

　　舢板继续朝前摇，摇向大海，消失在黑夜里。

第十五章　岛殇

　　1999 年大年初一早上，天气光亮、温润像少妇的胸脯。酒爷吃得酩酊大醉。日头红着脸出来时，酒爷也出来了。他拄着拐杖站在岛东码头油桐树下看日出。他说：哎哟，日头比我还醉呢！日头爬上去了，他跌跌撞撞走到码头边，看天，看海。他的目光飘来荡去，最后在海天交界处黏住。他哈哈笑说：今年是猫年啊！笑完，哼着歌，平平静静走回家去。

　　码头的人很惊惑，酒爷说什么呢？十二生肖中哪有猫年！只有刘天一明白酒爷在说什么。刘天一也望着海天交界处，说：酒爷的阳寿完了！珍珠岛没人知道酒爷多少岁。一次，刘天一问酒爷的生辰，酒爷认真地说：我猫年生，猫年死。不想，酒爷说的"猫年"真的到来了。刘天一又想起另一件事。刘天一在乱石滩边抓到一条好大的黄鳝，有刀柄那么粗，很少见。他拿去和酒爷吃酒，又顺便拿来三个鸡蛋。黄鳝和鸡蛋放在酒爷的一口竹盘里。那黄鳝弯成一个"2"，三个鸡蛋并排搁在黄鳝的旁边。酒爷瞧一眼，说：我不吃，我吃不到 2000 年的！刘天一瞧见黄鳝和鸡蛋正好排列成"2000"，疑惑地问：你说 2000 年是世界末日，人类要灭绝？酒爷说：世界没有末日，人类要自我灭绝；不过，我这条破命折腾不到二十一世纪了……刘天一把两件事连在一起想，很快便想明白酒爷话里的意思：今年是酒爷的本命年，又是二十世纪最后一年，酒爷要归天了。

最恐怖最残酷的事情莫过于清楚地知道自己的死期，但是，酒爷依然平静像水缸里的水。

酒爷死那天是天赦日。前一天晚上，他吹了一夜螺壳，那呜呜呜的声音在珍珠岛上空飘荡，好像有一只巨大的鸟在天上来回翱翔。早上起来，酒爷的精神爽朗，神采奕奕。他穿一身长袍，戴一顶礼帽，信步沿珍珠岛周边走了一圈，然后在岛西那水井前默默地站了一会儿，最后走到岛西码头旁边那乱石滩来，在那块大石头上打坐。

一阵风从水面升起，飘向乱石滩，吹在酒爷身上，把他的礼帽吹上天。礼帽在空中打几个旋，又落下来，浮在水上，随着退潮的海水向西方漂去。酒爷望着那顶远去的礼帽说：头断如帽掉。我不是英雄，咦，这个暗示不贴切！

日头爬上头顶时，酒爷站起，默默地望着远方，然后从那大石头爬下，走出乱石滩，走向岛西码头来。

几个女人站在岛西码头好奇地望着酒爷。早上她们去水井挑水，就看见酒爷一动不动坐在那大礁石上，居然坐到现在，太奇怪了！酒爷走了过来。女人们问：酒爷，你坐在那石头上看啥呀？

酒爷说：我在望路呢。

女人们的眼睛都睁得很大，嘴巴却紧闭，大气不敢喘。

"望路"就是望西归的道路。老人死之前，往往有一小段时间精神特别好，说是"回光返照"。如果老人突然到户外走，不声不响望着远方，那就是"望路"，事先看好路径，等撒手时，好知道从哪条路走去西天。

酒爷朝刘天一家走去。

刘天一在修梯子。珍珠岛这么多户人家，只有这一架梯子。岛人上屋补瓦、修桁、换椽都到刘天一家来借，用完了，就扛回来，放在那旯旮处。这架梯子有人用没人修，一条横木断好些日子了，

211

几个人曾借去用，拿回来，那横木还断着。近来刘天一的心情不好，天天待在家里，忽然想起这架梯子，搬到庭前来修理。刘天一一边抓斧头削那横木，一边问自己：为什么今天忽然想到这架梯子？他答不出，只好解释说：可能今天的心情好些。刘天一的心情好时，就想到一些与珍珠岛人都有关的小事情。就说这架梯子，与整个珍珠岛人都有关。梯子不常用，一年自己没用上几次，可没有梯子，要修桁补椽整理瓦口就上不了房顶。但是珍珠岛没人肯造梯子。他造这架梯子，为了自己使用，也是为了方便人家来借。

　　说是酒爷走进刘天一家来，不如说他像风一样飘进来，根本没听见脚步声。蹲在梯子旁边的刘天一看见一个影子滑进来，抬起头，酒爷已经立在他的面前。刘天一拉张板凳请酒爷坐。酒爷没坐，一双眼睛发出紫色的光，照在那架梯子上。刘天一正疑惑，酒爷那张没有牙齿的嘴咧开，露出一个深洞，声音从洞里喷出来：梯——梯——珍珠岛的梯！刘天一回头瞧梯子。酒爷嘎嘎笑着说：到我家下象棋！他身轻如燕，又飘出去了。

　　平时下棋，多在傍晚时分。刘天一到酒爷家和酒爷吃酒，顺便摆开棋盘，一边捉子一边说话。今天酒爷为什么特意来叫他去下棋？刘天一提一壶酒朝酒爷家走来。

　　一个多月刘天一没到酒爷家来了，芒草已经在那间瓦屋四周疯狂成灾，几乎找不到路走进去。推开那扇竹篱门，芒草也在里边疯狂，只有瓦屋门前留下一张草席大小的空地，马尾榕树下那块青石板就在空地中央。那青石板上已经摆着一盘棋，酒爷躺在旁边的一张马扎上，目光粘在马尾榕树顶的几只鹭鸶身上。酒爷象棋的功底很厚，他看着树上那些鸟，和刘天一下盲棋。刘天一下不了盲棋，坐在青石板面对棋盘，抓子走子。酒爷手上抓一只酒壶，呷一口酒，目光在树上游移一下，便念一声棋诀。刘天一先行，炮二平五；酒爷应对，马八进七……刘天一的棋风已经从凌厉变成稳健，步步为营，行棋谨慎。酒爷的棋风依然诡秘，走子巧妙，有时好像留下破绽，却往往是圈套，如果冒失进攻，就被缠住，轻则丢兵折将，陷入被动，重则大势不妙，全盘皆输……下至中局，盘面很乱，看不出谁优谁劣。刘天一双手抱头苦思冥想。酒爷说：棋局很乱，四处隐藏杀机，你应该审时度势，观六路，听八方，处变不惊，处乱不乱。刘天一感觉酒爷似在说棋，又像不是，抬眼看酒爷。酒爷还望着树上那几只鸟，可嘴巴翕动，还在说棋。他说：虽然目前的棋势不分优劣，按你的棋风分析，你已被动。你爱用车，纵横驰骋，可局面纷乱，车路不畅；你想用炮突围，炮的特点是外明内暗，隔山取物，须有阴谋，不是你的长项；如此乱象，应该着力用马。马窥四面望八方，进，斜行侧杀，不露声色，退，机动灵活，稳当扎实。刘天一的目光落在自己的两只马上。酒爷又说，进退维艰啊！攻，则后方不固，丢象失士，老帅难保；守，则子力受困，被动挨打……刘天一兑了一只卒子，双马活跃起来。一只马退回本营，守士保象护卫老帅，又待机出击；另一只马跃过河界，扼住咽喉地带，又窥视对方城池……酒爷突然喊：妙，经过一番磨难，懂得隐忍，棋路宽多了。刘天一听明白了，酒爷在说棋，也在说事，世事如棋。酒爷平静地说：我输了！刘天一低头看着棋盘。酒爷说：你走下去，双方各六步，就绝杀了。刘天一按双方的棋路演算，算到第六步，拍马叫将……酒爷说，以后的棋你只有自己下了，我不再陪你了。刘天一抬头看酒爷，他脸色发白，像蜡人一样僵着。稍许，酒爷的双手舞动，嘟哝说：今年凶啊，要出许多怪事！刘天一惊愕。酒爷的脸色变成紫红，好像他的骨头发出磷光，从毛孔折射出来。酒爷看着刘天一说：梯，你就是梯！刘天一不明白什么意思，依然惊惑。酒爷的脸又变成了肉色，可笑容僵在脸上，显得十分局促。他的目光依然灵动，在刘天一的面前飘移，嘴唇轻轻翕动说：珍珠岛啊珍珠岛，偏隅一方，仍难求清静……海坏了，风水不坏，岛还坏不了；风水坏了，灵魂不坏，岛危险了；灵魂坏了，人就坏了，岛就没了……我走了，就看你的啦……酒爷舒一口气，神情顿时轻松。一会儿后，酒爷努力伸出右手，五个手指张开，又握成一个拳头。他的右手还停在空中，左手也跟着伸出，手指也张开，还没握住，头一歪，轻轻地靠在马扎上，眼睛静静地闭上，表情很安详，他走了。

酒爷说今年是凶年，果然灵验。酒爷死后一个月，珍珠岛发生地震。岛上的房屋和树木都摇晃，人也晃动，却没一间房子坍塌，也没伤一个人。地震刚过一个时辰，出现海啸。海水顿时疯狂，翻滚着冲向珍珠岛，从岛东码头扑上来，沿着各条巷涌过去，冲向岛西。只一刻钟，海水便退离，又没一间房子坍塌，也没伤一个人，只冲走了一些猪、鸡、狗和堆放在屋外的柴火。海啸过后，珍珠岛长高了许多，岛西码头旁边那乱石滩的礁石全部露出水面，那块大礁石更加突出，高高地耸立，岛四周的水道、港湾都变浅了。

一个日头白得耀眼的好天气，突然飘来一块铅色的云，洒下星星点点的雨水。一道银亮的闪电从天上射下来，直接射在岛东码头那油桐树上，发出一片火光，一声震耳欲聋的巨响，雷劈油桐树了，树干劈成两半，整棵树倒下，树枝横七竖八，树叶散满了码头，有的树叶焦黄甚至焦黑，像被火烧过。奇怪的是，一只八哥鸟巢落在树干旁边，三个鸟蛋还搁在巢里，居然没有破碎。

地震过后半个月，潮水都变得有气无力，慢吞吞涨上海滩，来到码头边便打住，怎么也爬不到码头。一天，海水突然涨个大潮，潮水几乎漫过码头。天上又刮七八级南风。风赶着浪，海浪哗啦啦扑向岛西乱石滩，激起一片片浪花。轰隆一声，乱石滩那高耸的礁石坍塌了，沉入水中。海水退潮后，乱石滩上露出一个很大的穴口。人们很惊奇，又很好奇，围着看。刘大茂抓一根火把从穴口潜水钻进去，终于进了石窟。他点燃火把东照西看，没发现什么奥秘，更不像他说的"像宫殿一样"。他看见石窟底下有一道石缝，下边滚动一股暗流。他不敢随暗流而去，将火把扔进石缝，蓦地不见了。第二天，有人在岛东面那案台礁石旁边捡到那火把。刘大茂跑到案台礁石查看，他钻过的那道石缝变大了，容两个人一块钻进去。

雷劈岛东码头那油桐树两个月后，岛南坟场那棵大榕树的树叶变成焦黄，脱落，整棵树枯死了。有人跑来看这棵光秃秃的大榕树，没发现有病虫，没发现有人为的伤害，今年又风调雨顺没有干旱。大榕树为什么死了？珍珠岛人只能解释为岛东码头那油桐树是阳树，这棵大榕树是阴树，阳树被雷劈了，阴阳失调，阴树悲伤，孤单，也不活了。

　　农历六月十二那天，晚上没有风，月亮藏得很深，天很黑。一更天刚过，嗷嗷嗷的海鸥声飘在天上。开始是三两声，接着越来越密集，再接着，铺天盖地地嗷嗷嗷响。海鸥叫是不祥的预兆。大海要刮大风，海鸥才嗷嗷叫，海上风平浪静的，海鸥怎么喊得那样慌？珍珠岛人的心都紧缩，缩进肚里。连续发生不祥的事，岛人的胆子都变小了。半夜时分，鼓声锣声响起来，火把也亮了起来，巫婆三娘出来跳神赶鬼。说是海上的死鬼纠集在一起造反。死在海里的人，骨头都沉在海底。那些沉下海底捕捉麻鱼的渔网把他们的骨头翻来翻去，大铁船的拖网更野蛮，把他们的骨头扫进网里，他们不得安宁，大闹，闹到珍珠岛来。这次跳神很隆重，把海天元帅的神像抬了出来。跳神队伍在锣鼓声助威下，轰轰烈烈来到岛东码头。巫婆三娘张开双臂，像一只飞翔的海鹰，转几圈后，突然站住，望着天空，跺脚喊：放炮，把野鬼赶跑！李石强抓打火机点火铳，轰隆一声巨响，火铳爆炸了，飞起一片刺眼的火光，全部人都惊恐地叫喊。人们惊魂甫定，见李石强的手掌炸裂了，滴答滴答在滴血。巫婆三娘的头炸破了，血在她脸上淌，那花衬衣变成红色了。两个抬海天元帅神像的人都受伤了，一个蹲在地上痛苦地抱着那条炸伤了的右脚，另一个咬牙摁住自己的胳膊，那肩膀的衣服撕开一个口子，衣袖被血染得全湿了。海天元帅的神像摔在地上，一只耳朵不见了，一只胳膊抛离几尺远。刘天一没受伤。他很镇静，瞧见一只火把扔在地上，走过来捡起，高举着喊：别慌，没事的！李卓仁急匆匆提药箱从家里赶了过来。一阵纷乱，一阵忙碌后，包扎完受伤的人了。岛东码头一下子静了下来，参加跳神的人纷纷走

215

了。刘天一又高举火把大声喊：别慌，野鬼都赶跑啦！其实，这个时候岛东码头上没几个人了。刘天一右手抱起海天元帅的神像，左手举着火把，巫婆三娘捡起海天元帅那只断离了的手臂，朝巫婆三娘家走去。

每发生一个恶事，刘天一的心头都像被蝎子蜇了一下，好几天心里都麻麻痛。连续发生了五件恶事，刘天一的心像一个浮在乱石滩上的皮球，在浪涛冲击中撞来碰去，遍体鳞伤。但是，上半年过去了，五件恶事都发生了，刘天一那绷紧的神经终于松了一下。刘天一参悟出来了，酒爷临死前伸出右手的五个手指，又紧紧握住，提示他死后，将发生这五件古怪的事情。

酒爷说过：死人的灵魂寄托于活人的感知而存在。中午刘天一又跑下岛西乱石滩来，坐在酒爷经常在上边吃酒、钓鱼的那块大石头上。刘天一想念酒爷。酒爷走后，他心里有一种空落落的感觉，尤其回想和酒爷下棋那情形，心里就虚虚的。那天酒爷说棋，就是给他指点迷津，可他还没完全参透。

天上的日头被一簇橙色的云朵挡住了。刘天一望着那云朵，突然感觉头晕，干脆闭上眼睛，躺在那石头上。哗啦一声，一个浪头撞来，飞溅的浪花都落在他的身上。他抹一把脸，睁开眼，见那位白头发、白胡须的老人就站在他的身边。老人的脸绷着，眼睛露出丁点儿凶光，质问：知道你的罪行大吗？刘天一摇摇头。老人又问：知道珍珠岛的风水都给你破坏了吗？刘天一一想，老人指的风水应该是岛西乱石滩下的石窟、岛东码头上的油桐树、岛东面的案台礁石、岛南坟场的大榕树，但是他不明白，为什么说这些风水是他破坏的。老人说：风水有灵魂，有生命，伤一筋就连十骨。我给你扇凉，让你安静地睡，就是不想让你管那些杂事，可你还是爬了起来，又去管了。你叫人砍岛北那红树林，伤了珍珠岛的筋，坏了珍珠岛的地气，才连累全部的风水被破坏了。珍珠岛会因此遭遇大劫难！刘天一纳闷，他相信风水有灵魂，也相信风水破坏会带来灾难，就像酒爷说的"风水坏了，岛危险了"。可他不认为风水是他破坏，更不能说是他的罪过。气候变坏，人的灵魂在变坏，他叫砍红树林，是要挽救人，被迫而为之。酒爷说"人的灵魂坏了，岛就没了"那更可怕呢！老人不想听刘天一讲道理，发怒说：你还不服气？珍珠岛的风水被破坏后，失去了保护，海上的孤魂野鬼趁机到珍珠岛来作乱，我领天兵神将驱赶，一场恶斗，伤了我不少兵丁，连我也受伤了！刘天一望着老人，看见他的胳膊和耳朵还有伤痕。老人哼一声，踏浪走了。

刘天一头不晕了，坐起来。他心里好烦，他不明白那老人为什么把风水破坏都说在他身上。他要找酒爷吃酒，讨论这个问题。刘天一想站起来，忽然风起了，那呜呜的风声中好像夹杂着酒爷的声音。酒爷说：你傻啦，我死半年了，还要找我吃酒？刘天一惊异，这是借风传音，酒爷从另一个世界把话传过来。酒爷又在风里说：风水的事你别太上心，不是某个人所能为的。我不是跟你说过了吗，风水不是具体物象，是长久氤氲在一个地方的地气。气候变化，造成地气变化，风水也变化。刘天一想说什么，又听见酒爷说：你应该记得，我说过，地气运行变化凝聚成人的灵魂，灵魂就是有生命的风水！我临走时又特地对你说：风水坏了，灵魂不坏，岛也坏不了。要记住，关键是人的灵魂，要守住人的灵魂，才守住岛的灵魂！刘天一对着风说：你临走时，伸出右手，张开五指，握成拳头，上半年发生了五件大事；后来你又伸出左手，张开五个手指，还未握上便撒手去了，是不是……风说：这是天机，不能多说。那天我走得那么匆忙，就是上苍怕我泄露更多的天机。你悟性高，应该懂的，气候变化，风水变化，地气变化，都影响岛上的人，要发生奇异的事。你应该处变不惊，处乱不乱，以不变应万变，做你该做的事就行了！刘天一还要问，突然风停了，云开了，一个大日头出来了。

下半年不见再发生凶险的事，刘天一媳妇好端端地却突然疯了。每天海水退潮后，刘天一媳妇都挑一担树笔下岛北海滩去插。

217

树笔就是红树的果，也就是红树的种子，小手指一样粗，一拃长，一头尖，另一头顶着个小喇叭，很像一杆毛笔。将树笔的尖头插在泥滩上，十天八天光景，那小喇叭就长出树叶，变成一棵小红树。月花出事后，刘天一媳妇像一条鱼，白天夜晚眼睛都合不上。刘天一知道她为月花睡不着，但是无法安慰她，安慰没用。那天，到最后时刻林大侬和刘大茂都要救月花，刘天一却没有，他媳妇恨他，他呢，心里也有愧疚感。他只能对她说：嘿，你天天抓自己的心捏来捏去，哪睡得着啊！他媳妇不搭理他。他于是说：你挑树笔下岛北那烂泥滩插，踩着烂泥，把身子骨摇松了，怕你赖在床上不想起来呢！他觉得这个主意好，既让媳妇累得躺下，又能种回红树林。虽然酒爷劝他，风水的事别太上心，可他望着岛北那片光秃秃的泥滩，心里还是疙疙瘩瘩的。

　　火一样的阳光泼下来，烧得那烂泥滩冒出烟。刘天一媳妇挑两筐树笔走下海滩来，深一脚浅一脚踩在泥泞中，插完一筐树笔，腰酸腿软累成烂泥一样。她不插了，一屁股坐在地上歇口气。她抓一把泥来搓，搓成一个螺，搓成一只螃蟹，搓成一条黄鳝，又捏三个泥人并排坐在她的面前。她指着左边那个说：月花，娘想你呢！你想娘吗？你不能回来看娘，就告诉娘，你在哪儿，娘去看你！愣一会儿，她指着中间那个泥人说：天一，你不救月花，不配当她的爹！你说，岛上没人上门求亲，月花不去外头找，让她当尼姑吗？她的目光落在右边那泥人时，眼睛却闪出火光，手指戳在那泥人的鼻子上骂：刘大茂，你恶，你是坏人，我屙泡尿灌你！她没有屙尿，吐一口浓痰粘在刘大茂的头上。她还不解恨，一巴掌扫去，把刘大茂和刘天一扫出丈把远，把月花也撞倒了，跌在她的箩筐边。她喊道：哎哟，怎么也把我月花撞倒了啊！她站起来，要捡回月花，瞧见一棵砍断的红树头浸在一窝水中，那水很混浊，不停地冒泡。她伸双手进水里捞，摸出一个好大的毛蚶，有大男人拳头那样大。她又捞，捉到一只张牙舞爪的大青蟹。继续捞，摸到一条大黄鳝。她嘎嘎笑，捏住黄鳝的脖子拉起来。天哟，露出水面时她傻了，原来是一条几尺长的大水蛇。那蛇尾一钩，搭在她肩上，又缠住她的脖子。她哎一声，全身僵直，栽倒在水滩上。

刘天一媳妇从水滩爬起，水蛇不见了，青蟹也不见了。她的目光像锥子一样扎进那毛蚌里，哈哈笑。她抓一把泥抹在脸上，伸手往胸前一抓，撕开衣襟，露出一边乳房。她的眼睛连闪了两下，一只手朝前伸，伸得很直，另一只手弯在胸前，托着那大毛蚌喊：珍珠，大珍珠啊！她喊着笑着朝岛东码头走来——疯了。

这个几棍子打不出一个响屁来的女人突然发疯，太骇人了，很多人围过来，瞧怪物一样瞧着她。人越多她越兴奋，抓那个大毛蚌晃来晃去，嘎嘎笑着说：珍珠，好大的珍珠，我这毛蚌里有个大珍珠呢！

还是女人了解女人，或者说，只有女人知道女人。围观的女人们嘴巴嘀嘀咕咕，有的说，珍珠姑娘弄她啦；有的说，她想月花想疯了；有的却说，这是女人的一道坎，更年期心血翻腾，把人心颠乱了。

天蒙蒙亮时，珍珠岛的巷里就听见一阵沉重的脚步声，接着，尖厉的笑声跳跃在人家的门前屋后，再接着，悠扬的山歌声飞起。那是情歌，情真意切，掏人心肺，其中有一首唱道：

田干渴望天落水，
春天杨柳想风吹；
花开吸引蜜蜂采，
太阳吸引向日葵。

这个时候珍珠岛格外寂静，连那些胆大妄为的狗也不吭一声。天亮后，人们走出家门，啥都不见。

这天凌晨，巫婆三娘守在岛东码头，见刘天一媳妇把脸涂成红一块白一块，穿条男人的背心，腰上扎一条红绸布，嘴上叼一根香烟，扛一把长矛威风凛凛走了过来。她扔下长矛，单脚站立，双手张开，像展开翅膀的鹰，眼睛发出绿光，望着遥远的天边。片刻后，她弯腰捡起那长矛，两腿叉开，抓长矛舞动，左扎右刺，又大声喊：杀，杀，杀！

巫婆三娘走近来，用男人的声音问：杀谁？

刘天一媳妇也用男人的嗓音答：杀贼！

巫婆三娘又问：贼在哪儿？

刘天一媳妇答：贼在男人心里！

巫婆三娘双肩一抖，也来个金鸡独立，双眼直直地朝水角镇望去。

刘天一媳妇也朝水角镇望去。

巫婆三娘说：贼在水角镇，水角镇人偷走你的心肝宝贝啦！

刘天一媳妇不禁打个战。她明白巫婆三娘在暗示她，说月花没有死，就在水角镇上。此前刘天一曾对她说过，月花没死，跑到水角镇去了。可她半信半疑，以为刘天一心里有愧，而在哄她。现在她相信了，那晚，就是巫婆三娘和李卓仁送月花离开珍珠岛。她立住脚，怔怔地望着巫婆三娘。巫婆三娘也收腿站立，看着她，接着朝她眨眨眼。

刘天一又在岛西水井旁边那枇杷树下坐下。近来他喜欢一个人在这里坐着，说是井边这棵枇杷树枝叶繁茂拥抱一片阴影，周边又有小树和杂草，海风跑来，摇着树枝和草尾，十分凉爽，是个乘凉的好处所。其实，刘天一哪儿也不想去。珍珠岛已经变得很难看，岛北的红树林砍掉后，剩下疙疙瘩瘩的树头，很像个癞痢头；岛东码头没有那棵油桐树后，那光秃秃的水泥地板很像人的脸上落下一块光亮的伤疤；岛南坟场少了那棵大榕树后，其他树木都很扎眼，更显得鬼气阴森；岛西的乱石滩那块高耸的礁石坍塌了，旁边的礁石蜂拥而起，突兀嶙峋，失去了那种自然协调的感觉。枇杷树下是珍珠岛唯一还藏有地气的地方。他心里很烦，甚至有种孤独和无奈的感觉，历来踌躇满志的他有点疲惫。他坐在水井旁边，水汽蒸腾，能够滋润人的心田，能够温润人的心胸，而且这里很清静，他要在清静中梳理自己的情绪。刘天一斜靠在那枇杷树的树干上，面朝大海。大海很平静，可烟波茫茫，空旷而又神秘……刘天一闭上眼睛，想把心里的闸门也关闭，让自己停留在清静中。可是眼睛闭上了，心里还是清静不了，他重新睁开眼时，目光飘落在码头边那乱石滩上。这片乱石滩很陌生，好像从没见过，尤其那块高高耸立的大礁石不见了，好像少了什么，又多了什么。他踩乱石滩下来。那大礁石坍塌石窟的穴口暴露后，他从未进过石窟，他爬了进去。石窟里仍然是原来的样子，石床和石椅还在，只是窟壁画得很花，找不到原来的图案了，有人拿粉笔画了许多图画，有虾有蟹有鱼，有女人的胸脯、阴部和屁股，还有男人和女人脱光衣服搂在一起，旁边写道：林日旺和水菊曾经在这里野合；月花曾经和水角镇男人在这里幽会……他眼花，不再看下去。他打算在那石床上躺一躺，看还有什么样的感觉？忽然听见一个熟悉的声音说：还躺啥？石窟脏了，不积地气了，没有地密了！你不该胡思乱想，要自信，灵魂不坏，你做的就不是坏事！不记得我说过的话啦？孤独不一定就是自己做错了，很多人做错了，自己没错，就感到孤独！刘天一听出，那是酒爷的声音。

刘天一家在刘大茂家斜对面。刘天一家这边有什么动静，刘大茂那边都觉察。刘天一媳妇发疯时，刘大茂媳妇心里着慌，走出家门，要先伸头从窗口朝外窥，再伸脚走出去。刘天一媳妇突然不疯了，刘大茂媳妇心里又不安，做什么都没着落。

今天刘大茂媳妇在窗边坐了一小会儿，见刘天一家那边没什么动静，转回厨房来，和刘大茂一块吃午饭。两人不声不响地吃着。刘大茂伸筷子夹那鱼头，刺，一根筷子断了。两人都很惊悚，怔怔地望着对方。筷子折断是凶兆，要出祸事，比如折福、失禄、断丁。刘大茂不吃了，一只手撑着下巴发呆。他在想，自己没作恶，怎么有祸事降在自己的身上？他努力盘点在海上做过的事。他偷

221

过别人的渔网，打过许多次架，他不认为这是恶事。他的渔网也被人家盗；打架不是欺负人家，为了做海，难道为了做海打架也有错吗？他又想，到底要出什么祸事？折福他不在乎，一个打鱼的，苦做苦吃，本来就没啥福分。失禄更不怕，一个平头百姓，哪有禄！断丁，断谁呀？断他儿子？断他的同胞兄弟……他媳妇也惴惴不安，那大嘴巴张着。她见刘大茂的眉头一会儿松一会儿紧，说：是不是你抓月花……刘大茂呸一声说：你胡说个啥？月花自作自受，谁叫她坏！其实刘大茂也想到这个，可没说出口。他想不明白，他和刘天一算是远房兄弟，刘天一没对他恶，可他偏偏不待见刘天一，甚至和刘天一过不去，尤其近来，很希望刘天一永远在他的面前消失，为什么呀？见媳妇仍看着他，说：我好心呢，叫李卓仁别拿月花去沉海，可……他不说了，干脆安慰媳妇：别乱想了，不就是一根筷子断嘛，没啥事的！他媳妇反而更紧张，目光里透出惊恐的寒光。他的口气软下来了，说：你担心，就去找巫婆三娘问个明白噜！

巫婆三娘见刘大茂媳妇的嘴角边沾着一片鱼鳞，脸上却布着阴云，知道她正吃午饭，突然遇上了什么麻烦事，口没漱便赶来了。巫婆三娘说：吃呀，吃完这顿饭，以后就别再吃了！听见"吃"字，刘大茂媳妇心里嘣一声，脸上的阴云翻滚，扑通跪在巫婆三娘的跟前说：三娘，好端端的吃饭，一根筷子断了，咋回事啊？巫婆三娘喝道：别问我，问元帅去！刘大茂媳妇跪着朝海天元帅的神龛爬去，又是烧香又是磕头又是求情又是许愿，忙碌了半个时辰，她斜眼瞧去，见巫婆三娘跷起二郎腿斜靠在椅子上抽烟，那烟气缭绕成一个个圆圈。她又继续磕头参拜，全身都汗湿了，巫婆三娘走过来说：算你还有诚意，就给你说个明白吧！她马上支起耳朵。巫婆三娘的目光瞟在海天元帅那神像上。她也跟着瞟去。海天元帅那只脱落的耳朵已经拿 502 胶水粘贴回去，那只断离的手臂也粘上了，上边还绷着一块红布。但是，巫婆三娘只是站着看，不说话。她哀求说：三娘，女子愚钝，你就说个通透吧！巫婆三娘拿男人的声音喝道：你瞎啦，没瞧见一个断手，一个断脚吗？她连眨几下眼睛，沉吟说：哪个断脚了？巫婆三娘厉声说：断一根筷子，不就是断一条腿吗！难道要打断刘大茂的腿了，你才明白？她的脸色发白，又跪下磕头说：明白了，都明白啦！巫婆三娘又喝道：明白个啥？本来要打断刘大茂的腿，可元帅心慈，折断一根筷子提醒你们，留个机会给你们补救。她心惊胆战，可疑惑，不清楚为啥要打断刘大茂的腿。一会儿后她问：咋补救？巫婆三娘的声音轻缓了，说：元帅这神像老了，木朽了，你们要重新雕一尊新的。她哦一声，马上闭了嘴。

从那间瓦屋走出来，刘大茂媳妇小声问巫婆三娘：海天元帅是全岛人的，干吗只叫我们雕新像？

呸，这话能问吗？巫婆三娘张开巴掌要扇刘大茂媳妇的嘴巴，见她伸手挡在嘴边，只好收回手说：只让你们雕神像，多大的恩典啊！你扪心头慢慢想，你家刘大茂做什么亏心事了。

刘大茂媳妇嚅嚅说：大茂做的事，岛上也有好多人做呢！

巫婆三娘不耐烦地问：你知道刘天一是谁吗？是海天元帅！你们怎样对他？

刘大茂媳妇细想，确有好几件事对不起刘天一，比如刘大茂谎称进入石窟，刘大茂在海上捉弄刘天一，月花的事……她伸手捋一下头发，又抹掉脖子上的汗水，把情绪抹自然后问：到哪儿找师傅给咱海天元帅做雕像？

巫婆三娘说：去找刘天一！他说咋做，你们就咋做！

多年不见踪影的群鸟突然又来了。

这一夜天上很多星宿。珍珠岛人说，星宿就是天的眼睛。天眼睁开时，人的眼要闭上。珍珠岛人都闭着眼睛躺在床上，群鸟在天眼睽睽下铺天盖地飞到珍珠岛来，嗷嗷嗷，啾啾啾，嘎嘎嘎……喊叫声把珍珠岛人吓得一搐一搐的，躲在屋里关紧门窗，大便小便不敢伸腿走出来。

日头出来后，珍珠岛人才开了门。庭前屋后、墙头房顶、弄头巷尾，都站满了大大小小的鸟，有海鸥、海鸭、海鹅，有大雁、白鹤、白鹭，还有许多许多叫不出名的。风和日丽没刮台风，这么多鸟从哪来啊？鸟们静静地站着，赶也赶不飞。

寂静了个把小时。珍珠岛上突然一片纷乱，男人、女人、老人、孩子都跑出来捉鸟。鸟叫声、人喊声嘈杂在一起。第一个捉鸟的人是林日旺。林日旺经常出岛，不像岛上人没见识。他抓一个大塑料袋跑在巷里，见一只捉一只，往塑料袋里塞。刘来福也捉鸟，他和几个年轻学生走在岛边看鸟，看见林日旺捉鸟，干脆也捉了几只，跑到岛南去，烧火烤熟一块吃。林日旺背着两袋鸟走回家来，一只大雁踩落他家屋檐的一块瓦片，掉在他的跟前，破了。他捡那破瓦片掷去，啪的一声，大雁的翅膀扇两下，掉下，死了。林大依瞧那大雁，又瞧着林日旺骂道：混账东西，干吗把它打死了？林日旺说：干吗不打，它是肉，是钱呢！你瞧，我捉了两袋，拿到水角镇去卖，哈哈！林大依瞧那两个鼓囊囊的塑料袋不说话。林日旺又抓两个空塑料袋走了出去。林大依低头拾起那只打死了的大雁，拿去厨房杀。林二依家和林大依家只隔一堵墙，从窗口窥过来，见林大依要杀鸟，转身走出去，扑向那些鸟，抓了起来。其实，很多人想捉鸟。有人先动手了，大家都出来抓，一时间弄头巷尾房前屋后都是捉鸟的人，左追右扑，乱纷纷、闹哄哄的。鸟们惊叫着左躲右避，就是没飞走。喧闹了个把小时，鸟都提光了，连躲在岛北红树林里和岛南簕竹垛上的鸟也都被抓走了。捉得最多鸟是林大依四兄弟。他们拿渔网来撒，网把鸟罩住了，孩子、媳妇一齐动手捉。码头上、沙滩上、岛边空地上的鸟都给他们捉光。刘大茂和他媳妇一起捉。他抓条棍子走在前面，媳妇挑两只大箩筐走在后边，瞧见鸟，便挥棍照着鸟头打，一棍子打去，鸟就栽下，媳妇就捡进筐子里。没人帮猫叔，他自己干。他抓把长柄杀猪刀，瞧见鸟便砍，一路砍过去，一边砍又一边喊：砍死的都是我的，你们别捡啊！

刘天一没捉鸟。天晴地暖的，这么多鸟飞来珍珠岛必有缘故。

可能是某个地方的风水破坏了，鸟走投无路，跑来珍珠岛。他很着急，跑出来喊：别捉呀，鸟是灵物，我们珍珠岛吉祥，鸟才来呢！喊声都进不了人家的耳朵。人们依然疯狂地捕捉。刘天一突然觉得岛上的人都变得面目狰狞，很吓人。他又急又慌又气，骂道：地气坏了，风水坏了，人心也坏了啊！他抓来一杆火铳，站在岛西码头上放。火铳连响三声，一些鸟飞起，又落回珍珠岛。他又抱一捆稻草在岛西码头上烧，浓烟滚滚，周边的鸟都飞走了，又掉头飞回珍珠岛来。

巫婆三娘也没捉鸟，好多鸟跑来她家躲。她抓拂尘守在家门口，谁也不让进门。

下午，各家各户的锅碗瓢盆都叮当作响，岛上飘着一股浓浓的鸟肉香味。珍珠岛人的日子紧，肚里没油水，馋得很，难得一顿肉吃，开荤了！

傍晚，拿鸟去水角镇卖的舢板摇回来。临近岛东码头，突然翻起一排巨浪，舢板起伏摇摆互相冲撞，接着都翻沉了。全部人落水，幸好靠近码头，没人溺死。

日头踉踉跄跄要栽下西边去时，珍珠岛上的香味渐渐变成腥味，又变成臭味，熏得人几乎窒息。很多人恶心呕吐，有的人还头晕眼花。人们心里发慌，想躲开，可是珍珠岛四处都是恶臭味，没处躲。

一股北风呜呜呜从海上扑过来，在珍珠岛上转一圈，各色各样的鸟毛从各个角落飞起，飘在空中，白茫茫的，像满天飘着雪花。风戛然而止，可羽毛仍飘在天上，结集成一片片色彩艳丽的云，悠来荡去。突然风又起，羽毛纷纷扬扬，接着旋转，卷成一道巨大的圆柱，在珍珠岛上滚来滚去，最后冲上天去，消失在橙色的苍穹中。

入夜后，岛上到处听见痛苦的呻吟声。凡是吃了鸟肉的人肚子都疼，屙脓屙血，屙个没完没了。弄头巷尾，房前屋后，岛南的坟场，岛北的红树林边，岛边的沙滩上，随处瞧见有人勾下头蹲着屙屎。狗吠个不停。整个珍珠岛笼罩着阴森森的鬼气。

一阵锣声响。巫婆三娘家里点亮两支火把，火光晃晃。她在火光中跳神。她一会儿双手合十向上天请罪，一会儿双脚跪地请求海天元帅快点下凡拯救珍珠岛人。刘天一抓一杆火铳在岛上走来走去，过一阵子就响一下。他要让响亮的火铳声吓走妖魔鬼怪，又给岛人壮胆。人们拥到巫婆三娘家来跪地磕头，请求海天元帅拯救他们于水火之中。海天元帅来了。巫婆三娘脸色发红，嘴唇发紫，说：鸟是天上的灵物，人心生贪念，暴吃灵物；灵气化为恶气，毒人心肝，黑人五脏，污人胃肠；毒气先发于胃肠，所以屙脓屙血；毒气再上升，五脏六腑就腐烂，人就毙命。跪拜的人趴在地上哭泣。刘天一赶到巫婆三娘家来，打井水浇在那些人身上。哭声停止了。巫婆三娘马上施法术指点迷津，叫人到岛南坟场采凤尾草，割马尾松叶，摘五种不同颜色的花煮成药汤，也就是灵丹。每人要吃下三七二十一汤匙，化恶气，清心毒，洗胃肠。忙活到下半夜，全部人都吃了灵丹。天快亮时，突然刮了一阵风，又下了一场雨，把珍珠岛的腥味臭味洗掉了。雨停后，天亮了，人们都奇迹般地好了。

那天后，刘天一感觉珍珠岛上有一股很特殊的气味，只要嗅到，就全身不自在，心里也慌慌的。他觉得珍珠岛很不干净，甚至很脏。为什么会是这样呢？难道又是气候作怪？他突然很想念酒爷，酒爷若在，或许会说出个所以然。他到酒爷的家来，那间矮瓦房已经坍塌在芒草丛中，那棵马尾榕树依然茂盛，只是树上没了鸟，还找到树下那青石板。刘天一坐在青石板上，一阵风吹来，芒草晃荡起伏，突然看见酒爷也坐在青石板上。他喜出望外，问：是不是珍珠岛脏了？酒爷说：脏了。他又问：为啥变脏了？酒爷说：气候。刘天一说：这气候到底是啥东西啊！酒爷说：很简单，气候的本质就是众人的思想意识和社会理念。见刘天一愣住，酒爷又说：你想想，要是前些年，岛人会那样疯狂着抓鸟吗？刘天一叹了口气，低下头说：是岛脏了，以后会怎样啊！酒爷说：很容易出现瘟疫。刘天一抬起头，不见酒爷了，原来他面对的只是一张马扎。

第十六章　瘟疫

飞在天空的鸟望见珍珠岛，远远就躲开。没有鸟，珍珠岛人的日子照样过，只是岛上的空气变得粗粝，比以往热了许多，人的心里焦躁，没着落，动不动就发脾气。

清明过了，岛南坟场那籔竹依然不精不神的。过几天，竹尾绽开浅白色的小花。又过几天，那小花变成微黄，爬满了竹子。一眼望过去，一片蒙蒙的黄白色。竹子开花百年不遇。竹子有灵魂，开花就是献身。开完花，结成竹米，竹子就死了。竹子开花往往赶上饥馑年。其实，这些年头就是珍珠岛的饥馑年。珍珠岛的大机船出海去，打不到鱼，还丢失渔网，都抛锚在码头边。珍珠岛人天天赶海，热闹地走下海滩，忙碌一番，没捞到多少海鲜，拖着沉重的双腿走回来。靠海吃海，渔船打不到鱼，海滩又采不到海鲜，岛人的日子勒得很紧。开始时，岛人对竹子开花视而不见。竹子花结成竹米了，海风吹来，岛上荡漾着淡淡的米香味，人们醒悟过来，急忙跑去岛南打竹米，拿竹米熬成粥吃，又挑到水角镇卖。这时人们才突然意识到，现在就是珍珠岛的饥馑年。竹子开花并不是闹春，更不是要呈现一派风光，是拿自己的性命换来一把把竹米，以救饥荒。

岛东码头没有那棵油桐树了，水泥地板热气蒸腾，码头上人很少。这天，一块厚云犹如一张大帐篷挡住了日头，在岛东码头落下一片阴影。赶海回来的男人围坐在刘大茂媳妇那薯粉条摊的四周。历来活泼的刘大茂媳妇像吃错了药，那张脸很呆板，那张大嘴巴也闭着。人们拿海鲜来收购后，钱掖着，没完没了谈论竹子开花，没一个人掏钱吃薯粉条。刘大茂媳妇叫刘二茂带个头吃碗薯粉条。刘二茂捏住口袋，目光却跳去跳来，最后落在林二侬身上。林二侬今天挖螃蟹，脖子还沾着泥巴。他太累了，蟹篓和锄头扔在地上，屁股也扔在地上，两条腿伸直，两只手撑着地面，疲惫地半躺着。刘二茂伸舌头舔着嘴唇说：二侬，真是的，半只蟹鳌就换了一碗薯粉条，还让肚子受罪！林二侬坐直起来，瞪着刘二茂说：说谁舍不得吃？我跟你一块吃，看谁吃得多！刘二茂好久没一顿饱了，食欲疯狂起来，眼睛放出绿光，咽一下口水说：行呀，摆开来吃，谁输谁出钱！林二侬爬起，朝刘大茂媳妇喊：打薯粉条来！

　　林二侬和刘二茂的面前各搁着一盘薯粉条。

　　两人摆开架势。林二侬块头很大，又很饿，凶凶的像一口能吃下一锅米饭。刘二茂身材瘦小，说话有气无力，病恹恹的，肚泡很瘪，像个破了的塑料袋。他的肚子中央却突起一个脚拇指大的肚脐，那肚脐皱巴巴像个晒干了的葫芦瓜的瓜蒂。总之，好像把刘二茂捏成一团，林二侬一口就把他吞进肚里。

　　林二侬吃得很快，用狼吞虎咽表达还不够，像是将薯粉条倒进肚里。只见那滑溜溜的薯粉条一到他嘴边，吱吱吱便流进去。不一会儿，他面前那盘薯粉条不见一半了，刘二茂还没吃到四分之一。林二侬含一嘴薯粉条瞟着刘二茂说：要是两人都吃完，谁先完，就算谁赢！刘二茂不吭声。刘二茂不像在比赛，慢吞吞的，吃得很香甜，边吃边咂嘴巴，又不时伸出舌头舔嘴角。林二侬吃了三分之二，开始打饱嗝了，喘一口气，仰头，双手又开撑在地上，半躺着看刘二茂。刘二茂依然不慌不忙，一口一口慢慢地吃着。刘二茂也吃完三分之二了，林二侬又继续吃，吃了几口，呃一声，要吐，他憋住，摆摆手，不敢再吃了。刘二茂脱下上衣，松开裤带，又开双腿，坐在地上继续吃。他那肚皮很薄，像橡皮做的，慢慢地胀

228

起来，那皱巴巴的肚脐也胀大了，像一截火腿肠，可随着肚泡的胀大，那大肚脐却逐渐变短，又变小，渐渐又变平，看不见了，整个肚泡鼓成一个大气球，那蓝色的血管一条条交叉着，像一个怀胎八九个月的女人。还剩下一碗薯粉条了，刘二茂感觉肚泡胀痛。他咬一下牙，即使肚泡嘭的一声爆裂了，也要吃完！他狠狠地连吞几口，终于吃完了。刘二茂喘着气朝林二侬喊：呵，我赢了！刘二茂站不起了，挺着肚泡斜躺在地上。他摸着肚泡喊：疼！全部人紧张地围了过来。刘大茂叫：吐，伸手指挖喉咙，都吐出来！刘二茂咬住牙，摇摇头。猫叔说：泡水，去泡海水，蟒蛇吃胀了都泡水呢！潮水正好涨上来，潮头悠悠荡荡舔着码头边。几个人抓手抓脚抬刘二茂到码头边，丢在水上。

半个小时后，刘二茂又走上码头来了。他的肚泡仍鼓着，却不很胀了，表情轻松了些，可脚步还沉重。他舔一下嘴唇，打一个呃，咧开嘴笑着说：嗨，我赢啦！

那只飞艇又从水角镇开过来。飞艇其实就是小快艇，比舢板大一点。一个机器搁在艇尾，启动时，在艇屁股垂下一把螺旋桨，快艇就像一条巨大的飞鱼在水面上飞奔，哗啦啦破开海浪，激起的水花飞扬，后边还拖着两道长长的浪痕。

开飞艇的就是林日旺。现在的林日旺很风光，不再下海滩赶海了。他买十张电虾网租给人家，每张每天租金三十块钱，拿了租金就上水角镇逍遥去。

飞艇上仍坐着三个人。林日旺坐在后边掌舵，一个穿连衣裙的姑娘搂着一个戴旅游帽、戴太阳镜、穿丝质短袖花衬衫、穿白色吊带裤子的男人坐在飞艇的中央。飞艇来到岛东码头前，不飞了，艇尾那螺旋桨得意地翘起。飞艇上的三个人都脱掉衣服，脱剩一条三角裤。那姑娘的上身还有两块半边手掌大的布兜住那两个松软乳房。他们跳下水游泳，或者说是玩水。那姑娘勾住那男的脖子，那男的一只手搂姑娘的腰，另一只手划水。那姑娘会游泳的，可那男的一松开手，她就像水蛇一样缠住他，尖声叫，厉声笑，把周边的鱼虾都吓得四散逃遁。林日旺很尴尬，想靠近那姑娘，却不能靠得太近，又要游在姑娘的旁边保护姑娘。林日旺的"保护"有技巧。那男的朝前游去，或者潜水时，他的一只手及时伸过来抓姑娘的胸部，或者抓姑娘的屁股。姑娘很快活，慷慨地送给他一个笑脸，或者给他做个鬼脸。

三个人又爬上飞艇，飞到案台礁石来。林日旺把缆绳拴好，在大石头上支起一把巨大的遮阳伞，把饮料拿上来。那男的和姑娘抓鱼竿爬上大石头，坐在遮阳伞下钓鱼。林日旺解开缆绳，开飞艇到海上兜风去。

日头滑向西边了，飞艇拐个弯飞到岛南来。三个人在一块草地上铺一张大塑料布，把啤酒、饮料、罐头、火腿肠和水果摆在塑料布上，又在旁边烧一堆火，把钓到的鱼和火腿肠、罐头烤熟，坐在塑料布上乐呵呵吃啤酒。

日头的白脸变成红脸时，飞艇又转回来，靠在岛东码头。三个人走上码头，仍勇敢地穿着三角裤。那姑娘更大胆，歪着身子搂住那男的腰。林日旺走在前头，领他们朝李卓仁家走去。

一刻钟后，三个人又走出来。李卓仁媳妇跟了出来，穿一条色彩很艳的长裙，拎个皮包，走在后头。

刘天一要去岛东，见巷口那儿躲着几个人，伸长脖子朝李卓仁家门口窥。刘天一问：看啥？那几个人没说，缩回了头。刘天一望去，见林日旺和一男一女像鱼一样光秃秃走在油桐树下。他呸一声，招手把林日旺喊住，目光像钉一样从林日旺的头到脚扎一遍后，淡淡地说：以后，把衣服穿好了，再上岛来。

林日旺那眼神像厌恶像烦躁又像轻蔑，不吭声，掉回头走。

那男的眼睛像刀一样砍在刘天一身上，表情却轻巧地从高傲换成了谦慎，收住脚站住。

那姑娘的反应也大，见那男的变换了表情，一边睨刘天一，一边抽回搂在那男的腰头上的手，站直起来。

230

男的见刘天一的目光移到他身上来，脸上的表情又从谦慎换成谦逊，跨一步过来伸手和刘天一握，客气地说：大叔，对不起！你说得很对，入乡应该随俗。往后，我们一定注意！

姑娘脸上的表情活泼起来，介绍说：他是我们公司的吴总！

刘天一的目光落在姑娘的身上，不觉跳两下，认出了她。那次在水角镇街边，搂着林日旺的腰，从小食店里走出来那姑娘，就是她！

那三个人都朝码头走去了。

李卓仁媳妇还瞧着刘天一，她不走了，朝林日旺喊：日旺，回去跟你卓仁叔说，改天我再去水角镇！

李卓仁的草药铺已经兴旺发达成中西药店。李卓仁也从一个江湖郎中进步成助理医师。药店开在水角镇农贸市场的斜对面，门面很大，装修也漂亮。里边有整齐的木质中药药橱，又有摆放西药的玻璃药柜，诊所照样设在药店里边。海马酒仍然是李卓仁的主打产品。现在的海马酒不再装在普通的玻璃瓶里，旧貌换新颜装进一个特制的葫芦样的瓷罐，罐外用毛笔写着主治和功用。据李卓仁的广告介绍，新的海马酒除了以海马为主要配方外，还加入五种名贵中药，三种稀有草药，经过反复蒸制而成，其壮腰健肾强阳补气功能增强十倍，还有滋阴生精祛风除湿疏通经脉的奇效，既可以治疗腰酸腿软肾虚肾亏阳痿早泄，又能治疗腰肌劳损骨质增生外伤骨痛风湿关节炎等。李卓仁的西药也有特色，尤其是治性病药。他有淋必治、菌必治等治淋病一针见效的妙药外，还有治梅毒、尖锐湿疣、疱疹等顽疾的特效药。值得称道的是，他采取中西医结合配制出来的春药，效果特佳。比如他的"夜来春"，很独特。使用方法是"不见鬼子不挂线"。等女人躺下床去后，吃下一粒药丸，全身马上发热，那奥妙处雄赳赳气昂昂威武有力，有万夫不当之勇。他的"女人欢"更是妙不可言。工作之前，先吃一粒，工作起来就得心应手来去自如，让女人喊天喊地欲死欲活又欲罢不能。他的春药最大特点是逞能又固本，不伤肾不伤身，越战越勇越战越强，不像市面上卖的那些什么"伟男""猛虎"的狗屁性药，外强中干，只逞一时之勇，战后就亏空，弱不禁风，雄风不再了。

中午了，赶集的人散了，农贸市场冷清了，李卓仁对月花说：你看店，我去和苏书记下两盘棋。

月花说：卓仁伯，你去，有病人来，我就打你的手机。

月花现在给李卓仁当护士，捡药、打针，又照看药店。

那晚李卓仁和巫婆三娘摇舢板送月花离珍珠岛很远后，掉头朝水角镇方向摇去。舢板靠水角镇来，巫婆三娘解开月花身上的绳子说：你走吧，有多远跑多远，千万别让珍珠岛人再瞧见你！月花上岸后，流着两行眼泪回头来朝李卓仁和巫婆三娘磕头，转身消失在黑夜中。月花跑来找阿陆，在阿陆家躲了整整一个月。后来，阿陆和月花跑去县城，租一间房子，住在一条小巷里。阿陆买一辆两轮摩托车载客。月花在一家农贸市场当清洁工。月花生孩子后，干不了清洁工了，天天抱着孩子等阿陆的摩托车回来。家庭收入减少，开支加大，生活压力很大，阿陆和月花又回水角镇来。阿陆还是干他的老本行，摇只舢板撒网。月花又在水角镇农贸市场当清洁工。李卓仁原来那草药铺就在农贸市场的对面。他天天看着月花戴个大口罩穿双绿色水鞋起早摸黑清理农贸市场的垃圾，不仅辛苦，而且很脏，尤其经常挨市场里那些摊铺主唠叨，甚至责骂。李卓仁看着，心里不爽。月花是他从珍珠岛救出来的。珍珠岛人发觉月花没死，曾经说他坏了珍珠岛的规矩。他不以为然，认为自己做了一件功德圆满的大好事。现在月花活得不体面，他感觉自己也不体面，尤其人家都叫月花"岛女"，他这个珍珠岛来的男人脸上也不光彩。他的草药铺变成药店后，就叫月花扔下清洁工，来当护士，做两套工作服让月花体面地穿上。

苏书记住在镇政府大院里。镇政府的宿舍都是平房，左边两排是瓦房，一户一间，住着职工。右边也是前后两排，前排是宿舍，后排做厨房，旁边垒一堵墙隔开，连成一套，中间有个小院子，住着领导。东西两头的宿舍是两套房子围成的院子，很宽敞，分别是书记和镇长住。牛镇长住在西侧，苏书记住在东头。苏书记拿一间房做卧室，一间做客厅，院门开在东面那堵墙上。院门出来是一棵高大的酸梅树，很凉爽。树下有一张水泥桌，两张水泥椅。平时苏书记和部下们谈工作，就坐在酸梅树下的水泥椅上。李卓仁来和苏书记下象棋，也在酸梅树下。

李卓仁来到酸梅树下，苏书记刚洗完澡。苏书记每天都洗两次澡，早晚各一次。苏书记患尖锐湿疣，下边那龟头和那道沟长出米粒大的肉黄色丘疹，样子很吓人。那丘疹分泌出来的东西有恶臭味，必须勤洗澡。苏书记曾经去省城医院治疗，激光扫平了，这该死的东西又顽固地长出来。苏书记只好交给李卓仁的土方秘方。苏书记解释说，他染上这龌龊的东西是因为那该死的宾馆。宾馆住的人很杂，太不卫生了。他去省城开会住在宾馆里，用宾馆的浴巾，就染上了这怪病。李卓仁却明白，自己才是罪魁祸首，或者说自己的土方秘方就是罪魁祸首。有一次，苏书记和派出所的金所长吃酒，就吃李卓仁那海马酒。过后，苏书记就经常来找李卓仁要海马酒。李卓仁又给苏书记一盒"女人欢"。此后，苏书记那公文包里就经常藏有"女人欢"。苏书记不仅让自己的老婆欢，让不少女人也欢，当然他更加欢。乐极生悲，他的下边也就悲惨地长出那可恶的东西。苏书记把这个顽疾交给李卓仁治疗，是金所长介绍的。金所长也长这个可怕的东西，李卓仁给他治好了。但是，苏书记要保护自己的光辉形象，不能到李卓仁的诊所来治疗。治愈尖锐湿疣需要两个疗程。现在的人很敏感，想象力丰富，一个肥大健壮的男人老跑诊所，会跑出一片奇异的目光和许多窃窃私语。苏书记让李卓仁天天来给他打针，也不能公开说来打针。聪明的李卓仁就来下象棋。李卓仁这个医生好就好在嘴紧，谁找他治性病都保密。很多人找他要过春药，找他治过性病，都秘而不宣。

李卓仁进苏书记的房间打完针后，两人就在酸梅树下下棋。李卓仁是象棋高手，镇政府大院里没对手，他却经常输给苏书记，也输给其他领导。他有句名言：领导干部总是棋高一着。李卓仁懂得怎样尊重领导，就是让领导感觉他比你聪明。今天苏书记的注意力不在棋盘上，虽然他的眼睛一直看着棋盘。苏书记突然问：近来珍珠岛的治安情况怎样？李卓仁太了解苏书记了，就像了解他的病情一样。他说话喜欢斜刺里切入，让你来不及做心理准备，而且绵里藏针话中有话。李卓仁也有应付办法，"反应迟钝"。他静静地看着棋盘说：没啥。苏书记又问：海上呢？李卓仁说：珍珠岛的渔船很少出海。苏书记拍马叫将，接着说：滩涂是国有的，潮水涨到的地方都是滩涂，任何人不能霸占。怎么回事，今天苏书记像抓疥疮，抓了此处又抓别处？李卓仁不答话，抓炮吃掉苏书记的马。苏书记推盘认输了。第二盘刚摆好，好多人跑过来围观。李卓仁下得很臭，攻不是攻，守不成守。苏书记的攻势很凌厉，左追右杀，一片喝彩声中，连伤李卓仁的两个马。李卓仁中局认输。苏书记不下了，进屋休息。

　　李卓仁媳妇出高价收购螃蟹，购到一大筐，亲自送到李卓仁的药店来。近来李卓仁很少回珍珠岛，她必须经常来。她懂得审时度势。以前的夫妻有月老的红线串着，向心力很强；月老可能老死了，红线也烂了，在强大的外力作用下，离心力强于向心力，麻痹大意不紧紧抓住，夫或妻就可能脱离固有轨道，潇洒地冲出去。

　　李卓仁媳妇叫月花陪她去逛街。李卓仁让月花来当护士，说是照顾月花，一个重要原因是月花是珍珠岛人，又是刘天一的女儿，他媳妇放心。现在老板和职工、领导和秘书亲上加亲，亲到床上去的现象很普遍。李卓仁媳妇和月花来逛服装店，是要买一些时新衣服，让月花当参谋。又在东拉西扯中旁敲侧击，了解李卓仁的情况，有没有和什么女人接触。

　　李卓仁媳妇买一套花色有些鲜艳的连衣裙，回来便穿给李卓仁看。李卓仁觉得不好看。这把年纪的女人穿艳色服装，很像水墨画画成了水彩画，不协调；尤其她长期在珍珠岛，海风和阳光把她的

234

皮肤磨砺得又粗又黑，加上腰粗背大，和线条优美风格清丽的连衣裙不匹配。但是，李卓仁说：好，很好！

一个"很好"把媳妇安顿好了，李卓仁叫月花拿螃蟹去给苏书记。李卓仁很精细。那天下象棋，苏书记问珍珠岛的治安情况，又问海上的情况，又说海滩是国有的，分明不是闲聊。李卓仁一下子吃不透，回来反复想，明白了，他给苏书记治病都免费，苏书记欠他人情。珍珠岛的劣迹苏书记都掌握，之所以没有采取措施打击，就是还给李卓仁人情。李卓仁又有主意了，继续给苏书记送人情。当官人的心理很微妙，觉得还你的人情了，接下去的事情往往很糟糕；他仍欠你的，就很慈祥，有时还想办法让你分享他权力的利益。权力就是资源，第一资源。他能够冲出珍珠岛，立足于水角镇，当然能做更多事情，必须紧紧抓住这个万能的资源！

李卓仁交代月花，别直接挑螃蟹给苏书记，拿去车库放就行了。

李卓仁通过卖药，能够巧妙地走近很多人，就是深谙送礼的窍门。送礼是一门艺术，要送得合对方的口味，让对方收得快意；又要送得随意，让对方接得自然。苏书记的家庭在县城。今天是星期五，周末他都回去，这个时候送螃蟹适合，可以拿回家吃，也可以拿去给县领导。放在苏书记的车库就显得随意，电话里提醒一声，苏书记来开车时，随手放进车后厢，神不知鬼不觉。

吴总打算请苏书记吃饭。有一筐大青蟹，下午三点多苏书记便提前回县城了。吴总干脆降低规格请金所长和李卓仁。

吴总是省城人，从海口来，他的公司设在海口。每隔一段时间，那辆漂亮的黑色皇冠3.8小轿车就悄无声息地开到水角镇来。开始时，总有一个漂亮的女秘书陪他，车开进镇政府，请镇领导吃饭，后来，都找林日旺。认识林日旺很偶然。林日旺着条短裤，却穿双大皮鞋，这在小镇上很特别。吴总的小轿车故意在林日旺身旁停下，向他问路，然后递给他一张名片。林日旺也递给吴总一张名片。吴总问：愿意和我们一起去吃饭吗？林日旺说：我请客。吴总说：这次我请，以后你再请。吴总和林日旺熟了。吴总在水角镇那幢新盖的滨海饭店长期租一个房间。来时，住进去；回去时，就给林日旺住。吴总和林日旺一块去看珍珠岛，着迷了，他说：啊，简直就是世外桃源！吴总买一只飞艇，每次来，一定要到珍珠岛玩一玩。吴总问林日旺：珍珠岛还有谁在水角镇？林日旺说：一个卖药的。吴总来见李卓仁。见他卖药，还当医生，看人时，背后还藏着一双眼睛。吴总心里说：这个人绝不能小觑！吴总一口气买十瓶海马酒。李卓仁早注意到吴总。一个远在省城的生意人，无缘无故跑到一个海边小镇来，挥金如土，不寻常。李卓仁知道醉翁之意不在酒，不卖。吴总哈哈笑。李卓仁也笑。吴总说：你很不简单。李卓仁说：你也不简单。两人一拍就合，成了"知己"。

　　酒席摆在滨海饭店的一个大包厢。李卓仁进来时，吴总、金所长、林日旺都就座了，每人身旁都风光地坐着一位小姐。李卓仁那空位旁边也守株待兔坐一个。吴总身边那小姐不是以前那秘书了。她是本地人，林日旺的相好，慷慨"割爱"送给吴总当新秘书。金所长身边那位不叫小姐，叫阿娇，很漂亮，不是娱乐场里的人，她原来在派出所饭堂里做炊事员，嫁人后不干了，在镇政府大门旁边开一间小卖部，卖烟卖酒卖饮料卖水果，来办事的人先到小卖部买东西，再踏入政府大门。阿娇依然藕断丝连和金所长保持密切关系。李卓仁治好金所长的尖锐湿疣，阿娇也来治尖锐湿疣，苏书记又来治尖锐湿疣。李卓仁顺藤摸瓜，于是深刻地认识了阿娇。林日旺身边那小姐是发廊的按摩女郎，也找李卓仁治过性病，左边屁股有个大黑痣。坐在空位那小姐是新面孔，说是姓张，李卓仁没见过。那三个女人和三个男人勾肩搭背，烘托出黏糊糊的亲热气氛。李卓仁坐下，张小姐马上进入角色，侧身靠过来，让胸部贴向李卓仁，一只手勾住他脖子，以迅雷不及掩耳之势在他脸上吻了一口。也许是医生的职业作怪，他对这类女人存在心理抗拒；也许初来乍到，还没融入气氛，他一侧身，肩膀一晃，小姐猝不及防，趴在他的背脊上。张小姐有些尴尬，抽回身，脸酸酸地睨李卓仁。旁边人都哈哈笑。吴总圆场说：张小姐这个吻太猛烈了，振聋发聩，李医师受宠若惊，惊厥了。全部人又笑。

上菜了，很丰盛。李卓仁从一个纸皮袋里掏出一瓶海马酒，搁在桌上。吴总给林日旺递个眼色。林日旺从桌边的一个皮包里掏出一瓶洋酒，介绍说：一千多块钱一瓶，法国大将军喝的。吴总纠正说：不是大将军喝，叫"大将军"。林日旺说：都一样，喝后就当大将军，今天我们都是大将军！小姐们鼓掌说林日旺真有才，大家的脸上都荡漾着笑容。吴总见李卓仁的笑容干巴，又圆场说：两瓶都是好酒，随大家的意，谁想当大将军，谁想当床上英雄，各取所需！林日旺打开大将军，男人女人都当大将军。金所长伸手抓那海马酒，说：感谢大家关爱，好东西留给我，让我晚上当元帅！大家又哈哈笑。

酒杯举起，李卓仁还没进入状态。吴总毕竟是场面上的人，善于调节气氛。他找话问李卓仁：李医师你说，为什么喝酒会上瘾？李卓仁说：经常吃刺激性的东西都会上瘾，比如烟酒茶槟榔辣椒。吴总说：对，人身上有洞的地方都长毛，比如眼睛鼻孔嘴巴耳穴。全部人笑。金所长附和说：太对了，人身上所有的洞都会痒，比如……大家又笑，哈哈哈。

酒过三巡，大家的脸都热了。小姐们从热闹转入安静，依偎在男人的身边，或者靠在男人的怀里。

轮到香烟上场。抽烟就是要缓下来说话。吴总的大中华香烟分到每人的手里，烟雾缭绕。他说：太幸运了，来水角镇，居然认识两个了不起的珍珠岛人！金所长听不出吴总话里的潜台词，附和说：珍珠岛也很美丽呢！吴总说：美呀，太美了，让人流连忘返！可是，多美的地方都比不上人的双手美！只有经过人的再创造，才能锦上添花，巧夺天工！可惜啊……他做出惋惜的样子。过一秒钟，他的眼睛又闪现兴奋的光芒说：珍珠岛人杰地灵，出了你们两个敢作敢为敢于创新的人物，让人看到了希望，将来不再是个死岛啦！李卓仁见他的话云里雾里转来转去却转不开珍珠岛，知道话里暗藏玄机，说：我们算啥，只是跑出来混口饭吃呢。吴总说：你们走出来，表面上是谋个职业，挣口饭吃，其实是才能和胆略的体现，关键是观念上的突破。你们就是开创者，珍珠岛第一个吃螃蟹的人！珍珠岛的出路只有敢于走出来，只有对外开放，固守陈旧的孤岛意识，就变成作茧自缚，死路一条！吴总见李卓仁皱眉头，又递给他一根烟，继续说：你们有胆量有本事走出珍珠岛，一定有决心有能力回去改变珍珠岛。珍珠岛的发展变化需要外力的推动，珍珠岛的明天就靠你俩啦！李卓仁从云里雾里窥出吴总话题的落点了。四面张弓，目标就射在珍珠岛上，可他要在珍珠岛做什么文章？吴总见李卓仁的目光尖利地射向自己，很灼热，便把话题化开：珍珠岛的前景光明啊！二十一世纪世界的战略重心在海洋，对珍珠岛来说是挑战，也是千载难逢的机遇！其实，海岛的建设和发展就是在挑战和机遇中充分发挥其得天独厚的优势。比如香港，比如澳门，我国台湾和日本也是海岛……

吃酒变成听吴总演讲。一直到李卓仁的手机响后，演讲才结束。李卓仁对着手机说：哦，饭早吃完啦，正和牛镇长谈一些重要事情，等一会儿才回去。

手机断开，全部人都笑起来。

吴总说：高科技就是了不起，在跟你说话，就是不知道你在哪儿。

金所长说：他妈的有时很气人，窃听到一个犯罪嫌疑人打电话，他说在镇东，跑到镇东，原来他在镇西！

筵席在愉快的气氛中结束了。

全部人从包厢走出来，走到大厅，李卓仁傻了，他媳妇和月花就守在大厅。

第十七章　海盗

　　海上捕捞环境非常恶劣，盗网情况层出不穷，还有专门抢劫渔船的海贼船。海贼船伪装成渔船，混在渔场做海，哪艘渔船靠得太近，或者落单，它扑过来，亮出家伙，乒乒乓乓把渔船上值钱的东西都劫走，弄坏渔船的舵或机器，让渔船呼爹喊娘在海上漂泊。越南海盗更猖獗，不再是单一的小机船了，还有大机船，马力很大，速度很快；武器也升级了，除了步枪和冲锋枪，还有手雷和火箭筒。越南海盗船不伪装，遇见渔船就追，追不上就枪鸣炮轰。他们的活动范围不再局限于北部湾海面，已深入到海南岛的中海、近海，抢劫方式也改变，不仅劫船上的东西，海里的渔网也劫，有时整艘船和人都劫到越南去，再让人拿钱去赎。有一艘越南海盗船跑到离珍珠岛不够百里的海域追赶一艘拖网的大铁船。大铁船不肯就范，可在火箭筒的炮口下不敢逃跑也不敢与之对抗，只有绕来绕去周旋着。海上巡逻的海监船赶到，海盗的火箭筒轰过来，轰塌驾驶室，当场炸死两人，伤三人。海监船开炮还击，轰隆声中击沉海盗船，活抓几个海盗，缴获几支火箭筒，还有冲锋枪、自动步枪和手雷等。

　　出海成了搏命，各港口的渔船不敢出海。珍珠岛的大机船却偏偏出海去。他们认为，这是一个绝好的做海机会。海上渔船少，可以挑选渔场放网，而且鱼也多了。刘天一说：天无绝人之路，可以

239

喘口气啦！不过，这口气喘得悬，铤而走险。也只能如此。处境维艰的珍珠岛处在风雨飘摇中，弄不好，会把人心摇得更乱，稀里糊涂中摇掉人的胆、摇掉人的良知、摇掉人的灵魂。既然珍珠岛已经无法"干净"和"安静"，就要紧紧抓住"勇敢"。现在顽强勇敢就是岛魂，抖擞精神重塑勇敢的精、气、神，即便是付出代价，又有何惧！

勇敢就是拼命。人要拼命，就有拼命的办法。珍珠岛人的"办法"来自刘天一和酒爷下的那盘棋。那盘棋教会刘天一处变不惊。"不惊"就能从纷繁复杂中窥探出机会。又提醒刘天一在乱象中要"用马"。"马窥四面望八方，斜行侧杀，不露声色，又机动灵活。"珍珠岛的大机船有对付海贼船的招数了。每艘大机船上都有许多拿犁头做成的鱼炮，还有一门"母鸡带仔"炮。这两种炮打击海贼的小机船威力无比，轰隆一声，船上的海贼无处藏身，纷纷中弹。对付较大的海贼船，也有了办法，叫作"群羊挡狗"。挑选一个开阔的渔场，珍珠岛的渔船集中在一起放网，互相看得见，互相照应。大海贼船出现，就吹响螺号，珍珠岛的大机船就围住海贼船，摆出一副决战的架势，四面开炮。海贼船要来抢劫，不是来打仗，见情况危险，没有作案机会，就逃之夭夭。珍珠岛的渔船还有一个"斜行"的绝招，就是布疑兵。刘大茂和林大侬的大机船重新挂上"飞龙"和"威虎"大旗，刘天一的大机船也挂了一面"猛狮"大旗，冒充海贼船，渔船不靠近，海贼船投鼠忌器，也不靠近。

日头跃出来，锣鼓便闹起来，热烈振奋激越，珍珠岛随着锣鼓节奏一阵一阵地抖动。这就是出征前的鼓点，让人振作，让人激动，给人力量，催人奋不顾身往前冲。以前珍珠岛人抵抗海贼，抵抗国民党逃兵，就是在锣鼓声的激励下，勇往直前。锣鼓声中，岛上烟霭袅袅，各家各户的神龛前都烧香点烛焚纸钱。以往渔船出海也烧香点烛焚纸钱，那是请求神灵保佑顺风顺水，轻船出去，满载而归。现在却请求神灵在船前开路，在船后压阵，逢凶化吉，化险为夷；请求神灵护卫于左右，左拦右挡，让主人躲枪避弹，安全回来。总之，渔船出海去，不像去做海，像上战场。

排列在岛东码头前的大机船都挂上红旗，刘天一、刘大茂、林大侬的船上分别挂"猛狮""飞龙""威虎"旗号，等海天元帅亲自为渔工们壮行。

火铳响了，海天元帅的神像从巫婆三娘家里抬出来了。这是海天元帅神像重雕后，第一次出来显威。新像虽是依照旧像重雕，可相貌和神态有很大不同。旧相宽厚，慈祥；新相勇猛，威风。这次迎神比以往任何一次都庄重严肃。刘天一亲自拿一只绷着红绸布的螺号走在前面领路，左边是刘大茂敲锣，右边是林大侬打鼓，巫婆三娘手抓拂尘跟在刘天一后头，后面是神轿。李石强和刘三茂抬神轿，神像威严地端坐在轿上。林二依左手抓一杆火铳，右手提一圈爆竹跟在神轿边。

神轿在码头边停下。巫婆三娘的头一抖，双肩一晃，拂尘一甩，跳了起来，唱了起来。锣声和鼓声响得更激烈，码头前那大机船的机器也纷纷轰鸣，珍珠岛晃动起来，整个岛仿佛是一艘即将起航的巨轮。巫婆三娘望着刘天一，让他吹响启航的螺号。刘天一扎马叉腰抓螺号摁在嘴边，还没吹响，一阵刺耳的笑声突然从旁边泼过来，把全部人都泼蒙了。望过去，见刘大茂媳妇张开双臂做飞翔的样子，嘎嘎笑着飞了过来。她的脸上涂着厚厚的白粉，嘴巴和两颊都涂成猩红色，头发披着，穿一条花色小衫，戴一对不合尺寸的乳罩，兜不住那两个松弛的大奶，乳罩跑到乳房的上方，拱起两个大疙瘩，好像乳房上边长着两个大疮。渔船出海之际需要气势，需要雄威，忌讳女人到码头来。全部人惊异。刘大茂瞪着他媳妇喝道：你疯啦！他媳妇笑着说：我没疯，我是珍珠呢！她伸手勾住刘大茂的胳膊说：船夫，咱们回家去！刘大茂举起手，想给她一巴掌，可想起昨晚发生的情况，他的手僵硬，人也呆住……

昨晚的后半夜，刘大茂媳妇一直和刘大茂闹到天亮。做完那事躺下要睡，她嚓里啪啦爬起，喊道：不，我不是！接着大哭，哭得很伤心，很悲切。他问：怎么回事？她止住哭了，紧紧搂住他慌

241

张地说：我看见酒爷拄拐杖走进咱家来，说我就是珍珠，你就是那船夫。这次出海去，你就回不来了！刘大茂身上泌出冷汗，可仍镇静，安慰她说：想啥梦啥，现在海上危险，你太担心了，就做噩梦，没事的。她仍搂住他，战战兢兢说：打死也不让你出海去！她不再睡，搂住他大腿，一直坐到天亮。她见刘大茂仍睡得很死，到厨房去做早饭。做好早饭回房来，床上没人了……

在这节骨眼上，刘大茂和媳妇拉拉扯扯磨磨叽叽的成何体统！

刘天一瞪着刘大茂说：你干脆跟她回家去算了！

刘大茂的脸泛红，手一甩，把媳妇甩开了。

巫婆三娘跨一步挡住刘大茂媳妇，抓拂尘扫在她的脸上喊：走开！

刘天一吹响螺号。林二侬点响火铳。爆竹也响了起来。

渔工们都爬上了自己的大机船。刘天一喊：起航！大机船犁波破浪驶出港去了。

夜空星月争辉，海上风平浪静。天气好不等于情况好。刘天一没有放松警惕，目光不停地在海面上睃巡，尤其盯着那些游动的灯光。珍珠岛的大机船统一挂两盏大灯，一红一绿，便于辨认。哪艘船有危情，吹不了螺号，就关掉绿灯，其他渔船就迅速靠拢过去。

神经绷太紧很累人，下半夜了，刘天一从驾驶室爬下来，蹲在船头上吹海风，又抓个水烟筒抽，让呛人的烟味逼走瞌睡虫。轰隆响，那炮声很脆烈，很散漫，很响亮，是"母鸡带仔"炮的响声。刘天一一扫视，见游弋在海上的大机船都挂着双灯，没有异常迹象。他还是认定珍珠岛的渔船出事了，吹集结号。珍珠岛的大机船循着螺号声都集中过来。刘天一的火气冒起来——最担心的事情真的发生了。他骂：刘大茂，你娘的勇敢啊，勇成真海贼啦！他发现少了三艘船。昨晚珍珠岛的大机船各就各位准备放网，刘大茂的大机船突然掉头，和另外两艘大机船开到渔场的南面去。南边连接另一个渔场，有别的渔船在放网。当时他就骂：刘大茂你娘的要干啥啊？炮声正好响在那个方向。分明是刘大茂去抢人家的渔网，打起来了。这个时候敢出海来的渔船都不简单，都能打。炮声又响，仍然是"母鸡带仔"炮。接着鱼炮也响了，又有手榴弹、步枪、火药枪，还听见了呐喊声。情况确实如此。刘大茂船上挂着"飞龙"旗，干脆假戏真演和两艘大机船去抢劫人家的渔网。人家没跑，他于是拿"母鸡带仔"炮轰。半个时辰后，十几艘大机船扑过来，把他们围住。

枪炮声渐渐稀疏，呐喊声却越来越近，一片灯光朝这边逼过来。刘天一看清楚了，三艘大机船慌里慌张在前面没命地跑，十多艘渔船在后边穷追不舍，愤怒的探照灯把刺眼光线射在那三艘船上。

这边的珍珠岛大机船很着急，躁动着。刘天一喊：大家冷静！

前面三艘大机船跑过去了，后面的渔船冲了过来。刘天一喊：全部打开探照灯，迎上去！

二十多盏探照灯呼啦啦打开，一大片耀眼的强光照向迎面追来的渔船，大机船又吼叫着扑过去。那些渔船像撞上了魔鬼，一阵慌乱，掉头跑了。

林大侬喊：回头去打那三艘海贼船！

李石强说：打啥？人饿人偷吃，狗饿狗咬壁；急起来，都会做贼呢！

刘天一奇怪地看着李石强，说：人都做贼，人还是人吗？接着喊：打，教训那混账东西！

二十多艘大机船把那三艘船围住。二十几门"母鸡带仔"炮齐鸣，火光冲天，把大海吓傻了。

那三艘船上的人魂飞魄散，大声喊：别开炮，自己人啊！

刘大茂爬上驾驶室顶，摘下那"飞龙"旗，又马上亮起红灯和绿灯。

闹了几分钟，平静下来了。

刘大茂松了口气，心里想：好险啊，昨晚媳妇那个梦也怪灵呢！

刘天一喊道：丑话说在前头，谁要是做海贼，坏了珍珠岛的名声，就不再是珍珠岛人，不准帮他，也不救他！

海上的渔船越来越少。

刘大茂有些得意地说：那一场打斗，海上更紧张，其他地方的渔船都不敢出海来了。

晚上没风，海浪懒洋洋的。一颗月亮很大、很圆、很亮，像一只银盘镶在天幕上。水上也浮着一只银盘，华光四溅，闪闪烁烁。这样的天气人心平和，世界应该安安静静和和美美。就在月亮最美的半夜，珍珠岛的大机船和一艘海贼船展开了一场激烈的战斗。

一艘运白砂糖的货船沿着航线行驶在亮丽的月色中，螺旋桨突然被水下的渔网缠住，停下了。航道不准放网，怎么有渔网？货船觉得有蹊跷，一边向岸上发讯号求援，一边把睡觉的船员都叫醒。两艘大机船从左右两边朝货船冲过来。临近，探照灯射来，刺眼的强光照得货船几乎发抖。货船急中生智，惊恐地拿广播喊：喂，我们的船运有危险品，正出现险情，任何船只切勿靠近！道高一尺，魔高一丈。大机船喊：船上人勿紧张，海监派我们来排除危情！看清楚了，大机船上的人都穿迷彩服，蒙着面，手上拿着家伙。两艘大机船像一把钳子从两边钳过来，夹住货船，蒙面人大喊着跳过来，一阵拳打脚踢，把鼻青脸肿的船员们都关进了船舱。

这伙海贼和越南海盗不一样，没劫生活用品，只要船上的货物。

个把小时后，一艘铁壳的大船拉响警报，破浪奔袭过来，那探照灯更亮，射得船上的人都睁不开眼睛。铁壳大船是海监船，还有边防派出所的兵，接到报案，赶来救援。

两艘贼船关掉全部灯，一艘朝西跑，一艘朝北逃。

铁壳大船分身乏术，掉头朝西边那大机船追去，边追边拿广播喊：我们是海监船，例行检查，前面的机船马上停下接受检查！

铁壳大船比大机船马力大，快追上了，可那贼船仍没命地跑。

海监船开枪了，朝空中扫射。贼船跑得更疯狂。第二轮枪又响，射向贼船的驾驶室，贼船不跑了。

向北逃跑那艘贼船庆幸命好，跑了一程，望不见海监船的踪影了，缓了下来。可它亮灯时，傻了：一排大机船列在前面，挡住了去路。它要掉头跑，大机船拢过来，把它围住。围住贼船的，就是珍珠岛的大机船。

刘天一的大机船正在收网，看见两艘大机船亮着探照灯朝一艘失去动力的货船冲去，知道出大事了。他吹响螺号，叫珍珠岛的渔船都拢过来。

刘大茂喊：人家做人家的事，别管！

刘天一骂：说什么屌话，见贼不抓，不也变成贼啦！

贼船有武器，不好靠近。珍珠岛的渔船所能做的只有围住，等海监船回头来抓捕。那贼船的探照灯扫射过来，喊：不让开，就开炮啦！珍珠岛的渔船也打开探照灯，射向海贼船。李石强喊：我们也有炮，几十门轰过去，把你们轰成碎片！贼船见有的船上挂着异样旗帜，又喊：朋友们，河水不犯井水，大路分开，各走一边啊！刘天一喊：贼没朋友，我们是捉贼的！贼船加足马力，朝刘天一的渔船冲过来，临近，扔来十几个鱼炮和手榴弹。大多数鱼炮和手榴弹落在水上，少数几个落在刘天一船头的甲板和驾驶室的旁边，连续的爆炸声震耳欲聋，掀起的水柱和气浪把刘天一的渔船摇得一晃一晃的，尤其在船上爆炸的鱼炮和手榴弹，似乎把渔船震塌了。鱼炮和手榴弹的爆炸声刚停，贼船的大枪小炮又响起来。船上的渔工们急忙躲进船舱。驾驶室里掌舵的刘天一躲不了，中枪了，大腿和手臂各挨一枪，斜躺在驾驶室门边。李石强爬进驾驶室，要将刘天一拉开。刘天一喝道：拉啥，快开炮！李石强跳下驾驶室，调整"母鸡带仔"炮的炮口，点火，轰的一声响，贼船上一阵混乱，火力减弱了。又一声巨响，林大依的大机船也开炮了，接着，二十多门"母鸡带仔"炮一齐轰鸣，贼船瘫了。

珍珠岛的渔船围住那贼船，一直围到天亮。

这时才发觉没有刘大茂的大机船。昨晚珍珠岛的大机船熄灯开过去拦截那贼船时，刘大茂和另外一艘大机船悄悄掉转头，开回去再次抢劫那货船，把剩下的白砂糖洗劫一空。

日头丈把高时，海监船来了，绑了海贼，又把贼船拖走了。

一场打斗很紧张，却很痛快，渔工们好久没有这种痛快的感觉了。

刘天一的大机船两处甲板炸塌，驾驶室一角炸崩，刘天一中枪躺在船舱里，必须开船回珍珠岛。其他渔船也不再做海了，一块回珍珠岛去。

李石强开船回到案台礁石旁，停下，拜一拜海天元帅，接着把"母鸡带仔"炮扔进礁石边那水潭，鱼炮和冲锋枪却拿塑料布包好，坠入水中，挂在船底。其他渔船都如法效仿。

船刚靠岛东码头，埋伏在岛上的派出所兵便拥过来，排成一行，威武地站在码头边，不准渔工们上岸，不准乱走动，老老实实待在船上，接受检查。

一番大搜查，一无所获。

镇委的苏书记、边防公安局的马副局长、派出所金所长从李卓仁的诊所里走了出来，站在李卓仁家那山墙边嘀嘀咕咕一阵子，说是要执行第二个方案，码头上的那些兵让开了。

几个渔工拿木板抬受伤的刘天一登上码头。

苏书记、金所长和马副局长都赶过来看望刘天一。马副局长指示金所长：及时送受伤渔民去县医院，叫最好的医生看，拿最好的药治疗！

刘天一坐起来，摇摇头。

马副局长说：别担心，一切医疗费用都报销！

刘天一坚持说：我哪儿也不去，就在岛上治。

苏书记有些遗憾地说：弄不好伤口发炎了，就不好办啦。

刘天一望着站在诊所旁边的李卓仁说：没事的，李医生给我治

246

疗就行了。

苏书记叫李卓仁过来，交代说：尽你的能力治疗，一切医疗费用由镇委镇政府负责！

海监船天天在海上巡逻，追赶越南的海盗船。渔政和渔监船在各渔场巡查，专门打击盗网的海贼。边防派出所在各港口对进出的渔船进行检查，船上有步枪、火药枪、手榴弹、鱼炮等黑武器，抓人又拘船。

海上安定，渔船又多起来，珍珠岛的大机船不再出海。

刘天一的枪伤还没痊愈，每天早上都拄着拐杖到岛东来给树苗浇水。没有油桐树了，岛东光秃秃的，让人感觉珍珠岛很逼仄，很轻浮，岛人像踩在一块浮动的大石头上。刘天一怀念那棵油桐树，尤其怀念树下那一片人气。他叫刘汉国找来一棵油桐树苗，又种上去。

涨潮了，舢板摇出去撒网，捕捉随潮水上滩的鱼、虾、蟹。虽然上滩的鱼虾蟹很少，也要去，待在家里很烦人。

日头渐渐落下，几十只海鸭飞过来，游在岛东码头前。好久不见海鸭了，许多人站在码头边看。撒网回来的舢板乱糟糟闹哄哄，像一群饿疯了的大鲨鱼扑过来。海鸭嗷嗷叫都飞走了。码头上的人也急忙散了。渔工们打不到鱼，心里烦，嘴巴更烦，嚷着喊着骂着，脏话臭话四溅纷飞。

天黑后，一声雷响，把天炸破了，银河里的水全倾倒下来，好像要把珍珠岛冲散，冲成一粒粒泥沙，流入大海。早上大雨戛然而止，日头咚的一声蹦出来。

岛东码头站着好多人，惶惶的目光像一群蜻蜓，一会儿落在码头边那七零八落的舢板上，一会儿飞向大海，一会儿又飞到对面的水角镇去。昨晚珍珠岛又丢失了五只舢板。第三次丢失了，前两次各丢了两只。

刘天一拄拐杖站在码头边骂：贼岛啊！他险些跌倒。

刘天一认定是珍珠岛人作的案！很多舢板拴在一起，丢失的都是新的；三只新舢板并排泊着，剩下中间那只，就是他刘天一的。昨晚天昏地暗大雨下个不停，打得人睁不开眼睛，只有珍珠岛人才知道哪只舢板是新的，哪只舢板是他刘天一的。

珍珠岛上从不出现偷盗，尤其不偷做吃的工具。刘天一骂完，自个震惊，岛人心里都生魔啦？是不是扮作海贼，就真的变贼了？海上环境恶劣，还能躲在岛上，岛人也恶劣了……

林大侬的舢板也被盗，他抓柄斧头怒冲冲走来，喊：娘的，发觉谁干的，一斧头就把他的头砍下。

刘天一抓拐杖重重撞在地上，沙哑着喊：那些舢板……嘿，被雨水冲跑了啊！

那棵油桐树在刘天一的精心呵护下，长到人头高了，枝青叶绿十分可人。珍珠岛又种了好多树，岛东岛西岛南岛北的空地都种上了树。后来种的都是印度紫檀。李石强开刘天一那大机船去水尾镇修理，载回一船树枝，插在地上，没浇几天水，便长出新枝新叶，变成一棵棵树。刘天一夸李石强做得好，可他不喜欢印度紫檀。这种树贱生，速生，可枝枝蔓蔓的，不挺拔，抗风力差，不适合台风多的珍珠岛。李石强却说印度紫檀好，枝繁叶茂遮阳挡雨，眨眼间就绿成一片，还开出黄色的花朵，好看死了。

刘天一伤愈了。

经过多方探听，珍珠岛丢失的五只舢板有下落了，在水尾镇。有人看见水尾镇人摇那些舢板去撒网。刘天一认定，水尾镇人绝不会跑到珍珠岛来偷舢板，一定是什么人偷了，卖给水尾镇人。刘天一亲自赶去水尾镇调查。

宋先生接待刘天一。

现在宋先生不再是一般的"民间先生"，他的儿子在当县委常委，他已经德高望重成为当地文化名人，是水尾镇的"师爷"。那些来水尾镇任职的领导干部都要拜访他。水尾镇有什么大事，都要请他来说句话。水尾镇的水产站破产后，他买下全部房产，一半开旅店，一半开舞厅，一半开发廊和按摩院，繁荣镇上的第三产业。

宋先生毫不顾忌地对刘天一说：舢板是我买的。见刘天一怔怔的好像脑子转不过弯来，又补充说：你们珍珠岛人拿来卖，人家怀疑偷来的，不敢买，我全买下，再卖给水尾镇人。

刘天一还是说不出话。

宋先生问：是不是认为我不该买下？

刘天一点头。

宋先生又问：你是觉得我在销赃？

刘天一又点头。

宋先生并不生气，反而哈哈大笑。他说：人家都说珍珠岛是个傻瓜岛，开始我不信，现在信了。你们远离世界，封闭在简单中，太笨了，被抛弃了！

刘天一有些生气了，说：珍珠岛人没笨，只是没有堕落！

宋先生又大笑，说：你是说我们堕落了，你们升天了，你们升到哪儿去啦？又哈哈大笑。

刘天一瞧着宋先生，见他身上好像透出阴森森的鬼气，不和他再讨论这个问题，改口问：珍珠岛哪个人拿舢板来卖？

宋先生说：李石强。

刘天一吃惊，头嗡嗡响，好久说不出话。

宋先生瞧着刘天一，说：凭良心说，珍珠岛人也不都是傻瓜，李石强就没傻。

刘天一不再说话，走了。

刘天一从水尾镇摇舢板回珍珠岛来。他感觉橹很重，舢板也重，好像海水也重。临近珍珠岛，起风了，海浪起伏，舢板在颠簸，珍珠岛也在颠簸。他感觉舢板好像要翻沉，不，是珍珠岛要翻沉，珍珠岛颠簸得更剧烈。珍珠岛很小，因为小而敏感，因为小而经不起折腾，很危险啊！回到家里，刘天一感觉头晕目眩，头重脚轻，天旋地转，仿佛自己仍颠簸在那风浪中的舢板上。他晕船了吗？大风大浪的汪洋里他都没晕过船呢，何况在海滩上，又何况已经踏进了家门！

刘天一在家里躺三天，眩晕三天，呕吐三天。只要他睁开眼，头抬起来，就感觉房子倾斜、旋转，就呕吐，好像连胃肠都呕了出来。李卓仁回岛来看他，说他患了"美尼尔氏综合征"。他说：什么美女美男的，分明是中毒了！可他没说吃了什么东西中毒。

刘天一感觉自己中毒，不是因为吃了什么东西，而是听了宋先生那些话之后。宋先生全身有毒素，尤其他的话最毒。这位老人怎么变成这个样子了，很吓人。但是，宋先生有毒可以想象，因为外面的世界到处是毒素。更可怕的是，珍珠岛的李石强也有毒！宋先生说偷舢板的人就是李石强，他心里剧烈震颤，几乎窒息。回到珍珠岛来，他不敢告诉任何人，担心毒素传给了别人。他心里很难受，因为李石强在里边折腾。他可是一直看好李石强呢，记得酒爷说他是"梯"时，他感觉李石强也是"梯"，将来就让李石强接过梯子，传承珍珠岛的岛魂。太不可思议了，他头晕目眩。

刘天一感觉胸口很闷，像一团东西堵在里边，呼吸不顺畅，说话吃力，使很大的劲才把声音从喉咙里挤出来。他仍然没出门。天黑后，他就踏着夜色走到岛西水井边那枇杷树下坐，或者跑到乱石滩去坐。

半夜，刘天一迷迷糊糊从乱石滩走回来，爬上一只舢板，解开缆绳，让舢板在水上随风飘荡。一个牛头马面的人抓住舢板的缆绳，像牵牛一样，把舢板牵上天去。嘭的一声响，舢板搁在一个玉石大门前，门楣写"南天门"三个大字。踏进南天门，歌声涌动，笑声沸扬，各种声音不绝于耳。左边那瑶池，如花似玉的仙女成群，有的着三点式泳装在池边搔首弄姿，有的和一伙男天官在池里嬉戏玩耍，有的穿透明的裙袂和天兵天将跳交际舞，有的裸着身子在给将军、元帅们按摩……右边那蟠桃园气氛更热烈，一角是赌场，打麻将、打扑克、掷骰子……各种赌艺五花八门，赌钱的有达

250

官显贵，也有贩夫走卒；一角是酒场，酒桌相接相连，菜肴琳琅满目，山珍海味应有尽有，酒水有红色的绿色的黄色的白色的紫色的，人人酩酊大醉，醉态百样；另一角是会场，有的在开政治报告会，有的在开学术会，有的在开商品推介会……讲话的和主持的都巧舌如簧，语如串珠，动听又感人。刘天一看得眼花缭乱又胆战心惊。牛头马面一脚将他踢倒。爬起来，他已经跪在三张黄金太师椅前面。一个人从酒场那边朝中间那太师椅走来，醉得不轻，跌跌撞撞的，嗯一声坐在椅子上，烦躁地将头向后靠。刘天一仔细看，他脸如黑炭，额头有个月牙，他是黑包公？有一个人在瑶池边陪王母娘娘聊天，几个仙女在给他揉背。他礼貌地给王母娘娘鞠个躬，转身顺手捏身边一个仙女的脸蛋，然后走过来，坐在左边那太师椅上。刘天一认出他就是梦里见的那位白头发白胡子的老人，也就是海天元帅。他刮净了胡子，头发也染黑了。他不再宽厚慈祥，变成威武严肃了，也许是重新雕刻那神像改变他的容貌了。酒爷从右边赌场走过来。他也是天上人了，管赌场。他依然很老很瘦，可精神多了，洗净脸上的醉态后身上透出了几分仙风道骨的气象，他坐在右边那椅子。包拯显得很累，打个酒嗝坐直起来，不耐烦地说：你可知罪？刘天一答：不知。包拯抓一张纸念：天堂让你把珍珠岛这艘大船开到桃花源去，你却让它随风飘荡，卷进急流，又撞进乱石滩，还不知罪？刘天一问：桃花源在哪儿？包拯小声问海天元帅：有桃花源吗？海天元帅点点头，又摇摇头。包拯说：天机不可泄露。海天元帅替刘天一说情：刘天一不是贪婪懒惰之人，他尽力了。酒爷接着说：此乃时之殇，非人之过。气候不好，风太狂，浪太急，流太猛，把刘天一折腾得精疲力竭，力不从心了。包拯问海天元帅和酒爷：怎么给他定罪？一个很低沉却很有震撼力的声音随风飘过来，震动刘天一耳鼓。那声音说：不是他的罪过，人类太贪婪了，贪而生魔，人力敌不过魔力。刘天一问：要惩罚人类吗？那声音说：物极必反，人类会自行惩罚。人类在变异，人人长一颗魔心、一张魔嘴，魔心使人啥都敢想，啥都敢做；魔嘴使人啥都敢吃。

251

天上飞的，地上跑的，水里游的，地里钻的，人都吃光了，最后就人吃人。刘天一又问：我该怎么办？那声音说：人类已经开始相互蚕食。你不吃人，人就吃你！刘天一还想问，包拯喝道：问那么多干吗！一挥手，那牛头马面赶过来，一脚踢刘天一回那舢板，从天上栽下来……海龙王把刘天一弄醒，说：你都看见了，天上人也没啥好呢！刘天一坐起，天全亮了。舢板在乱石滩上磕磕碰碰，他身上的衣服湿腻腻，不知是浪花泼湿，还是冷汗染湿的。

第十八章　抢食

刘天一媳妇又煮米糠糊。她很会过日子，到水角镇周边的村庄挑回一担番薯藤，切碎，混在米糠里煮，就是一顿午饭。两人正端着米糠糊吃，那头母猪疯了似的，扑过来掀翻饭桌，乒乒乓乓，米糠糊全倒在地上。母猪没命抢着吃。刘天一媳妇抓起木棍，要打母猪。刘天一喊：猪没错呢！人抢猪食吃，猪不服啊！又喊：全部倒给猪吃，缸里的米都掏出来，煮一顿米饭！

下午，乱石滩的两块石头在水中浮起，晃动着，好多人远远看着。猫叔脱剩一条裤衩，抓杀猪刀蹑手蹑脚走下乱石滩。越靠近，那两块石头晃动得越厉害。一个波浪滚过来，猫叔的脚一滑，摔倒了，栽在水上。猫叔手足并用爬起，那两块石头就晃在他面前。他看清楚了，不是石头，是海猪，两条侧躺着的大海猪。慌乱中猫叔举刀砍在一条海猪的头上，海猪不动，没流血。猫叔砍另一条，也没反应，没出血。猫叔喊：海猪，死的！哈哈，我捡到两条海猪！

两条大海猪跑到珍珠岛乱石滩来死，还是死后鬼神将它们拖来？不管怎样，都是不祥之兆。巫婆三娘拿香烛纸钱到乱石滩来烧，祷告天地神灵施仁爱，逢凶化吉，让岛人出入平安，安居乐业。

巫婆三娘刚走出乱石滩，蹲在一旁的猫叔蓦地扑向一条海猪，抓刀在海猪的肚皮上连划几下，割下一块草帽大小的肚皮肉，说：

没臭呢，还能吃！巫婆三娘回头来，猫叔不看她，双手抓那海猪肉傻笑，得意扬扬走出乱石滩，走回家去。

岸上的人眼睛闪出黄色的光，片刻，男人女人拿着菜刀噼里啪啦走下乱石滩，七手八脚割海猪肉。刘大茂媳妇提来一只竹篮，搁在旁边一块石头上，肥大的身子一晃，双肘张开，霸占一条海猪的胸前，快手快脚割，扔进竹篮里。她割得半篮了，身上、脸上沾满了黏糊糊的碎肉和血水。她突然回头，瞧见竹篮又空了，她举起菜刀喊：谁偷我的海猪肉了？她瞧见身旁的林大侬媳妇拎着半网兜肉，眼睛发红，喊：你做贼啊？林大侬媳妇的脸唰地发黑，指着她鼻子骂：你才是贼呢！两张嘴交锋起来，四只手跟着动了起来，噼噼啪啪扭打在一起。两个女人一胖一瘦，打起来却不分上下，你抓我咬，你推我踹，像两条鲨鱼在乱石滩上抢食，搅得水花飞溅。两人热闹地打，旁边的人热闹地割，打累了，停下时，两条死海猪都割剩两副空骨架了。

一直站在乱石滩边看的巫婆三娘说：变了，世道变了啊！活海猪分着吃，死海猪抢着吃！

那次吃鸟肉有了教训，很多人担忧，还好，没闹出什么麻烦。可是，珍珠岛上好像弥漫着毒气，那些猪走着走着，躺下，腿一伸，没气了。猪死得突兀，有人说是猪瘟，有人说是魔鬼报复。不管怎样，太悲惨了，一头猪可是一个家的衣食呢！岛人杀死猪吃。日子紧，吃清吃淡，嘴馋啊！活猪肉七八块钱一斤，死猪肉七八毛，便宜，又可以赊账。死猪肉也有油水，肚里有油水就省饭，合算！

刘天一家那头大母猪静静地躺在槽边，突然噢一声，爬起，慌慌张张的，好像有人在打它。母猪在猪圈里转一圈后，疯了似的，跳出猪圈，前腿扬起，后腿撑地，学人走路。只走了两步，栽倒，四腿踹两下，喘不出气来了。母猪肉韧，不好出手。李石强很会做人，找三十多个渔工买下，吃大锅。吃大锅就是大家凑钱买下死猪，一起杀，一起煮，一起吃。死猪抬到岛东码头来杀，架起三口大锅，火光晃晃，喷出诱人的肉香味。三大锅热腾腾的肉搁在印度紫檀树下，全部人席地而坐围在锅边，每人面前两口大碗，一口装肉，一口盛酒，还有一只勺子和一双筷子。李石强是头，夹第一块肉，塞进嘴里，边嚼边说：好吃！霎时杯盘碰撞声、喝酒声、嚼肉声，还有说话声和笑声，伴随肉香和酒香弥漫在岛东码头。

全部人醉醺醺的，东倒西歪躺在地上。

突然，几声巨响从海滩上滚过来，醉酒的人都爬起，望去，见案台礁石那接连掀起几道水柱。天杀的，有人在那儿炸鱼炮啊！

案台礁石是圣地，那水潭很深，鱼虾蟹很多，岛人都忌讳不在那儿打鱼，水角镇人却在那儿炸鱼炮，太过分了。林大侬骂：水角镇人他娘的，太欺负人了！

这一声骂不寻常，码头上骂声蜂起。李石强喊：大家冲过去，把那狗娘养的水角镇人都打死！

一口窝囊气堵在珍珠岛人心里好久了，打水角镇人是人心所向。码头上的人都忙碌起来，找木棍，找扁担，找石头，有的爬上大机船拿渔叉。

人们正低下头撸裤脚，突然听见有人喊：都蒙面了再去！

那声音是刘天一喊的。刘天一感觉这些猪都是中毒死的，他没吃，躲在码头边，坐在自己的舢板上。他在回想天堂那声音："人类已经开始相互蚕食。你不吃人，人就吃你！"突然听到鱼炮响，一激灵，说：要打架了！他觉得，珍珠岛人和水角镇人面前早已摆着一场架，迟早要打，今天终于开打了。他很冷静，叫大家都蒙面，就是慎记酒爷"四处隐藏杀机"的教诲。

林大侬说：蒙啥面，怕水角镇人不成？

刘天一说：怕，也怕珍珠岛人。

刘天一脱下自己的长裤，把头和脸都包住。其他的人也纷纷将头和脸都包住。

刘天一又喊：别打死，别打残废，别打头破血流！

一群蒙面人朝案台礁石跑去，途中，一半人掉转头去追打在各个角落赶海的水角镇人，紧接着，一拨又一拨的蒙面人跑下码头，向四面八方冲过去。

鱼太多了，有的死鱼浮在水面，有的沉在潭底，半生不死的傻乎乎在水上游。水角镇人手抓网兜正捞得热闹，珍珠岛人赶到了，扑向水角镇人，抓他们的头发往水里摁，咕噜咕噜……水角镇人挣扎中吃了半肚子水后，喘不过气来了，死海猪似的被拖到岸边来，又一顿拳打脚踢。

海滩上也打得热闹，一群群蒙面人追打一群群水角镇人，喊打声和哭叫声不绝于耳，不一会儿，水角镇人都横七竖八躺在海滩上了。

一大群女人抓扁担拿锄头也冲了下来，水角镇女人大喊大叫没命地跑，有的才跑几步便跌倒，站不起来了。快追上水角镇的女人时，从案台礁石走回来的蒙面男人把她们拦住。一阵吵嚷后，女人都掉头走回珍珠岛来。

事实证明，不打女人是明智之举：一、不让人家觉得珍珠岛人不武；二、打了水角镇女人，珍珠岛的女人就无法上水角镇，珍珠岛就会被困死；三、恰好有水角镇女人搀扶那些受伤的男人回去。

猫叔又到岛东码头来热闹。珍珠岛死很多猪，好多人叫猫叔杀猪。每杀一头猪，他就割一块肉，吃不完，就腌成咸肉。天天猫叔都有肉吃，都醉酒。猫叔跌跌撞撞走到岛东码头来，朝水角镇方向骂一声娘，双脚随着叉开，站个马步，双手舞动，重演那天打架的热闹场面。他得意扬扬地说：嘿，我抓一把挖螃蟹的锄头跑下海滩，娘的，见一个就打一个。锄头扎去，那人就应声栽倒，一路扎过去，哼，数不清扎倒了多少个……

尽管猫叔手舞足蹈绘声绘色说得多热闹，人们只是静静地看着，听着，不掺和，也不起哄。以往打了一场大架，要叽叽喳喳说好几天，尤其打赢了，胜利的气氛鼓动人的情绪，大家都兴致勃勃让英雄气概和英雄壮举反复在嘴上和身上重现。为什么这次很平静，让人纳闷。刘天一说了一句耐人寻味的话：现在的珍珠岛不是过去的珍珠岛了。这话诠释出两层意思：一、珍珠岛人变得成熟了；二、珍珠岛人变得复杂了。就是基于这两种考虑，在那关键时刻，刘天一站出来提醒要打架的人，从而操控打架的结局：水角镇人个个挨打，却没死人，也没一个头破血流或者残废；珍珠岛人大获全胜，却没有渲染打架的盛况，更没人复述打架的过程。

猫叔依然兴趣盎然在岛东码头演独角戏。

这天很热，猫叔演累了，声音哑了，酒也醒了，抓上衣搭在脖子上，歪歪斜斜走了。猫叔到巫婆三娘家来找点吃的。走到家门口，一桶污水哗啦泼出来，从猫叔的头浇到脚，淋成只落汤鸡。猫叔呵一声，抹眼睛瞧去，见巫婆三娘拎个铁桶走回屋里去。

夜晚涨潮转成早上涨大潮，白茫茫的潮水铺满了海滩，把珍珠岛箍得很紧。

晨雾消散了，珍珠岛人开门走出来，瞧几眼，急忙缩回家里。珍珠岛的东西南北各停着一艘大机船，船上的人都穿制服，背长枪或者别短枪。每条巷的巷口站着几个荷枪实弹的兵，还有三两个背着长枪的在巷里走来走去。岛四周又分散站着好多兵。岛东和岛西码头兵很多，直挺挺站成一排。码头的一角悠闲而又严肃地站着几个着制服的和不着制服的人，腰头都别着手枪。

兵们不说话，说话的是一只广播喇叭，声嘶力竭地喊：全部人出来开会，男人到岛东码头来，女人集中在岛西码头！

喇叭声不算高亢，也不很刺耳，却很吓人，越喊人越慌，没人敢出门，连那些平时很猖狂的狗也战战兢兢躲在门里。

兵们忙碌起来，挨家挨户搜，男的和女的一个个被分送到岛东和岛西码头去。

送到岛东码头来的男人就赶上船，说是要到水角镇去开会。十七岁以上，或者身高超过一米五的都上船。上船后都蹲在一起，不准东张西望，不准交头接耳。

送到水角镇码头，珍珠岛人挨挨挤挤走在一起，背枪的兵分散走在旁边保护，别手枪的官们紧跟在后头，像赶鸭群，朝水角镇派出所赶去。派出所的地方太小，容不下这么多人。金所长是个老派出所，点子多，和当地领导关系又处得好，提出把人送去镇政府大院关押，保卫工作由派出所负责。苏书记大局观念很强，马上同意，并愿意全力配合派出所的工作。鸭群很荣幸地进入镇政府大院，关在大院那大礼堂里。

珍珠岛只有李卓仁和林日旺没被抓。

李卓仁知道，这个时候派出所一定盯着他，水角镇人也盯着他。他的药店照常营业，他照常接诊。兵们把珍珠岛人抓到水角镇来，他不去看，也不让月花去看。下午，珍珠岛人都被关进镇政府大院的大礼堂了，他背个药箱下村出诊，拐个弯赶回珍珠岛来。

李卓仁走上岛东码头，女人、孩子、老人像饥饿的乌鸦看见了死牛，疯一样拥过去围住。他安慰说：没事的，没有抓走谁，都关在镇政府大院里。糟！哭声泛滥。"关在镇政府大院"，不就是都抓起来了！他说：你们哭哭啼啼的，我不管啦，现在就回水角镇去！女人们都疯起来，要和他一块去水角镇。李卓仁回来，就是不让岛人去水角镇，喝道：不准去，去就坏事了！听到"坏事"两字，她们不闹了，叫李卓仁给自己的男人送去衣服和吃的。李卓仁说：想男人早点回来，就别管，当他们出海去了！女人们懵懂着，他掉头走了回去。

李卓仁不让岛人来看，其实是欲擒故纵。这么多人关在镇政府大院里，金所长比谁都急，镇政府的头头们也很为难。他估计，金所长一定着急地来找他。

第一个晚上金所长和苏书记便发蒙。近两百个人关在镇政府的大礼堂，吃、喝、拉、撒四大事情怎么办？镇政府解决不了吃，喝好解决，拿条塑料管把自来水从窗口引进去，再扔几口塑料瓢进去。拉最费事，有人上厕所，看守人员要跟着去，从早到晚马不停

258

蹄来回跑，还应付不过来。撒好办，爬上窗口，抓那东西向外边扫射，于是礼堂周边尿水横流，镇政府大院臭气熏天。

这天中午金所长请李卓仁到饭店吃酒，他说：今天吃的都报销，吃洋酒！举杯过后，金所长的目光糊抹在李卓仁身上，等他说话。李卓仁东拉西扯偏不说珍珠岛人。金所长说：抓了这么多人，怎么没一个人来看？李卓仁哎哟一声说：没死人算命好了，还来看！岛上乱成一锅粥，到处是哭声，好多老人不吃不喝，有的说不出话了。李卓仁问：这边没事吧？天气这样热，这么多人挤在一起，时间长了要生病呢！金所长就是担心这个，那气氛，那环境，人又饿着，别说生病，会死人呢，早上已经送两个人去镇卫生院看医生。但是他摆手说：没事。李卓仁说：干脆把他们都送去县看守所算了。金所长突然问：你说哪个是为首者？李卓仁又明白，法不责众，他要找为首者惩罚。李卓仁说：意外发生的事，哪有头啊！金所长说：平时珍珠岛上谁说话最管用？李卓仁：谁有钱谁的话就管用。出海打不到鱼，海滩捞烂了，穷得只剩下老婆，谁的话都是放屁。金所长的眼睛翻白，他顺着话题问：岛上谁最有钱？李卓仁说：两个人最有钱。金所长问：哪两个？李卓仁说：一个是我嘞。我没出海，开诊所，又开药店。另一个是猫叔。他杀猪，又是光棍，开销很少。金所长对这个答案很不满意，不过，他还是把猫叔的名写上了笔记本。他不吃酒了，合上笔记本，叫店主记账。

镇政府大院北侧那棵印度紫檀树下摆一张办公桌。大礼堂里的人一个个带过来，轮流审问。只问一个问题：谁是为首者？一无所获。打架突然发生，一阵子的事，又蒙着面，场面很乱，的确弄不清谁跑在先，谁跑在后，谁亲手打了人。

珍珠岛人又被关了一个晚上。

次日早上，猫叔喊：喂，我是头，我带头去打人，我打的人最多！

猫叔觉得这次打水角镇人就是为他出气，为他报仇，或者是为他打的。他一个光棍，无依无靠，无牵无挂，怕啥？

259

找到头了，好办了。没死人，没人头破血流或者重伤残废，事情说大也大，说小也小，惩罚为首者，杀鸡吓猴，可以交代了。马上送猫叔去县看守所坐牢，其他人都放了。

巫婆三娘病了。发生一系列事情，件件打在她的心头：水角镇人炸案台礁石，就是炸海天元帅，也是炸她巫婆三娘；珍珠岛人打水角镇人，打她娘家的人，她的亲哥亲弟没被打，可娘家的邻居和熟人都受伤了，等于打她的脸，打她的脚，她没脸见娘家人，脚不能踩回娘家去；稀里糊涂把猫叔抓去坐牢，也让她心里纠结。猫叔算什么头？尾都当不好呢！她为猫叔叫冤。猫叔不是她的男人，也不是姘头，可平时他在她的身边转，吃她的水果，吃她的鸡，吃她的酒，听她使唤，甚至让她骂。身边没个男人，有猫叔充当这个特殊角色，心里也很受用。突然不见猫叔了，很不习惯，心里空落落的……她不想见任何人，只好病了，把自己关在屋里。

煮午饭的时候，三娘家那烟窗冒出淡淡的白烟。刘大茂媳妇提只铝罐来敲门。听见敲门声，坐在厨房里烧火的巫婆三娘想把火灭了，可饭还没煮熟。敲门声很顽强，不厌其烦地响着，且越来越响，大有不开门决不罢休之势。巫婆三娘端起嘴，想骂出去，又咬住嘴唇。病了，火气不能大。她伸手把几缕头发抠下来，垂在腮边，又抓条毛巾扎在头上，迈着迟钝的脚步走过来，缓慢地拔开门闩问：谁呀？看见刘大茂媳妇，她急忙闭回门。刘大茂媳妇的一只脚已经跨过门槛伸了进来，咯一声，被门板夹住。她夸张地哎哟一声。巫婆三娘又只好拉开门，可脸很阴，不说话，垂下头，病怏怏的样子，转身走进屋里。

巫婆三娘心里对刘大茂媳妇有气。准确说，是对刘大茂有气。巫婆三娘打听清楚了，那天在水角镇大礼堂，一贯窝囊的猫叔突然很硬气，慷慨激昂喊道他是头，领头去打水角镇人，就是上了刘大茂那混账东西的当。金所长拿大家审问后，谁都明白，要抓一个为头者问罪。那天早上，狡猾的刘大茂说：猫叔，你娘的不打人，待在这里干吗？猫叔说：那天我也打人呢。刘大茂说：别吹，不被人家打，算你命大了。大家替你出气，替你报仇，替你受罪呢！那天猫叔确实没打着人。他之所以嚷嚷，是见当时大家都蒙着面，谁也认不出谁。猫叔慌张地望着旁边的人，挠着头皮说：那天我去晚了点，要不，把那些人统统打死！刘大茂说：咦，谁不知道你呀，吃醉酒，说大话，胆子小！猫叔说：谁说我胆小，光棍一条，我怕啥！刘大茂见猫叔落入他的套子了，又轻蔑地说：一个怕死鬼，哼，说大话也不怕撞崩了牙齿！猫叔着急说：我啥时怕死了？刘大茂说：你敢站出来做个头吗？猫叔说：咋不敢？刘大茂连摇几下头。猫叔急红眼了，喊了起来……

刘大茂媳妇拎那只铝罐跟在巫婆三娘后边进屋来。巫婆三娘很想把她轰出去，可不能，毕竟猫叔不是自己什么人，何况她来看望自己。巫婆三娘一副困乏的样子说：你来干啥呀，我病呢。刘大茂媳妇见巫婆三娘的脸苦着，可眉头一张一紧很活泼，眼神也机敏。她那张大嘴咧开，笑声跳跃出来：哎哟，我来看你呀！抓那铝罐晃一下，又说：这是丝瓜海螺汤，很甜，开胃，快趁热吃！有道是，伸手不打笑脸人。刘大茂媳妇不仅笑，还有热心，巫婆三娘平静了。

刘大茂媳妇当然还有事。昨晚刘大茂在床上翻来转去，咕噜咕噜说了一夜胡话：……这个海贼岛，魔鬼岛，轰沉算了；海天元帅炸死在案台礁石了，海魔要趁机把岛人灭了；在那大礼堂里，人家将软骨丹掺入自来水喂给珍珠岛人吃，个个都软绵绵的，没用了……睡在旁边的刘大茂媳妇胆战心惊。鸡啼了，刘大茂出一身汗，醒来了。刘大茂说：好怕人啊，一群恶鬼打我，拉我来批斗，摁我的头，让我说这些话。刘大茂媳妇赶紧跑到堂屋烧香……

刘大茂媳妇小心翼翼地问巫婆三娘：有人说，炸了案台礁石，把海天元帅炸死了，是吗？

巫婆三娘的脸变成紫色，两只眼睛惶惶地瞪着刘大茂媳妇骂：海天元帅是神，能炸死吗？谁的嘴长了毒疮，说这断子绝孙的鬼话！

刘大茂媳妇不说是刘大茂梦里说的，支支吾吾说：我听见林大

261

侬说的呢。

巫婆三娘不相信。林大侬绝不会说这种混账话。她认为是刘大茂媳妇杜撰的,又拐个弯骂道:看来说这话的人肝烂肺烂肚肠都烂了,海天元帅要把她全家都扔进海里喂鱼!

关在镇政府大礼堂四天,把林大侬弄个半死。他不知道怎样安顿自己,一会儿站起,一会儿坐下,一会儿又躺下,不一会儿又冲那守门的兵大喊:娘的,难受死啦,要杀要剐来个痛快的!最难受的是上厕所。一个兵跟去,站在厕所门口看,他根本屙不出。那兵又恶声恶气吆喝,他恨不得抓那兵塞进厕所的洞穴。可是,他一点力气也没有。刚关进来时,他憋了一肚子的气;一天后,像扎破了的车胎,越泄越瘪,整个人只剩下一个空壳。他的块头大,饭量很大,饿起来胃肠在里边翻腾扭转,像几根棍子在搅拌。他头晕眼花,头重脚轻,身子轻飘飘的。金所长审问时,他坐不稳了,趴在张办公桌上有气无力地说:别费神了,拿纸来我摁个指印,给我一枪省事!金所长认出了他,好几年前曾经在水角镇派出所审问过他。金所长摆摆手,两个兵架他回大礼堂去。放人那天,他走不动了。金所长叫人将他抬出大礼堂。李卓仁灌给他一大杯糖水,又喂给他半盆粉汤。他才有力气坐船回珍珠岛来。

回珍珠岛来,几天饱饭填充,林大侬的体力恢复了,可老嗅见尿臭味。他瞧见有人屙尿,就忍不住呸呸呸,就恶心呕吐。他的脾气变得暴躁,啥都看不顺眼,啥话都不中听,一些小事刺激,那张绷成干墨鱼的脸就风云突变电闪雷鸣,就咆哮起来,整个人好像要爆炸。那天傍晚,媳妇赶一群鸡仔进窝。他全身抖动,厉声喝道:赶什么赶?抓水烟筒掷去,乒乒乓乓,鸡仔胆战心惊四散纷飞,他媳妇魂飞魄散。海水涨潮时,他望着停泊在码头前那些大机船,眼睛好像喷出火来,大喊:贼,贼,贼!那个早上,他把兄弟们都叫来,说:出海去,要死,就死在海里!兄弟们疑惑。他喝道:闷在这岛上,死了还窝囊呢!

林大侬的大机船离开珍珠岛后，一直朝西北方向奔驰而去。林大侬不相信，海这么大，不可能找不到一个没渔船的地方。但是，越远离海岸，就越靠近海龙王。海龙王一不高兴，兴风作浪，就无路可跑，虾兵蟹将就拖下海底当美餐。林大侬豁出去了，连海龙王也不怕了！

刘天一也病了。关在水角镇大礼堂时，刘天一表现得最冷静，四天只说一句话：把我们当作猪关起来，好呀，干脆就把这里当作猪圈！这话不显山不露水，其实暗示大家要毫不顾忌地乱。大礼堂像猪圈一样乱糟糟时，他就坐在门边那角落打盹。放人那天早上，所有的人都像煮熟了的韭菜软绵绵的，他依然精神。他向金所长提出，让李卓仁来看他。李卓仁叫人挑来几大桶糖水，又把镇上的薯粉条、粉汤都买下，送到大礼堂来。他又提出，等海水涨潮后，由金所长出面雇来两艘大机船，派兵护送他们回岛。

回到珍珠岛，刘天一病倒了，发冷发烧，全身刺痛，好像有人把他身上的骨头拆出来又重新安装一样。

刘天一病了十天。前五天是身体病，躺在家里治病；后五天是心病，躺在家里想心事。他很疲惫，可心里清静，脑袋灵光。他想：为什么要打水角镇人？说是偶然发生的事情，其实是必然的；说是水角镇人炸了神圣的案台礁石引发的，可打水角镇人的情绪早就氤氲在珍珠岛人的心里。冲下海滩的人，大多数去追打赶海的水角镇人，就是要把水角镇人打跑，夺回海滩。很明白，这是珍珠岛人和水角镇人为了生存进行一场争夺、倾轧的表演。可惜，把水角镇人打出了海滩，还是夺不回海滩，甚至海滩不再是珍珠岛人的了。那天，那些兵押送珍珠岛人走过水角镇的大街时，两旁站着好多水角镇人，却没人骂珍珠岛人霸占海滩，更没人喊要夺回海滩。这个现象让人吃惊，甚至害怕。绝对不是把水角镇人打怕了，反而说明这次打架不起作用。说明水角镇人认为海滩不是谁的，谁也夺不走。水角镇人这种淡然貌似软弱，其实强大无比，任何力量都敌不过!

刘天一走到岛东码头来。他的目光像糊上了胶水,洒出去便粘在海滩上。海滩上人头攒动。这么多人,当然不都是珍珠岛人,也有水角镇人。刚打过架,珍珠岛人和水角镇人居然相安无事在同一片海滩上赶海,不可思议!

刘天一瘦了一圈。李卓仁回来看他,说是他操劳过度,精疲力竭了,要静养,尤其要养心养神。刘天一学习酒爷的办法,天天在岛西那乱石滩钓鱼。酒爷从一个时代走到另一个时代,走在坎坷中,走在孤独中,踩过无数苦难,依然走得轻松自在,何等的毅力,何等的能耐!

刘天一拿酒到乱石滩来吃。一碗番薯酒下肚,头重脚轻,天旋地转,全身像被抽走了骨头,软绵绵,轻飘飘的。他躺下,突然刮起龙卷风,无数只手从风里伸过来,抓他,撕他,拉他,搓他,捏他,拍打他。一会儿把他撕成碎片,一会儿把他拉成一条长长的绳子,一会儿把他捏成一个圆嘟嘟的肉球,一会儿又把他拍打成一块薄薄的肉片……他在空中飘来荡去。突然栽了下来,栽进海里……一个四角螺游过来,他踩在螺壳上。四角螺载他在水中漂泊,总找不到一个安稳的落脚地。四角螺急了,左冲右突,撞向一片珊瑚礁,高高地搁浅在一堆散乱的礁石上。刘天一着急,四角螺搁在这么高的地方,海水退潮后,就暴晒在日头下,不久就会死去。突然一根竹棍扫过来,把刘天一从那珊瑚礁打下来,昏了过去。刘天一醒来时,见酒爷抓着拐杖站在他跟前问:你知道现在珍珠岛的处境很糟糕吗?刘天一说:知道。酒爷说:珍珠岛很小,经不起折腾,不该闹出这场事,危险啊!刘天一问:应该怎么办?酒爷说:干吗不找海天元帅问?刘天一眯着眼睛看酒爷。那次把他拉上天庭,看见那个糜烂的景象,天庭的神圣在他心里蒙上了阴影。他问:海天元帅还有心思管珍珠岛吗?酒爷说:天堂让他管,他就得管。刘天一又问:天堂还有心思管人间的事吗?酒爷说:人家是天堂,当然要享尽极乐啦!刘天一哦一声,掉头走。酒爷说:你刘天一还是刘天

264

一，灵魂未散！又说：你见到的都是天机，不可泄露，懂吗？刘天一不答话。酒爷说：天堂没心思管世间事了，你打算怎么办？刘天一说：没办法。酒爷说：我给你透露一个天机，凭你的聪明，可以应对目前的困境。刘天一问：啥天机？酒爷说：这是天上和人间治人的共同绝招，绝不能对任何人说！刘天一愣着。酒爷抓拐杖在一块石头上写个"假"字。一阵风吹来，那字不见了，也不见酒爷了。

世间之事，都是假和真的混合物，假以真的面目出现，假以乱真，假作真时真也假，假却离不开真，必须依附在真的身上，才能释放出巨大的负能量……真不待见假，可是假大真小，假凌驾于真之上，假操控着真，假无处不在，真躲不开假，常常屈服于假，有时还要借假而见真……假和真是阴和阳，虚和实，虚中有实。假假真真的变化演绎出宇宙万象的事事物物……这就是刘天一对"假"字的参悟。

天堂之于此，何况世间乎？刘天一审时度势，也来个假假真真，于是领头拜海天元帅。他心里清楚，怎么拜，海天元帅都不理会，可必须拜。有道是，神弄人一次，人弄神十次，真真假假虚虚实实演绎出荒唐，也演绎出奇迹。刘天一反复回想酒爷那天说的话，觉得海天元帅不可或缺。目前岛上的境况非常糟糕，更糟糕的是岛人的情绪。岛人的心像一片烂泥滩，乱糟糟，黏糊糊，特别是渔工们经过这次牢狱折磨，心里空落落，情绪飘忽忽，没个着落。一个被风浪围困的孤岛，祖祖辈辈生存至今，靠的是不畏不惧不屈不挠的精神，没东西撑起人的精神，怎么面对困境，在困境中挺住，守住自己的家园？气候的作用下，许多有用的东西不见了，人的灵魂拴不住，只能找海天元帅。虽然从天堂回来后，他心寒了，不再对神仙寄予奢望，可不能完全放弃。他已经琢磨出那个"假"字的个中奥秘。"假"可以神奇地把人心再拢在一起，稳住，让岛人又振作起来。

早上刘天一领几个渔工到巫婆三娘家来，杀她那头大肥猪。刘

265

天一意味深长地说：海天元帅作用可大啦，决不能让几个鱼炮炸死了！心有灵犀一点通。巫婆三娘答道：海天元帅是神仙，死不了，永远死不了！刘天一说：要拜海天元帅！巫婆三娘说：要拜，热热闹闹地拜！杀好猪，刘天一和渔工们到岛东案台礁石来摆祭台，点烛、烧香、焚纸钱祭祀海天元帅。摇舢板回来，刘天一又走进巫婆三娘家来，在海天元帅的神龛前恭敬地烧一炷香，跪下磕头。

　　巫婆三娘的精神来自海天元帅。早上渔工们来杀猪，说要祭祀海天元帅，她心里仿佛鼓进一股热风，胸膛发热，现在刘天一又在她家跪拜海天元帅，那热风在她身上蒸腾成热气，蒸得她那张缺少血色的脸泛起红晕。她悄悄躲进房里，换了一套新衣服，梳理一番，神采奕奕走出来，蹲在刘天一身旁，轻手轻脚地烧纸钱。

　　李石强和几个年轻渔工走进来，腰间都绷着红绸布。巫婆三娘眼睛一翻，双脚一并拢，跳了起来。渔工们将海天元帅的雕像抱上神轿，锣鼓有节奏地响起。巫婆三娘手抓拂尘边走边跳在前面引领神轿，锣鼓响到岛东码头去。

　　码头上人很多，巫婆三娘跳了一会儿，双脚直立，双手高举，双眼紧闭，一动不动。全部人息声敛气望着巫婆三娘。一刻钟后，她嗷嗷哭起来，让人心惊肉跳。哭声刚落，笑声又起，让人毛骨悚然。随着，她的眉毛耸动，眼睛闪烁，拿男人的声音骂道：水角镇那几个死路头的，趁我在天上，拿鱼炮炸我案台，伤我兵丁，罪孽深重！眼睛连翻几下，又骂：派出所兵不辨是非，不分黑白，呸，抓我子孙！我的子孙能抓吗？不快点放人，哼，我叫他们都命归黄泉！巫婆三娘斜眼瞅刘大茂，脸色蓦地阴沉，拂尘一甩，喝道：跪下！刘大茂迟疑。巫婆三娘骂起来：你好歹毒啊，我派神兵去救人，你从窗口拉屎在神兵的头上，呸，你这遭天杀的！刘大茂眨眨眼睛，五官错位，跪下了。围观的人怔怔的，纷纷往后退，退离巫婆三娘。

　　跳神结束了，神轿还没离开，一只舢板靠向岛东码头，派出

266

所的金所长和李卓仁站在舢板上。码头上的人像瞧见头海怪，大惊失色。

金所长走上码头来，说：怎么不跳了，海天元帅也怕我吗？

李卓仁半开玩笑说：你有枪，谁都怕你啊。

金所长下意识摸一摸腰头那手枪，哈哈笑，两边肩膀一抖一抖的。

金所长看见人们的目光怯怯的，走过去握手，然后问：还认得我吗？

谁都认得金所长，可没人答话。

李卓仁说：这次事件，金所长帮咱们大忙啊！

金所长摆手说：别乱说话，我没帮谁忙，秉公执法，秉公执法啊。

人们明白了，李卓仁就是通过这个金所长摆平那场事，朝金所长瞟来的目光不再惶惶的了。

金所长点一根烟叼在嘴上，一只手叉腰，目光在码头上溜达，他在找人。他找不见林大侬。那场打架，林大侬是罪魁祸首，第一个骂水角镇人，从而激发珍珠岛人打架的情绪，又是第一个冲下海滩。完全可以定林大侬做头，可他没有，审问时，没问林大侬几句，他便喊两个兵把林大侬送回去了。金所长又找不到刘天一。珍珠岛发生大事情，要抓为首者，抓刘天一保证没错。他又了解到，刘天一叫珍珠岛人都蒙面，又叫"别打死，别打残废，别打头破血流"。这是有步骤的行动，至少刘天一是个策划者。他还发觉刘天一身上穿几套衣服，做好被绑或者坐牢的准备了。审问刘天一时，只要追问，刘天一就毫无掩盖地承认自己是头。他试探说：珍珠岛人狡猾啊！刘天一答道：珍珠岛人很真实呢。他马上说：你的思想觉悟很高，见义勇为，拼死打海盗，立了大功，不会参与打架的。让他的兵带刘天一离开。刘大茂躲在李卓仁诊所那屋角，感觉没有危险，大大方方朝金所长走过来。金所长的目光一触碰到刘大茂，便叫：哦，猫叔！刘大茂纠正说：我不是猫叔，我叫刘大茂。金所长口气很肯定地说：不，你就是猫叔，刘大茂被抓走啦！刘大茂像被什么东西重击一下，全身一震，不敢再辩解了。他明白金所长不是认错人。审问他时，金所长不热不冷地说：刘大茂，你的水性真好啊！顿时他心里发虚，一下子蔫了。当时在案台礁石边打水角镇人很费劲。水角镇人的水性也很好，游在水里，不好对付，就是靠他超常的水性，抓住那些人的头发潜入水中，把他们弄得半死后，才制服……可是，金所长为什么故意这样说呢？刘大茂眼睛忽闪忽闪，嘴巴一张一合，却说不出话。金所长见刘大茂被他弄得手足无措，心里发笑，嘴巴也哈哈大笑。

金所长在刘大茂家吃酒。那个"误认"像一根绳子拴住刘大茂的脖子，只要吊起来，他就喘不过气。他心急火燎，狠下血本把媳妇收购来的海鲜办一桌好丰盛的酒，有水煮沙虫、油炒泥虫、滑焖排海、清蒸海螺、笼蒸螃蟹、油焗黄鳝，还有炖鱼片、煎鱼饼、煮鱼丸等。他亲自到李卓仁家来请金所长去吃酒。金所长没去。但是金所长不再"误认"了，友好地拍他的肩头说：刘大茂，你真有意思啊！

风浪像要猴似的把林大侬的大机船推过去又撞回来。

林大侬不怕大海，却怕海上的人。为了躲开海上的人，大机船一直跑，四面望不见船影了，却撞进了风浪的掌心。这里无风三尺浪，有风浪滔天，风浪恣意摆弄渔船。

上半夜刚过，大机船开始收网，风大浪大，天亮后还没把渔网都收回来。

站在收网机旁边的林三侬很累，摇摇晃晃。林二侬伸手扇他，喝道：想死吗？卷进机器里，就没命啦！林三侬依然懒懒的。林二侬抓他的手一拉，拉开了。

林三侬掏根烟来抽，风很大，渔船又晃得厉害，好久后才点着。吸一口，他抬头吹烟气，望见远处浮着一个红点，凝神瞧，随即喊：人！

船上的人都喊了起来：是人，两个！

　　海上有人，肯定也有船，想不到这么遥远的海上，还有别的船。林大侬警惕地扫视海面，没见船的踪影，说：完了，他们的船沉了。他唤船上的人：快，扔下渔网，先救人！

　　两个人都救上船来了，他们泡在水里太久了，又冷又饿又累，脸无血色，身体僵硬，瘫在甲板上发抖。林大侬唤道：热水抹身，喂热粥，按摩！林大侬很有经验。一阵忙碌后，这两个落水的渔工都说出话了。他们是水角镇人，也是为了躲开别的渔船，单独开船到这里来做海。昨晚准备放网，一排巨浪滚过来，撞翻船了。甲板上的人来不及穿救生衣便跌进水里，驾驶室掌舵的船主下水前抓到一只救生圈。下水后，他挽住救生圈到处找人，只找到一个，两个人就在水上漂泊……

　　渔网都收上船来了。林大侬掉转船头去寻找其他人。根据那艘渔船翻沉的时间和位置，结合昨晚海上的风向、流向、风速、流速，推算出那些人可能出现的位置，驶船扩大范围找了几遍，仍不见人影。那些人都死了，沉下海底去了。人游在海上，猖狂的海浪就像凶狠的猛兽，接二连三扑过来吞噬，没有救生衣或者救生圈托住，没有木板什么的攀附，很快便精疲力竭，被海浪吞没。林大侬烧一把香站在船头喊：朋友们，你们要是到那边去了，就显点灵，让我找到，载你们的肉身回家去！林大侬又搜一遍，仍无影无踪。他又朝海上喊：朋友们，没办法了！掉转船头，送两个人回珍珠岛来。

　　林大侬的大机船刚靠岛东码头，两只快艇便飞过来。快艇上的兵训练有素，有的迅速登上码头，截住要上岸的渔工，有的爬上大机船，把船上的人控制住，接着搜船。风和日丽的，大机船从海里跑回来，十有八九是做了坏事跑回来躲。派出所的警惕性很高，要抓个人赃俱在。可惜，没有搜到作案证据，却搜到两个从海里捡来的水角镇人。兵们都失望，金所长却把失望的表情换成了欢喜，表扬说：助人为乐，很好，值得弘扬！招手叫兵们爬上快艇，开回水

269

角镇去。

码头上人头攒动。开始,人们以为发生了什么大事,惊惑着跑过来瞧。派出所兵走了,大家又好奇地围过来,瞧这两个从海里捡回来的水角镇人。

锣鼓、爆竹、火铳突然响起,把人们的神经拨动得兴冲冲的。有人扛来几瓮酒,几十个渔工手上端着碗,咕噜咕噜吃,气氛十分热闹。

这个别开生面的"热闹"是刘天一安排的。珍珠岛死气沉沉,人都提不起精神,需要热闹让人振作起来。林大侬从海里把人救回来,多么好的事情!常言道,行船走马三分险,你救人,人救你,救人等于救自己。现在的海上又争又抢又盗又劫,救人变成了难能可贵。而且救的是水角镇人,又宁可不做海,几百里开船送人回来,珍珠岛的岛魂不散啊!只可惜现在太穷了,要不杀几头猪,他娘的大闹一番!

那两艘开回去的快艇又"飞"了回来,几个兵走过来问:你是刘天一吗?刘天一点头。兵说:跟我们到派出所走一趟。刘天一问:啥事?兵说:到派出所你就明白了。两个兵把刘天一架走了。

有人看见,把刘天一押上快艇后,兵们马上给他戴上手铐。为什么把刘天一抓走?谁也不明白。

第十九章　人世间

　　把刘天一抓走后，珍珠岛死一样寂静。一个漆黑的夜晚，海水涨大潮，岛西乱石滩前刮起一阵恶风，掀起的浪头丈把高。第二天早上风过浪平，人们到乱石滩来看，那石窟的穴口被几块礁石堵死了。珍珠岛人的心里都莫名其妙地沉重，还有点慌乱；可慌乱过后，大家对什么都不感兴趣，好像麻木了。

　　金所长给沉静的珍珠岛送来一份惊艳。这份惊艳是一辆"无证摩托车"。"无证摩托车"其实是一个人——阿娇。为什么叫她"无证摩托车"呢？她经常让金所长"无证驾驶"，躲躲避避不敢"公开上路"。为什么说一份惊艳呢？因为阿娇艳得惊人。她的脸涂得很白，眼圈画得很黑，嘴唇抹得很红，瞧不见她五官和脸上的一点真皮。她戴一顶白色的布帽，着一条薄得透明的紫色小衫，前面只箍住乳房和半截肚皮，后面露出玉色背脊和两边肩胛，前后靠两条搭在肩上的绳子吊着，给人很惊险的感觉，万一那绳子断了，就……她着一件很短很短的短裤，两条腿很大很白很醒目，勇敢地迎接人们的目光……总之，珍珠岛的男人女人瞧她，眼睛和嘴巴都张得很大，那些没见过世面的狗也瞪大眼睛支起耳朵愣住。

　　金所长送"无证摩托车"来珍珠岛做生意，让她住在珍珠岛，和李卓仁媳妇一起收购海鲜。金所长很会说话，对刘大茂说：你媳

271

妇真行，又卖薯粉条，又收购海鲜，财源广进啊！刘大茂也会听话，他媳妇懂事地不再收购海鲜了。

阿娇住在李卓仁家里。李卓仁很少回珍珠岛来，都是媳妇去水角镇找他。阿娇来了，他就得和金所长经常回来。

金所长在珍珠岛过夜。晚饭后金所长和阿娇散步。阿娇穿条粉红色连衣裙，趿双拖鞋，一副舒适的样子。金所长穿条蓝色背心，着条白色短裤，脚上仍穿皮鞋，腰头仍挂手枪，既轻松，又干练。傍晚的珍珠岛很艳丽，日头沉下海水去后，剩下的夕霞肆无忌惮地纷飞，天染成血红色，海滩一片赭红，珍珠岛也抹成绯红。红色让人兴奋，这两个人很浪漫。阿娇搂金所长的腰，金所长挽阿娇的肩头，歪歪斜斜沿着岛边走。岛边人很多，目光从各个角落飞来，跳跃在他们的身上。他们不在乎，或者说他们喜欢被目光照射的感觉，搂得更紧，走得更加歪斜。他们从岛东码头走到岛南海边来，目光少了许多，天也渐渐黑了下来。他们打算在岛南坟场的灌木林里找个隐蔽处所坐下，做他们想做的事。金所长的屁股落在草地上，两只耳朵便警惕地支起。他后脑的感觉太灵敏了，觉得身后好像拖着一串目光。的确，几个年轻人在后边悄悄地跟着。金所长不愧是干破案抓人的。他点一根烟，吸两口，扔在路边，挽着阿娇走开。那些年轻人蹑手蹑脚走了过来。刘来福低头捡那烟，摁在嘴上抽。金所长从旁边一棵小树后面闪出来，骂道：你们娘的在干吗？迅速掏出手枪，朝天空连鸣两枪。几个年轻人吓得鸡巴都缩进肚里，没命地跑。

这里树木繁茂环境复杂，不利于防范。金所长拉阿娇走出岛南坟场，沿着海边朝西走去，从岛西码头走到岛北来。

月亮出来了，天地一片苍白。金所长警惕地瞧那红树林，又回头向四周张望。阿娇见金所长瞧这瞧那，唯独没有瞧自己，翘嘴说：看啥呀，你是来珍珠岛抓人吗？金所长自嘲说：职业病。他每到一个陌生的地方，总习惯先看清四周的地形地貌。四面没人，金所长将阿娇抱到红树林旁边那沙滩去，平放在沙滩上，趴了上去，一张满是烟味的大嘴盖在阿娇那张红嘴上磨来磨去，随着，两人的衣服在忙碌中脱下，光溜溜像两条鱼，在似水的月光下翻滚跳跃，一直到欲望的潮水退走了，都搁浅在沙滩上。

月亮很闲，月光很柔软，沙滩很清静。两条鱼死了似的，躺在沙滩上，任凭月光蹂躏。几只水鸟从红树林里飞起，两人一骨碌爬起，瞧见一艘大机船鬼鬼祟祟朝红树林边靠来。阿娇拉金所长的手说：快点躲开！金所长说：怕啥！两人躲在一棵红树下。船上的人不说话，却很忙碌。金所长说：可能是他们偷了什么，拿来这里藏！掏出笔记本，记下那船的船号，又记下那船停靠的时间和位置。那船离开不久，又来一艘，金所长又一一记下。这艘船又开走了，金所长骂：这个贼岛，肯定是偷人家的渔网，拿回来藏！阿娇说：要抓他们吗？金所长说：我傻吗？抓他们，岛人不把你扔下海喂鱼！阿娇说：干吗记下他们的船号？金所长说：工作需要呢。阿娇说：珍珠岛人很好呢。金所长说：好人干吗做贼？

阿娇和金所长又缠绵在沙滩上。突然听见沙沙的响声。金所长瞧去，见阿娇扔在沙滩上那连衣裙慢慢朝水边滑过去。他反应好快，飞身扑向自己的衣服，快手快脚找手枪。几个趴在水边的人扔下一根鱼竿，掉头扑进水里，躲进红树林里。金所长举手又要开枪。阿娇喊：开啥枪呀！最终没开枪。金所长把挂在阿娇连衣裙上的鱼钩脱下，将那鱼竿折断。穿好衣服后，两人不再在沙滩上逗留，朝李卓仁家走回去。

林日旺和吴总经常到珍珠岛来。吴总说：没有刘天一的珍珠岛，感觉很不一样。他们还是开快艇来，有时吴总和林日旺两个人来，有时女秘书也一起来。吴总有很多女秘书，每次来都换一个新的。望见吴总的快艇从水角镇那边翻开白浪飞过来，岛东码头这边就拥拥挤挤热闹起来。吴总慷慨大方，登上码头就分香烟，都是很多钱的芙蓉王，甚至是大中华。这些烟太高级了，抽的人香，闻的人更香，就便是没点火，横在鼻子下嗅，也香。吴总分烟不是一根一根递，一把一把撒，让大家挤在一起捡，或者抢；没抢到的，伸手向吴总讨，又补上一根；有贪心的，捡到了，夹在耳朵，或者塞进口袋，又伸手过来，吴总笑笑，又给一根。

人们吞云吐雾烟气缭绕时，一群男人女人老人孩子手抓饭碗拥挤在刘大茂媳妇的薯粉条摊边。吴总实在太好了！有一次，他见好多人围坐在薯粉条摊边，却没人吃。他掏两张大票扔在刘大茂媳妇的摊头，说：你们吃吧，我全买下了！打那后，每次吴总都掏钱给人家吃薯粉条。珍珠岛人远远望见快艇开过来，就抓着饭碗围过来。

今天刘大茂媳妇做四箩筐薯粉条。吴总瞥一眼，说：哎哟，今天好多啊！抓四张大票扔在刘大茂媳妇的摊头。

那些碗呼啦啦递到刘大茂媳妇的面前。她高兴地喊：哎哟，抢啥呀？一个个来啰，我才一双手呢！她先接林大侬媳妇的碗，打了，递过去。林日旺和吴总是朋友，听说还做了经理，理应优待他娘。林大侬媳妇不接，翘嘴说：前天两筐，你打一碗，今天四筐，还打一碗？霎时，叽喳声蜂拥。刘大茂媳妇仍笑着，说：别嚷，吴总听见了，丢人呢！她抓一手薯粉条加给林大侬媳妇，又递回去，说：打完为止，一碗也不留！

吴总朝巫婆三娘家走去了。

吴总为什么对珍珠岛人这么好？有人猜测，他和林日旺好，爱屋及乌，所以对珍珠岛人好。有人异议，林日旺本人对珍珠岛也没怎么好呢！有人猜测，以前吴总的家人在海上出事，让珍珠岛人救了，来感恩。又被否定，哪有来感恩的人，不说出感恩的缘由。大家只好认为，珍珠岛太漂亮，吴总喜欢珍珠岛，就喜欢珍珠岛人。

阿娇和李卓仁媳妇坐在巫婆三娘家那凉棚下。阿娇叫巫婆三娘一声"姐"，巫婆三娘的耳根就软了。她挽着阿娇的肩头说：妹，没事就来，和姐说个话。三个女人抓一块花布比画，要做一条小衫。阿娇来后，岛上的女人都热衷于穿小衫，不穿那土里土气的肚兜了。阿娇说：多漂亮的肚兜，都不如女人的胸前好看，干吗挂块布挡住!

吴总来拜海天元帅。他是见过世面的人,知道入乡必须随俗。最好的随俗就是拜地方的神,接地气。吴总走到海天元帅的神龛前烧一炷香,磕了头,走回来,拉张凳子在这三个女人的旁边坐下。吴总和阿娇很熟,这个时候却"不熟了"。他和李卓仁媳妇也熟,此刻"只是认识"。他客气地说:嫂子好吗?李卓仁媳妇也客气地说:吴总好。巫婆三娘矜持着。她明白,来拜海天元帅的人,也是拜她,要矜持。吴总说:三娘,改天我载一大船米来给珍珠岛人,又杀一头大肥猪来拜海天元帅,想请元帅保佑船来船去顺风顺水。她当然听得明白:一艘大船从水角镇开到珍珠岛来,不会有事。吴总这么说,是让她高兴,又让她说给珍珠岛人。巫婆三娘说:大好事呀,元帅一定保佑,还保佑你吴总生意兴隆财源滚滚!

这天涨潮了,岛东码头挤着黑压压的人,那艘运米的大机船靠在码头边。人们提箩筐抓扁担挤着推着拉着争先恐后要爬上大机船。大机船上的林日旺急忙将跳板抽回,喝道:争啥,抢劫吗,都滚回去!码头边的人依然挤拥。林日旺又喊:谁争,就不给谁!吴总从驾驶室里爬了下来,喊:大家别急,谁都有份呢。码头上安静了些。吴总朝李石强和刘三茂喊:你俩上船来,抬一头猪去巫婆三娘家拜海天元帅!

苏书记也从驾驶室里爬出来,一只手叉腰,另一只朝码头上的人摆着,很有风度地说:岛民们好!珍珠岛很美丽,珍珠岛人民勤劳勇敢,我相信你们会把珍珠岛建设得更加美丽迷人……苏书记的话有些不着边际,听得人云里雾里的。吴总想插话说明,苏书记摆手止住。苏书记事先和吴总达成了共识,话都由他来说。吴总在做好事,不说话更有意义。苏书记继续说:吴总热爱珍珠岛,热心支持珍珠岛的建设,为了更好地表达他的支持,特意给珍珠岛赠送一船大米……珍珠岛人糊涂了,分明是岛人的日子不好过,吴总好心,送大米来救济,怎么说成"支持建设"?建设啥?

苏书记朝刘大茂招手,喊:刘大茂,上船来监督分米!

275

刘大茂很惊诧，迟疑一下，快手快脚爬上大机船去。

每户一包，每个户主的名单都写在一张纸上，刘大茂叫谁的名字，就上船抬米，很快，分完米了。

苏书记、吴总和林日旺站在码头边抽烟，阿娇走了过来。吴总和林日旺知趣地走开。阿娇对苏书记小声说：天要黑了，你还回水角镇吗？苏书记说：今晚有个会议。阿娇的眼睛泛红，低下头说：你不来，我不再待在这个岛上啦！苏书记手伸过来，想拍阿娇的肩头安慰她，见有人瞧来，忙抽回手说：傻瓜，别胡思乱想，安心做生意！

阿娇和李卓仁媳妇收购海鲜的生意很热闹。珍珠岛人的海鲜都拿给她们收购，一些岛外人也拿海鲜给她们收购。赶海回来的男人喜欢提海鲜站到阿娇的身边来。阿娇的穿着依然那样露，那半露的双奶和几乎露到丫叉处的双腿很具诱惑力。阿娇见男人的目光在她的身上滑去滑来，就嗔骂说：看啥？不看秤，别说我吃秤啊！男人就说：吃啥都行，把人吃进去更好呢！阿娇就嘎嘎笑，一巴掌拍在男人的屁股上骂：不正经！这一声骂，就把男人的心骂热了，又骂湿了。阿娇的收购价位又很高，每一种海鲜都高出别人几毛或者一块钱。她当然不做亏本生意。收购价高，是因为卖价也高。她们的海鲜不拿到农贸市场卖，直接送去酒家。金所长和苏书记在水角镇的面子大着呢，两个大人物和酒家老板打一声招呼，老板们就很懂事地做个顺水人情，专门要阿娇的海鲜，而且价格很硬。

早上日头从水里出来了，撒网的舢板披着朝霞摇回珍珠岛。今天捞到不少大虾。刘大茂媳妇向阿娇买大虾。阿娇说：姨，我过给你。"过"就是按收购价平卖。

阿娇和刘大茂媳妇认上亲戚了。阿娇的嘴巴不大，可话很多，和大嘴巴的刘大茂媳妇很说得来。两人都在岛东码头做生意，摊前没人时，两个屁股就挪近去，嘴上就热闹起来。刘大茂媳妇喜欢听水角镇男人女人的事情。阿娇恰好知道很多。阿娇说男人女人的事，口气很轻淡很无聊。她说：现在的人哪要脸，做那个事很随便，想跟谁做就跟谁做，想啥时做就啥时做。刘大茂媳妇说：我上水角镇，没碰见有人在街上做呢！阿娇说：不穿裤子吗，在大街上做？男人女人一块吃酒一块吃茶一块跳舞，再找个地方去做。镇上有许多旅店、发廊、歌厅、舞厅，都做这事。刘大茂媳妇问：是不是很多人要和你做，就躲到珍珠岛来？阿娇的目光散乱，声音变得呆钝，语气不再轻淡了。阿娇的情况很复杂。她娘在水角镇农贸市场对面街拐角那儿摆薯粉条摊，生意很好，十几岁阿娇就到摊边帮忙。金所长喜欢吃阿娇娘的薯粉条，隔三岔五就让阿娇打薯粉条送去派出所。金所长夸阿娇机灵勤快，叫她到派出所饭堂煮饭，将来给她找一份有工资领的工作。金所长对阿娇很好，后来就好上床去了。金所长的媳妇发觉了，从乡下搬上镇来和他一块住，守住阵地。阿娇只好撤退，不在派出所煮饭了，下嫁给镇上一个做海的渔工。阿娇和金所长的关系依然密切，从阵地战转入游击战。金所长和苏书记商量，让阿娇在镇政府大门边开一间小卖部。苏书记乐意，又尽量照顾阿娇的生意。镇政府需要什么，就从阿娇的小卖部里买。阿娇的生意热闹，也就热闹成苏书记的人了。一天，阿娇的男人吃醉了酒，到小卖部来揍阿娇，将阿娇打得遍体鳞伤，小卖部也被砸得稀巴烂。阿娇要离婚。苏书记叫她冷静，那样影响很坏。金所长于是安排阿娇来珍珠岛做生意。刘大茂媳妇为阿娇难受，却又高兴，因为知道阿娇就是桃花嫂的女儿。她抓阿娇的手说：哎哟，我的外侄女啊，我是姨呢，我和你娘是干姐妹，不知道吗？阿娇听她娘说过，有一个干姐妹在珍珠岛。知道是刘大茂媳妇，她高兴地说：有姨在，好办多啦！刘大茂媳妇说：对，有姨在，哼，看谁敢到珍珠岛来欺负你！

　　刘大茂拿大虾到水角镇来找苏书记。那天苏书记叫刘大茂的名字，让刘大茂紧张好多天，又兴奋好多天。珍珠岛男人关在水角镇政府大礼堂里时，苏书记已经注意刘天一、刘大茂和林大侬。但是，那天苏书记点刘大茂的名，让他上船分米，是因为阿娇。阿娇和李卓仁媳妇收购到海鲜，就轮流拿去水角镇。海鲜给了酒家，李卓仁媳妇就去找李卓仁。阿娇呢，就想着法子要见苏书记。亲热后，苏书记就问珍珠岛的情况，也就知道刘大茂很有用。他叫刘大茂分米，就是要证实自己的判断。此后，苏书记多次在阿娇面前提到刘大茂。刘大茂很聪明，也就感觉苏书记有话要对他说。一次，刘大茂让阿娇带他见苏书记。苏书记很热情，谈渔业发展的光辉前景，谈海滩开发利用的伟大意义，又谈有关法律法规的利害性。刘大茂感觉不出光辉前景和伟大意义，却知道发展是硬道理，只要发展，法律法规就热烈拥护。他说：我想在海滩上围个养殖塘，养虾、养螃蟹，行吗？苏书记的眼睛闪出光芒，爽快地说：这个想法很有建设性！刘大茂站起时，苏书记又说：海滩都是国有的，开发利用，发展当地经济，镇委镇政府大力支持！

刘大茂请苏书记和金所长在一间饭店吃饭。苏书记太忙了，要同时应付四桌重要的酒席，可他仍照顾到刘大茂，百忙中亲自到饭店来敬刘大茂一杯酒，又当着金所长的面对刘大茂说：什么事，和金所长谈就行了！

苏书记走了，一桌丰盛的酒菜很可惜，刘大茂没表现出半分的可惜。金所长也重要，何况苏书记当面作了交代。他更大方，更大度，小气办不成大事的！他举杯敬金所长：咱俩吃个痛快！

金所长的酒量很大，刘大茂的酒量更大，两人都吃到眼睛吊起来。金所长的胳膊肘撑在桌上，打个酒嗝，歪着头问刘大茂：还有啥节目？刘大茂懂请客的规矩：吃、喝、玩才是全部内容，爽快地说：一条龙！

刘大茂和金所长互相搀扶走进旁边一间发廊。刘大茂要先醒一下酒，坐在理发椅上，招手叫小姐过来洗头。他是从"龙头"开始。金所长醉歪了，坐不稳，撞进按摩间，踢掉皮鞋，扒掉衣服，躺在床上，直奔"龙腰"。

刘大茂洗完头，酒醒了，见一个小姐一副慵懒的样子端一口脸盆从按摩房里走出来。他问：我那朋友呢？

小姐说：他睡着啦。

刘大茂说：让他睡！

给刘大茂洗头那小姐叫他买单。

刘大茂说：急啥，我洗了"大头"，还没洗"小头"呢！

刘大茂走进隔壁一间按摩房。他很急，脱剩一条裤衩，大字又开躺在床上。一位给他洗"小头"的小姐走了进来。小姐也脱剩一条裤衩，身上包着一条白围巾。小姐坐在床边，松开围巾，推刘大茂一下。刘大茂瞧小姐。小姐也瞧刘大茂。两人都触电似的，惊得五官变形了。小姐一把抓围巾捂在胸前，逃命似的跑了出去。刘大茂也从床上跳起，急忙穿衣服跑出来，掏钱买单，走了。

那位来洗"小头"的小姐，就是水菊！

子时一过，就听见那摄人魂魄的呜呜声。这是吹螺壳的声音。酒爷去世后，没人吹螺壳了，这古怪的声音怎么又回来了？

珍珠岛依然平静。珍珠岛麻木了？还是经历了太多的事情，波澜不惊了？

中午，猫叔从县看守所回来。他的头发很短，身上穿有看守所标识的条纹衫，背一个黑色布袋。他登上码头，见许多人提海鲜围着两个人，他说：你们忙啥呀？我回来啦！

没人吱声。

猫叔急了，又喊：我是猫叔呢！才半年多，你们都不认得我啦？

还是没人搭腔。

猫叔一脸的窘迫，挠挠头，走回家去。

人家不理睬猫叔的原因很简单：先抓了猫叔，后来又莫名其妙抓了刘天一。前些天县法院做出了判决，说刘天一为首聚众斗殴，判处坐牢三年；猫叔是从犯，认罪态度好，免予刑事起诉。这个"认罪态度好"不好办，分明是他供出"刘天一为首"。

烦恼无法在猫叔心里落脚，尤其几杯酒在肚里一搅，他又乐开

279

了。第二天日头红着脸爬起来时，猫叔也红着脸从家里走出来，嘴里哼着山歌。他在码头边望一下，骂起来：他娘的，水角镇人又来赶海啦！没人回答。他呸一声说：都是软蛋！

李石强是精明人，想从猫叔嘴里套出话，了解又抓刘天一是不是因为他。李石强问：你还敢打水角镇人？

猫叔说：怎么不敢？

李石强说：不怕抓回去坐牢？

猫叔说：怕啥，我不想回来呢！

旁边的刘大茂说：我信！要不，猫叔干吗说他是头，叫人家抓他。

猫叔就像气球，听见恭维话就像吹进了气，涨起来，飘起来。他说：就是啊！一个人吃饱，全家不饿，我怕啥？在里边，天天还有人煮饭给我吃，舒服死啦！

说坐牢就像说鬼，神秘、新鲜、吓人，听见猫叔说"舒服死啦"，好多人好奇地围了过来。

刘二茂问：听说在牢房里经常挨打，是吗？

猫叔说：打，经常打，老犯打新犯！又说：可没人打我，叫我"猫爹"，替我捏脚、按摩，还给我点烟、打水，娘的，像当皇帝一样！

猫叔说的是实情，不过那"皇帝"不是他。送猫叔进牢房，里边的人像一群猫瞧着一只老鼠似的，绿着眼睛瞧他。看守人员退出，房门关上，猫群便呼啦围住老鼠。一个额头有疤痕的人问猫叔：想吃牛腩饭，还是猪脚饭？猫叔随口说：吃牛腩饭。几个拳头嘁里啪啦朝猫叔的肚腩砸来。猫叔惨叫：我吃猪脚饭啊！好几只脚又从四面八方踢来。猫叔又惨叫。一张被子突然盖在猫叔的头上，又噼噼啪啪地打。猫叔叫不出声了。此后，猫叔天天挨打，打完就叫猫叔让家人拿钱来探望。猫叔说他是光棍，没有家人。又打。连续几天没人来探望，不打了，猫叔要挨在便桶旁边睡，又要给猫们捶背，早上就给猫们挤牙膏，打漱口水。十几天后，猫叔时来运转。

280

进来一个三十几岁的壮汉，猫群马上围了过来。壮汉说：打吧！顿时十几只拳头砸过来。壮汉不动，也不吭声。拳头停下了。壮汉说：继续打呀，打死了省事，我杀了几个人，很快就拉去毙！知道壮汉是杀人犯，死罪，猫们都散开。半夜时，一阵噼里啪啦响。全部人爬起来，见壮汉骑在那额头有疤痕的人身上，左手捏住他的脖子，右手挥拳猛砸。那人说不出话，那双腿踏水车似的猛蹬着。猫们都求壮汉手下留情。壮汉说：反正是死罪，多杀一个没关系！那人不再动弹了，壮汉也停下了。好一会儿后，那人缓过气来了，跪在壮汉跟前磕头，叫壮汉做爹。壮汉说：别叫爹，叫皇帝！那天后，壮汉就当"皇帝"，让那人挨近便桶边睡，猫叔睡在壮汉身旁。猫们叫猫叔做"猫爹"，同样享受"皇帝"的待遇。不过，那壮汉不是杀人犯，是个偷牛的惯犯。

李石强问猫叔：那些兵打人不？

猫叔说：打，可你别嘴硬，问啥承认啥，就没事了。

猫叔该死！人家就是怀疑他供出刘天一，才放他回来。李石强一脚踹向猫叔，骂道：你娘的，后来又抓天一叔，原来是你这混账东西造的孽！

人们的眼睛都喷火，朝猫叔烧来。

猫叔慌了神，说不出话。

李卓仁走过来说：都别胡猜了，事情不会这么简单的！

的确事情没这么简单。

抓刘天一是吴总安排的。吴总年纪不大，可办过很多大事。他曾经成功征用省城旁边的一片田洋，做成房地产，为公司赢得几个亿利润。吴总盯上了珍珠岛，要拿下珍珠岛，必须先清除障碍。刘天一就是障碍。珍珠岛上氤氲一股东西，给人压迫感，让人全身不自在。每次他撞见刘天一，都有一股强大的气势袭来，震慑人的魂魄。他认定珍珠岛上有岛魂，就依附在刘天一身上。那气势就是从刘天一身上释放出来，弥漫在珍珠岛上。这个小岛虽然困顿不堪，

281

举步维艰，可岛魂不散，难以摄取，欲取，须先散其岛魂。

吴总、苏书记和金所长在一起吃酒。

吴总说：珍珠岛可以做很大的文章，可惜……

苏书记敏感地说：对待投资者，我们全力支持，有什么困难，我们尽力解决！

吴总说：珍珠岛人太守旧了，像一个盖着的蒸笼，又闷又热，打不开盖子，散不出气体，会成为开发的障碍。

苏书记说：珍珠岛确实是个土堡垒，不过，一定能攻破的！

吴总说：听说，珍珠岛有个人叫刘天一。

金所长一震，刘天一可是个了不起的好人，珍珠岛很需要他。金所长夹一块肉塞进嘴里，嚼着，没说话。

苏书记也了解刘天一，此人有主见，有能耐，影响力很大，不过，这样的石头放在海上，就是礁石，必须搬掉。

吴总从苏书记的目光中看出了他的态度，说：堡垒最好是从内部攻破！

苏书记说：把你的想法说出来听听。

吴总看着金所长。

吴总和苏书记的态度都明确了，金所长的态度只能更加鲜明而又坚决。他表现出一个老民警的缜密、老辣和胸有成竹。他说：珍珠岛的情况我十分了解，有三个关键人物，刘天一、刘大茂和林大侬，最主要的是刘天一。这三个人的把柄都抓在我手里，抓谁都有足够的理由。我的想法是，不必都抓，先抓一个，动摇两个。就是故意接近刘大茂和林大侬，只抓刘天一。造成抓刘天一与这两个人有关的错觉，让岛上的人猜测、议论、互相怀疑，从而把珍珠岛分化、瓦解，其捂着的盖子也就自然而然地揭开了。

苏书记拍案叫：这个办法妙！

三天后，就把刘天一抓走了。

第二十章　饮鸩

　　吴总斥巨资扩建珍珠岛的岛西码头。他目光远大，对岛西码头建设的规模和前景作预见性描述，令人心驰神往。他说，岛西码头向海上扩建，既不占用珍珠岛的土地，又增加珍珠岛的面积，建成一个深水码头，比原来扩大四倍，像半个足球场，可以停靠几百吨的大船。珍珠岛人可以造大铁船，变成海老虎，纵横驰骋，横行霸道，向深海、远海进发，甚至进军西沙、南沙渔场，又可以进行产业转型，发展运输业，去海口、湛江、广州、香港、上海……总之，珍珠岛的前景如花似锦，让人欢欣鼓舞。

　　吴总办事雷厉风行，抓手机摁在腮边叽喳一会儿，扩建码头的机器和人都来了。来的人不多，机器却不少，有挖掘机、推土机、搅拌机、发电机，还有挖港池、港道的扬沙船。机器了得，千百个人不及一台机器能耐大。

　　扩建码头的人住在岛南。这些人就是神，不怕鬼。挖掘机将坟场上那棵枯死多年的大榕树连根挖掉，树根下挖出一条近两米长的大蟒蛇。大蟒蛇还不明白怎么回事，刀斧挥舞起来，剥皮、破肚、砍断、切碎，变成一大锅香喷喷的肉了。在酒味、肉味的熏陶中，推土机兴奋地横冲直撞，撞掉树木杂草，撞出一块足球场大的平地，四周垒起围墙，围墙里边盖了三间"品"字形的巨大铁皮屋。

住在铁皮屋里的人表情很僵硬，岛上人多么亲热，送过去的笑脸总换不回对等的热情。珍珠岛人只好敬而远之。晚上，珍珠岛人却忍不住朝那儿张望。天一黑，围墙角头那台发电机就呜呜响，铁皮屋里的电灯就及时亮了，屋里的许多台电视机也就热闹起来。很多珍珠岛人没看过电视，拥过来瞧新鲜，却被围墙门口那冰冷的大铁门挡在外边。人们仍围在外头。看不着电视，听见电视里边的人说话、唱歌，也很新鲜有趣。

每过几天吴总就来一趟。傍晚来，坐快艇来，快艇上坐着一群花枝招展的姑娘。快艇靠向岛南那沙滩，围墙里边那空地上就挂起几个大灯泡，一个大音箱就拼命地喊着唱着，铁皮屋里的人就和姑娘们欢快地跳舞。夜深了，欢快就转化成缱绻，音箱就知趣地不喊了，舞伴们就双双对对静无声息地躲进铁皮屋里，灯光就懂事地熄灭了。静无声息一直持续到第二天早上。姑娘们百无聊赖地从铁皮屋里冒出来，趿拉趿拉走下岛南那沙滩，又坐快艇回去。

每次吴总的快艇开过来，都牵动珍珠岛人的目光。姑娘们一上岸，目光就扑过去，粘在她们身上，像雷达一样跟踪着，跟进围墙里边，跟在那舞场上，又跟进铁皮屋里。这些日子珍珠岛人开口闭口都说姑娘。男人都夸姑娘漂亮，像仙女一样，珍珠岛这水土一百年也长不出一个。女人们不服气，也就反唇相讥，说珍珠岛也养不出人家那样白净的男人！

这个中午，一艘快艇送一位姑娘靠岛东码头来。那姑娘踏上码头，目光便包围过来。人们认出了，她曾经和好多个姑娘坐吴总的快艇来过，在那围墙里边翩翩起舞，只是今天没穿那样薄，那样轻，那样露。她仍穿裙子，裙摆长多了，盖住了膝盖，腿上还穿着半透明的丝袜。她依然窈窕。她的一双高跟皮鞋和一顶往上翘的布帽配上挂在肩头的一只玲珑精致的小皮包，呈现出一派洋气，加上金耳环、金项链、金戒指、金手镯，窈窕中又闪现着贵气。不觉，落在她身上的目光突然凝固了，人们都目瞪口呆——她就是水菊！

水菊朝她家走去。

水菊走了一会儿，码头上的人才回过神来。

刘大茂媳妇第一个做出反应，说：哦，水菊真有钱啊！

一石激起千层浪。有人说，水菊比以前漂亮多了；有人说，水菊不知吃了啥，过三十的人了，一张脸还白嫩得像个小姑娘；还有人说，水菊一定是嫁了个有钱的老板……各种各样的话缤纷在人们的嘴上，唯独没人再说她和林日旺的那个事。

水菊又走回岛东码头来了。这是十几年来她第一次公开回珍珠岛。虽然现在的人笑贫不笑娼，可她仍紧张，担心骂声、口水甚至石块呼啦啦朝她飞来。她把自己武装成一个时髦富姐的同时，又让那快艇守在码头边，情况不妙，就及时撤退。

飞过来的目光很柔和，除了好奇，还有几分友善。水菊提着的心放下了，迎着目光走来，脸上适时漾出几分笑意。

刘大茂媳妇哎哟一声，迎过来抓水菊的手，一边握着，一边咂咂嘴巴，目光在水菊的身上来回跳跃。她说：才回来，又回去啦？

水菊说：忙呢。

刘大茂媳妇说：现在做些啥呀？

水菊轻淡地说：在外头做点生意。

刘大茂媳妇说：就是嘛，难怪这么有钱！

水菊抬头望其他人，见人家都望着她。她想找个合适的话和人家说，一时找不到。人家同样找不到合适的话说。气氛有点尴尬。她说：我回去啦！扔下刘大茂媳妇的手，朝码头边走去了。

水菊回去后，岛上又叽喳一些议论声，可像云头雨，飘下一片雨粒，便过去了。

五天后，月花也回来了，傍晚坐李卓仁的舢板回来的。舢板靠码头来时，人很少。月花挑着担子踩上码头，人家以为是珍珠岛的女人，没在意。走进岛西那巷口了，人们才发觉是月花，追过去的目光在她身后划了几下。

月花挑来一箩筐大米，还有半箩筐番薯和一捆蔬菜，又有一刀肉。岛人的生活主要靠男人，抓走刘天一后，家里的日子更吃紧。

285

刘汉国仍在县城读书，更少回岛来，要拿钱，到水角镇找月花，便回去。月花和她娘过一个夜，天蒙蒙亮便踩下海滩走回水角镇。

渐渐地，没人再到岛南那围墙边"听"电视了，吴总的快艇载姑娘来跳舞，也懒得去看。珍珠岛人开眼界了，有见识了，到水角镇去见识。水角镇上太多新鲜看了，看电视，看录像，兜里有钱就走进发廊美美地洗个头，或者躺在床上让姑娘搓泥巴一样按摩。更多的人去水角镇码头旁边那些坏船热闹。那"坏船"其实没坏。水角镇的大机船也没出海，都泊在码头边。有人免费看管，也就免费让舞厅的舞女，饭店、商店的服务员，以及各色各样的女人到船上住宿。有女人就有男人。白天、黑夜坏船上都闹哄哄的，说话声、笑声、讨价还价声嘈杂着，其繁荣景象不亚于菜市场。逢上夜晚海水涨大潮，珍珠岛的男人就摇舢板来，在歌厅、舞厅或者坏船乐乎。半夜后，舢板再无精打采摇回岛来。姑娘们就等夜晚海水退潮时成群结队来水角镇。姑娘们来跳舞、唱歌。歌厅、舞厅里有小吃、饮料，又拿到小费，还有人请到外边去吃夜宵。有的人直接到黑室去卖火柴。黑室就是没有灯光的房子。火柴卖五毛钱一根。女人脱光光或坐或站或躺在房里，男人进来看，就擦亮火柴，按火柴的根数付钱。

珍珠岛人为什么变成这样了？有说是因为吴总带来那些舞女引起的；有说是因为水菊和月花的回来造成的；有说是因为刘天一不在岛上才这样。更多的人认为是时代发展的必然趋势。至于这是好事还是坏事，大家又莫衷一是。有人说珍珠岛开始文明了；有人说珍珠岛变坏了。不管怎样，珍珠岛不再简单、平静或者闭塞了。

这天下午，几个男女青年摇舢板到岛南来。姑娘们都穿着时髦，虽比不上吴总带来的那些舞女艳丽妖冶，可活泼，有生气。男的都是珍珠岛人，在县城读完高中考不上大学，不想回珍珠岛来，赖在学校里补习。他们是补习班同学。珍珠岛"开放"了，跟上"时代的步伐"了，他们又把"现代文明"带来。

男女勾肩搭背走上沙滩，哎哟哎呀喊着，嘻嘻哈哈笑着。他们在岛西乱石滩边玩水，享受海水浴；顺便潜水捉鱼捉虾捉螃蟹，在岛南烧烤，浪漫地夜宿坟场。

换上泳衣，男女都下水。海水很逗人，凉凉的，波浪像一只只伸过来的手，抚摸人，拨弄人。他们干脆嘻嘻哈哈在水上闹，无暇捉虾捉螃蟹了。

围墙里边那些人跑下乱石滩来，睁大眼睛瞧，又抓手机、照相机一个劲地拍摄。

刘来福骂：看什么看？

那些人干脆也脱衣服下水。

刘汉国喊道：猫吃鱼，狗来抢，不玩了！

他们穿泳衣走到岛南坟场来。

没捉到虾、蟹、鱼，没有烧烤材料，他们在坟场上抓蛇，抓青蛙，抓野老鼠。

这些猥琐的活物很吓人，姑娘一瞧见就尖叫，就跺脚，就跑。尖叫声唤起男人的英勇。男的走在前头，女的像尾巴一样跟在屁股后。看到一只青蛙，男的奋不顾身扑过去，女的就往后边躲。青蛙跳起来，女的就跺着脚大喊大叫，就惊慌失措紧紧搂住男的。茅草地里找到一只野老鼠，更热闹了。白天里野老鼠的眼睛不好使，没头没脑乱窜，撞上了女人的脚，女的就惊悚跌倒，男的就扑过来，又抓老鼠又救女人，有时几个人一起跌倒在草地上。

天黑了，簕竹垛旁边烧起一堆火。刘来福的前世应该是个屠夫，杀蛇杀老鼠杀青蛙都很在行。他右手抓把小刀，左手捏住蛇头，小刀在蛇头下边划一圈，两根手指抠进去，往下一扒，蛇皮就像脱裤子一样剥下来。剥野老鼠的皮更是干脆利落，小刀在老鼠的背脊划一下，双手一掰，就像剥香蕉皮。

围墙里边那些人提着啤酒、饮料、水果，还有鱿鱼干、火腿肠、罐头、酱油、辣椒酱走过来，目光溜达在姑娘们身上。一个戴眼镜的说：咱们一起烧烤好吗？

刘汉国说：不了。

戴眼镜的又说：到我们那儿去，跳舞、唱歌、喝啤酒才热闹呢！

没人答话。

戴眼镜的继续说：我们请你们去联欢，每人给两百块钱。

刘汉国不耐烦地说：别打扰我们好吗？

那些人也在旁边烧一堆火，坐下来烤鱿鱼干、烤火腿肠、吃啤酒，大声说着、嚷着、笑着、唱着。

刘汉国嘟哝说：太过分了，在我们的地盘还撒野！

刘来福说：现在珍珠岛是谁的地盘，不好说呢！

刘汉国说：打起来就明白了。

刘来福说：岛上人不会帮我们的。

刘汉国说：你们都坐着，我试一试。

刘汉国捡起两块石头，跑到那簕竹垛后边去，见簕竹垛的后面躲着一伙珍珠岛的男人。他问：你们在干啥？

一个人笑着说：我们来保护你们！

刘汉国说：好，一起打那些人！

刘汉国抓石头朝那些人的火堆掷去，啪的一声，火星四溅。那些人噼里啪啦站起。十多块石头又飞过去，打在火堆上，也打在那些人身上。那些人喊着、嚷着、骂着，都跑了。

刘汉国对那些人说：把他们的东西捡走，你们别再来了！

一个人说：你们的"小鲜鱼"很馋人，分两三条给我们好吗？

刘汉国骂：分你娘个头，以为是死牛肉吗！

刘汉国刚走回来。两块石头从簕竹垛后边飞过来，嘭嘭，砸在刘汉国他们的火堆上，溅起一片火星。姑娘们都惊叫。

刘汉国骂：操你们娘的！抓石头冲回去。那些人不见踪影了。

烧烤完时，半夜了。坟场上升起一股萧疏的气氛，弥漫着慑人的静肃。一排男人女人睡在一棵小叶榕树下。

夜很静，可越静越听到各种各样的声响。猫头鹰无奈的哭声、小鸟悲切的啾啾声、青蛙烦人的喊声、野虫无聊的叫声、野老鼠神秘的窸窣声……声音像流水，流入人的耳朵，弹打人的耳鼓。刘来福沙哑着说：我们睡这地方，原来就是鬼乘凉聊天的处所，半夜就听见鬼在说话，在哄小孩，在唱歌，在吵架……姑娘们吓得颤抖，尽量向男的身上靠，男的和女的都惊恐地紧紧搂抱在一起。

　　岛西码头在扩建，岛东海滩也在开发。李卓仁第一个在海滩上筑起了养殖塘。

　　筑养殖塘很简单，在海滩上筑堤坝，围成一圈，蓄上海水就是了。平坦的海滩上凸起一个圈，就像一张光滑的脸上长了一块牛皮癣，很不好看。吴总开玩笑说：应该叫"牛皮癣养殖塘"。李卓仁听出异味，却装糊涂，说：我围这养殖塘有科学讲究呢！一、这里的土质好，适宜鱼、虾、蟹生长；二、塘边有一条水道，流着北门江的水，要淡水，就引入江水，要咸水，就引入潮水，保证水质咸淡适宜。

　　"牛皮癣"是吴总说李卓仁像牛皮癣一样龌龊且难治，令人讨厌。

　　李卓仁围养殖塘是因为刘大茂引起。刘大茂找李卓仁看病，说：我那个幸福的家伙出问题了，快给我修理！他拉开裤链，那东西包着卫生纸，扒开，头烂了，黏腻腻的。李卓仁咦一声说：砍掉算了！刘大茂说：别，宝贵着呢，幸福全靠它啊！李卓仁给刘大茂打吊针，和他聊嫖妓的事情。刘大茂熟悉情况，哪儿有明妓、暗娟，档次以及价格如何，都清楚。闲聊中李卓仁知道刘大茂要在海滩上围养殖塘，曾请苏书记上酒家，和金所长一起嫖娼。这就是商业机密！李卓仁又来找苏书记下象棋，连下五局都是和棋。苏书记说：今天怎么啦，都下成糯米棋？李卓仁说：家和百业兴，棋和百事通。苏书记警惕地说：你的葫芦里卖什么药？李卓仁说：海滩上没事了，珍珠岛也没事了，我想找点事做。苏书记会听话，李卓仁先提海滩和珍珠岛，再提事，那事一定不一般。多年的从政经历，他已经修炼成牛皮性格，遇事不急不慢不温不火。他看着棋盘自语：

当医生，救死扶伤，还想做啥呀？李卓仁说：我要在海滩上围个养殖塘。苏书记抓几个棋子搓去搓来，跃马喊：将！苏书记的马根本踩不到李卓仁的帅。李卓仁随便推一只卒，这盘棋又是和局。

那天苏书记说支持刘大茂围养殖塘，只是抹点糖在他的嘴唇。刘大茂是个吃奶不挑娘的人，容易利用。让他舔到一点甜味，就经常来，就让人感觉他和镇领导关系不一般，就产生猜疑，就生出矛盾，珍珠岛也就不再是盖着盖子的蒸笼了。况且，口头支持他，没用，海滩上围筑养殖塘必须得到县海洋局许可，对一个渔民来说，很难！

每天李卓仁都来和苏书记下象棋，又都下成和棋。他敢这样磨苏书记并非关系很铁，虚弱得很，关键是围养殖塘并不为难苏书记，说成"充分开发利用海滩，发展海水养殖业"或许变成政绩。苏书记没有畅快答应，是担心海滩的事敏感，怕闹出什么事来，不能无事找事。苏书记深谙为官之道，对待事情总是堆着笑脸敷衍，接着说谎，接着拖。"拖"字有奥秘：表明领导冷静、成熟，也表明事情很难办；再是体现权力的价值，往往得到意外的收获。下了半个月棋，拖不垮李卓仁，苏书记不再拖了，说：今天不下棋了，写个申请书来，我给你做意见。李卓仁从衣袋里掏出一张纸，说：早写好啦。苏书记瞅李卓仁好一会儿，才接过那张纸，龙飞凤舞签下自己的姓名。

李卓仁拿到县海洋局的许可证后，又把"牛皮癣"贴在吴总身上。吴总是商人，讲的是利益，方法就是交易。李卓仁口气轻淡地说：你那两台挖掘机闲在珍珠岛，借给我用一下。吴总见李卓仁要借挖掘机像借打火机那么随便，良久后问：借挖掘机干吗？李卓仁递养殖塘许可证给吴总看。吴总明白了，以前李卓仁办诊所和药店，许可证都请他替办，这次没请，原来要借挖掘机。吴总说：挖掘机是租来的呢。李卓仁说：就是你租来的，才向你借呀。吴总问：你要转租？商人就是商人，做事不含糊。李卓仁脸上掠过一丝笑意，不提"借"字了，说：把挖掘机开过来吧，用完了再结算。吴总说：好，订个协议书。李卓仁也不再含糊，说：没这个必要吧？你租用我这么久，还没订协议书呢！吴总一时听不明白，脑瓜高速运转，可笑容依然灿烂在脸上。李卓仁也笑得灿烂，说：不是吗？吴总明白了，这段时间他请李卓仁回珍珠岛说话，为扩建岛西码头造舆论，李卓仁说是租用他。吴总心里厌恶的同时，又对李卓仁刮目相看，咧嘴一笑，纠正说：我是为了建设珍珠岛，应该是珍珠岛人租用你。李卓仁哈哈笑说：你为了什么就不说了，有一点很明白，你在租用珍珠岛，应该有个协议书。话说到这个份上，接近底线了，再说下去，就翻脸了。吴总笑着说：你做医生太屈才了，应该做生意。李卓仁也笑着说：你是一个出色的奸商。两人心照不宣地瞧着对方，都哈哈笑。

次日吴总便叫人把挖掘机开到李卓仁的工地。

后来吴总回忆说，那是一场特别的谈判。李卓仁绝对是个谈判高手。他那牛皮癣似的谈判方式，把人粘住，不依不饶，把不属于他的本钱当作谈判的砝码，很难应付，只能让步。

李卓仁的养殖塘围成了，刘大茂还没拿到许可证，不见李石强有什么动静，也拿到了养殖塘许可证，而且要开工了。

常言道，猫有猫路，狗有狗道。其实猫和狗常常同走一条路，各有各的走法而已。李石强和刘大茂都走阿娇的路，李石强却捷足先登。

李石强喜欢看阿娇那两条腿。阿娇下海滩收购海鲜时，戴一顶很大的竹叶帽，穿一条袖子很长的黑色衬衫，却穿超短裤。李石强的目光在阿娇那两条芭蕉干似的大腿上游弋。阿娇走近来，他就哎唷一声说：哦，两条大带鱼！阿娇知道他夸她的大腿像带鱼一样很白很长，骂一声：真坏！抓扁担追打李石强。李石强拔腿跑，跑下水去，跑到沙滩去，两人就嘻嘻哈哈扭打在水上或者沙滩上。打过几次后，不再当着别人的面打了，夜晚到某个角落处打。李石强从阿娇嘴里知道刘大茂和李卓仁要在海滩上围养殖塘，干脆让阿娇替他走动。阿娇办事效果特佳，很快就拿到养殖塘许可证了。

李卓仁要拉刘大茂一把，海滩上只有一个养殖塘很危险，水角镇人盯着，珍珠岛人也盯着，人家冲下来挖掉，谁也挡不住。许多人也围了养殖塘，情况就不同了，羊多能挡狗。即便政府想挖，也不敢轻举妄动。

阿娇帮刘大茂拿到许可证后，刘大茂又想让吴总派挖掘机替他围养殖塘。李卓仁却骗他说：挖掘机开动一小时，成千块钱，养殖塘简直是拿钱围成的，痛心死了！李卓仁叫他用人工围筑。刘大茂说：占用珍珠岛人的海滩，谁肯围！李卓仁说：亏你还想当个岛头！现在的珍珠岛是什么？一条长了虫的臭鱼，猫叼狗咬猪吃都无所谓了！只要你肯花钱，没人和钱过不去！李卓仁又教他，说海滩本来是公家的，珍珠岛人围了，就铁板钉钉是珍珠岛人的了！刘大茂和李石强拿许可证摆在岛东码头给人家看，瞧见那个圆圆的国徽，人家都点头。围养殖塘刘大茂和李石强给工钱，珍珠岛人纷纷挑畚箕拿锄头抓铁铲走下海滩去。

欲望把人的能力撑得很大，啥都想建，啥都能建。可建设和破坏却挨得很近，建设的背后往往埋伏着破坏。人类会因为建设把地球彻底破坏。就像原子弹，制造者要炸死敌人，其实毁灭一切，包括他自己。——这是酒爷在世时说的一段话。

珍珠岛人都忙碌在热闹中，除了巫婆三娘。

巫婆三娘病了，头痛病。她去县医院检查，找不出病因。那医生幽默地说：病人头痛，医生也头痛啊！巫婆三娘的头痛确实有些怪，经历三个发展过程。第一个过程是派出所抓走刘天一之后。当时她在场，要来岛东码头跳大神，安慰那两个被救回来的水尾镇人，又安慰他们死在海里的同伴，尤其祈求上天降福给林大依四兄弟。突然把刘天一抓走了，她眼前一黑，天旋地转，险些跌倒。那天后，她六神无主，心里轻飘飘好像丢了魂。她发呆，发呆的时候就是想刘天一，想刘天一说话的样子，笑的样子，骂人的样子；想刘天一出海回来的情景，坐油桐树下的情景，来找她以及和她说话的情景……她惊心动魄地发觉，刘天一一直悄无声息地藏在她的心里，填充、安定甚至支撑她心里的世界。她没命地思念刘天一，开始头痛。第二个过程是阿娇到珍珠岛来之后。那天阿娇踏进她的家门，甜甜地叫她一声"姐"，那感觉好亲切，那声音好悦耳，仿佛在她那干枯了的心里滴下露水，滋润她的心田，滋润她全身的每一条神经和每一个细胞。她叫阿娇没事就到她家来坐。她喜欢静静地望着阿娇。李卓仁媳妇说，阿娇很像她年轻的时候。这话她爱听，曾经使她那张已经苍白憔悴了的脸红润了好几天。后来，她突然觉得阿娇很陌生，尤其阿娇笑时，那浪荡的笑声让她身上冒起疙瘩，好像突然吞下几只大头苍蝇。再后来，每次金所长来珍珠岛过夜之后，或者夜晚阿娇让刘大茂摇舢板送她去水角镇见苏书记回来，她就感觉阿娇身上散发出一种很难闻的气味，让人作呕。阿娇再来，她就全身不自在，要把阿娇撵走。阿娇走后，她还不舒服，这个晚上她就睡不着，头痛得厉害。第三个过程是案台礁石那儿搁着一艘巨轮之后。那天早上起来，她头重脚轻，地面像是倾斜的，迈开步，摔倒了，头撞在门框上，凸出一个很大的血包。她觉得那个包很重，头很重，渐渐地，又感觉珍珠岛很重，很多很多的东西压上来，把珍珠岛压歪了，压扁了，珍珠岛不是原来那个珍珠岛了，岛上的人也不是原来那些人了。她心里好慌，好乱。那巨轮是吴总的。陆路、空中交通方便后，海上客运业疲软。吴总叫人把这艘千吨巨轮从海口开过来，打算卖到越南去，却在案台礁石旁搁浅了，也就扔在那了。她朝那巨轮望去，头就痛得要爆裂。

　　这天巫婆三娘的心口很重，好像有人伸手捏住心脏。她不明白这只手是谁的？她在海天元帅的神龛前烧一炷香，想问海天元帅。香刚插在香炉上，一只猫跳了过来，把那香炉撞倒了。巫婆三娘感觉天旋地转，赶紧爬进房里，躺在床上。床在晃动，又渐渐倾斜，竖了起来。她贴在床板上，却没跌倒。她看见四个兵丁抓住床的四个角，不停地摆弄着。她说：捉弄我，不怕海天元帅要你们命吗？一个兵丁说：元帅好久不来了，我们守在案台上没人管，连俸禄也

293

不发下来。她说：这关我啥事？那兵丁说：见你给元帅烧香，想托你向元帅说个话，只好出此下策。她问：元帅在哪儿？那兵丁说：在天堂。他当大官了，不下来啦。她又问：那艘巨轮搁浅在案台礁石旁他知道吗？那兵丁说：不是搁浅了，是特意开到这儿来停靠。我们不敢贸然上天堂禀报，只好请你代劳。

上天堂并不费事，兵丁扶巫婆三娘坐在一只神龟的背上，叫她别睁眼，别张嘴，手脚别乱动。那神龟抖一下，飞了起来。只听见耳边呜呜响，撞过云层时，龟背震一下，震过了九回后，神龟说：到了。巫婆三娘睁开眼睛，来到南天门了。

海天元帅在门前迎接巫婆三娘。

海天元帅很热情又很得意，领她去看他的官邸。这里是官邸群，金碧辉煌，富丽堂皇的琼楼玉宇一片连着一片，无边无垠。海天元帅的官邸在一座桃花山旁边，前面绕过一条碧水河，依山傍水，风景十分优美。跨进大门，迎面是三幢楼房，中间那幢全部拿黄金砌成，金灿灿，亮晃晃，灼得人眼睛发疼。左边那幢全部拿翡翠砌成，色彩斑斓，流光溢彩，让人眼花。右边那幢全部拿五彩水晶砌成，晶莹剔透，很耀眼，摄人魂魄。地板全部拿白银铺就。楼和楼之间的曲径回廊，雕梁画栋，又镶满了珍珠、玛瑙和钻石。楼的旁边又有一幢幢独立的单元楼，分别是餐饮楼、健身楼、美容楼、逍遥楼等。楼的后面是一个汉白玉砌成的游泳池，游泳池旁边是一个大鱼池，鱼池的后面是花园、果园、宠物园，接下去是一个高尔夫球场，再接下去是一个巨大的湖……打理海天元帅官邸的是一群花容月貌妖娆迷人的美女……她走累了，坐在一张象牙椅子上，对海天元帅说：你一个人，住那么大地方干吗？海天元帅说：不大，我的官位低，钱不多，算是档次较低的了。她问：你是什么官？海天元帅说：天堂刚建一个娱乐城，让我当总管。

海天元帅又得意地领巫婆三娘来看娱乐城。

娱乐城其实是成百座城，每一座都有儋州城那么大，浮在浩瀚的海水上，城与城之间互相靠近，又保持距离。靠近与距离由海天元帅操控。海天元帅手上有个遥控器，点哪一座城，那城就飘到跟前来。城太多，城又大，海天元帅无法领巫婆三娘一一参观，只好操作遥控器，让这些城像走马灯一样，一座座从面前飘过。每一座城的建筑都豪华气派，又精巧别致，且风格各异，分别是英国、法国、德国、美国、中国、俄国、泰国、日本、印度、埃及、瑞士、瑞典、丹麦、伊拉克、加拿大、西班牙、澳大利亚……城中又有城，分别是歌城、戏城、舞城、球城、赌城、性城、烟城、酒城、茶城、吃城、玩城、游城……城里的服务人员成群结队，都是俊男靓女，各种肤色，各种口音，穿着各个国家的盛装；游客也五花八门，穿梭其中，有仙子、圣人，有皇子、皇孙，有达官、显贵，还有富翁、名流……她看得眼花缭乱了，对海天元帅说：天堂人负责天下事，天下那么多事情，乱纷纷管不过来，干吗建这样巨大豪华的娱乐城？海天元帅说：天堂管天下，天下有的，天堂都要有，而且要胜过天下。人间的娱乐业发展迅速，凡人比神仙还乐，天堂不与时俱进，就落后于人间，还算啥天堂！她懵懵懂懂，说不出话了。海天元帅说：你到天堂来，开眼界了，就留在天堂吧！我去向玉皇大帝申请，替你办理手续。她摇头说：不行啊！海天元帅说：别担心，我带你去美容院美容，只需一刻钟，就变成当初珍珠游北门江时的容貌，而且青春永驻。她说：天堂上到处是仙女，干吗还让我留下？海天元帅说：人间的高官、富豪上酒家，桌上尽是山珍海味，为啥还吃番薯粥、萝卜干？她心里发慌，摆手说：好怕人啊！海天元帅问：你怕啥？她颤抖说：我要回去！海天元帅不高兴地骂道：凡胎俗骨，真没用！一巴掌扫过来，她摔倒了，从天上栽了下来。她睁开眼，那几个兵丁站在面前问：海天元帅有什么指示？她说：来不及请示，我就回来了。兵丁们好失望，怪她误了大事。她没好气地喊道：请示个啥，没用的，海天元帅不管你们啦！几个兵丁都吓跑了。她感觉头晕，从床上摔下来，跌在地上，醒了。

　　此后，巫婆三娘的脑海里一闪现出海天元帅，就头晕头痛，天旋地转，恶心呕吐，要紧闭眼睛一动不动在床上躺着，才能渐渐恢复。但是，晚上她梦见了刘天一，第二天精神就很好。

歪道来歪钱，刘大茂从歪道里赚到不少钱，仍没够围养殖塘。他不做海了，把大机船折价卖给两个弟弟。李石强也有邪门，比如偷舢板。他又把刘天一的大机船卖了。那天抓走刘天一后，大机船都是李石强代为管理。他尽心尽职，每天都下码头来看，拿稻草铺在甲板上，打水淋湿稻草，防止烈日晒裂甲板。每过三五天，他就开大机船出去转一圈，防止机器停久了生锈。天刮大风时，他就守在大机船上，以便应付各种意外。他对刘天一媳妇说：船是拿来做海的，老泊在港口，会烂掉呢；又说：大机船没啥用了，出海打不到鱼，天一叔回来，也不再拿大机船出海啦。刘天一媳妇不想卖掉大机船，可是李石强这么说了，没卖掉，他不管了，等到刘天一回来了，船也坏了。她苦着脸说：石强，多亏你尽心管理，要不船早坏了。我一个女人，唉，你说咋做，就咋做吧。卖掉大机船，李石强交给刘天一媳妇一张欠条，说钱他拿去围养殖塘了。天一叔回来了，全部还清吧。刘天一媳妇抓着那张欠条，一句话也说不出。

珍珠岛的大机船很少出海，可都不肯卖掉大机船。涨潮时，停泊在码头前的大机船悠来荡去，恰似一群大龄姑娘，找不到好婆家，不肯随便下嫁，尴尬在岁月中。

只有林大侬的大机船仍坚持出海，刘二茂和刘三茂买下刘大茂的大机船后，也拼着命出海去。

几天没梦见刘天一，巫婆三娘心里烦，中午把门反关，脱剩一条小衫，一条内裤，大字叉开躺在凉棚的地板上。她睡着了，又像还没睡着，突然听见酒爷在门外喊：别睡了，心不睡，闭眼睛也睡不着呢！她伸手抓衣服穿上，赶去开门。

酒爷一脸的着急说：守在案台礁石的兵丁都跑了，海上没神仙管，海魔蠢蠢欲动，要兴风作浪伤害渔船，你赶快去岛东码头跳大神，叫渔船别出海！

巫婆三娘说：海天元帅不管珍珠岛了，我不再跳神了。

酒爷说：情况我都了解，你绝不能推辞。刘天一身陷囹圄，无论如何，珍珠岛的事你要担起来！你跳大神，真真假假假假真真，人家还是信的。

巫婆三娘迟疑片刻后问：跳起来，要请哪头神说话？请你行吗？

酒爷摆手说：别请我，我不是天上的神了。我多嘴，爱说牢骚话，惹得天上一些大神不高兴。我又反对天堂建娱乐城，激怒了众神，被削掉了神号。我泄露天机，玉皇大帝发怒，流放我回人间来。我是戴罪下来改造，无职无权无法术，只能到处闲游，啥也管不了。

突然响起一声闷雷，又腾起一道闪电。酒爷说：不好了，又说我泄露天机了，我要走了！他抓拐杖一撑，飘起来，从巫婆三娘家的天井飘出去。

巫婆三娘还是没跳神。晚上涨潮时，林大侬和刘二茂的大机船都迎着潮水出海去。

海面很平静，像铺着一张巨大无朋的绿色毛毯。一群惊慌失措的海鸥嗷嗷叫着飞向林大侬的大机船来，嘀嘀嗒嗒落在甲板上。林二侬心烦，看见白花花的海鸥站在船上嗷嗷叫，有的还拉屎，骂：要找死吗？抓竹竿扫过去，扫倒了三只。其他海鸥没飞，也不躲。林二侬的竹竿又举起。林大侬喝道：海鸥有灵魂呢！海鸥有灵魂是刘天一说的。刘天一说世上万物都有灵魂。当时林大侬不当回事，后来渐渐相信了。珍珠岛上的猪、鸡、狗，一草一木，甚至一块石头，都有灵魂，只要用心，就有感觉。刘天一被抓走后，这种感觉尤为明显。刘天一就是这个岛的魂。他不在，岛魂飘忽迷离，人的心里很不踏实……林二侬扔下竹竿，捡那三只打死了的海鸥来杀。林大侬又喊：别！林二侬瞧见海鸥的头在流血，沾在他手上，全扔下海去。

天上一块黑云飞旋漫卷，越卷越大，重重地压下来，雷声大作，闪电腾空，狂风暴雨扑过来。海水趁机大闹，汹涌翻腾，浊浪滔天。林大侬喊：海魔来了，快，拿刀、拿斧、拿枪来！船上的人慌慌张张找大刀，找斧头，找火铳。一排巨浪在船头腾起，把大机船撞个跟跄，滑出几丈远。一阵飓风又冲过来，把大机船掀起，几乎掀离水面。巨浪又滚到，大机船抵挡不住了，在风浪中左摆右晃起伏旋转……半个时辰后，风平了，浪静了，却不见林二侬了。林大侬驾机船在海上找了三遍，看见林二侬浮在水上，旁边浮着几只死鸟——风狂浪急时，海鸥噼里啪啦飞起，撞在林二侬身上，把林二侬撞倒，头砸在船帮上，栽进海里。把林二侬捞上船来，死了，头还在流血……

林大侬的大机船急匆匆开回珍珠岛来。

刘二茂的大机船也开回珍珠岛来，甲板上也躺着一个死人，是刘三茂。

刘二茂的大机船没有跟随林大侬去远海，在各个渔场来回穿梭，找机会偷人家的渔网。跑了两天两夜，没有逮到好机会。这天夜里一艘灯光船围住一大群鱼，吊起网兜时，机器故障，灯火灭了，网兜吊在水面，鱼在网兜里疯狂。刘二茂开船挨近去。刘三茂抓铁钩钩住那网兜，要拉过来，拉不动。刘三茂抓条绳子跳进水里，打算绑住网兜，再启动收网机拉。一个鱼炮炸响……也许是对方看见网兜里的鱼很多，担心撞破网兜跑了，干脆将鱼炸死；也许是看见刘三茂跳进水里抢劫……刘三茂被炸死了。船上人把刘三茂的尸体捞上来，急忙开船跑。

人死在海上，尸体拿回来，要做法事招魂。海天元帅虽然不来，巫婆三娘照样跳神做法事。酒爷叫她跳神不让渔船出海，她没跳，才出这个后果，心里愧疚，只好按酒爷说的，假假真真真真假假，跳神招魂作补偿。

林二侬和刘三茂都葬在岛南坟场上。把林大侬他们那几座假坟挖开，掏出稻草人，把真人埋进去。

珍珠岛人麻木了，或者是胆大了。以往岛上死了人，岛人心里都痛楚楚凉飕飕，好多天说话不大声，连屁也要憋住。这回死了两个人，都是壮年，又死于非命，珍珠岛人依旧不惊不乍的，很漠然。

猫叔背诵过《老三篇》，还记得《为人民服务》里一句话。他说：死人的事经常发生嘛。林大侬瞪着猫叔骂：死你娘个头！发火的林大侬凶神恶煞，很吓人。猫叔语无伦次说：是，我娘的头，我娘的尾，都死了。

林大侬骂猫叔还有原因。这些日子，猫叔每天都在岛南边走边喊：喂，要文明啊，提个屁股来这里蹲，丢人啊！喊得人的耳朵和心里都脏兮兮的。

吴总办事大刀阔斧，一边热火朝天扩建岛西码头，一边紧锣密鼓扩建岛南，在围墙旁边又建一幢三层楼，再盖一幢别墅。岛南是珍珠岛人的传统蹲山（大便）处，男人女人仍来蹲山。吴总买几箱广东米酒堆在围墙那门口，猫叔在岛南喊了一遍，就可以拿走一瓶酒。猫叔喊了两天，很多人也来喊，喊声此起彼伏，把岛南的老鼠、青蛙、松鼠、小虫都吓得胆战心惊。

林大侬到岛南林二侬的坟前来烧香，正蹲着，刘大茂媳妇在旁边喊：别提个屁股来蹲，丢人呢！林大侬喝道：喊啥？喊魂吗！刘大茂媳妇顿脚应道：我喊我的，关你啥？珍珠岛发生许多事使林大侬心里烦得慌，他站起来说：你再喊，我就抓把屎堵你的嘴！刘大茂媳妇走近来说：你堵呀，有本事就堵咯，我张开嘴让你堵！林大侬的火气爆发，伸手一推，刘大茂媳妇一趔趄，嘚一声坐在地上。不得了，刘大茂媳妇伸手抓乱自己的头发，又把胸前的衣服撕破，捶胸顿足大哭大喊：天杀林大侬啊，打女人啊！周边的人围了过来。林大侬呸一声骂道：一泡臭狗屎！掉头要走。刘大茂赶到了，骂道：你娘的欺负人？瞧着刘大茂那张凶巴巴的脸，林大侬气不打一处来，说：你娘的凶啥，想打架吗？话音未落，两人打起来了。说是打架，其实是摔跤。一上手，两人便使出原来的招数，可不灵了。原来的招数虽有窍门，可每个动作都靠很大的力气来完成，两人年纪都大了，力不从心，动作完成一半便疲软了。两人左冲右突，左

299

勾右托，几个回合都摔不倒对方，却气喘吁吁了。他们打的叫"气头架"，火气上来就打，争眼前一口气，不想打太久；打起来后，就希望旁人来劝架，有人拉开，便默契地松开手。今天围观的人都怪怪的，一副事不关己的样子，没一个人拉架。刘大茂和林大依仍搂着，有气无力了，左摇右晃像是互相搀扶，渐渐地，两人都不动了，目光斜瞟，希望有人走过来，甚至希望刘天一突然出现……两人都倒下了。爬起来，又坐着喘气。

这件事吴总亲自出面摆平，请三个人去县医院检查，都没事。吴总给每人买一摞营养品，又给每人一千块钱营养费，完满结束。

没人再在岛南喊了，用不着喊了，岛南的四周围上铁丝网了。

岛西码头扩建工程胜利结束，九月九举行竣工典礼。为什么选九月九？这个日子好。珍珠岛人喜欢在这一天热闹。岛西码头的四周插满了五颜六色的彩旗，喜庆的气氛随着风吹彩旗的猎猎声，洋溢在珍珠岛上。

一条横幅在码头上空拉起来，男人、女人、老人、小孩兴高采烈朝站在横幅下的阿娇拥来。阿娇手上挥动一沓钱，朝拥过来的人喊：排队，都排队，钱够分的，一个个来！

今天县上、镇上的领导来剪彩，电视台、报纸的记者都来。这是珍珠岛有史以来最喜庆最热闹最重要的一天。每一个珍珠岛人都要喜洋洋，像过年一样，像自己娶媳妇或者嫁老公一样，像捡到钱一样！吴总塞给阿娇一袋钱，凡是穿新衣服到码头来看剪彩的珍珠岛人，不论男女老少，每人五块。

珍珠岛人领到钱后，挨挨挤挤站在码头的两侧。

螺号响了，李石强吹的。停泊在岛东码头的大机船都喊起来，晃两下，像刚睡醒的水牛，然后扭着屁股离开，绕过岛北，朝岛西码头开过来。大机船停在岛西码头意义重大。吴总给每艘船五百块钱，每个渔工一百块，让大机船以及渔工都摆成要出海的样子。

十几只快艇头咬住尾从水角镇方向奔向岛西码头。第一只靠码头的都是重量级人物：吴总、县长、水产局局长、水角镇书记、镇长；第二只是派出所的金所长和好几个兵；第三只是剪彩仪式的主持人、电视台和报社的记者；第四只是几个穿旗袍的礼仪小姐；第五只是……

重要人物各就各位，摆出各种姿势。站得最好看的是女主持人和那些礼仪小姐。女主持人尤为出彩，漂亮的脸蛋，曼妙的身材，优美的动作，配上甜美的声调，把所有的眼睛和耳朵都吸引过去。可惜，她说了几句，刚把人的胃口吊起来，便交话筒给吴总。吴总很啰唆，说码头，说珍珠岛，说渔船，说大海，还说到别的地方去，把人的耳朵填得满满的。好不容易等到吴总说完了，女主持人还是不肯多说，又递话筒给县长。县长拿着一张纸，说得更多，更重要，把吴总说过的再说一遍，还不够，又把水角镇，把整个县，把省和中央的大官们在别的地方说过的也拿来说，叽叽喳喳，噼里啪啦，说了一地。

日头很毒，重要人物都有人给打伞，站在码头两旁的珍珠岛人只好张开手掌挡在自己的头上。日头不讲情面，凶狠地晒他们。抵挡不了了，有人蹲下，有人缩着脖子猫在别人的身后躲阴影，东倒西歪，场面很难看。

终于没有人再对那话筒说话了。

两个礼仪小姐在码头边拉起一条中间结着几朵大花的红绸布，几个重要人物朝那红绸布走去，每人站在一朵大花前面，每人的身边站着一个礼仪小姐，每个礼仪小姐都端一只盘，每只盘上都有一把大剪刀。几个重要人物动作好潇洒，抓剪刀咔嚓咔嚓。红绸布剪成七零八落，爆竹响了，锣鼓响了，两旁东倒西歪的珍珠岛人突然抖擞精神，使劲拍手，码头前的大机船急忙抖动起来，嘎嘎喊着开出港去。那个摄像机很忙碌，转去转来，对着海，对着大机船，对着码头，对着码头上的人。码头边突然响起三声火铳，人们都惊异地回头望。放火铳的是猫叔。他不是渔工，拿不到钱。他拿火铳来凑热闹。吴总的脸色顿时铁青，朝金所长递个眼色。金所长会意，

301

对旁边的兵们耳语几句。几个兵像捕捉跳上岸来的大鱼似的，赶过去，把猫叔扭住，拖到一边去。

珍珠岛人惊慌失措，拥过去围住猫叔和那几个派出所的兵。猫叔戴手铐，一脸茫然。旁边的兵说：他使用黑武器，犯法了。好多人替猫叔说话，说火铳不是拿来打人的。兵们都不听。

吴总和金所长走过来。

此刻吴总的表情很祥和，说：私藏黑武器，使用黑武器，都是犯法的，要坐牢的。又说：猫叔有觉悟，不会犯法的；珍珠岛人都有觉悟，不会犯法的！这次——算了，可以原谅。

金所长说：有吴总这个话，啥事都好说。这回，嗨，就原谅猫叔了。他亲自给猫叔打开手铐，亲热地拍着猫叔的肩头说：以后，要注意点。

珍珠岛人见金所长这么听吴总的话，都拿敬佩而又惊怕的目光望着吴总。

竣工典礼完满结束了。

十几只快艇屁股后的水都搅动起来，得意扬扬，拖着长长的水痕离开岛西码头了。快艇没有直接开回水角镇，拐向岛东，热闹地靠向李卓仁的养殖塘。

养殖塘里的人严阵以待，快艇到来，都热闹地行动起来。李卓仁身上抹许多泥巴，突然从脚边的泥浆中抓起一只比巴掌还大的青蟹，摄像机迅速对准他聚焦。李卓仁媳妇挑着沉甸甸的两筐螃蟹走过来，摄像机又急忙朝她转过去。站在堤坝上的苏书记招手。刘大茂、李石强以及他们的媳妇都挑着满满的两筐斑节对虾喜滋滋奔着摄像机镜头走过来。

今天县长的心情好，天气又好，这里的风景也很好。县长的兴致很高，望着面前的蓝天、白云、绿水，觉得应该配上点什么，对，应该在这美丽的景色中留下光辉的形象！他瞧见养殖塘那水闸的顶端盖着一块水泥板，跨两步爬上去，站在那水泥板上，用高瞻远瞩的目光巡视几个养殖塘。摄像机马上掉转头，聚精会神瞄着他。县长没有看摄像机，此刻摄像机的镜头一定对准他。领导是太阳，摄像机是葵花，葵花总是忠诚地向着太阳。县长的右手抬了起来，挥动着，慷慨激昂地作指示：……好，很好！发展是硬道理！水角镇干部有敢为人先的精神，做了一件很好的事！调整产业结构，转产改业，需要勇气，需要有创新精神！充分开发利用海滩，这个思路很有创意，开创了一条发展的新路！你们不要满足于眼前的成绩，再接再厉，加大开发力度，扩大开发范围，形成产业规模，要在这里打造出一个开发的样板模式……掌声，热烈的掌声。

全部人兴奋，连那摄像机也得意忘形，拍完了，忘记盖上镜头盖。

功德圆满，县长心情愉快，爬上快艇要回去。

刘大茂媳妇提两篮斑节对虾沿着堤坝气喘吁吁跑过来。

刘大茂反应好快，急忙跑过去挡住，问：你干啥？

她说：给苏书记和金所长呀！

刘大茂张开巴掌要揍她，见很多人瞧来，忙抽回手，喝道：站住！

媳妇说：咋了，你安排的呢！

刘大茂的五官又挪位，跺脚骂道：天呀，要是哪天你突然死了，不用问，保准是笨死的！

吴总让林日旺守在那艘千吨巨轮上。

林日旺很尽职，经常开快艇在四周巡游，不让外人靠近案台礁石。

李石强在他的养殖塘水闸旁盖一间简易瓦房，天天守在养殖塘上。他发觉，每天天亮前，都有十几只快艇把人载到巨轮来，天黑后，就离开。遇上海水退潮，海滩干涸，快艇跑不动，那些人就在巨轮过夜。

一个月光似水的夜晚，一阵阵浪笑声从巨轮泼出，随着北风飘到李石强的养殖塘来。李石强悄悄摇舢板靠近那巨轮。突然，林日旺开快艇冲过来，挡在李石强面前。林日旺一只手抓舵把，一只手叉腰，威严地喝道：掉头！回去！李石强瞧不起林日旺，尤其讨厌他那装模作样的样子。李石强问：干吗要掉头？林日旺说：不用问，叫你掉，就赶快掉！李石强说：我不掉呢？林日旺本来就憎恨李石强，今天冤家路窄。他哼一声说：你试试看嘞！李石强抓橹把摇两下，舢板向前滑，嘭一声撞在快艇上。林日旺不作声，倒退快艇，退离几十米后，突然加速向前冲，飞一样扑向李石强的舢板。说时迟，那时快。李石强刚侧身躲开，隆的一声响，一阵震动，快艇的半个身位骑上舢板来。李石强已经跳进水里。林日旺也在水里。李石强眼睛发红，像鲨鱼扑食似的扑过去，抓住林日旺便打。林日旺手脚并用向李石强还击。李石强的水性好，一阵激烈的扑打后，林日旺只有招架的份了。李石强手下留情，摁林日旺吃了半肚子水，有气无力了，丢下，潜水跑了。

李石强没回养殖塘，悄悄潜向那巨轮。

巨轮有两层楼房那么高。李石强看见船舷有索梯，抓着爬了上去。李石强吓呆了。一群男女在甲板上排练脱衣舞。男的光着上身，穿条短裤，女的穿半透明的衣服。音乐很强烈。随着音乐的节奏，女的跳着跳着，身上的衣物依序掉落，先是上衣，接着是短裙，再接着是奶罩，最后是裤衩。女人们都光秃秃像一群鱼时，男的做出潜水抓鱼的动作，捞水里的"鱼"。这些"鱼"很调皮，有的抓奶罩挂在男的脖子上，有的抓裤衩当帽子扣在男的头上，"鱼"都让男人捉到了，男人和"鱼"配合做各种亲昵的动作……趴在船舷的李石强看得心惊肉跳，又心潮澎湃。他受不了了，看不下去了，纵身从船上跳进水里。

连续两天李石强都不安，估计摊上事了。

第三天，有人来了，是阿娇。阿娇下海滩收购海鲜，从海滩走到李石强的养殖塘来。阿娇猴急，走进那瓦屋，两只眼睛便飘出湿漉漉的光，淋得李石强全身黏腻腻的。她轻轻拍李石强的脸，软绵绵瘫进李石强的怀里。做完那事，李石强奇怪地瞧着她。以往阿娇很有情调，做事之前总要把气氛和情绪调动到最佳状态，再在疯狂中操作疯狂。李石强猜，阿娇是来说事，怕坏了气氛，坏了心情，所以说话前先把好事做了。

阿娇突然伸手把李石强嘴上的香烟夺过来，摁在自己的嘴上，吸了两口，瞧着李石强问：前两天，你看见啥了？李石强摇头。阿娇说：没看见就好。事从眼入，祸从口出，要管好自己的眼睛和嘴巴。李石强望着阿娇。阿娇的话题转了，说：办这养殖塘许可证时，县长还没批字，海洋局长私自办理，不符合程序，弄不好，人家就收回许可证，勒令你拆除养殖塘。李石强听出威胁的味道，问：谁让你来说这话？阿娇说：别问，里边的水深着呢！李石强不再问了。其实，阿娇的水也很深！他不怪阿娇。阿娇和他算什么，只是屁股关系而已。

李石强的嘴像蚌一样紧闭。案台礁石的情况半句也不说。

几个月后的一个晚上，李石强的嘴巴终于解放了。

日头落下海去后，夜幕慢慢地落下来。突然轰隆隆的炮声在案台礁石那爆响。每响一声，水上就冲起一道五颜六色的光柱。光柱在空中又爆响，炸开一朵巨大的、五彩缤纷的花。几十道光柱连续冲向天空，连续爆响，天上变成飞英撒霞姹紫嫣红的大花坛。

珍珠岛人没见过这样的景象，拥在岛东码头看，惊心动魄。

李卓仁媳妇很有见识地说：嗨，那是放花炮呢！

珍珠岛人听说过花炮，可没看见过，目不转睛。

花炮停止轰响了，另一番奇异景象又让人目瞪口呆。整片海面浮满了各色各样的灯。灯在水中晃动游弋，闪闪烁烁，交相辉映，好像天上的星星都落了下来。就在这时，十几条五色彩龙突然从水下冒出，摇摇晃晃，左转右弯，前冲后顿，在灯海中穿梭游动，把整个海面搅得光浮影动，光怪陆离。突然，夜空一阵闪亮，飞起好多怪物，有飞禽走兽，有鱼有虾有蟹，还有仙女和魔鬼……

人们正眼花缭乱如幻如梦时，天上、水上的灯蓦地熄灭了。约莫一分钟后，响起热闹的音乐声，灯又亮了起来，亮在那艘巨轮上。巨轮的上空闪烁着五颗不同颜色的巨大星星，其实是五种颜色的灯镶成五个巨大的字"水上娱乐城"。巨轮上的灯也按顺序从上到下分为五层，每一层突出一种主颜色，分别是红、黄、蓝、白、紫，其间又点缀着各种形状各种功能的灯，有条灯、柱灯、弯灯、线灯、球灯、吊灯、闪灯、转灯、流水灯等。灯和灯互相呼应，互相配合，互相映衬，把整艘巨轮辉映得灵动虚幻，又晶莹璀璨，金碧辉煌，使人感觉满船珠光宝气，又好像是一幢镶金嵌玉的豪华大厦，或者是一座晶莹剔透的宫殿。

站在码头上的珍珠岛人看得眼馋，看得心动，要摇舢板靠过去。舢板刚离开码头，十几只快艇急匆匆赶过来截住。每只快艇上站着一个人，风驰电掣般从舢板的前面飞过，又拐回来，掀起的波浪哗啦啦滚向舢板来，撞得舢板颠簸起伏左摇右晃互相碰撞在一起。舢板只好急忙躲回码头来。

珍珠岛有一个人幸运地特许到巨轮来参观。这个人就是李石强。李石强的嘴紧，坚守几个月没透露巨轮的丝毫秘密，难能可贵！得到吴总的赏识。

李石强也太没见过世面了，两个保安人员一左一右陪他登上巨轮。他突然感觉有一股强大的气势逼过来，把他裹住，把他挤压得喘不过气来。他的心狂跳，脚打战，头晕眼花耳朵嗡嗡响，身子摇摇晃晃，几乎要跌倒。两个保安搀扶他坐下。好一会儿后，他才平静下来。那两个保安带他从船顶到船底走个来回。他的心又紧起来，眼睛睁得很大，可只模糊地知道，这艘巨轮从上到下分五层。每一层就是一座城。分别是吃城、赌城、歌城、舞城，和一个集按摩、美容、桑拿等功能于一体的浪荡城。回到甲板来，李石强缓过来了，望见离巨轮不远处又停泊着几艘游船，有人在船边游泳，有人在船旁垂钓，有人在船上听音乐，还有人开着摩托快艇在船前冲浪。李石强觉得那边清静，气氛轻松，想过去看一看。保安瞪着他摇头。一只快艇开过来，要送他回养殖塘。他惊奇地发觉，开快艇的人居然是刘汉国。珍珠岛那些考不上大学的年轻人都让林日旺召集去训练开快艇，安排在这个水上娱乐城当外围保安。刘汉国不和他说话。他爬上快艇，还未回过神来，快艇便飞了起来，迷迷糊糊中把他送回了养殖塘。

也许是水上娱乐城太热闹了，把人的注意力吸引过去；也许是珍珠岛人积极响应县长的号召，都忙着下海滩围筑养殖塘。珍珠岛冷清得让人心里发闷。

下午天很黑，厚厚的云块铺盖在天上，没一丝风，也不下雨，空气很重，很黏稠，几乎凝结成水珠。成千上万只蜻蜓从海上涌过来，密密麻麻飞满了珍珠岛。一群不谙世事的孩子在街头巷尾嘻嘻哈哈扑打蜻蜓。蜻蜓好机灵，见孩子们追过来，扇动翅膀飞上屋顶去。孩子们跑到岛东码头来，不跑了，不闹了，好奇地围观一头母猪和两条公狗。那母猪和两条公狗在李卓仁家山墙旁边合欢。不，两条公狗野蛮地轮奸母猪。母猪那目光迷茫中透出忧愁，猪头左摇右晃，痛苦地呻吟。

码头上围满了人。人们的目光也迷茫，不说话。

刘大茂媳妇慌慌张张跑来找巫婆三娘，要问海天元帅，出现这样的怪事，是不是珍珠岛要出什么祸事？

那"水上娱乐城"开张后，巫婆三娘一下子瘦了好多，眼角皱纹也多了，头发也花白了，神情冷冷的，说话的声音很干硬。今天的她像刚冰冻过。她绷紧脸瞪着刘大茂媳妇骂：惊啥？怪事多着呢！睁大眼睛瞧，好多人猪狗不如呢！

刘大茂媳妇像突然吞下一只活蛤，愕然。她见巫婆三娘的脸色依然很黑，从眼角飘出来的目光依然冷飕飕的，掉头走了。

一声雷响，乌云抖动，散开，蜻蜓飞走了。母猪和两条公狗仍不知廉耻热闹着。

林大侬抓一根竹竿赶过来，举竹竿打。母猪和公狗惊慌失措，都跑了。林大侬的眼睛红成两个火球，又举起竹竿，好像要打围观的人。全部人散开。竹竿啪的一声砸在地上。林大侬心里很憋屈。抓走刘天一后，珍珠岛像一艘漂泊在风浪中的无舵漏船，船上的人先是晕头转向，继而麻木不仁，发生什么怪事都熟视无睹。林大侬在心里骂：娘的，刘天一在，绝不是这个鬼样子！他来打猪、打狗，就是要像刘天一那样，管一管这些乱七八糟的事。

这个晚上珍珠岛死一样静。

半夜，一艘大船悄悄地靠向岛西码头。码头扩建竣工后，渔船不来停泊，也没有货船跑来停靠，只有半夜三更时，突然神秘地靠来一艘大船。

螺号吹响，李石强吹的。珍珠岛的男人女人都开门出来，涌向岛西码头。

码头上亮起电灯。码头边站着很多陌生的岛外人，只说一句话：快，动作快点！

珍珠岛的男人爬上大船，把一箱箱货物卸下来。女人或扛或挑，把货物搬进岛南那铁皮屋。三间铁皮屋现在是仓库。

忙碌了一夜。天亮前终于把船上的货物全卸下了。那大船轻松了，趁着朦胧的夜色，悄悄地驶离珍珠岛。

天亮后，疲倦的珍珠岛男人女人在岛南那栋三层楼房前排成长队，领取卸船费和搬运费。报酬挺高的，每个人都拿到两百块钱。

第二十一章　原子弹

　　刘天一出狱了，提前半年回来，保外就医，他的刑期是三年。他得了什么病？疯病。

　　抓刘天一时，他就有预感：将会发疯。

　　他关在看守所一个十平方米的牢房，里边有七个脸色苍白的人，七双眼睛都盯着他。他朝那些眼睛点头。那些眼睛依然泛着黄色的光。那些人没有为难他，倒是他骚扰他们。每天的早、中、晚他都朝前面那扇小窗大喊：为什么抓我啊？他不明白，那次打架他不是头，甚至没动手打人。里边的人很烦，劝他别喊，没用的。一个年纪很大的说：让他喊，嘴累了，心也累了，就不再喊了。

　　连续喊了十几天，没人理睬。他真的累了，没力气再喊了。那老者说：兄弟们说得对，那么喊，只是喊给空气听。他说：我不服啊！老者说：习惯了，就服了。你是个做海人，应该明白，海上刮台风，掀大浪，讲道理吗？

　　几天没喊，提审官来了。刘天一问：为什么抓我？提审官反问：不抓你抓谁？刘天一说：我不是头，没亲手打人。提审官说：你他妈的以为这里是珍珠岛吗？珍珠岛上你说了算，这里，由不得你！刘天一说：谁说了算，也不能冤枉人啊！提审官又骂：冤枉你了吗？你是好人吗？他妈的还不老实！你把珍珠岛当成啥了，一个独立王

309

国！像你这样胆大包天的东西，抓一百次也不冤枉！刘天一明白了，因为打架才抓他，又不因为打架。总之，必须抓他。刘天一不再问了。提审官又骂：一个不知天高地厚的笨蛋！

连续提审几次。提审官都不厌其烦地重复问过的话，然后突然喝一声，或者骂几句，冷不防又掷出个新问题，像是抓刘天一的神经抽来抽去，要抽断裂，使刘天一的神经短路，出现神经错乱。刘天一的神经没有错乱。他聪明地变成一个"笨蛋"，反应迟钝，尽量少说话，或不说话。

判刘天一劳改三年。

受那老者启示，送到劳改场后，刘天一尽量"想得开"，"知天高"，"知地厚"，"老实"遵守监规，少说话，服从安排，劳动不偷懒，做个模范犯人。

那个中午出事了。

一群犯人被押到一座石山来。这石山是枪毙犯人的地方，阴气重，鬼很多，平时很少有人来。劳改场在这里开发一个采石场。石头炸开后，四分五裂落在山上，要搬到公路边，装上卡车，运到一个开发区的工地。爬在陡峭的山上搬石头很辛苦，又危险。让这些体力、精力过剩又不要命的犯人来干，很合适。忙了一个上午，二十几个犯人把四散在山上的石头都搬到公路边，装上卡车，运走了。兵们吹哨，犯人集中在公路边排队，清点人数。一辆小轿车开过来。走出一个梳油头，戴墨镜，穿白色 T 恤、白色短裤、白色袜子、白色波鞋的中年人。带队那兵头急忙跑了过来。那中年人说：工地的石头不够用，叫他们加班！兵头跑回来，对排队的犯人说：今天很热，对改造人的思想有好处，给你们个机会，中午不休息，继续改造！中年人见排队的犯人愁眉苦脸，叫司机提两箱矿泉水分给犯人，又给每个犯人一根香烟。犯人们抓着矿泉水，受宠若惊，精神又重新抖擞起来。

石头搬完了，要再次点炮炸石。除爆破手外，全部人躲进石山旁边的一口烧石灰的废窑穴里。

轰，轰，轰……石灰窑一阵阵震动。呼啸的石头落下，有的石头从窑口滚进来。

刘天一的精神恍惚。第一声炮响，他一跳，身子一晃，眼睛发直；第二声炮响，他的头一歪，栽倒，不省人事了。

躲在里面那兵头问：石头砸到他了吗？

旁边的人答：没有。

兵头踢刘天一一脚，骂：装什么死，起来！

没有反应。

兵头在刘天一脸上连扇两巴掌。

仍然没反应。

兵头打电话回劳改场叫救护车。

下午，躺在劳改场医疗所病床上的刘天一醒来了。医生说天气太热，又躲在四面不通风的窑穴里，加上心里紧张，他中暑了。

其实，当时刘天一心里一点也没紧张。躲进那窑穴，他感觉有点像珍珠岛乱石滩那石窟。他仰头望窑顶，有许多花纹，很像石窟顶那些花纹。石炮炸响了，他一怔，很像水角镇人炸案台礁石那鱼炮声。第二声炮响，他头皮发麻，好像看见酒爷抓拐杖砸在他头上，倒下了。酒爷抓他的胳膊，拉住他，乘云而去。

来到南天门。刘天一睁开眼睛问酒爷：拉我上天堂来干吗？酒爷说：巫婆三娘也上来啦。他说：关我啥事？酒爷说：你没来看，怎么知道不关你的事？他看见海天元帅正带巫婆三娘去看官邸。酒爷抓他的手，躲在后边跟过去。走到海天元帅的官邸前，他说：天哟，天堂人好腐败啊！酒爷说：别多嘴，天堂上不能乱说话！走到楼房后边那花园、果园、鱼塘、游泳池、高尔夫球场，他又忍不住说：天堂人太闲了！酒爷说：再乱说话，就有人来割掉你的舌头！酒爷急忙拉他走开。

酒爷已被贬为天堂的闲杂人员。原来酒爷管赌场。天堂人要啥有啥，赌钱不计较输赢，只为过瘾。酒爷看着赌桌上赌态各异的天上人，觉得有趣，于是干得很开心。天官赞扬酒爷敬业，建一个规

311

模巨大的娱乐城打算交给酒爷管。酒爷说：建那么大娱乐城干吗，大家都去娱乐，谁去管人间的事？天官说：傻吗，人间的事也去管？等他们闹出事了，向天上请求，再去过问！海天元帅却支持建娱乐城，说：不娱乐，怎么是天堂？有多豪华建多豪华！人间到处是娱乐城，一个比一个豪华，天堂怎能落后于人间！酒爷说：人的欲望在泛滥，正淹没人间，难道也要让欲望淹没天堂？天官喝道：放肆！当下就决定让海天元帅管娱乐城。酒爷赋闲了。

海天元帅领巫婆三娘到娱乐城来，酒爷和刘天一也跟过来。

刘天一看着那规模宏大的娱乐城，眼睛和嘴巴越张越大，头也跟着胀大。他先是惊讶，继而惊慌，喊道：天啊，别再指望天上人造福人间啦！

酒爷急忙伸手捂住刘天一的嘴。

突然，海天元帅一巴掌将巫婆三娘扫倒。

酒爷也把刘天一推倒……

刘天一醒来了，睁开眼睛，见自己躺在病床，想爬起来，可头晕、头痛。

那天后，刘天一总是懵懵懂懂恍恍惚惚的。

闷热的晚上。

半夜刘天一迷迷糊糊醒来，酒爷就坐在他身边。

酒爷说：睡不着，就坐起来说话。

酒爷又穿原来那条灰色布裰，刘天一问：你不在天堂啦？

酒爷确实不在天堂了。他私自带刘天一上天堂，泄露天机，受到重罚，流放人间。他不想说这个，问刘天一：你离开珍珠岛多久了？

刘天一说：十年了；不，昨天刚离开！

酒爷说：很好，你的心还挂在珍珠岛上！

刘天一问：现在珍珠岛怎么样了？

不见酒爷了。

早上，狱友围着刘天一问：夜里梦见啥了，说了一夜的古怪话？

刘天一弄不清昨晚和酒爷说话是醒着，还是在梦里。

这天后，刘天一时醒时昏。醒时，双眼忽闪忽闪瞅着别人不说话；昏时，像和一个人在说话，一会儿嘀嘀咕咕像商量什么秘事；一会儿吵得面红耳赤；一会儿又哈哈大笑，很开心。他叫那人"酒爷"。

珍珠岛案台礁石的"水上娱乐城"开张那个夜晚，刘天一的心里像爬着一只螃蟹，很躁。他半躺半坐想心事。吱的一声，屋顶一只壁虎撒下一泡尿，喷在他的双眼。他抹两下，又揉了揉，眼睛睁不开，干脆躺下睡。还没睡着，一个奇怪的梦迫不及待地来到他的眼前：天上垂下一颗好大的原子弹，吊在一根缆绳上，正好吊在珍珠岛的上空。风吹来，那原子弹悠来晃去，要掉下来……他从床上爬起，跑到窗边，朝窗外大声喊：掉啦，掉了啊！炸了，炸了！好响亮啊，震天动地！你看，那蘑菇云，好大的蘑菇云！天啊，完了，全完了，珍珠岛沉下去了……屋里的人都吓醒了，爬起来，涌到窗前瞧。窗外什么也看不见，只有冰凉的月色和轻轻拂动的晚风，还有一颗发呆的歪月亮。刘天一仍慌张，捶胸顿足大哭大喊：完了，珍珠岛全完了啊！

每隔几个夜晚，刘天一就爬起来大喊：缆绳断了，掉了，原子弹炸了！珍珠岛沉了！狱友们又乒乒乓乓爬起来。接着，他就大哭，好伤心，一直哭到天亮。

狱警骂刘天一装疯，将他单独关在一间囚禁重罪犯人的小屋。刘天一安静了，整夜一声不吭。早上走出囚屋，他就大哭大号，那哭声很悲哀，让很多人跟着落泪；突又哈哈笑，笑声尖厉，让人毛骨悚然。哭完笑完了，他就指手画脚大喊：掉了，炸了，完了！这原子弹是连环弹，一个炸了，百个炸，千个炸，万个炸，世间所有的原子弹统统爆炸，世界炸烂了，地球只剩一堆松土，清静啊，干净啊！接着嘴巴紧闭，好像也停止呼吸了，像石雕一样呆着。

狱警细心观察，发觉刘天一看见蟑螂就抓来吃，看见壁虎就跪下拜。他每天都摘饭堂旁边那棵苦楝树的树叶来吃。苦楝树叶苦死人，他满嘴满嘴地吃，吃得又香又甜，吃完了还舔嘴唇咂嘴巴。问他为什么要吃苦楝树叶，他说苦楝树叶能消毒，能杀虫，吃进肚里，胃肠里的虫全部杀死，五脏六腑的毒气也清除干净。那棵苦楝树下边的叶子几乎让他吃光了。他爬上树摘，坐在枝丫上，一边晃着双脚一边吃。一天，有只麻雀飞来，站在树枝上。他哈哈笑，扑过去抓。哗啦——他从丈多高的树上栽了下来。旁边人都惊呆了，他却从地上站起，拍拍屁股，嚼着苦楝树叶走了。

经过一段时间观察，狱警认定刘天一真的病了，送他到大医院检查。医生说：疯了，"精神分裂症"。

监狱批准刘天一保外就医，办理手续，送了回来。

走出监狱，刘天一比任何时候都清醒，病全好了。

刘天一以"疯病"保外就医，不疯了，怎么办？回岛去后，要继续"疯"，还是不再"疯"了？在劳改场时，刘天一也弄不清自己是真疯还是假疯。那天昏迷在石灰窑里是真的；昏倒之后，酒爷拉他上天堂也是真的；看见珍珠岛上空吊着一个原子弹也是真的；经常和酒爷说话也是真的。酒爷来时，戴竹笠，穿布褂（有时也穿长袍），着木屐，不伦不类。他笑酒爷像个乡下的道公。酒爷说现在他就是个道公。那次带刘天一上天堂，偷窥了天堂的机密，天官处罚他，说他凡缘未尽，流放下凡间当道公。刘天一时哭时笑时喊时闹也是真的。他感觉心里堵着一团东西，伸手指进喉咙挖不出来，只有大哭大笑或者大喊，才觉轻松。刘天一吃苦楝树叶却是半真半假。那天在饭堂排队打饭，他端着一盒饭走回来，有人从背后撞他，咚的一声，饭盒脱手，饭菜撒了一地。回头来，那人骂道：哼，疯子！听见"疯子"两字，他心里一阵爽，也就"疯"起来了。他低头抓地上的饭菜糊在自己的脸上、嘴上，一边嚼一边哈哈大笑，又跑去摘那棵苦楝树的叶子塞进嘴里，嚼了起来。开始吃苦楝树叶，苦得要命，嚼在嘴里苦在胃肠里，吞不下。吃过几次，不怎么苦了，好像苦中还有些许甜味。他"疯"起来后，竟然觉得"疯"

很好，尤其在劳改场里。那些狱警不再骂他了，有时还瞧着他笑。酒爷说：在这里，疯就是正常。他对酒爷说：人发疯了，就抓进疯人院去关；关在监狱里的人疯了，按理应该放出去。酒爷说：你太聪明了，尽量疯，还疯不够啊！那天早上，在操场上放风晒日头，他爬上苦楝树摘树叶吃。一只麻雀飞来，站在树枝上。他疯个大的，纵身朝麻雀扑过去……想不到，真疯时，人家却说他"装疯"，这次就说"真疯"，把他放出来了。

送刘天一回到水角镇派出所时，下午了。他从派出所旁边那条小路穿过一片木麻黄树林走下海滩，打算踩着海滩走回珍珠岛。他朝西边望一眼，愣住了。海滩上尽是水塘，一口紧挨一口，像鱼鳞一样密麻。在劳改场时，酒爷多次对他说：珍珠岛变得面目全非了，晚点回去，把你吓坏！现在海滩已经面目全非，珍珠岛变成怎样了？他没踩下海滩。两年多的牢狱日子，他学会了狡猾，做事要先看个清楚，想个清楚，才付诸行动。

天黑后，刘天一化装成赶海人，背个鱼篓顺着北门江边走在密麻的水塘之间。他看见一口水塘的水闸上竖块木牌，写着"示范养殖场"五个大字，旁边又有一行小字写道："养殖户：刘大茂。"旁边一口水塘的水闸上，同样竖一块木牌，写着同样的字，养殖户却是"李石强"。他想，珍珠岛人都干海水养殖了？正迟疑，他看见黑蒙蒙中有人在堤坝上晃动。他趴下，仔细地看。看清楚了，是刘大茂和他的媳妇。他俩拿一张网在李石强的养殖塘里捞，捞到了螃蟹，就扔进自己的养殖塘里。娘的，做贼？他找一块石头要扔过去，可是一想，李石强也做贼呢，贼偷贼啊！

刘天一朝岛东码头走来。码头前很冷清，只剩下几艘大机船在那儿发呆。他爬上船去，见甲板上铺着厚厚的稻草，说明好久没出海了，心里掠过一丝凄楚。他悄悄朝自己家走去。他家的大门关得很严，推不开。他不叫门。半夜三更的，偷偷摸摸回来叫门，成什么样子？今夜他来，先探个底子，为明天的回来做准备。他从那旮旯处抽出梯子，架在墙上，爬进庭院，推开厨房的门，又揭开锅

315

盖看。锅里还有一点粥，拿仙人掌混上少许米煮的。他心里一阵酸。记忆里，只有二十世纪五九、六零年闹饥荒时，才吃仙人掌熬的粥。他不惊动媳妇，在庭前呆呆地坐了一会儿，又架梯子爬了出来。

夜里的珍珠岛很静。刘天一沿着岛边走。岛上确实大变化了。岛西码头很宽，很长，远远伸出去，连接那深水的港道，可码头前没有一艘船，建这么大的码头干什么用呢？许多事情他看不明白。刚才躲在李石强的养殖塘，望见案台礁石那停着一艘巨轮，船上灯光煌煌，歌声嘤嘤，那巨轮又是干啥的？他在岛西那水井旁边站了一会儿，朝岛南走去。岛南围着铁丝网，里边有仓库，有楼房，还有别墅，窗口亮着灯光，还有电视机的声音飘出来。什么人这么大胆，敢在坟场上盖房子？一个女人走过来，站在那楼房前打手机。这女人很面熟。对了，他在李卓仁的药店里见过她，李卓仁说她是金所长的相好。他躲到一棵树的后边去。五个男人从楼房里走出来，和那女人嘀嘀咕咕，每人递来一百块钱。那女人一招手，五个十七八岁的珍珠岛姑娘从黑暗处走出来。五个男人像老鹰抓小鸡似的，每人拉一个，走进楼道去……他挥拳砸在树上，心里喊：天啊，这个岛咋啦？他忽然闻到一股浓烈的恶臭，像是死猫、死狗、死老鼠，又像海上漂来死鱼烂虾的味道，还像这个岛的泥土散发出的腐臭味。他恶心，要躲开，直接朝岛东码头走去，走下海滩，回水角镇去了。

早上，刘天一戴顶老草帽，穿一身有字迹的监狱服，背个大布袋，满身泥巴走上岛东码头。在码头上打玻珠的孩子惊奇地望着他喊：鬼！他朝孩子们咧嘴笑。孩子们又喊：疯子！他干脆朝孩子们做个鬼脸。孩子们霎时散开，捡石块掷他。他在心里说：这回，用不着装疯啦！他抓那大袋挡住孩子们掷过来的石块，躲进巷口，朝自己的家走去。

回珍珠岛来，刘天一不疯了，却傻了。细看，的确有几分傻相。两年多的牢狱时光，把海风和阳光抹在他身上的黑色素洗脱了，脸色苍白而又暗淡。他身上的英气已经隐去，在眉宇间凝聚成一个旋涡，闪烁着凄凉的寒光，又透出忧郁的冷气，飘忽在他的眼前。他的目光空虚，由于空虚而显得呆钝，看人时，眼珠不转动，盯着人身上的某个部位，好久不移开。他的表情很局促，动作迟缓而又僵硬。他仍穿那套让人看着心里发颤的监狱服，一天没说几句话，遇见人时，那嘴唇翕动一下，算是打招呼了。他每天要到岛西那水井挑三次水，说一天不洗几次澡，身上就长毒疮长癞疥长牛皮癣。洗完澡后，他就跑到岛西乱石滩来，像块石头似的坐着，一直到吃饭时间了，才不声不响走回家。

第一个说刘天一傻的人是李石强。刘天一回来第二天，李石强拎两只螃蟹来看他。他瞧见李石强走进家门，就像犯人遇见狱警，手脚忙碌给李石强敬个礼。李石强诚惶诚恐要来解释卖掉大机船那事，见他如此，心里的不安消失了，收拾一下情绪，反客为主大方地摆手让他坐下。李石强不急着说大机船，用关切而又随和的口气说：看你的身体，好像没啥变化呢！他回答：身体没变化，思想改造好了。李石强说：不管怎样，回来了就好。顿一下又说：你都看见了，这些年咱们珍珠岛发展变化好大呢！他说：珍珠岛变化大，人变化更大。李石强感觉话里好像有异味，又像没啥。掏香烟出来抽，递一根给他。他合掌表示感谢，又摆手表示不抽。李石强说：好在把那大机船卖了，要不，早烂掉了。他说：感谢你！李石强兜里揣着钱，打算拿来还，此刻不想还了，说：我养螃蟹收成不好，过些日子再还钱给你。他又说：谢谢！李石强见他只会说"谢谢"两个字，心里说：他傻了！站起来，走了。

刘天一傻了，刘大茂媳妇感到有趣，又感到可惜，还有点儿心疼。她的目光经常在刘天一的家门前游弋，见刘天一挑着水桶走出家门，她也挑水桶到岛西水井来，看刘天一打水，看刘天一挑水走回家。她的五官忽松忽紧，呈现出不同的表情，好像刘天一的每一个动作都牵着她的某条神经。

317

李卓仁根本不相信刘天一会变傻，他说：刘天一可以变成疯子，绝不会变成傻子！他还说：刘天一变疯是天意，即使不去坐牢，这些年，他看到这么多不顺心不顺眼的事，也会发疯。

李卓仁来找刘天一，平静地说：你刚回来，没事做，就给我看管养殖塘吧，不让你吃亏，五五分成。

刘天一仰头望着屋檐说：叫我做狱警，管教那些虾、蟹、鱼？

李卓仁的目光在刘天一身上抹一遍，不说话，走了。

刘天一确实傻了。本来他打算再疯一阵子，应付"保外就医"，可疯不起来，却傻了。

珍珠岛像一盘被狗啃过的糯米糕，啃去了岛南，啃去了岛西码头，又啃去了岛东案台礁石；珍珠岛周边海滩那一口口养殖塘却像一口口喂狗的破碗。海滩都围养殖塘后，珍珠岛人没地方赶海了。赶海发不了财，挣个油盐酱醋的小钱还是可以的，餐桌上也有点小鱼小虾小蟹小沙虫泥虫或者破螺什么的。养殖塘大多没有收成。谁的塘里感染了病菌，死虾死蟹就和脏水一起排放出来。海水就污染，病菌就传播，全部养殖塘就都失收。可怕的是，都拿农药消毒养殖塘，塘里的细菌、真菌、寄生虫杀死了，毒水排放出来，塘外的港道、水湾、沙滩以及沟沟壑壑里的鱼虾蟹都死个精光……这时，刘天一还没变傻。后来他惊心动魄地发觉，造成这个局面，全部和珍珠岛人有关。比如，岛西码头、岛南坟场、案台礁石被霸占，就是因为林日旺、李卓仁等人引狼入室，狼在室里筑窝；珍珠岛周边海滩围养殖塘，就是李卓仁、李石强、刘大茂带头……珍珠岛人怎么变得如此醒齰了？当年酒爷说过，大海坏了，海滩坏了，珍珠岛还坏不了；要是人坏了，珍珠岛就完了。刘天一很惊恐，很无奈，又很孤单，只好傻了。

辗转反侧，一夜睡不着，鸡啼后，刘天一反而迷迷糊糊睡着了。天大亮了，他还躺在床上。酒爷抓拐杖走过来，嘭嘭敲着床缘喝道：起来，打起精神，做你该做的事！刘天一说：珍珠岛变成这

318

个样子了，我还有用吗？酒爷抓拐杖敲刘天一的头说：你真的傻了吗？没发觉珍珠岛的魂还在吗？刘天一一愣着。酒爷说：大海坏了，海滩坏了，日子很艰难，却没人逃离珍珠岛，你说，这是为啥？酒爷生气地走了。

日头爬上屋脊了，刘天一还坐在床上发呆。锣声鼓声突然在岛东闹起来，爆竹和火铳也大喊着。他一激灵，哦，跳大神了！

确实是巫婆三娘在跳神。两年多她没跳神了。这天早上起来，她闻到一股腥臭味。这种气味只有那次珍珠岛人大量宰杀海鸟和海上死好多人时才闻到。她要跳神赶鬼，净岛。珍珠岛太脏了，外鬼入侵踩躏珍珠岛的圣土，又泄瘴气，煽妖风，障人耳目，扰乱人心。刘天一回来后，她的脸色又恢复红润，头上那些银丝好像又变成了黑色。她心里在冲动，迫切要做一些事。今天她的穿着和以往完全不一样，穿一条T恤，着一条紧身裤，显得干练而又清爽。她左手抓拂尘，右手抓一把塑料长剑，边跳边舞动长剑边大声喊：斩，斩，斩！

锣鼓声来到岛西了，在岛西码头上滚动。刘天一腰头扎红绸布，提一只水桶，威威武武从家里走出来，朝岛西那水井走去。走到井边，他喊：脏，毒死人啊！马上抓水桶打水。打出一桶水，倒掉，又打，又倒掉。人们都明白，刘天一在洗井。林大侬也抓一只水桶走过来打水。猫叔也来打水。巫婆三娘的眼睛一闪，不跳神了，也找只水桶走过来。看跳神的人纷纷抓水桶走过来，一块打水。井边站满了人。好长日子珍珠岛没这样热闹了。刘天一洗井，是觉得这口井很神奇。珍珠岛的风水破坏殆尽，就剩下这口井。珍珠岛的境况艰难困苦，却没人逃离珍珠岛，说明根扎得很牢，这口井就是珍珠岛的根，洗井能涤荡人心里的污浊，强化人对根的眷恋……刘天一弯下腰打水，目光却从眼角溜出，飘向巫婆三娘。这是一缕饱含着感激和知遇的目光。巫婆三娘心有灵犀，引来更多的人，不然，他们三两个人，每人长几只手也打不干这井水。刘天一的目光无声地飘在巫婆三娘的腮边，没在她的视野内，她却感

319

觉到目光的触碰，甚至感觉出目光的温度，她的脸骤然灼热。一桶水拉到井口，手一颤，哧溜——滑落回井底，哗的一声，撞起一片水花。

井水打干了，井底的淤泥很厚。好多目光望着刘天一，好像在问：怎么知道井下很脏？刘天一知道井下很脏，并不知道井底淤泥这么厚。刘天一死死地盯着井里的一条大塑料管。塑料管抽井水送进岛南那幢三层楼楼顶的水池。林大侬和几个男人爬下井底挖淤泥。刘天一突然喊：小心，蛇！人们瞧去，见那塑料管的管口有东西在蠕动。猫叔的动作好快，伸手进管口一抓，抽出一条黑乎乎的蛇。只过一会儿，刘天一又喊：蛇！一条蛇从塑料管口那铁丝网罩的缺口伸出个头来。林大侬举铁铲扎过去，蛇头断了。断开的蛇头还在跳动。林大侬又举起铁铲，嘭一声扎在塑料管上。塑料管破了。林大侬爬上井面，撬开塑料管，几个人一块将塑料管从井里抽了出来。林大侬一边砸那塑料管，一边骂：他娘的，再不让他们抽我们的井水了！

岛南那幢大楼以及别墅断水了。吴总很重视这件事，亲自处理。吴总认定，就是刘天一干的。这块石头扔回海里，又变成礁石了。幸好当初果断地来个釜底抽薪，抓他去坐牢，才顺利地进入珍珠岛。吴总来见刘天一，像狱警面对犯人似的摆出盛气凌人的样子问：干吗把我们的水管拆了？刘天一说：水井是我们的。吴总呛了一下，把话题稍作转换说：我们来建设珍珠岛，你们应该支持，不该破坏我们的设施。刘天一傻傻地说：哦，你们建设？我们破坏？我给弄糊涂了！吴总冷冷地瞅着刘天一，巧妙地提醒说：你刚从劳改场回来，许多事情不明白呢！刘天一问：你想让我明白什么？吴总哼一声说：你是在保外就医吧？拂袖走了。

吴总去找李卓仁，说：你去敲敲刘天一那神经病，别让他再捣乱。

李卓仁聪明地领会吴总的意思，"敲敲"不仅要把水管插回井里，还要让刘天一从此老实，不再惹出什么事。

其实，李卓仁正想敲一敲刘天一。刘天一可谓劳教不改，三年的牢狱折磨还没学会"聪明做人"，还是用旧眼光看新世界。情况明摆着，就是他回来后，看见珍珠岛变成这种状况了，没法接受，心里难受，从而归罪于吴总的开发，也就愚蠢地做出无效的反应。刘天一啊刘天一，世界在变化，人在变化，只剩下你没变化！没变化就老化，就没出路，珍珠岛正是因为你的固执而走向日暮途穷！你还奢想在珍珠岛保持清静和干净，白日做梦！哼，殊不知开发是大势所趋，谁也挡不住；你不变化自己，人家就来变化你！

李卓仁做事就像打太极拳，不焦不急，瞅准机会突然发力，击中要害。李卓仁看见刘天一站在岛西码头上望着前面的海水发呆，他走过来，说：这码头挺漂亮呢。刘天一问：这个码头有什么用？李卓仁说：花这么多钱扩建，当然有用啦。刘天一说：我问你，对咱们珍珠岛有什么用处？李卓仁说：钱是人家花，对人家有用就行了。刘天一的头嗡一声响，说：这是什么话，码头是我们的，对我们没用，就不该让人家来扩建！李卓仁也大声说：人家要开发，要建设，有啥理由不让人家花钱？刘天一说：明眼人都看得出，人家花钱建设码头，就是要我们的码头！李卓仁说：没必要和人家过不去，我们用不着，让人家来用，没啥不好，何况，人家也搬不走！刘天一叹口气说：难怪啊，人没变坏，这个岛不会变成这个样子！李卓仁很不舒服，本想敲一敲刘天一这个不识时务的榆木脑瓜，反过来让刘天一敲了他，他说：当年要不是你那自我封闭的意识作怪，珍珠岛早点脱胎换骨，现在不知道已经变化到怎样了；只有适应社会变化，才能跟上世界发展。刘天一说：现在珍珠岛的这个样子，不就是你所希望的与时俱进吗？李卓仁噎一下，可他忍住，说，老弟，不能再傻了，太单纯就无法在复杂社会中生存。刘天一说：事情坏就坏在你们太聪明，太清醒了！李卓仁说：可笑，不清醒又怎样？人家就不要了吗？人家的嘴大呢，说码头是你的，就是你的，说不是，就不是！人家有本事到这里来开发，有大把的钱，根本由不得你！刘天一说：是呢，其实我们老百姓没求啥，让我们安静做吃，就够了。李卓仁说：谁没让你安静做吃了？说这种话很不好的，你可注意点。刘天一看着李卓仁，问：又要抓我？李卓仁哈哈笑，笑声像是从鼻孔喷出来。他说：不能抓吗？不是抓你啦？不觉得抓你去坐牢很冤吗？可惜啊，坐了两年多牢，还没坐个明白！老弟，你自己傻可以，别让整个岛人都跟着傻！适应是大智慧，懂吗？这就像聪明的女人被强暴，无力反抗，就干脆享受！刘天一全身冒起疙瘩，憋红脸骂：我操你娘的！一脚踢飞跟前的一块石头。

第二十二章　涅槃

　　连续五个多月没下一滴雨。这个四面被海水包围的孤岛需要雨水滋润，海水和雨水一咸一淡，一阴一阳，互相制约，相辅相成，才自在舒适。阴阳失去了平衡，珍珠岛燥热难当。白天岛上蒸腾着烤人的热气，晚上奔涌着躁人的热浪。开始时，那些耐热的印度紫檀树得意扬扬，连续多天的热气熏烤，蔫了，低头垂脑，无精打采的；那些柔情活泼的茅草，由青色变成了焦黄，又变成了白色；那些猪们狗们很烦躁，疯狂地喊，后来不喊了，无力地躲在阴凉处喘着粗气；壁虎、蟑螂不再躲在墙缝里，不惊不忧爬在地上；那些胆小的老鼠也大大咧咧跑到海边去浸海水……酷热的五个月里，珍珠岛发生了两件骇人听闻的怪事。第一件是海水出现赤潮。先是岛四周的水上，浮着一些死鱼、死虾、死蟹，谁捡回家煮，吃后身上就冒出疙疙瘩瘩的疹子，奇痒难忍，只有到岛西那水井挑来水，装进水缸，脱光衣服蹲在里边泡，那疹子才渐渐消退。一天早上，突然看见四周的海水一片血色，红色的波浪在风中翻滚，像水下正在进行一场惨烈的杀戮，鲜血不停地从下边涌上来。赤潮持续十几天，海滩上一切会动的都在血水里无声无息地死去，养殖塘里的虾、蟹、鱼也死个干干净净。珍珠岛人天天来巫婆三娘家求神。巫婆三娘天天烧香，念咒语，海天元帅都没来。那个中午，巫婆三娘正打盹，

323

酒爷叫醒她，说：叫人家别求了，人世间杀戮太重，上苍在惩罚呢。又说：珍珠岛难逃过这一劫了！巫婆三娘想问个详细，酒爷走了。第二件是玳瑁回珍珠岛来谢主人。晚上刘天一做了个噩梦，梦见那四角螺被一艘巨轮撞翻，五体朝天，样子很难看。早上开门出来，一只大玳瑁趴在他家门口，伸头朝他连点三下，不动了，死了。刘天一仔细瞧，见玳瑁的背上有自己写的字，心一阵颤动，泪水止不住溢了出来。拥过来看的人见刘天一抱那玳瑁语无伦次地说：完了，镇岛之宝死了，珍珠岛要完了！很惊异。吴总也来了，蹲在玳瑁身边仔细瞧它背壳上那些文字，又数着背壳的鳞片，十四片，比其他玳瑁多出一片。他的眼睛骤然闪着红色的光，伸手从一个黑色皮袋里掏出五万块钱丢给刘天一，叫人把玳瑁抬走。刘天一仍紧紧抱住玳瑁。吴总的目光像锥子扎着刘天一，又递来五万块钱。刘天一的脸发红，使劲抱起玳瑁，跨过那钱，朝乱石滩走去。刘天一爬上一只舢板，架起木橹，朝大海摇去。舢板不知摇了多远，四面看不见陆地，只有深蓝色的海水。刘天一抱起那玳瑁，轻轻地放在水上，看着它慢慢地沉了下去。天上日头依然亮着，却突然下了雨。海龙王从水下冒出来，说：悲伤没用，这是人类咎由自取，海底世界已经破坏了，轮到……没说完，潜回海底。

晚上涨大潮。天黑后，一艘大机船悄悄从岛东码头开到岛北，躲在红树林旁边。半夜时分，一艘大货船靠在岛西码头。隔三岔五就来一艘大货船，岛人已经习惯，男人女人拥到码头来卸货。船上的货很快便卸完，堆在码头上。那大货船离开不久，码头上的电灯突然熄灭。林大侬喊：动手！二十多个珍珠岛人朝那些站在码头上的岛外人扑过去，把他们绑了，又蒙住头，嘴巴也堵了布团。电灯又亮起来。那艘躲在红树林边的大机船开到岛西码头来。男人女人一阵忙碌。码头上的货物全搬上大机船。林大侬和李石强等几个人爬上船。大机船朝海上开去。

抢劫吴总的货船，天大的事情。吴总打电话向董事长汇报。董事长并不着急，叫吴总冷静，把情况摸清楚再说。摸清情况太容易了，整个岛人干的事，每人一张嘴，哪能保密。吴总双管齐下：一、给水上娱乐城干保安那几个珍珠岛青年放长假，让他们回来调查。摸清了情况，就拿到奖励，继续上班；摸不到情况，就别回来了。二、让阿娇当内线秘密调查。只几天，事情的来龙去脉甚至具体的细节吴总都掌握了。几个青年人表现很积极，像是要完成一项光荣任务，明察暗访，然后争先恐后回去汇报，回去上班。调查最详细的是阿娇。这些日子没有海鲜收购，她很闲，经常和女人们坐在岛东码头的印度紫檀树下打扑克。女人的嘴像鸡屁眼，翕动不停，一来二去便把事情都抖搂出来。事情化整为零进入阿娇的耳朵，阿娇拿来整合，脑幕上便有一个完整的故事。一天晚上，林日旺开快艇接阿娇去水上娱乐城和金所长玩。吴总和他们一块喝啤酒吃海鲜。喝完一打啤酒，储存在阿娇脑袋里的信息都变成了金所长笔记本里的文字。这里要说明，李石强的名字很少从阿娇的嘴里跳出来，林大侬的名字也在阿娇的嘴里含着。精明的吴总拿全部材料来比对，恰好发现，李石强是这次事件的策划者，林大侬是为首者。珍珠岛人劫走的是印有豆芽字的洋烟。林大侬开大机船运烟到水尾镇卖给那个和李石强很熟的宋先生。

吴总兴致勃勃赶到海口向董事长当面汇报。他抓那笔记本晃来晃去，说抢劫事件的来龙去脉摸得一清二楚了，情况都记录在笔记本里，问董事长什么时候动手抓人。董事长的脸皱成苦瓜说：你干吗老想抓人？抓了那些人，拿回货物吗？拿不回，要剥下他们的皮拿去卖吗？吴总说：这些刁民，不给点颜色看，他们不知道天有多高，地有多厚呢！董事长说：给他们颜色看，就不打算要珍珠岛啦？和他们对立起来了，下一步怎么操作？吴总呆立着。董事长又说：抓了这么多人，岛上那些老人、孩子怎么安置？要在珍珠岛建个收容院？董事长停下来接个电话，之后，神情突然变成了欣慰，他说：其实，发生这个事，很好呢，垂死挣扎，这个小岛要完了！他瞟吴总一眼，见吴总呆呆地望着自己，他让吴总坐下，进一步分

325

析说：第一，说明他们穷得喘不过气来了，铤而走险，也就是狗急跳墙，应该好好操作，巧妙地利用；第二，说明他们很贪心，贪心的人有个致命的弱点，容易受操纵；第三，他们的把柄都抓在我们手里，等于一根绳子套在他们脖子上，以后一牵动绳子，他们只能乖乖地跟着走。吴总很佩服，董事长的确"智"高一筹。他问：现在怎样运作？董事长说：安抚！吴总说：我运几船米去，每户分十包八包。董事长摇摇头，说：你打算把他们养起来吗？猫喂饱了，就不肯抓老鼠；他们不饿了，还听你摆布吗？只能让他们舔到味道，决不能给他们吃饱！董事长掏烟抽，丢一根给吴总，说：你呀，要多读点政治经济学啊！吴总点头说：是！其实，一贯来吴总使的就是这些招数。

大白天，一艘大货船靠岛西码头来。惊诧的目光嗞嗞嗞飞过来，人却躲在各个角落里。李石强抓螺号站在码头上吹，连吹好几遍，没一个人走过来，连那些躲躲闪闪的目光也吓跑了。

吴总抓个小喇叭走过来喊：乡亲们，别怕，大船载米来分给你们。你们的日子很紧，我们……还是没人露出头来。吴总又喊：这次米不少，每户分到两包，先来的，就拿三包……

有一个人勇敢地走了过来，是猫叔。

吴总热情地和猫叔握手。

猫叔问：真的是载米来？

吴总笑着说：你可以上船看呢。

猫叔又问：给我们米不要钱？

吴总说：要啥钱，以前也给过，忘记啦？

猫叔又疑惑地问：米里有毒不？

吴总真想踹猫叔一脚，没踹，说：猫叔说话真幽默。抓喇叭朝那大货船喊：喂，搬三包米来给猫叔！

三包米从船上扔下码头来。猫叔跑过去伸手抓，果然是大米，抱住一包，嘿一声，扛上了肩。

吴总拍着猫叔肩上那米说：一个人扛太辛苦了，我叫人抬到你

326

家去。

猫叔憋红着脸说：不用！又说：帮我看住那两包，别让人拿走了！

猫叔刚搬走米，好多人走过来，不说话，怯怯地望着吴总，目光很复杂。

吴总笑容可掬，抓喇叭喊：乡亲们，我叫"乡亲们"你们没见外吧，其实我早把自己当作珍珠岛人了。我爱珍珠岛，才来珍珠岛；我来珍珠岛，就是要建设珍珠岛。我和你们一样，都希望珍珠岛好！这些天我太忙了，对你们关心不够，对你们的困难了解不够，很遗憾，我向你们道歉！我希望你们千万别见外，以后有什么困难，尽管对我说，我一定想办法解决！今天我运来一船大米，暂时解决大家一点困难，也算是对大家表示歉意，希望大家原谅，希望大家相信我，更希望大家在心里认我作珍珠岛人……吴总说得真诚，恳切。他的一船货刚被珍珠岛人劫了，只字不提，还请珍珠岛人原谅，很感人——码头上的人嘀嘀咕咕。

吴总朝李石强喊：石强哥，我让你请大侬叔来和你一块主持分米，他来了没有？

李石强应道：大侬叔扭到腰了。

吴总意味深长地说：大侬叔那腰真是扭得不是时候啊！他回头来瞧着刘大茂说：大茂叔，你的腰没扭到吧？来和石强哥主持。你也是珍珠岛的主要人物呢！刘大茂走过来。他又和蔼地说：每户分两包。你们主持分米辛苦，拿三包！

老百姓就是老百姓，朴实就是他们的本质。或者说，人穷志短。这些天，珍珠岛人都夸吴总是菩萨心肠。不过，有三个人感觉脊背发凉。李石强、刘大茂、林大侬都是抢劫走私货的关键人物。吴总特意点他们出来主持分米，是不是敲山震虎？

吴总要打草惊蛇，甚至要割草捉蛇！吴总认为，对待刁民，必须恩威并举，软硬兼施。给了恩，再示威！

327

吴总打电话给金所长：喂，你那两颗定时炸弹可以拿出来了。

　　金所长问：要不要引爆？

　　吴总说：还没到时候，拿出来晃晃就行了。

　　什么是金所长的两颗定时炸弹呢？一颗是珍珠岛的大机船出海盗网的劣迹。这事金所长已经掌握足够的证据，还亲眼看见大机船把盗来的渔网藏在岛北红树林旁边那水潭里。金所长的线索来自李石强。李石强和刘大茂的养殖塘挨在一块，每次刘大茂的收成都超过他一倍。李石强发觉养殖塘里有人拿网拖过的痕迹，又看见两个养殖塘之间那堤坝有许多脚印和水渍。他估计刘大茂盗他的螃蟹，却没有证据，干脆把刘大茂盗网的事汇报给金所长。金所长却没有抓人。李石强叫阿娇去催。金所长说：刘大茂媳妇是你姨，不帮姨，干吗帮李石强？阿娇结巴了。李石强不再提此事，可他却成了这个事的证人，金所长也就掌握一颗随时可以引爆的炸弹。另一颗是珍珠岛人持有黑武器。金所长知道阿娇和李石强有一腿，很不高兴。那天刘大茂到水角镇来请金所长吃酒。金所长说：李石强告发你出海盗人家的渔网，有这回事吗？刘大茂说：别听他胡说。他有一支冲锋枪，我没告发他呢！金所长说：只有冲锋枪，没有"母鸡带仔"炮吗？刘大茂语塞。金所长又捡到一颗随时可以引爆的炸弹。

　　这天晌午，潮水刚涨到岛东码头边，几只快艇急匆匆赶来。快艇上都是派出所的兵，金所长也来了。登上码头，金所长一挥手，兵们便扑进岛里，把二十几个大男人押到岛东码头来。这些人都是大机船的船主。刘大茂也被押来。他很精明，对旁边的兵说：我要跟金所长说句话。金所长的脸绷成一块钢板，不睬他。金所长喝道：带这些人去找赃物！

　　兵们把二十几个人押到岛北红树林边。金所长指着那水潭对刘大茂说：潜水下去，把里边的渔网都捞上来！

　　刘大茂的脸很酸，斜眼瞟金所长，脱下衣服，走下去，一个猛扎潜入水里。

　　好久后，刘大茂浮出水面，朝金所长摇摇头说：啥都没有啊！

金所长轻蔑一笑，朝身旁的两个兵递眼色，让他们潜下去。

两个兵潜了几回，还是没捞出渔网（盗来的渔网拿来改换，或卖掉了）。金所长叫兵们继续捞。后来，却意外地捞起几门"母鸡带仔"炮，还有火药枪和鱼炮。

站在旁边的二十几个船主脸色都变成死灰，冒出了冷汗。

这时，两个兵押着李石强从那边走了过来。李石强的脖子上挂一杆冲锋枪。

金所长让二十几个船主站在那些捞上来的黑武器旁边拍照，又拍了李石强挂冲锋枪的相片。接着，将船主们都分开，一个个审问。

金所长发挥连续作战的革命精神，苦战到日头变成红色了，才把全部人的审问笔录做完。全部人都扣上手铐，押上一艘大机船，要送到水角镇去。

一只快艇从水上娱乐城飞奔过来，飞向这艘大机船。

吴总爬上大机船。珍珠岛人都惊惑地瞧着他。他小声说：有我在，你们别怕！

金所长迎过来，要和吴总握手。

吴总不握，问：什么大不了的事，抓这么多人？

金所长说：这些人目无国法，私藏黑武器。

吴总掏手机打电话，叽里咕噜说了一会儿后，递手机给金所长说：局长说，问题不要扩大化，对群众应该以教育为主，小事情应该就地解决。金所长把手机摁在耳边，一边点头一边说：是，是，是！

金所长还手机给吴总，回头对他的兵喊道：放人！

吴总是大救星！珍珠岛人感恩戴德的同时，心里却在发慌。从现在起，他们自己的身上都好像捆着一颗定时炸弹。

李卓仁却比其他人看得更深一层，看出吴总和金所长在演一场双簧戏。可是，他想不明白，吴总为什么下这么大功夫导演这出

329

戏？一定在筹划一场大阴谋。野心勃勃的吴总，实现阴谋的手法很隐秘。比如他在"建设"的烟幕中对珍珠岛步步蚕食，仅两三年，就拿下了岛西码头，占据了岛南，又霸占了岛东的案台礁石。吴总够狠的，只有猜出了他的意图，他才揣给你一点利益，不然，连你一起算计！

对刘天一来说，吴总的阴谋已是司马昭之心——路人皆知；没有制约的贪婪，只能越来越膨胀，直至将猎物都据为己有，何况他早就有了预谋。刘天一不愿意去想吴总，只想珍珠岛，想珍珠岛上的人。他非常悲哀，眼看着珍珠岛将被吴总夺去，居然找不到任何可以抵抗的力量。其实，早在那只玳瑁死时，他就已感觉风雨飘摇中的珍珠岛岌岌可危。尤其是那天，他的儿子刘汉国要去水上娱乐城向吴总汇报。他问：你要去告发珍珠岛人？刘汉国说：一个穷岛，一群傻瓜，还有啥用？他骂道：你们这些狗杂种才没用呢！刘汉国斜眼瞟他，说：死鱼还睁眼睛呢！他当时不寒而栗，瞪着刘汉国说不出话，感觉珍珠岛的气数尽了。他为之痛心疾首，可他没有憎恨吴总，只是憎恨珍珠岛上的人，甚至憎恨他自己。之后，他心里极度烦躁，每天中午都到岛西乱石滩来坐，他好想钻进石窟里静一静，可是……今天，他突然想，石窟有灵性，不想你进去，就无法进去；如果要让你进去，就会有新的穴口……他的目光落在乱石滩前海水上，看见水面荡起一圈波纹，定神瞧，一条脸盆大的章鱼慢悠悠游在水里。自从出现赤潮后，鱼、虾、蟹都死光了，怎么还有这条大章鱼躲在乱石滩？那章鱼在刘天一面前悠然地游来荡去，长长的触手一开一合，圆嘟嘟的身体忽沉忽浮旋来转去，像在水中舞蹈。刘天一脱掉衣服，下水去和章鱼逗乐。章鱼在刘天一身前身后晃一圈后，来个优美翻转，潜了下去。刘天一也翻转身，跟着潜了下去。章鱼抱在一块石头上一动不动。刘天一也伸手抱住旁边一块石头。那石头突然松动，滚落。旁边的几个石头也跟着滚落，豁然亮出一个穴口。那章鱼突然不见了。刘天一钻进穴口，钻进了石窟。几年没进石窟，里面仍是原来的模样，只是那石床旁边多了一块怪模怪样的石头。刘天一伸手摸，贼凉，像冰块一般。刘天一躺在石床上，那石头突然蠕动，变成一个人，是酒爷。酒爷说：睡啥，坐起来，咱们说个话。酒爷的声音很疲软，人也一脸疲惫。刘天一爬起来问：你怎么躲在这石窟里？酒爷说：我多嘴，又冒犯上苍的清规戒律，被囚禁在石窟里静心思过。刘天一问：想明白啦？酒爷说：明白啥，无非是让我啥也别想，啥也别说，啥也别做！刘天一说：你就老实嘞！酒爷说：你也想让我变成个石头吗？刘天一说：你不会变成石头，我也不会变成石头。两人哈哈大笑。刘天一说：你打算怎样做？酒爷说：该做的事还是要做。刘天一说：你身陷囹圄，怎么做？酒爷说：人可以囚禁，精神和思想有翅膀，囚禁不了。这就是宇宙的生命力。我让章鱼带你进石窟，就是要说这个事。你要坚持你的精神啊！刘天一问：我的精神是啥？酒爷说：坚持正义永远勇敢就是你的精神；还有一条，追求富足和谐永不停歇。可惜，极难实现。刘天一一脸沉重。酒爷说：珍珠岛不可阻挡地滚落，你仍拿出微薄之力抗拒，虽是螳臂当车，却精神可嘉！刘天一警觉地问：珍珠岛在滚落？酒爷说：是的，要滚落了，气候恶劣，阴霾笼罩，祸从天降，不可阻挡……突然嗡的一声响，酒爷僵住，头上冒出烟气。酒爷又泄露天机，犯天条，受惩罚了。刘天一急忙搂住酒爷。酒爷的嘴唇还在翕动，小声说：我们都尽力了，却无能为力。珍珠岛虽然孤悬海上，可从不孤立存在……酒爷又变得冰凉，变成石头了。刘天一看见一只巨大的蝙蝠飞起，轻轻地扇动着翅膀。

刘天一从水里钻出来，听见李卓仁喊：你真的傻啦，还有闲心思跑来玩水！

自从那次在岛西码头一番争执后，两人一直远离着。今天李卓仁火急火燎来找他，一定有很大的事情。他抹掉脸上的水，若无其事地说：怎么，你也傻啦？

李卓仁说：这些天吴总忙得两条腿都打战了，一定有大的阴谋！

刘天一觉得可笑。李卓仁屁股夹着算盘做人，也有失算的时候呢。他淡淡地说：管他啥阴谋。

李卓仁骂：你娘的也不是东西，这个时候还说风凉话！

刘天一也发火了，说：一叶障目，人就变成目光短浅，甚至色盲！吴总的阴谋就是再开发，更大的开发！

李卓仁说：珍珠岛还有啥可开发的？

刘天一说：以前是在温柔中进行掠夺式开发，一口口地啃，现在不必再温柔了，他要一锅端。

对！李卓仁喊起来，我的天啊，要及时抵制，不然全完啦！

刘天一不再说话。珍珠岛已经病入膏肓，根本没有抵抗的力气了。

早上日头刚出来，十几只快艇紧紧张张赶到岛东码头来。登上珍珠岛来的人都是大人物，有县委书记、县长、常委、局长，又有镇委书记、镇长、派出所所长，还有许多不带长字的人员和公安局、派出所的兵，把珍珠岛踩得颤巍巍的。吴总喊：李石强，你快吹螺号，把岛上人都吹出来！李石强的腮帮一鼓一瘪，颈部的肌肉一松一紧，脸憋成猪肝色，螺号声很高亢。全岛男女老少都屁颠屁颠赶到岛东来。金所长发话：家家户户都把猪、狗、鸡关紧，跑出来的，一律打死！吴总接着说：大家都回去换衣服，哪件破烂，穿哪件出来！

那些官们、兵们都躲了起来，一群穿着破烂的岛民也躲在巷子里。

晌午时分，一架直升机从海上飞过来，在空中盘旋一会儿后，又绕珍珠岛飞一圈。珍珠岛人都歪着头仰望。飞机的架势太大了，扇起大风把珍珠岛的树木摇得左摆右晃，而且越低飞风越大，好像要把人扇倒，又要卷上天去。人们抱头鼠窜。飞机在岛西码头降落。风猖狂起来，呼啸着，把码头前的海水刮得起伏奔涌，附近房屋的瓦片被掀翻，噼里啪啦飞落。

几个大肚泡、秃顶的人走出飞机，又走出几个戴眼镜的男人和女人。那个大肚泡又秃顶的抓个大烟斗，说是董事长；那个大肚泡、秃顶、戴太阳镜的,说是副省长。守候在码头边的一行人及时迎过来。吴总招手,那些穿着破烂躲在巷子里的珍珠岛男人女人老人孩子兴高采烈挥动着彩旗拥过来,然后井然有序地分列在码头的两侧。那些大枪小炮似的摄像机忙碌着,摄下这珍贵的镜头。董事长气度非凡,有他父亲当年的气派。他父亲是一个将军,曾经南征北战,为中华人民共和国成立立下了汗马功劳。他手托大烟斗环视八方,感慨说:美啊,太美了,真是得天独厚!造物主赐给我们这么好的地方,不好好地开发利用,就是我辈无能,就是愧对子孙,愧对祖国的美好山河!副省长也激动地说:一定要好好地开发建设!只有建设才有出路,只有建设才能发展!他的目光落在县委书记身上,指示说:开发建设是功在当代,利在千秋的大好事!你们的目光要看得远,看到其发展前景,看到其产生的重大意义!一定要好好配合开发商,做好后勤工作,为开发建设扫除所有的障碍!

一行人热热闹闹从岛西码头走到岛东来,站在码头上又慷慨激昂说了一会儿。最后,大家都兴致勃勃走回岛西码头,又上了飞机。

各地的大报小报争相刊登珍珠岛的消息。每天都有许多记者或者好奇的人拥向珍珠岛来。吴总交代岛人,对岛外的来人热情接待,就有奖励。奖励方法是,拿到一张名片,就可以兑换十块钱。于是,有人登上岛来,好多人就围过去讨名片。刘大茂媳妇的薯粉条生意很热闹。外来人吃薯粉条不收钱,只收名片,两张一碗,她拿到的名片最多。

林日旺拿一张彩印报纸在岛东码头看。报纸展开,马上围满了人。报纸是碧水漫漫中的珍珠岛,有岛东码头、岛西码头、岛北红树林和岛南别墅,又有直升机,有副省长和董事长。最醒目的是一群穿着破旧的男女老少手抓小彩旗欢呼雀跃拥向副省长和董事长,像迎接上帝来拯救他们于水火之中。旁边又配上一行意味深长的文字:"岛民兴高采烈迎接省领导和开发商。"下边的套红文字非常振奋人心……珍珠岛将在开发的热潮中完成它的蜕变……梦幻设计，高科技打造……这颗海上明珠将光芒四射，呈现出龙宫的辉煌，天堂的璀璨……成为一个集休闲、娱乐、观光、健身、商住……于一身的海上乐园，人间仙境。围观的人越看眼睛越睁大，越兴奋，越激动，欢欣鼓舞，欢喜若狂。可惜大家的想象力太有限了，怎么也想象不出这人间仙境是怎么个样子。

一阵狂笑声像海浪从码头边泼过来。大家望去，是刘天一，都僵住。这些天发疯的刘天一老喊：……轰——炸了！变，变了，变出个海市蜃楼，变成海上乐园，变成人间仙境……没有珍珠岛了，哈哈哈哈哈哈……接着背诵一段古文：……林尽水源，便得一山，山有小口，仿佛若有光。便舍船，从口入。初极狭，才通人。复行数十步，豁然开朗。土地平旷，屋舍俨然，有良田美池桑竹之属。阡陌交通，鸡犬相闻。其中往来种作，男女衣着，悉如外人。黄发垂髫，并怡然自乐……

那天，直升机飞走后，刘天一突然疯了。当时他坐在岛西乱石滩上看那飞机。看见飞机变成一个原子弹从天上垂下来，那根吊着原子弹的缆绳啪的一声，要命地断了，原子弹摇摇晃晃落在珍珠岛上，轰隆一声巨响，火光四迸，山崩地裂，飞沙走石，升起一团蘑菇云……蘑菇云消散时，珍珠岛不见了，沉下海底去了……又是一声巨响，海水浮起一座海市蜃楼，美极了，人间仙境，海上乐园……打那后，他一看见人就哈哈大笑，就喊那段话，又背诵《桃花源记》中的这一段……

刘天一刚离开，又一阵令人毛骨悚然的笑声飞起，嘎嘎嘎嘎……在空中盘旋。笑声落下，摔成许多碎片。人们睁大眼睛寻找笑声的来源，看见一个披头散发的女人坐在码头阶梯上，是巫婆三娘。她双腿浸在水里，一边踢着水，一边嘎嘎笑着喊：啥人间仙境、海上乐园，呸，是鬼府！鬼可厉害了，比人厉害，比神仙还厉害，啥事鬼都做得出来啊……

一只舢板发疯似的朝岛东码头摇来。刚靠码头，李卓仁便举着

334

报纸跳上来喊：完了，完了，你们快来看这报纸，珍珠岛全完了！

人们呼啦围过来。李卓仁指着报纸说：珍珠岛要变成人间仙境了，不再是我们的了！我们是人，不是神仙……人们一片哗然，散开，后退，不再看那报纸，也不敢靠近李卓仁。

这天又有一艘载米的大货船靠岛西码头。人们拥过来。吴总说：这船米不分，救济，给最困难的人。吴总叫自己的人卸货，把米都搬进岛南那仓库。

一班人马登上珍珠岛，有国土、海洋、物价等单位和镇政府的人员。他们来测量、画图、拍照。

刘天一不再背诵《桃花源记》了，出门就喊：轰隆，轰隆——原子弹又爆炸啦，岛南就是原子弹的仓库……看见这班人马就喊：贼，贼来啦，快关门啊！

这天刘天一抓锅底墨把脸画得很黑，穿上媳妇的衣服，走到岛西码头来。好多人围过来。他指着天上说：哦，你们看见了吗？天堂很漂亮啊，仙女和天神在跳舞，在唱歌……人们仰头看，什么也不见，一片片浮云在天空悠荡。

人们不再看天，看着刘天一。刘大茂媳妇说：他从劳改场回来后，都好了呢，想不到又疯了！站在旁边的李卓仁说：知道他为什么疯吗？他看见鬼，看见虎，心乱了，就疯了。刘大茂媳妇说：鬼在哪儿？虎在哪儿？干吗没人看见？李卓仁说：他的眼睛太亮了，只有他看见。刘大茂媳妇嘴巴翘起，说：心里苦才发疯呢！李卓仁说：太对了，啥都看清楚，心里很苦！刘大茂问：为什么看清楚，心里就苦？李卓仁说：人生最大的痛苦不外有几种：一、清楚地知道自己在哪年哪月哪日要死去；二、看着自己的爱人被强暴而无能为力；三、明知自己的家园要毁灭却束手无策……你说刘天一属哪一种？林大侬说：你也看清楚，干吗不疯？李卓仁说：我是个半瞎子。刘天一喊过来：你们还疯啥？我一个人疯，够啦！

今天刘大茂和林日旺在岛南打了一架。

打架的原因很复杂。

那班人马要到刘大茂家测量、画图、拍照。刘大茂堵在家门口问：做这些干吗？那些人说：不干吗。刘大茂说：那你们干吗要做？那些人说：想知道，去问我们领导。刘大茂喊：别到我家来！那些人只好在外边摆弄。

下午，刘大茂媳妇跟随人家去岛南那仓库领米。要在那本子上按手印时，管米的林日旺收起本子说：没你的份！刘大茂媳妇说：我家揭不开锅啦！林日旺说：刘大茂不让人进门测量，不能给你。刘大茂闪出来，质问林日旺：测量跟拿米啥关系？你给我说明白！吴总只说把米分给已经测量了的人家，没说分米和测量有关系。林日旺说：啥明白不明白的，不给就是不给！刘大茂干脆闹起来：你给，我要；不给，我也要！他走进仓库扛米。林日旺拉住刘大茂。刘大茂抓林日旺胳膊，伸右脚勾住他的脚，侧身一扳，把他摔个底朝天。乱了，一片吵嚷。吴总从别墅赶过来，瞪着刘大茂喝道：抢劫吗？还打人呢！林大侬也来了，一拳砸向林日旺。吴总扑过来拦住，喊：你干吗啊？林大侬瞪着吴总说：打我儿子，关你屁事，滚开！吴总愣住。林大侬又朝林日旺砸一拳，喊道：这一拳，我替珍珠岛人打！接着又砸一拳，又喊：这一拳，我替他娘打。他娘生出这个狗杂种，白生疼屁股……刘大茂瞧见那办公桌上搁着一个本子，要拿来看。吴总扑过去抓住，紧紧抱在怀里。

事情捂不住了。精明的李石强连续三个夜晚都和阿娇窝在他养殖塘那瓦屋里，把藏在她肚里的信息全掏了出来。阿娇从苏书记和金所长的嘴里知道，政府要为吴总的公司征用珍珠岛，那班人马来测量、画图、拍照，就是要做经济补偿方案。林大侬也得到了消息。林大侬揍林日旺后，回家来要烧房子，把自己和家里的一切都烧成灰烬。邻居们扑灭大火，救出林大侬。林三侬和林四侬把林日旺拉回家揍了一顿。林日旺招架不住，透露一个大秘密：吴总叫他发米，就是拿米引诱岛人配合那班人测量、画图、拍照；来领米的人大多不认字，领米前在那本子上摁指印，就是摁在协议书上，那本子就是一张张认可家产补偿的协议书。

珍珠岛骚动。插在岛西水井的那条塑料管又被拉出来，砍成好几段。连续三个晚上都有人提一桶粪便倒在岛南那幢大楼门前。一个晚上，吴总坐在别墅里看电视，一块石头飞向窗口，砸破了窗玻璃……

刘天一疯得更厉害，手舞足蹈唱：蚊子叮牛角——空费力；蚊子叮牛臀，啪，牛尾一甩，蚊子完啦！

金所长派几个兵进驻珍珠岛，日夜背着枪在岛南巡逻。

来测量、画图、拍照的人完成任务了，撤回去。另一批人又登上珍珠岛。这批人也忙碌，挂横幅，贴标语，贴告示，拿广播喇叭喊：珍珠岛已被征用，十天内，全部人必须搬迁出岛，以免影响开发建设……后面又加一句：否则，后果自负！

刘天一突然不疯了，穿着整齐，表情安静，出出入入走路端正，遇见人就问，吃了没有？

李卓仁、林大侬、刘大茂、李石强撞进刘天一家来。

李卓仁问：怎么不疯了？

刘天一苦笑说：不疯了，和大家安安静静在珍珠岛过好最后几天吧。

林大侬说：能安静吗？这个时候，安静比疯还难受呢！

李卓仁以为刘天一突然不疯，是有了什么打算。见刘天一这么说，他问：就眼睁睁让人家把珍珠岛拿走？

刘天一说：还有办法吗？

李卓仁说：全部人到水角镇大闹，和他们讲道理！

吃过监狱饭的刘天一知道"闹"和"讲道理"都没用，心里想：这个李卓仁在外头混，接触不少官员，还这么幼稚！人家会因你闹而改变决定吗？人家会让你闹吗？讲道理更憋屈，你讲你的，人家讲人家的，利益不一致，怎么也讲不拢，真理却永远在人家的手里！刘天一还是同意李卓仁领人去闹。珍珠岛人从此要走出去了，碰点壁，开开眼界，见识外边的社会，也有好处的。刘天一说：

去吧。

林大侬喊道：闹啥，把那个什么鸟总的头割下来，看谁还敢来开他娘的发！他踢掉那小板凳，走了出去。

刘天一不再疯，就是想到有许多人要疯。这个时候他只有清醒，才能避免发疯的人做出不必要的蠢事。珍珠岛人的勇敢已经干瘪，没力量了，不能让勇敢变成了蛮干。

刘天一吩咐李石强：找几个人赶去岛南，别让林大侬闹出事来！

李石强和两个年轻人在岛南铁丝网旁边截住林大侬，他的腰头插一把菜刀。

林大侬说：拿我的命换回珍珠岛，值呢！

李石强说：你仔细看，能靠近那个混账吴总吗？

林大侬望去，别墅的大门站着两个保镖，别墅前的一棵杨桃树下，又有两个派出所兵坐着吃茶。

守在岛上的派出所兵不让上访的岛民出岛。十天期限过后，派出所的兵撤了。珍珠岛的男人女人像鸭群一样噼里啪啦踩着海滩走到水角镇来。水角镇的镇委镇政府早就做好"迎接"准备。"鸭群"来到镇政府，便赶进大礼堂里。苏书记很热情，可他突然不认识李卓仁了，珍珠岛人他都不认识了。苏书记抓个话筒站在讲台上，笑容可掬。珍珠岛人的目光飞过来，他笑着说：大家别拘谨，笑一下啊！没人笑得出来！苏书记不笑了，说：我跟大家谈一谈开发建设。开发就是发展，发展是硬道理，发展是潮流。什么叫潮流？珍珠岛人都知道的，就是涨潮退潮的海水，谁也挡不住……珍珠岛的情况我们很了解，海上捕捞业不行了，海滩上赶海也不行了，海水养殖业也不行，岛民生活成了问题，靠救济过日子……这个岛已经不适宜居住，要想办法，穷则思变嘛！《愚公移山》的故事都听过吧？那个愚公太愚蠢了，为什么要天天挖山呢？这是观念问题。搬家，一切不都迎刃而解了吗？所以，陈旧落后的观念必须转变，与时俱进，搬出那个常年受风雨侵袭的小岛，告别那矮房瓦屋，搬到安全舒适风景优美的内陆来，住进遮风挡雨的新楼房，奔向新生活……等一会儿我领大家去看你们的新居，那真是太漂亮了，高楼大厦呢！

李石强喊：不搬，我们愿意住在珍珠岛的矮房瓦屋！

刘大茂媳妇也喊：硬逼我们，就抱个原子弹来，把珍珠岛人都炸死好了！

全部人都嚷嚷起来，说打死也不搬！

苏书记叫大家安静，不要受别有用心的人煽动！

嚷声无法停下。

金所长跨一步走上讲台，挥着一叠纸说：据调查，珍珠岛上确实有不少坏人。这些人曾经抢劫吴总一艘大货船，太恶劣了！三百多人参加抢劫，货物价值八百多万元！他妈的，搬珍珠岛去卖，也赔不了！长期以来，珍珠岛人作恶多端，自造黑武器，有弹，有枪，有炮，仅长炮就有二十几门！开船出海盗窃、抢劫渔网，作案八十六起，涉案人员一百三十六人！有八十个女人卖淫，一百二十多个男人嫖娼……他拍那叠纸一下，又说：作案事实及名单我们全部掌握，正在研究怎么处理？你们看一看，上边有没有你们的名字？他把那叠纸分发给珍珠岛人看。大家都睁大眼睛找自己的名字，几乎全部人的名字都在那张纸上。

苏书记骂：珍珠岛给你们这些人弄烂了，还要得吗！

没人吭声了。李卓仁见好多目光像寒风中找不到树林的小鸟，惊慌地朝他飞过来。他没有迎接这些目光。他庆幸，那叠纸上没有自己的名字。他的嘴巴闭着。这个时候不能乱说话，说上碍天，说下碍地，说中间碍人。

巫婆三娘没有来水角镇。珍珠岛人走下岛东码头时，她站在码头上大喊：别去啊，有魔鬼，好多大魔鬼就躲在岛边，你们一走，魔鬼就上岛来吃人啦！

人们的情绪都很激动，无暇理睬她。

珍珠岛的男人女人离开后，好多兵拥上珍珠岛来，把岛上的老人和孩子都叫到岛东和岛西码头集中。十几辆推土机和挖掘机从各个方向开上珍珠岛。吴总吹一声哨子，推土机和挖掘机一齐吼叫着朝那些矮房瓦屋撞去，轰隆声中，一间间房屋倒下……珍珠岛上灰土飞扬，那些猪、鸡、狗惊慌失措，四处逃窜，岛东和岛西码头的哭声、喊声连成一片……岛上忽然刮起一股旋风，飞扬的尘土卷成一个巨大的球，越升越大，升上空中后，变成一朵巨大无朋的蘑菇云，接着，天昏地暗，雷声大作……烟消云散时，珍珠岛上光秃秃的，只剩下一堆堆石头和一片片散落的瓦砾。

疯狂的推土机和挖掘机都停下了，尘埃落定了。巫婆三娘好像是从那乱石堆的缝隙中钻出来。她披头散发，身上背着海天元帅的雕像，手上抓着拂尘，跳跃在那瓦砾上喊：魔鬼，好大的魔鬼啊！接着嘎嘎大笑，又哗哗大哭，又大声喊：珍珠……我是珍珠啊……几个站在岛东码头边拦住老人和孩子的派出所兵冲过来，擒住，将她拉走了。

刘天一也冒了出来。他戴顶破草帽，一身灰尘，傻傻地低着头走在瓦砾中，寻寻觅觅。他从石头缝里找到一块神牌，哈哈大笑，将那神牌抱在怀里，又哗啦啦哭起来，泪流满脸。

一个派出所兵大声喝道：喂，你是谁？从哪儿来？在干啥？偷东西吗？

刘天一不答话。

几个派出所兵朝刘天一包抄过来。

刘天一像一个顽皮的小孩，等派出所兵走近来了，拔腿跑，跑得好快，跳跃在那瓦砾上。几个派出所兵叫嚷着在后边追赶。追到岛西那乱石滩来，刘天一立住脚，回头瞅一眼，一转身，抱住那神牌跳进水里。几个派出所兵站在乱石滩上看，等刘天一浮出水面再抓住他。可是，大半天不见刘天一从水里浮出。派出所兵急了，脱衣服潜下水去找，仍然无影无踪。

尾　声

　　开发商搞建设，速度比流星还快。建成了的珍珠岛，说是海上乐园，或者人间仙境，一点也不为过。珍珠岛确实是梦幻般的设计。乍看，只见高楼大厦鳞次栉比，亭台水榭相依相连，其主要建筑却暗合风水的玄机，也就是按照四角螺的意念打造。珍珠岛的东南西北中五个方位，有五个标志性建筑。岛东的海水上建一幢大鲨鱼造型的大厦，那巨大的鲨鱼从水面跃起，张大嘴巴对着内陆，似吞噬到珍珠岛来的一切人和财富。大厦里边是高级商场、各种商务会馆、写字楼、会议厅等。岛南的水上是一个建筑群，恰好组合成一只巨大的螃蟹，八根横行的爪子有力地扎在水中，拱起巨大的蟹身，那双巨型钳子威武而又霸道地张开，好像要钳住一切过往的船只。蟹壳里都是场馆，开设功能齐全的赌博业、离奇刺激的娱乐业和各色各样的餐饮业。岛西的海水上浮着一个巨型的海螺，螺口合着，像珍珠螺的模样，螺壳光亮耀眼，螺里有水族馆、观光馆、游泳馆、健身馆、球类馆、美容院、剧院、歌厅、舞厅、音乐厅等。岛北是一条巨大的龙虾，趴在海水上，虾头贴近水面，虾背弓起，两条长长的触须伸向空中。那是一排排别墅拼凑而成。每一块鳞片，就是一排水上别墅。每幢别墅都配有俊男靓女，里面住的都是高官和富商。最令人瞩目的还是岛中央那幢船帆形的大厦，得意扬

341

扬地挺立着，高耸云端，傲视四方。它当然是珍珠岛的主心骨，是珍珠岛的灵魂所在，动力所在，驱动珍珠岛前行，把握珍珠岛前进的方向，主宰珍珠岛的起落沉浮。

珍珠岛四周的养殖塘全部夷平，恢复了海滩的原貌。夷平养殖塘是政府行为。一声令下，推土机和挖掘机忙碌几天，养殖塘就没了。这些养殖塘不是科学发展，罪大恶极。据说，海滩上围筑养殖塘后，破坏了生态平衡。原来的海滩潮涨潮落繁殖百物，养殖塘围住一潭死水，只养殖单一的虾或蟹或鱼，很不科学，是杀鸡取卵的做法。尤其密集的养殖塘排放污水造成海水污染，破坏海洋环境。

没有养殖塘后，海滩很平坦，很干净，珍珠岛更加凸显，更加漂亮。去珍珠岛更方便了。趾高气扬的直升机来来回回；海水涨潮时，几艘漂亮的游艇在珍珠岛和水角镇之间得意忘形地游弋，几十只快艇在水面上飞来飞去；海水退潮时，十几辆大轮的海滩车来回奔驰。不是什么人都可以去珍珠岛，衣冠不整不得登岛，还要交昂贵的登岛费。平头百姓自然交不起登岛费。

珍珠岛更名了。曾拟叫珍珠翡翠城、海上乐园、蓬莱仙境、龙宫宝殿、人间天堂……董事长都嫌太俗气，缺乏想象力，缺少动感，一一否掉。董事长手捧烟斗，吸了一根雪茄，奇思妙想袭来，抓笔一挥，写下"海市蜃楼"四个大字。"海市蜃楼"的确奇妙、神秘、虚幻、灵动，富有想象力，听着就扣人心弦，勾人魂魄，吸引人的好奇心。尤其站在水角镇的海岸边朝海上望去，珍珠岛时隐时现，有时却像一片高楼大厦浮现在淡淡的云层里。

现在珍珠岛人住在水角镇和牛栏村之间的一块坡地上。那坡地在海岸边，并排立起三幢蜂窝式的大楼，四周砌一圈围墙，叫"安置区"。

那天珍珠岛人奋拉着脑袋从镇政府大礼堂出来后，苏书记就领他们到这里来。走进安置区，见大楼前立着一块牌，哪家哪户在哪幢楼的哪层哪号房都标得清清楚楚。苏书记问：漂亮不？没人吭声。

又说：这里就是你们的新家，乔迁之喜，应该高兴呀！没人答话。又说：矮房瓦屋变成高楼大厦，鸟枪换大炮啦！珍珠岛人还是愣着。说实在的，没有人说这楼房不好。大多数珍珠岛人没见过这么高大的楼房，绝大多数珍珠岛人没上过楼。此刻，大家都好奇地望着这三幢大楼。看了一会儿，心里骚动，纷纷上楼看一看。看完楼房，下楼来，不见苏书记了。

刘天一晚两天才到安置区来。刘天一被几个派出所兵追到乱石滩，跳进水里，钻进石窟。他在石窟里待了两天一夜，和酒爷说了好多好多话。酒爷劝他要看得开。天地的事，人力所不能及；天堂都变了，何况人间！刘天一问酒爷：这一切都是上天安排的？酒爷说：天上人统观天地，操控一切，不至于直接操作一个小岛；可珍珠岛的遭遇又分明是天下大势所逼。是是而非，非非而是啊！这个话题太沉重，不能再谈了，刘天一会发疯的。刘天一无奈地说：现在说啥都没用了！他叫酒爷赶快离开石窟。珍珠岛夷平后，乱石滩随着要填平，石窟就被填埋了。酒爷说：我不下地狱，谁下地狱？我在人间待过，又上过天堂，该下地狱了！第二天夜里，刘天一含泪告别酒爷，钻出了石窟。第三天，刘天一抱着神牌找到安置区来，看见那围墙大门的上边弓着两条钢筋，钢筋之间镶着铁皮做成的牌子，写着"安置区"三个大字。刘天一心里好憋屈，骂道：他娘的狗屁安置区，我们是难民逃荒到这里来吗？刘天一还是走进了安置区。其实，这个时候珍珠岛人就是难民！"安置区"这三个字实在太刺眼了。一天，刘天一搬来一架梯子，抓把铁锤爬上去，一阵震耳欲聋的乒乓响，那铁皮落下来，重新挂上一块新牌子，写着"望海楼"三个大字。"望海楼"好，大家都是从海上来，这里又面临大海，叫"望海楼"贴切。

住在望海楼很尴尬，既想望海，又怕望海。望海就要望珍珠岛。现在的珍珠岛在哪儿？望着让人心慌。珍珠岛人都不做海了。从珍珠岛过来的只有林大侬的一艘大机船，天天无声地搁浅在海岸边；还有二十几只舢板，可怜巴巴地紧挨在一起。望着潮起潮落的

343

海水，心里就发酸。海滩上的养殖塘夷平后，珍珠岛人又下海滩赶海，可海滩的地气伤了，长不出多少海鲜了。望着这片很熟悉，曾经很热闹的海滩，心里就莫名其妙地烦。

住进这三幢大楼，珍珠岛人发觉自己彻底地贫穷了。在珍珠岛时，由于渔业资源枯竭，海滩破坏，收入锐减，生活拮据，可岛上拥有充足的阳光、干净的空气、清爽的海风、开阔的视野，还有人和人之间的笑脸、笑声，以及猪、鸡、狗的叫喊声，心里安稳在故土中，轻松、怡然。现在把人分散塞进这火柴盒般的房子里，人的心虚虚地吊在空中，没着落。特别是一户人家逼仄在一个小空间里，人与人眼不相见，耳不相闻，连日出日落风声雨声也觉察不到。人可怜得穷得一无所有，只剩下身上这个空皮囊了。

珍珠岛人发觉，这里的风水不好，旁边那牛栏村一派颓废景象，房屋老旧，人丁稀少，周边的田地疯狂地长着杂草。靠农耕过日子的牛栏村人到外头觅食，长年累月在外地打工，村子瘪了下去，守在村里的多是老人和孩子。珍珠岛人要把旁近一座荒山削平，盖上草舍瓦屋，然后在山上养猪、养狗、养鸡，又种瓜果蔬菜；赶海回来，一些渔具、网具有个地方堆放，海上穿的破衣旧衫也有个地方晾晒。可是，牛栏村人硬是不给，说那荒山是他们的，祖祖辈辈都在那山上放牛、放羊、砍柴。其实，现在盖望海楼这块坡地原来也是牛栏村人的番薯地，丢荒了，政府就开发利用，盖上三栋楼房给珍珠岛人居住。当初牛栏村也不给，可是胳膊拗不过大腿。现在牛栏村人面对的是珍珠岛人，于是和珍珠岛人打架。奇怪，连续打了两场，都把珍珠岛人打得七零八落。第一场，短兵相接，珍珠岛人便心虚，胆怯，很多人畏畏缩缩，冲在前面的林大依被打得头破血流，在医院住了好几天。第二场，架势刚拉开，牛栏村人冲过来，珍珠岛人便溃不成军，跑在后头的刘大茂被砸断一条腿，变成了瘸子。刘天一痛心疾首地大喊：别打了啊，再打，珍珠岛人还要输呢！珍珠岛人不敢再打了，可许多人想不明白，过去珍珠岛人很勇敢，很能打的，每次在海滩上打架，都是人少的珍珠岛打赢了人多的水角镇。眼前这个牛栏村人并不多，而且多是老人和孩子，怎么这样强大？刘天一分析：牛栏村人是在保护家园，守住自己生命的根，所以很拼命；珍珠岛人来借居，不占理，底气不足，尤其离开珍珠岛后，断了地气，岛人不再勇猛了。他叹了口气，说：嘿，我们认吧，别跟人家争地盘啦！

珍珠岛人的日子像踩泥滩走路一样艰难。历来靠海吃海，没海做了，只能啥都干。年轻人买辆二轮或者三轮的摩托车到水角镇载客，不会骑车的，就买辆胶轮手推车去运货。水角镇人戏称珍珠岛人是"踩轮子的水猴子"。其实，踩轮子的人还是少数，大多数人都去拾破烂。那些戴顶很大的旧草帽，戴个大口罩，戴一双胶手套，背个大编织袋，走在水角镇大街小巷房前路边的人，就是珍珠岛人。拾破烂当然是捡拾废铜烂铁、矿泉水瓶、易拉罐啤酒瓶、硬纸皮等等。珍珠岛人什么都拾。人家门前的塑料凉鞋、水鞋、皮鞋统统拾进袋里，晾在屋外的衣服也顺走。水角镇人一看见拾破烂的人走过来了，就喊：贼岛人来啦！这句话当然刺心刺骨刺肝刺肺，可人家怎么喊，珍珠岛人都不吭声。珍珠岛人已经没有力气和人家计较了，何况，拾破烂的人都戴一顶大草帽，又戴一个大口罩，把脸盖住了。

镇上一个废品收购站生意兴隆。精明的李石强和那老板联系，在水角镇旁边设一个收购点，替老板收购废品。顿时，收购点门庭若市。可好景不长，被派出所查封了。李石强收购许多电缆、电视机、摩托车、钢筋、水管和发电机，人家偷来的。李石强犯了销赃罪，抓去坐牢了。

还是李卓仁活得好。他没有住在望海楼里。那天他带头到水角镇政府闹，并不是不让人家征用珍珠岛，胳膊扳不过大腿的道理他比谁都清楚。他只是想制造点麻烦，阻挠一下，给镇政府和开发商压力，争取得到更多的补偿。金所长把那沓纸散发后，珍珠岛人都蔫了。李卓仁于是灵活地答应跟着苏书记去看安置楼。他爬上楼去，看那房间一下，拔走挂在门上的钥匙，把门带上，很少再来

345

了。李卓仁仍然在水角镇的大街开他的诊所和药店。

并非全部呈现出惨淡的景象。望海楼和水角镇之间的一片木麻黄树林，却因望海楼而热闹非凡。

热闹是阿娇和林日旺经营出来的。

因为征用珍珠岛和安置珍珠岛人的工作出色，得到县领导赏识，加上吴总极力推荐，苏书记升官了，当了副县长。金所长接近退休年龄了，退居二线，却提升为主任科员，调到县公安局工作，住在吴总给他购置的别墅里。阿娇住在珍珠岛期间，她丈夫另娶媳妇了，也生孩子了。阿娇像一艘超载的货船全部卸货了，空荡荡的，轻松、自在、无牵无挂。女人无牵无挂的时候，往往是最悲哀的时候。女人的天性需要有牵有挂。就像一只舢板，有缆绳牵挂，才能停泊在港湾。解开了缆绳，就随风飘荡，或漂到风浪的漩涡中，或搁浅在岸边，或撞上礁石击个粉身碎骨。阿娇算是"老水手"了，见舢板轻飘飘地晃悠，就将缆绳抛给林日旺。现在的林日旺也是一只漂泊的舢板。那次林三侬和林四侬拉林日旺回去揍，揍出一些事情的真相，吴总看出林日旺并不是一条忠诚的猎犬。兔死狗烹，吴总把他辞退了。阿娇和林日旺两只漂泊着的舢板将缆绳绑在一起，就停靠在这片木麻黄树林边。

这是个好地方，靠近海岸，有一块洁白的沙滩，沙滩旁是一块草地，草地旁是一片树林。阿娇和林日旺在树林边搭一间大茅草房，开个发廊，雇几个姑娘来剪发、洗头，生意很红火。望海楼的青年男女来剪发、洗头，水角镇的人也跑来剪发、洗头，周边村的人也来。阿娇和林日旺又在树林里搭好多间草舍，开个烧烤场，发廊里增加按摩业务，日夜营业，整片树林都热闹。阿娇和林日旺干脆在树林边开个露天舞场，一时人满为患。可是，水角镇四周很快便出现几片同样热闹的树林。竞争激烈，生意渐渐清淡了。也许是林日旺曾经跟过吴总，懂得一些经营的门道；也许是他读过《水浒传》受到启发。林日旺别出心裁在舞场边竖一块牌子，写上"快活

346

林"三个大字。又在树林里挂一面白底蓝边的大旗，写着"野鸡林"三字。这些字"魔力"巨大。这里又热闹非常。一到傍晚，各色各样要"快活"的人就从四面八方拥来，有走路的、骑单车的、骑摩托车的、开小轿车的，还有摇舢板从海上来的，坐在烧烤场上快活地烧烤，等"野鸡"出现。昏暗的灯光中，"野鸡"拎个塑料袋走来，里边装一块塑料布、一个装清水的七喜饮料瓶、一卷卫生纸、几个避孕套，还有一小瓶蓖麻油，有的还带来一条内裤和内衣，穿梭于树林中。那些人便过去找"野鸡"，讲"鸡价"，"买鸡"。树林里成了"野鸡市场"。生意是在竞争中发展。别个地方的树林也如法炮制，挂出"快活林"和"野鸡林"的旗帜，可是这里照样生意兴隆。人们究其原因，发觉一个秘密：这里的"野鸡"便宜，货源充足。"野鸡"的货源主要来自那三幢望海楼。

海水涨潮，刘天一就摇舢板去撒网。海滩上的鱼、虾、蟹很少，撒网捞不到海鲜，刘天一依然去。刘天一的舢板离开海岸，便朝珍珠岛摇去，绕珍珠岛转一圈，然后在岛西码头前停一会儿。乱石滩不见了。乱石滩那位置建了一个巨大的喷水池，喷着好高的水柱，那水柱在空中幻化成好多种颜色，顶端绽开一朵巨大的五色花。石窟就埋在喷水池下边。酒爷被埋在下边，还是从石窟钻出来了？刘天一闭眼睛，让目光从水柱淡出，再睁开眼，将目光洒在珍珠岛上。现在的珍珠岛非常漂亮，可是，并不美！

突然，保安抓警棍大喊着追了过来。哦，珍珠岛是人家的了！刘天一急忙将舢板摇开。

舢板摇到神头滩来，橹声渐渐轻快。刘天一抓渔网站在甲板上，撒了出去。他撒网的姿势依然潇洒、渔网像仙女散花般贴着水面飞，圆圆地罩在水上。水里没有鱼，他仍然撒，一网接一网，好像不是为了捕鱼，只想撒个过瘾。他累了，停下，戽水冲洗舢板。甲板冲洗干净了，扑通一声，他跳入水中，在水里翻滚潜游，将自己洗得干干净净了又爬上舢板，又开四脚躺在甲板上，让舢板载着在水面上漂荡。他很轻松，很自在，心里很清爽，一切烦恼好像都让海风吹落在水上了。他闭上眼睛，希望那位白头发、白胡子的老人从云端下来，站在他的面前。他想和那老人说一番话，甚至吵一架。那老人一直不露面。也许是老人不屑见他，或者无暇见他，或者把他忘了。舢板突然在水上旋转，他觉得头晕。舢板潜入水中，在水里忽上忽下忽左忽右漂移……他已经躺在一个四角螺的螺背上。四角螺在颤抖，很慌张，很着急，要寻找一个安身的地方，却找不到，被急流冲得翻覆倒转。糟！一艘大铁船拖着一张大网扑过来，将四角螺套进网兜里。原来刘天一只是粘在螺壳上的一粒沙。那沙砾被网一刮，脱落了，从网眼漏了出来。那粒沙旋转在大铁船螺旋桨搅起的漩涡中。大铁船的人为捞到一个巨大的四角螺而兴高采烈，笑着唱着嚷着，拿斧头、铁凿将螺壳撬开，挖出螺肉，蘸酱料生吃。螺壳从船上扔下来，在水上晃几下，沉下去了……

刘天一摇舢板回来，脚踏进围墙大门，巫婆三娘突然冒出来，站在刘天一面前说：元帅，你回来啦？

望海楼的人都知道，巫婆三娘患了夜游症。下半夜时，巫婆三娘就听见好多声音在叫珍珠。她就戴一顶大竹叶帽从望海楼围墙门口旁边那间石棉瓦房走出来，沿着围墙边走一圈，继而走到海边去。她踩上松软的沙滩，就看见好多影子在水边大哭，喊道：我们的家在哪儿啊？冷啊，饿啊……她明白，这是岛南坟场那些鬼神，它们都变成孤魂野鬼了。巫婆三娘很着急，很心疼，又很无奈。她从腰头掏出一沓纸钱，烧起来。那些影子冲过来抢时，她就悄悄走开，躲回围墙那拐角处。鸡叫了，海边清静了。巫婆三娘就走进大门，蹲在大门的后边。鸡叫第二遍时，就看见黑蒙蒙中有女人从木麻黄树林那边走过来。巫婆三娘就突然站在门口大声喊：鬼，鬼来啦！那些女人就慌张，急忙跑。那些女人跑到望海楼后边去，攀越围墙，悄悄躲进来。巫婆三娘不再喊了，不管了。她说：咦，还有些廉耻呢！接着嘀咕：人穷屁股就贱。她们穷得只剩下一个屁股了，不利用，还怎么样？那些女人都走入楼梯道了，她又呸一声骂：哼，不走正道！

巫婆三娘的头脑不正常了。推土机和挖掘机夷平珍珠岛那天，她的头脑便开始乱。当时她站出来，在瓦砾上又跳又喊，就是乱了。那些派出所兵把她抓住。她嘎嘎笑，双眼翻白，牙关紧锁，口吐白沫，手足抽搐，昏迷不醒。派出所兵送她去水角镇卫生院。医生说她的大脑受到强烈刺激，出问题了。三天后，省人事了，依然惛惛懂懂。派出所兵送她到娘家去。更糟糕地，她时笑时哭，或者一天到晚都发呆。娘家人将她送到望海楼来。她不笑了，不哭了，却将自己反关在房里，几天不出门。刘天一在围墙门口旁边搭一间石棉瓦房，让她在那儿开个小卖部。她居然好了，只是半夜三更经常一个人走出来夜游。

听见巫婆三娘叫"元帅"，刘天一平静地说：不睡吗？

巫婆三娘说：睡啥，特地等你回来呢！

刘天一不再说话，转身朝楼梯口走去。黑灯瞎火，孤男寡女的，要避嫌。

巫婆三娘又在背后喊：现在你就是海天元帅，要为珍珠岛人做事啊！

中元节快到了。刘天一不再去撒网了。中元节珍珠岛人叫鬼节，就是鬼神的年。每年七月十四晚上，珍珠岛人都放天灯，放纸船，让那些死在海里的亲人认得路，乘纸船回家来过年。现在珍珠岛人还要放天灯，放纸船，不过，不是为死海的人放了，为死在珍珠岛的人放。让那些死人认得路，乘纸船到望海楼来。

刘天一扎一个特别大的天灯，有两层楼房那么高。刘天一说：天灯大，才飞得高，飞得远。不仅让珍珠岛上的故人看得到，也要让亡在海里的故人看到，都认得路到望海楼来。林大侬拿塑料泡沫做一艘好大的双帆渔船。他说林二侬喜欢双帆渔船，让林二侬开船从珍珠岛接他家的故人到望海楼来。刘大茂却别出心裁做一只舢板，他说刘三茂摇舢板摇得最快，没人比得上。刘三茂有了这只舢

349

板，就能经常往返于珍珠岛和望海楼。巫婆三娘做三根又大又长的蜡烛，像桁条一样，要将蜡烛插在三栋楼的楼顶上。这么高大的蜡烛点起来，从珍珠岛那边望过来，完全看得见，回来的纸船就不会迷失方向。

天还没黑，望海楼的人都到海边来。刘天一扎的那个大天灯搁在沙滩上，十几个年轻人抓着天灯的下摆，严阵以待。刘天一面无表情望着那个渐渐下落的日头。哐当一声，日头掉进水里。刘天一喊：点火！嘭一声，一盆火烧起来，热气往上冲，天灯胀大了，慢慢地升起，拖着一股烟升上天空。楼顶那三根大蜡烛也亮起来了，哔哔剥剥响。岸边的一百多个小天灯也呼啦啦飞起。一大片天灯冉冉升起的同时，林大依那艘塑料泡沫双帆渔船也扬帆起航了，划着一道水痕摇摇摆摆行驶在波浪中。刘大茂的舢板也开出去。没人摇舢板，刘大茂巧妙地插上一张小帆。成百上千只纸船纷纷离开岸边，滑行在水面上，缓缓地向远方前行。岸上的人又忙碌起来，一边烧纸钱、纸衣裳、纸渔具、纸家具，一边呼叫已故亲人的名字，叫他们来领取自己的东西，叫他们到望海楼来……一块黑云突然压下来，天提前黑了，黑得严实。天上、水上、岸上的火光亮晃晃，场面热烈壮观，又惊心动魄，又牵肠挂肚。忽然狂风怒号，海浪翻腾。空中的天灯被吹得七零八落，看不见了；海上的纸船也被海浪扑沉了；岸上燃烧的纸质物件被狂风卷起，火光被风刮灭了……

天地间一片漆黑。

人都裹在黑暗中。

巫婆三娘突然大声喊：不来了，鬼神都不来了！鬼神说这里不是他们的家，望海楼不是他们的家啊！

死一样的肃静。只听见人呼吸的声音，又听见零碎的抽泣声。渐渐地，那抽泣声连成一片。

刘天一大声吼道：哭啥？他们死在岛上，有福气呢！我们都没这个福气啊！

又鸦雀无声。

那晚后，望海楼的人都蔫了，楼里无声无息，像是几座空楼。

刘天一一天天吃酒，吃得脸红红的。晚上他就跑到海岸边来，爬上林大侬那艘大机船。珍珠岛人搬到望海楼来后，林大侬的家也安置在楼上，可他没在楼上睡过一觉。一到晚上，他就走下楼，爬上他的大机船睡。

刘天一和林大侬并排躺在甲板上，望着那深邃的夜空说话。他们在商量一件惊天动地的大事，他们要到大海寻找新的岛。以前杨仆将军派兵驻扎的那个公岛和母岛离这里应该不很远，因为林大侬开大机船到远海打鱼时，曾经看见海上飞着许多蜻蜓，就是说，附近应该有岛屿。他们计划好了，找到这两个岛后，就开船回来载人。把望海楼的人一分为二，一半居住在公岛，一半在母岛。以后，两个岛的人就互相联姻，繁衍后代。这两个岛离内陆这么远，不会受外界影响，也不会有人来侵袭。岛上的日子一定很安静、很温馨，就像桃花源那样。

这天是九月九，风和日丽。刘天一和林大侬把足够的粮食、足够的淡水，足够的柴油搬上大机船。两个人站在大机船的甲板上，回头朝望海楼望了一眼，接着吹响螺号。大机船朝大海奔驰而去。大机船犁波破浪朝西北方向开去，一直朝西北方向开去……

351